W0367478

Idylle sur un yacht

Le pâtissier et la demoiselle d'honneur

Au service du mensonge

KIRA SINCLAIR

Idylle sur un yacht

Traduction française de
JOËL MALLET

PASSIONS

HARLEQUIN

Collection : PASSIONS

Titre original :
BIG EASY SECRETS

© 2023, Kira Bazzel.
© 2024, HarperCollins France pour la traduction française.

Ce livre est publié avec l'autorisation de HARLEQUIN BOOKS S.A.

Tous droits réservés, y compris le droit de reproduction de tout ou partie de l'ouvrage, sous quelque forme que ce soit.
Toute représentation ou reproduction, par quelque procédé que ce soit, constituerait une contrefaçon sanctionnée par les articles 425 et suivants du Code pénal.

Si vous achetez ce livre privé de tout ou partie de sa couverture, nous vous signalons qu'il est en vente irrégulière. Il est considéré comme « invendu » et l'éditeur comme l'auteur n'ont reçu aucun paiement pour ce livre « détérioré ».

Cette œuvre est une œuvre de fiction. Les noms propres, les personnages, les lieux, les intrigues sont soit le fruit de l'imagination de l'auteur, soit utilisés dans le cadre d'une œuvre de fiction. Toute ressemblance avec des personnes réelles, vivantes ou décédées, des entreprises, des événements ou des lieux serait une pure coïncidence.

HARPERCOLLINS FRANCE
83-85, boulevard Vincent-Auriol, 75646 PARIS CEDEX 13
Service Clients — www.harlequin.fr
ISBN 978-2-2804-9531-8 — ISSN 1950-2761

Édité par HarperCollins France.
Composition et mise en pages Nord Compo.
Imprimé en mars 2024 par CPI Black Print (Barcelone)
en utilisant 100% d'électricité renouvelable.
Dépôt légal : avril 2024.

FSC
www.fsc.org
MIXTE
Papier issu de sources responsables
FSC® C159065

Pour limiter l'empreinte environnementale de ses livres, HarperCollins France s'engage à n'utiliser que du papier fabriqué à partir de bois provenant de forêts gérées durablement et de manière responsable.

1

Nom d'un... Kinley Sullivan cligna des yeux plusieurs fois devant la suite de zéros sur l'écran. *Impossible, il doit y avoir une erreur.*

Elle aurait voulu se réveiller de ce cauchemar, cependant ce frisson soudain mêlé à cette étourdissante sensation de vide lui dictait qu'elle ne dormait pas.

Elle était ruinée. Tout son argent, envolé. Absolument tout. Près de 50 millions de dollars... Disparus. D'un seul coup.

Pire encore, on avait inversé les rôles. Quelqu'un venait de la prendre à son propre piège. Ce coup bas lui donna la nausée. Le fait d'avoir perdu jusqu'au moindre sou annonçait non seulement un monceau indéfinissable d'ennuis, mais également un manque de fonds nécessaires pour affronter la suite des événements.

Son passé avait donc fini par la rattraper.

Bon sang ! Et elle qui pensait disposer de plus de temps. D'un sursis plus long pour combattre les injustices. Pour expier ses péchés.

Kinley le savait depuis toujours, ceux qu'elle avait caressés à rebrousse-poil la retrouveraient tôt ou tard. On ne volait pas les riches, les dépravés ou même les truands sans éveiller de terribles envies de vengeance. Enfin bon, en presque douze ans, elle en avait bien profité dans la mesure où elle avait vécu ainsi depuis ses seize ans.

Hélas ! Quiconque l'avait débusquée ne se contenterait sans

doute pas de simplement récupérer l'argent. Non, ces personnes réclameraient le prix du sang. Et si elles avaient déniché ses comptes privés, alors elles la retrouveraient elle aussi.

Cette perspective fit bondir Kinley de son fauteuil de bureau. Les roulettes grattèrent le plancher robuste du *penthouse* où elle logeait depuis trois mois. D'un soupir, elle se précipita dans la chambre où elle attrapa le sac qu'elle gardait toujours prêt en cas d'urgence.

Depuis l'incident avec la mafia russe et son demi-frère, également la première fois qu'elle rencontrait son aîné dont l'existence était restée un mystère jusqu'à ses seize ans, elle avait compris qu'un jour ou l'autre il lui faudrait tout laisser en plan.

Un an et demi plus tard, ce jour semblait être arrivé.

Kinley saisit la clé USB déguisée en pendentif en argent pour se la passer au cou. Le métal froid tomba sous son T-shirt, dans le vallon de sa poitrine. Que ferait-elle de ces données ? Qu'importe, elles restaient trop précieuses pour que Kinley les abandonne.

Au moment où elle fourrait son seul ordinateur portable dans un sac à dos élimé, une notification de courriel la stoppa net dans son élan. Elle rouvrit le PC pour lire le message en vitesse. La ligne du mail n'affichait rien. Ni adresse ni objet. Rien.

Son cœur s'agitait quand elle cliqua.

Elle proféra alors un beau chapelet de jurons. Elle allait tuer cette petite ordure.

Jameson Neally, dit Joker, s'enfonça dans les coussins douillets de son fauteuil de bureau sur mesure. Il lui avait coûté une fortune, mais comme il passait près de seize heures par jour devant un écran, cela en valait la peine. De plus, il pouvait se le permettre...

Seule la lueur de plusieurs ordinateurs brisait l'obscurité. La cave s'étendait sous toute la maison en une grande pièce pleine de serveurs, matériel de refroidissement, écrans, claviers divers et câbles enchevêtrés.

Il était tard, mais peu importe, aucune lumière extérieure ne filtrait dans le sous-sol. Il préférait cette ambiance. Le soleil brillait fort toute l'année à Tampa, même si Jameson en profitait très rarement. S'il avait choisi une si grande ville, c'était pour disparaître facilement.

Non pas qu'il n'aimât pas le jour, mais il valait mieux éviter les voisins indiscrets ou encore les fouineurs. Outre ses installations, la demeure n'affichait rien d'extravagant. Jameson se donnait un mal fou à se faire passer pour un informaticien reclus, légèrement ringard. C'était plus ou moins vrai, après tout.

La plupart du temps, il restait dans son coin. Toutefois, en de rares occasions, il avait discuté avec le couple d'à côté, avec la vieille dame aux quatre chats d'en face. Il s'était montré poli sans trop leur donner de détails sur sa profession.

Le syndicat des propriétaires ne tolérerait peut-être pas un hackeur indépendant dans ce voisinage de la classe moyenne supérieure. Des maisons à l'emporte-pièce au prix exorbitant et trop proches entre elles, de l'avis de tous. La banalité.

Jameson en avait fait son foyer.

Il avait acheté la sienne quelques années auparavant afin de se fondre au décor puis avait fini par y prendre goût. La vie dans les environs lui rappelait celle qu'il menait avec ses parents autrefois... Avant qu'ils meurent et qu'il se retrouve dans une solitude infinie.

Or, rien de tout cela n'importait aujourd'hui. Entre deux projets, il avait passé toute l'année à surveiller une femme. Non pas parce qu'on le payait, mais parce qu'il ne pouvait s'en empêcher.

Kinley Sullivan le fascinait, et ce depuis l'instant où elle était apparue sur son écran pour la première fois. Brillante, pleine de ressources. Et solitaire, tout comme lui.

Sans s'être jamais croisés, ils partageaient un passé trouble.

Il pencha la tête contre le dossier puis soupira, les yeux fermés. Kinley le tuerait certainement après ce qu'il venait de faire. Mais, au moins, personne ne la tuerait, elle. Pas ce soir. Si tant est qu'elle se serve du billet d'avion qu'il lui avait envoyé par courriel.

Elle fulminerait forcément d'avoir perdu une telle somme, cependant voilà ce qui arrivait quand on refusait de l'aide une année entière en ayant des brutes sanguinaires à ses trousses.

Joker ne savait même pas qui étaient ces bandits, mais qu'importe. Kinley avait le chic pour agacer des gens très puissants et peu scrupuleux. Il découvrirait bien qui la menaçait quand elle se présenterait à sa porte.

Par pitié, faites qu'elle se présente à ma porte.

Gray Lockwood, le demi-frère de la jeune femme et l'ami de Jameson, parfois même son patron, n'apprécierait pas du tout ses méthodes s'il découvrait ses manigances. Joker n'avait pas vraiment eu le choix cependant. Il l'avait traquée tout ce temps sans jamais réussir à la devancer.

Une situation à la fois frustrante et propre à lui rappeler l'humilité. D'autant plus quand elle s'était fait attaquer par la mafia russe, la dernière fois que Joker et Gray lui avaient mis la main dessus. Le danger semblait suivre Kinley, et Jameson ressentait ce besoin inexplicable de la protéger.

D'elle-même avant tout.

Elle avançait seule. Depuis si longtemps. Toutefois, des gens cherchaient à l'aider. Gray avait dit à Joker de ne pas la forcer, de rester en retrait. Il préférait la laisser s'abriter de son propre fait.

Joker comprenait un tel raisonnement. La jeune femme devait décider de se fier à eux. Son demi-frère connaissait trop bien le ressentiment de perdre toute liberté, de ne plus rester maître de ses choix. Il avait croupi en prison dix ans pour un crime dont il n'était pas coupable.

Plus compliqué encore, c'était Kinley qui l'avait piégé. Certes, elle ne s'était pas rendu compte de ce qu'elle faisait, ni de qui elle envoyait derrière les barreaux, cependant…

Une situation complexe.

Voilà pourquoi ils se contentaient de la surveiller de loin. Jusqu'à ce soir-là.

Gray n'approuverait peut-être pas le plan de Joker, mais il était trop tard. L'argent de la jeune femme avait décollé pour un des comptes offshores du hackeur. Inutile d'impliquer Gray. Pas tout de suite. Pas avant d'avoir pu interroger Kinley et d'avoir compris dans quel pétrin elle se trouvait.

— Espèce de pourriture !

Joker tourna la tête d'un coup sec en entendant cette voix sensuelle. Son cœur fit un bond dans sa poitrine, même en ayant reconnu qui venait de débarquer dans son sanctuaire. Et ce, des heures avant l'arrivée du vol sur lequel il lui avait réservé un siège.

Comment l'avait-elle retrouvé, par tous les diables ? Et comment était-elle entrée sans déclencher aucune des alarmes ultra-sophistiquées ?

Le battement de son cœur ne dansait au rythme d'aucune peur. Enfin, pas à proprement parler, car il la croyait incapable de faire de mal à une mouche. Quand bien même, le plan de base avait consisté à la rejoindre dans un café en espérant se servir de clients innocents comme amortisseurs contre sa colère tandis qu'il lui montrait qu'il ne l'avait pas escroquée. Ni elle ni lui ne désiraient attirer l'attention, aussi un lieu bondé aurait interdit tout éclat de voix.

De toute évidence, le plan était tombé à l'eau.

Ses yeux bleu clair, véritable ciel d'été, luisaient d'une fureur pure quand elle s'avança d'un pas lourd dans le vaste sous-sol, les doigts de sa main droite serrés autour de la crosse d'un pistolet anthracite.

Il avait peut-être besoin de sortir un peu plus s'il remarquait avant tout la couleur de ses iris et non l'arme pointée sur lui. Et peut-être ne la connaissait-il pas si bien, même après onze mois, vingt et un jours et seize heures de surveillance.

Non pas qu'il eût compté.

Il plissa les paupières en essayant de cerner les véritables intentions de l'intruse. Il se raidit, déjà prêt à riposter. Si possible, de façon à ne pas blesser celle qu'il tentait de protéger.

Le canon resta bien fixe tandis qu'elle s'avançait, mais d'après son langage corporel, elle ne semblait pas à même de presser la détente. Quand on passait sa vie à voler des trafiquants de drogue pour redistribuer leur fortune à des programmes de désintoxication, on ne tuait pas de sang-froid, si ?

— Qu'as-tu fait de mon argent ? gronda-t-elle d'un ton acerbe qui manqua briser le cœur de Jameson.

En quittant très lentement son siège, il leva les mains en l'air, signe universel de paix et d'innocence.

— Baisse donc ton arme, Kinley, veux-tu ?

— Rends-moi donc mon argent, Jameson, veux-tu ?

Quelle surprise ! Elle connaissait son vrai nom. Seules quelques rares personnes en avaient eu vent : son officier traitant du FBI ; Gray et ses partenaires chez Stone Surveillance ; un ami d'enfance à qui il parlait encore. En vérité, cela n'aurait pas dû l'étonner.

— C'est mon intention.

Un grognement de scepticisme échappa à la jeune femme, mais Jameson dut bien avouer son soulagement quand il la vit baisser le pistolet.

— Je te le jure, Kinley. Je voulais simplement t'attirer ici. Rien de plus.

— Et tu ne pouvais pas m'y inviter normalement ? rétorqua-t-elle en grimaçant.

Ce fut à son tour de pousser un ricanement cynique.

— Sérieusement... Je n'arrête pas depuis un an, et tu m'ignores en permanence.

— Alors, apprends à lire entre les lignes, ou demande plus gentiment.

Jameson s'avança de quelques pas prudents. Kinley ne recula ni ne se laissa intimider.

— Il fallait peut-être que je te mette dos au mur. Tu cours un grave danger.

Un sourcil s'arqua au-dessus de son regard envoûtant.

— Comme d'habitude, en gros. J'ai mis en rogne des armées entières de sales types. Gray m'a laissée partir, la dernière fois. Je n'ai jamais compris pourquoi. Mais toi, son petit toutou, je te savais prêt à mordre au premier claquement de doigts.

Ses paroles peinèrent Joker, non pas parce qu'elle l'insultait, mais parce qu'elle avait tant l'habitude des trahisons depuis sa plus tendre enfance qu'elle s'attendait toujours au pire de la part du genre humain.

Il le savait après l'avoir observée des mois durant, elle ne s'ouvrait à personne. Aucun ami. Bon sang, pas la moindre connaissance. Ni même un poisson rouge.

Les solitaires se reconnaissaient entre eux.

Ce devait vraiment être un sacré bazar dans sa tête.

— Gray ignore tout de ce qu'il se passe. Et cette fois-ci, les risques sont différents. On ne parle pas d'un chef de cartel sud-américain ou d'un trafiquant d'armes d'Europe de l'Est. Ceux-là, on les identifie et on les tient à l'œil sans problème. Là, je n'arrive même pas à savoir qui tu as agacé.

Ce qui lui donnait une peur bleue.

— Ils avaient les nerfs. Et ils se rapprochaient à la vitesse de l'éclair. Tu n'allais pas agir de façon rationnelle.

Un muscle de la mâchoire de Kinley se contracta, elle serra un peu plus le pistolet.

— Et tu t'es dit que me mettre un couteau sous la gorge et me priver de toutes mes ressources restait la meilleure stratégie pour obtenir ce que tu voulais ?

Jameson haussa les épaules, incapable de réprimer un sourire satisfait.

— Tu es venue, non ?

Lentement, le canon s'éleva de nouveau entre eux. La lueur vague de l'écran derrière lui vacillait sur le visage de Kinley. Lui ne se concentrait pas sur l'arme à feu, mais sur ses yeux. Il l'observait avec intensité même quand le trou noir du canon avalait tout l'univers alentour.

Tout s'accentuait. La légère odeur de renfermé inhérente au sous-sol, que Jameson tentait sans cesse de chasser. Les connotations métalliques chaudes des machines. Le bourdonnement des appareils et les vibrations des nombreux ventilateurs. Le parfum discret de Kinley, fleuri et sucré. Les vagues de sa chevelure noire sur ses épaules, chatouillant les pommettes saillantes sur son visage aristocratique.

Il percevait bien le conflit intérieur de son invitée. Elle semblait sur le point de le frapper, et comment lui en vouloir en vérité, mais elle s'abstiendrait.

Kinley Sullivan vivait en cavale depuis ses seize ans. Seule, sans une âme sur qui compter, sans dépendre de personne. Bon sang, son existence s'était résumée à cela bien avant qu'elle abandonne ses parents à leur vie criminelle, à Las Vegas.

— Écoute, je te montre les comptes, si ça peut te rassurer. Dis-moi où transférer l'argent et tu le récupéreras. Je ne veux pas te voler, Kinley, seulement t'aider. Je tiens à être sûr que tu ne risques rien.

Si le pistolet ne bougea pas, la jeune femme pencha tout de même la tête sur le côté.

Jameson tenta alors le diable.

— Tout comme ton frère.

— Mais bien sûr. J'ai gâché sa vie, je te rappelle.

Il comprenait ses raisons de croire cela, cependant la réalité se voulait mille fois plus nébuleuse.

— C'est faux, mais ça ne me regarde pas.

— Et à la seconde où je ne te tiendrai plus en joue, tu vas me sauter dessus, me ligoter et me livrer à lui.

Un tel manque de confiance attrista Joker encore une fois.

— Non. Si Gray avait voulu te forcer la main, il l'aurait fait bien avant.

— À d'autres…, répondit-elle avant de se fendre d'un sourire à son tour. Toi et moi savons très bien que tu me traques depuis près d'un an, avec toujours un train de retard.

Elle marquait un point. Cependant, le talent de la jeune femme éveillait la curiosité de Jameson. Bien plus qu'il ne souhaitait l'admettre.

Il excellait dans son métier. Or, dans les tréfonds de son ego, il refusait de reconnaître qu'elle le surpassait. Non pas qu'il s'avoue vaincu haut et fort, non plus. Pas même avec un pistolet sur la tempe.

— Peu importe, tu as ma parole, Gray n'a rien à voir dans cette histoire. Tu courais un danger, et je n'ai pas trouvé de meilleure solution que de te forcer la main pour te protéger.

Doucement, Joker se tourna vers un clavier. D'un seul doigt, il appuya sur les touches pour lui montrer les informations voulues. Il ne distinguait pas bien l'écran dans sa position précaire, mais il savait ce qui s'affichait.

Jusqu'à ce qu'elle prenne la parole.

— Ça t'amuse ? Merci de me rappeler ces beaux zéros sur mon compte en banque.

De quoi parlait-elle ? D'un geste vif, il posa les yeux sur l'écran. Là où auraient dû se trouver des millions de dollars, seuls trois zéros flanqués d'un point les narguaient.

— Nom d'un...

Quelqu'un d'autre venait de les devancer.

2

Elle voulait hurler. Or, elle ne pouvait se permettre de trahir sa frustration et cette peur rampante face à cet homme.

Elle se retrouvait sur la paille.

Les angoisses inoubliables de ces deux premières années où elle avait vécu seule la frappèrent en plein ventre. Elle ne s'était pas sentie aussi dépassée depuis une éternité. Quand bien même elle disposait de plusieurs millions, se servir dans ces fonds mal acquis éveillait toujours en elle une certaine culpabilité. Encore une fois, qu'aurait-elle bien pu faire d'autre, elle l'adolescente fugueuse ? Elle n'avait pas eu le choix pour se cacher de ceux qui lui voulaient du mal.

Le danger l'avait toujours talonnée, rôdant à tous les coins de rue. Elle avait mis un certain temps à se dire que si on lui avait de toute manière collé une cible sur le front et qu'elle savait comment faire payer les criminels, alors autant se servir de ses talents au nom de la justice. Et plus elle avait trompé de truands, plus sa liste d'ennemis s'était allongée.

Au bout d'un moment, elle n'y avait même plus prêté attention.

Toutefois, la veille, Jameson Neally lui avait dérobé son filet de sécurité. Depuis combien de temps ne s'était-elle pas sentie si... dépourvue ? Bon sang qu'elle voulait lui faire du mal ! Cela ne lui ressemblait pas, cela dit. Elle refuserait toujours de tomber si bas. Ses parents lui avaient pourtant inculqué des idéaux diamétralement opposés.

— Dis-moi où est mon argent, lui ordonna-t-elle, les dents serrées.

L'air paniqué de Jameson lui suffit, même si dans les tréfonds de son âme, elle espérait qu'il plaisante. Joker se pencha sur le clavier en secouant la tête puis se mit à pianoter comme un fou. Sa chevelure sombre en bataille lui masqua les traits.

Oh ! que non, elle devait voir son visage.

Sans même s'en rendre compte, Kinley s'approcha pour replacer une des mèches soyeuses du jeune homme derrière son oreille. Elle écarquilla les yeux, non pas en raison de cette étincelle inattendue au bout de ses doigts, mais parce qu'elle s'étonna de l'avoir ne serait-ce que touché.

Malgré tout ce qu'elle avait appris de lui en le surveillant et en l'étudiant, Jameson Neally restait un mystère.

Il semblait trop pris par sa recherche pour avoir remarqué ce contact. Ce qui aurait quelque peu déprimé Kinley si elle s'était souciée de lui.

Ses traits nets se contractaient. Ses lèvres, soulignées par sa barbe entretenue à la perfection, se pinçaient. Il ne cachait pas du tout sa frustration.

— Alors ? insista-t-elle.

— On me l'a volé.

Il ôta ses épaisses lunettes d'un coup sec pour les jeter sur le bureau. Elles rebondirent sur la surface lisse avant de s'arrêter juste à quelques centimètres du rebord. Des doigts solides et rugueux se perdirent dans la masse désordonnée de cheveux devant ses yeux. Il les tira en arrière, assez fort pour tendre ses tempes en les nouant.

Peut-être une sorte de tic.

— Volé…

Bien évidemment ! On l'avait dérobé à celui qui lui avait tout pris. Voilà à quoi se résumait la vie de Kinley. La facilité n'existait pas dans son univers. Ah ! ça, non, pas pour elle.

— Qui est le coupable ? Et comment vas-tu le retrouver ?

Car, sincèrement, elle se moquait bien du reste. Ce compte en banque lui offrait un accès à des ressources vitales ainsi qu'à une protection contre ses ennemis. Elle aurait pu le réapprovisionner illégalement pour en finir au plus vite, seulement cela allait à l'encontre de son éthique.

Elle ne gardait jamais rien de ce qu'elle détournait, car les sommes en question devaient servir des causes plus nobles. Ce que Joker avait pris constituait le capital de départ de Lockwood Industries, l'entreprise familiale de son demi-frère. Ce que Gray avait été accusé à tort d'avoir volé. Elle avait bel et bien puisé dans ces fonds, les premiers mois, mais seulement pour sa survie. Elle s'était depuis assurée de rembourser. Désormais, elle n'y avait recours qu'en cas d'absolue nécessité. Cet argent ne lui appartenait pas.

Chaque jour de sa vie avant ses seize ans s'était résumé à un mensonge. Une fable bien orchestrée oui, mais un conte malgré tout. Ses deux criminels de parents avaient voulu la façonner à leur image. Elle devait avoir onze ou douze ans avant de se rendre compte que ce qu'ils exigeaient d'elle n'avait rien de normal.

Entrer par effraction quelque part. Escroquer les innocents. Voler. Mettre à profit les techniques de piratage de son père dans l'optique d'assouvir leurs desseins.

Pas les siens, mais bien ceux de ses parents.

Kinley, elle, n'aspirait qu'à être une adolescente comme les autres. Se faire priver de sortie pour être rentrée trop tard. Se faire confisquer ses clés pour s'être rendue en catimini à une soirée arrosée. Mais non. Elle avait eu le droit de se déguiser en une célébrité et de jouer les reines du showbiz pour extorquer des sommes exorbitantes à des millionnaires en vacances à Las Vegas.

Les mille néons de la ville du vice servaient de terrain de chasse aux Sullivan. Aux yeux de Kinley, il s'agissait d'une prison. Une cage dont elle avait enfin pu s'échapper.

Aux dépens du demi-frère dont elle ignorait l'existence même. Si la petite voleuse avait subi un tel formatage, c'était pour se venger de l'ex-amant de sa mère, celle-ci n'ayant pas supporté leur rupture. Cependant, en coupant l'herbe sous le pied de ses parents, Kinley avait fait tomber un innocent. On avait alors condamné Gray à dix ans de prison pour détournement de fonds.

La culpabilité de la jeune femme se fondit à son angoisse en un mélange bouillonnant. Il lui fallait cet argent.

— Pas de panique. C'est ma faute, je vais le retrouver.

Kinley se racla la gorge bruyamment.

— Excuse-moi si je ne fais pas confiance à celui qui m'a tout pris. Je ne te lâche pas d'une semelle avant d'avoir tout récupéré. Jusqu'au moindre centime.

Pour la première fois depuis qu'il s'était connecté à sa banque, Jameson lui adressa un regard. Non pas un regard fuyant, mais quelque chose de plus profond.

Ses yeux verts étincelèrent. Kinley connaissait son talent. Si lui l'avait épiée, elle aussi avait enquêté à son sujet. Elle avait réuni le plus d'informations possible concernant le chien de garde de son frère.

Joker s'était attiré une sacrée renommée en tant que hackeur. Son nom rimait avec perfection. Il ne travaillait pas avec n'importe qui et n'échouait absolument jamais. Une aura de mystère entourait également son personnage. Peu savaient qui il était en réalité. Un vrai mythe. Une légende.

Par ailleurs, quelque chose dictait à Kinley qu'il ne s'agissait pas d'un hasard ni du destin. Jameson Neally avait sué sang et eau pour se forger une telle réputation.

Cet homme face à elle allait à l'encontre de toutes ses attentes. Elle le trouvait magnifique par son petit côté négligé, distrait. Son corps ne s'était pas ramolli à cause d'innombrables heures devant un ordinateur à ne se nourrir que de chips et de pizzas. Loin de là, ce jeans délavé cachait un physique splendide.

Non pas qu'elle le reluquât, ni ne s'intéressait à lui.

Cependant, c'était bien cette réputation irréprochable qui l'inquiéta quand elle vit sa tristesse et sa culpabilité.

— Je ne sais pas du tout ce qu'il s'est passé, Kinley, mais je te le promets, je vais retrouver ton argent. Sincèrement, je ne voulais que te protéger, t'aider.

— De toute évidence, ça t'a explosé au visage.

— De toute évidence.

Jameson joua de nouveau avec ses cheveux pour les détacher puis les rattacher. Sûrement un tic nerveux.

— Écoute, je me sens trop mal, là.

— Et à raison.

Il ferma les paupières avant de pencher la tête en arrière en grommelant. Kinley lutta de toutes ses forces pour ne pas admirer la ligne de sa gorge ni la façon dont ses muscles s'activaient sous l'effet de sa voix.

Vraiment, elle devait avoir un problème. Il venait de tout lui voler, l'avait manipulée et s'était fait avoir lui aussi.

Il s'approcha pour lui poser la main sur le bras. Kinley faillit reculer par réflexe, mais refusa de céder à cette vieille habitude. Jameson Neally ne la frapperait jamais.

— Je vais tout arranger, Kinley. Promis.

— Garde donc tes promesses. Je retrouverai cet argent toute seule. Dis-moi ce que tu sais.

— Non.

Elle secoua la tête. Avait-elle mal entendu, par hasard ?

— Comment ça, non ?

— C'est impossible. Ne te méprends pas, cette situation ne m'enchante pas, mais tu cours un réel danger et ces gens sont toujours à tes trousses.

Et voilà qu'elle se retrouvait sans rien pour disparaître.

— Et tu m'as encore plus mise dans la mouise.

Il parut chagriné.

— Je ne te fais pas confiance, Joker.

— Tu ne fais confiance à personne, Kinley.

Effectivement, mais là n'était pas le problème.

— Tu en as déjà trop fait. Dis-moi ce que tu sais et tu ne m'auras plus dans les pattes.

— Hors de question.

Cette espèce d'entêté ne céderait donc pas...

— Parfait, cracha-t-elle en tournant les talons pour rejoindre l'étage. Je me débrouillerai.

Elle s'arrêta sur le seuil pour le toiser.

— Tu n'es qu'une ordure.

Elle n'avait pas tort, toutefois cela n'empêcherait pas Jameson de la protéger coûte que coûte.

Les paupières plissées, il pesa le pour et le contre puis décida de jouer son atout.

— Si tu franchis cette porte, j'appelle ton frère. En moins de dix minutes, ses équipes te retrouveront.

Jameson observa Kinley blêmir d'un coup. Il s'en voulait de la provoquer ainsi. Pas besoin d'un doctorat en psychologie pour comprendre une telle réaction. Au vu de leur passé, elle pensait sans doute que Gray lui en tenait rigueur. Or, en réalité, il ne souhaitait que le bonheur de sa sœur.

Gray tenait lui aussi à la protéger envers et contre tout, d'où la surveillance intensive de Joker. Cependant, son ami lui avait également clairement ordonné de ne pas forcer la prise de contact. Il préférait qu'elle vienne à eux quand elle se sentirait prête et en sécurité.

Au bout d'un moment, Joker avait fini par comprendre que cela n'arriverait jamais sans un petit coup de pouce. Et s'il n'avait pas vraiment prévu un tel revirement de situation, cet incident présenterait peut-être des avantages.

— Pourquoi ? Pourquoi agir ainsi si tu sais que je ne veux pas le voir ?

Et voilà… Elle venait de lui confirmer ses doutes. Elle ne le croirait pas, mais il lui répéterait s'il le fallait.

— Parce que ton frère se fait du souci pour toi, Kinley.

— Mon œil, oui…

Il secoua la tête pour seule réponse. Rien ne la persuaderait. La culpabilité de Kinley envers son frère se voyait comme le nez au milieu de la figure.

Joker lâcha le soupir qu'il réprimait. Il saisissait l'espoir et la déception de Gray dès qu'on parlait de sa sœur, même s'il s'efforçait de ne rien laisser paraître. Jameson percevait également la peur évidente de Kinley, ses remords et son manque envers quelque chose qu'elle ne pensait pas mériter. Quelle plaie de se retrouver coincé entre eux deux.

— Bon, je comprends que la situation n'a rien de plaisant.

— Et à qui la faute ?

La remarque cinglante de Kinley fit mouche.

— Très bien, je l'admets.

Cela ne le dérangeait pas de reconnaître ses torts, bien qu'il n'eût pas agi différemment en d'autres circonstances.

— Nous retrouverons plus facilement ton argent si nous coopérons. Tu le sais pertinemment.

Elle ouvrit la bouche pour protester… Sa mâchoire crispée ou ses épaules relevées l'avaient trahie. Néanmoins, elle se ravisa. Quelques secondes défilèrent, suivies d'un battement puis d'un deuxième. Elle répondit enfin.

— Soit, là-dessus, je ne peux pas te contredire.

Bien, c'était déjà un premier pas dans la bonne direction. Il s'en contenterait.

— Je sais que tu ne veux pas mêler Gray à cela, affirma-t-il en l'empêchant de protester d'un geste. Et tes raisons ne me regardent absolument pas. C'est compliqué entre vous. Je m'engage à ne pas lui révéler ta présence ici si tu acceptes de m'aider. Dès que nous aurons récupéré ton argent, tu reprendras tes errances au gré du vent.

— Ouah, merci pour votre générosité, mon seigneur.

Elle avait cherché à le blesser, mais Jameson éprouva un mal fou à ne pas rire.

— Tu risques ta vie, Kinley. Si tu refuses l'aide de Gray, accepte au moins la mienne.

Elle fit la moue en grinçant des dents.

— Tu ne me laisses pas vraiment le choix, tu sais. Je n'ai plus rien hormis ce que j'ai réussi à caser dans ma valise.

Jameson ouvrit alors grand les bras pour désigner son lieu de travail.

— Ce qui est à moi est à toi.

Il observa sa petite guerre intérieure, la lutte entre peur et pragmatisme. Le ciel soit loué, ce dernier l'emporta.

— Bien. Pour l'instant, ça ira.

— Super, s'exclama-t-il en récupérant ses lunettes. Tout d'abord, à qui as-tu encore cherché des poux ?

— Le plus simple reste de savoir à qui je n'en ai pas cherché, rétorqua-t-elle, un sourcil levé.

Fantastique… Justement ce qu'il craignait.

— Nous savons déjà que ta couverture est grillée, et comme on vient de se servir sur un de mes comptes sécurisés, la mienne l'est certainement aussi. J'ai une planque, je pense qu'il vaudrait mieux plier bagage et nous y rendre au plus vite.

Si Kinley ne se liait d'amitié avec personne, Jameson lui ressemblait sur ce point. Mais, tandis qu'elle déménageait plusieurs fois par an, lui avait trimé pour établir une base où il se sentait bien. Sa maison dans la banlieue de Tampa constituait la mise en scène parfaite : un quartier calme et des voisins discrets. Il connaissait les gens de son entourage, les employés du café du coin ou de la boulangerie. Il avait cependant pris grand soin de ne laisser à personne d'indices sur sa véritable identité ou son activité.

Son enfance catastrophique avait éveillé en lui un besoin crucial de se créer des racines, même artificielles. S'éloigner de son foyer, ne serait-ce que quelques jours, le courrouçait. Or, il le fallait.

Au moins, une alternative de luxe l'attendait. Une dont il ne se séparerait pour rien au monde, non plus.

— Entendu, mais je ne resterai pas longtemps. Seulement le temps de comprendre ce qu'il se passe et d'établir un plan.

Elle trouverait sans doute de nouvelles ressources pour prendre la fuite. Encore. Enfin, ce devait être ce qu'elle espérait.

Heureusement, Jameson gardait un autre atout dans sa manche, un qui lui permettrait de la protéger.

Même si cela la mettrait d'autant plus en rogne.

D'accord, elle s'était attendue à tout sauf à cela.

Kinley avait beau avoir passé de longues années à l'étranger, elle avait escroqué assez de célébrités pleines aux as et corrompues pour connaître leur train de vie en Floride. Miami, Palm Beach, l'archipel des Keys. Elle n'y avait pourtant jamais mis les pieds. La plupart du temps, elle pouvait combattre le crime à distance.

Lorsque Jameson lui avait appris l'existence de sa planque, jamais elle n'aurait imaginé, même en un million d'années, que cela impliquait une des marinas les plus prisées de la ville. Encore moins ce yacht monstrueux.

Trop consciente de son air ahuri, Kinley dut se ressaisir.

Elle disposait certes d'un compte en banque bien rempli, elle n'arrivait pas à la cheville des grandes fortunes de ce monde. Elle ne dépensait jamais cet argent pour son bon plaisir, n'en avait jamais ressenti l'envie. Pas après avoir vu ses parents mener un train de vie faste fondé sur des mensonges, la tromperie et le vol.

Elle se souciait peu de ce que la société considérait comme des signes de réussite.

Joker ne partageait manifestement pas les mêmes critères,

ce qui ne confirma que ses a priori à son sujet. Il s'embarrassait de morale quand la situation l'arrangeait. S'il sélectionnait ses clients, cela ne l'empêchait pas d'accepter des contrats plus proches du noir que du gris dans le nuancier de l'éthique.

Des yachts géants flanquaient les deux bords d'un quai en une démonstration ostentatoire de richesse. Joker dépassa Kinley sans un mot, allant droit vers le bateau face à eux. Il accosta un groupe de gens sur la jetée en leur souriant puis se tourna vers son invitée.

— Kinley, je te présente Eric, le capitaine.

L'homme en uniforme la salua d'un signe discret.

— Bienvenue à bord. L'équipage et moi veillerons sur vous.

Elle sourcilla. Évidemment, il y aurait un équipage.

— Euh... Merci.

Eric désigna alors ses subordonnés tour à tour. Frank, second capitaine. Rachel, la chef. Meg, responsable de l'intendance et de l'accueil. Tout ce petit monde s'avérait-il vraiment utile pour les quelques jours où ils s'absenteraient ?

Encore ébahie, Kinley se rappela qu'elle n'avait aucune idée du nombre de personnes nécessaires pour manœuvrer un tel titan. Car elle comptait bien ne pas disparaître au large. Des trépidations surprenantes l'assaillirent. Elle n'avait même jamais mis les pieds sur un bateau de pêche, alors un yacht... Et si elle avait le mal de mer ?

— Je ne suis pas sûre que ce soit une bonne idée, avoua-t-elle à Joker.

— Fais-moi confiance, la rassura-t-il d'un petit sourire suffisant. Tout ira bien.

Facile à dire.

En prenant Kinley par les épaules, il l'amena gentiment plus près du navire. Elle aurait voulu se clouer les pieds au bitume, seulement son corps refusa mystérieusement de lui obéir. Le nom du bateau, la *Dame de cœur*, défila sous ses yeux quand ils empruntèrent la passerelle pour monter à bord.

Le monde ne bascula pas tout à coup. Peut-être que ce ne serait pas si terrible…

Kinley pivota sur elle-même puis vit l'équipage s'agiter, les bras chargés de leurs bagages et de vivres, semblait-il.

Rachel apparut devant elle comme par magie. Kinley aurait juré l'avoir aperçue sur le quai, une seconde plus tôt. L'autre femme lui tendait un verre d'une boisson rose bien fraîche.

— Tenez.

Elle saisit la coupe par réflexe, et le regard insistant de Joker la poussa à y goûter. Un daïquiri à la fraise.

— Il est un peu tôt, non ? s'enquit-elle en avisant le cocktail.

Un grand sourire égaya le visage de Jameson. Il devenait un tout autre homme avec cette étincelle joyeuse dans ses yeux verts. Adieu l'intello, bonjour le malicieux démon prêt à entraîner les filles dans le péché.

Elle sourcilla, légèrement surprise par une telle mutation, même si elle devait bien admettre qu'elle craquait pour les deux facettes de Jameson. Maudit soit-il.

Il lui fit un tour rapide du propriétaire. Cabines, salon, cambuse, salle de jeux, bar, toilettes. Dix minutes après avoir embarqué, Kinley se tenait sur le pont, le regard perdu sur la vaste étendue d'eau cristalline tandis que Tampa disparaissait derrière eux.

La tête lui tournait, non pas à cause du mal de mer, mais à cause de la vitesse à laquelle sa vie lui avait filé entre les doigts. Elle n'aimait pas cette sensation de ne plus rien contrôler. Cela remontait à longtemps… douze ans précisément… depuis la dernière fois où elle avait autorisé un autre à lui dicter ses actes.

Sa colère resurgit enfin. Même face à tant de luxe, elle ne pouvait s'y tromper : la *Dame de cœur* se résumait à une belle cage dorée. Dotée d'un équipement informatique de pointe, d'un jacuzzi et d'une piscine avec plongeoir, ouverte sur le soleil et la nuit étoilée. Des couches bien douillettes, des fauteuils, sans compter les hamacs et chaises longues.

En sirotant son daïquiri, Kinley songea qu'elle pourrait tout aussi bien en profiter un peu.

— Tu as acheté un yacht, fit-elle remarquer à Jameson, comme pour accepter la réalité.

Les membres d'équipage le connaissaient et, d'après leur attitude, ils s'entendaient bien avec lui. Il restait également l'éventualité qu'il se soit lié d'amitié avec eux pour les pousser à le laisser utiliser le navire de leur vrai patron quand ce dernier avait le dos tourné. Cependant, cela semblait trop improbable.

— Oui.

— Combien ? s'enquit-elle en avisant les installations.

— Pardon ?

— Combien l'as-tu payé ?

Il eut la décence de paraître gêné.

— Quelques millions.

Sans blague...

— Combien exactement ?

Joker porta à sa bouche son verre rempli d'un liquide clair pétillant et marmonna un chiffre dans sa barbe.

— Je n'ai pas bien entendu.

Il soupira puis baissa la main avant de répondre.

— Vingt-six millions.

Bon sang de... La somme en elle-même ne surprit pas Kinley. Après tout, elle possédait autrefois le double. Non, c'était avant tout l'idée qu'il eut pu s'offrir quelque chose d'aussi extravagant. Elle le savait, il ne manquait de rien, mais de là à se payer un tel joujou...

— Ah, ça va, ne me regarde pas comme ça, se défendit-il en levant les yeux au ciel.

— Comment ?

— Comme si je cherchais à dominer le monde. Je l'admets, j'ai gagné beaucoup d'argent.

Ce fut au tour de Kinley de marmonner dans son verre.

— Grâce au vol, au piratage et en aidant des criminels.

Dommage, il avait entendu.

— C'est vrai, au début de ma carrière, j'ai accepté des contrats dont je ne me vante pas. J'en ai bien profité, d'ailleurs. C'était il y a longtemps, et depuis, je fais tout pour expier mes fautes.

Il la dévisagea en ajoutant :

— Je crois que tu connais bien ce sentiment. La soif de pardon.

Elle ne put refréner une grimace.

— Ça ne t'autorise pas à profiter du fruit de tes crimes pour autant.

Le sourire malicieux que Jameson lui adressa alors souleva des étincelles dans le bas-ventre de Kinley.

— Personne ne me l'interdit, non plus. Crois-moi, j'ai bien changé depuis.

Te croire ? Cette bonne blague ! Elle alla poser son verre sur la table la plus proche avant de lui faire face.

— Je ne ressens ni le besoin ni l'envie de te croire, Joker.

Il se pencha en avant pour poser son verre à lui, envahissant son espace personnel. Surprise, elle retint son souffle quand la chaleur de cet homme se fondit à sa peau, quand son parfum envoûtant bombarda tous ses sens. Il se recula puis ancra ses yeux aux siens.

— Allez, nous ne sommes pas si différents, toi et moi.

— Par pitié, renâcla Kinley. Ce n'est pas parce que nous sommes des hackeurs que nous nous ressemblons. Moi, je détourne les fonds de véritables monstres pour compenser le mal qu'ils ont fait. De mon point de vue...

Elle s'assura bien de désigner le yacht de luxe dans son intégralité.

— ... nous n'avons rien en commun.

Jameson parut s'égayer légèrement, mais une touche de noirceur, de tristesse, envahit son regard.

— Tu dois te sentir bien seule, au sommet de ta tour d'ivoire. Là où tu te crois parfaite et supérieure aux autres.

Assurément. Elle y pensa sans même s'en rendre compte. Elle menait une existence solitaire depuis très longtemps déjà.

Cependant, elle en avait décidé ainsi, elle avait appris à l'accepter comme le prix à payer pour pouvoir se regarder en face. Ses activités la mettaient en danger, aussi ne se le pardonnerait-elle jamais si elle venait à faire courir des risques à quelqu'un.

Elle ne le lui avouerait pas, cela dit. Voilà donc pourquoi elle préféra se concentrer sur sa deuxième remarque.

— Je ne me crois pas supérieure aux autres, encore moins parfaite.

Il la faisait passer pour une snob coincée, lancée dans une croisade personnelle.

La réaction équivoque de Jameson, un sourcil arqué bien haut, n'autorisa aucun argument. Contre-attaquer lui aurait donné l'impression qu'elle se souciait de son avis.

Elle s'en moquait éperdument. Peu importe ce qu'il pensait. Vraiment, elle s'en fichait. Elle pinça les lèvres, tentative de garder pour elle une repartie cinglante. Une moue entendue se dessina sur la bouche de Jameson.

— Si tu le dis...

Bon sang, qu'elle aurait aimé lui arracher son petit air amusé !

Or, elle se ravisa quand il reprit la parole.

— Tu veux voir la salle des serveurs ?

Kinley cligna des yeux lentement. La colère lui comprimait la poitrine. Tout son être lui dictait de s'en aller. Mais, il venait de lui agiter une irrésistible carotte sous le nez.

Elle le détestait.

3

Dans ses fantasmes de Kinley en train de saliver devant son installation, Jameson ne s'était pas tout à fait attendu à ce que ses yeux se remplissent d'étoiles. Debout sur le seuil, elle contemplait les ordinateurs comme d'autres auraient admiré des fraises au chocolat ou une crème brûlée.

Hors de question de la laisser poser les mains dessus. Non seulement son système contenait des informations compromettantes au sujet d'anciens contrats, mais il détenait également des dossiers qu'il devait protéger et garder bien en ordre.

En plus de Stone Surveillance, il aidait des victimes de violence conjugale à disparaître et adopter une autre vie en leur fournissant de nouvelles identités et en tenant à l'œil leurs anciens bourreaux. Même s'il ne pensait pas Kinley capable de mettre en péril ces femmes et ces hommes, il avait prêté serment et comptait bien ne pas le briser.

Sans même parler des documents classés secret-défense dans le cadre de son travail avec le FBI, la CIA et la sécurité nationale.

Autant de bonnes raisons de lui interdire l'accès. Il craignait également que Kinley n'envoie une sorte de *Bat-Signal*, pirate un cartel ou encore ouvre une porte dérobée vers ses fichiers et sème la pagaille par vengeance. Voire les trois, connaissant sa rancœur.

Jameson se pencha dans la coursive pour adresser un signe à Rachel. Les membres de l'équipage excellaient non pas par leurs seuls talents respectifs, mais aussi parce que tous comprenaient ses plus infimes besoins sans la moindre explication.

Il leur versait par ailleurs un salaire annuel afin de les garder sous la main, même s'ils occupaient d'autres postes en ville. Heureusement, ils avaient tous pu se libérer rapidement.

D'un air radieux, Rachel s'engouffra dans la pièce pour passer le bras à celui de leur invitée et la conduire vers le pont supérieur.

— Parlez-moi un peu de vos plats préférés. Avez-vous des allergies ?

— Non.

Kinley réagit à peine aux questions de cette pipelette. Elle se contorsionnait pour étudier l'alignement d'ordinateurs, terminaux et serveurs onéreux qu'elle abandonnait. On aurait dit un enfant face à un jouet que sa mère lui refuse.

— Je vous apporte un autre verre, j'ai déjà servi de quoi grignoter près de la piscine. Il fait bon aujourd'hui, vous ne trouvez pas ?

Jameson les observa s'en aller. Kinley sembla revenir à elle d'un coup, comme libérée d'un sortilège une fois loin de la salle informatique. Elle fronça les sourcils.

— N'auriez-vous pas plutôt dû me demander si j'avais des allergies avant de prendre le large ?

— Ah, mais nous avons l'embarras du choix, répondit Rachel d'un rire léger. Par ailleurs, M. Neally nous a fourni quelques renseignements préalables. Je tenais simplement à m'assurer que nous n'avions rien oublié.

Les deux femmes disparurent, et Jameson profita de cette diversion pour filer dans l'autre sens.

Il s'arrêta dans un des quartiers d'équipage et sortit le téléphone qu'il avait subtilisé à Kinley dans sa valise. Il se dépêcha de cloner le portable, en vue d'obtenir des copies de ses mails, SMS et autres notifications.

Il alla ensuite demander à un des subordonnés de Rachel de remettre l'appareil en place avant que Kinley comprenne le subterfuge. Puis, il partit en quête du capitaine.

Il ne tarda pas à trouver Eric en train de donner des ordres à ses hommes. En temps normal, le yacht nécessitait plus de monde, mais, pour des raisons évidentes, il avait demandé à Eric, Frank, Rachel et Meg d'opérer avec un équipage fantôme. Il y avait donc trois personnes en plus à bord. Jameson payait tout de même ceux restés à terre. La prudence exigeait de limiter le nombre de gens au courant de la présence de Kinley sur le yacht. La discrétion primait...

Il attendit qu'Eric ait fini de donner ses instructions avant de s'entretenir avec lui. D'un geste, il entraîna son ami à l'écart.

— Pourriez-vous me rendre service ?

— Toujours.

— J'aimerais que nous allions vers La Nouvelle-Orléans. Prenez le large, mais naviguez assez près de la côte pour pouvoir rentrer en quelques heures. Il faudrait que Kinley ne voie pas le continent.

Le capitaine parut étonné, mais préféra ne pas poser de questions. Il se contenta d'acquiescer. Le plus délicat restait à venir.

— Pourriez-vous également simuler un souci mécanique pour lui faire croire que nous sommes coincés ? Elle doit penser que nous ne pourrons aller nulle part pendant quelques jours.

L'autre homme pencha la tête puis une moue entendue lui fendit les lèvres.

— Et j'imagine que je ne veux pas savoir pourquoi ?

Jameson se prit à sourire lui aussi.

— Exactement.

Le regard vif d'Eric se posa alors sur son employeur.

— Qui de vous deux a des ennuis ? Vous ou elle ?

Joker avait toujours reconnu son intelligence. Par ailleurs, comme c'était Anderson Stone, le président de Stone Surveillance, qui le lui avait recommandé, cela n'avait rien de surprenant de voir Eric envisager le danger avec un tel sang-froid. Ni même qu'il comprenne vite les tenants et aboutissants d'une pareille situation.

— Un peu des deux, disons. Toutefois, je pense que Kinley

ne restera pas bien sagement sous notre protection si elle peut regagner le continent.

D'autant plus s'ils dénichaient des informations capitales.

Jameson n'avait jamais amené personne à bord de la *Dame*, ni ses amis, ni ses collaborateurs, encore moins ses rares conquêtes. Ce navire constituait son échappatoire, son oasis, son havre de paix. Voilà pourquoi il n'y avait songé qu'en ultime recours quand il avait réalisé à quel point ils devaient faire profil bas le temps d'analyser la situation et de se consacrer à leur enquête.

Mais, en y réfléchissant bien, coincer Kinley en pleine mer lui permettrait de mieux la protéger. Il retrouverait peut-être le sommeil, n'ayant plus à la surveiller en permanence par peur de la voir s'envoler d'une seconde à l'autre.

Si elle avait accepté de coopérer, il ne fallait pas la croire sur parole pour autant. Il l'avait mise dos au mur, à l'instant où elle trouverait une ouverture, elle s'enfuirait.

Car elle n'avait rien connu d'autre après avoir échappé aux griffes de ses parents.

Jameson, lui, ne lui avait pas promis de travailler avec elle. Quand elle comprendrait qu'il ne la laisserait approcher aucun appareil électronique, elle brûlerait de rage.

La main levée à hauteur du front, Eric reprit.

— À vos ordres. Je vais prévenir l'équipage.

— Assurez-vous bien de leur expliquer le stratagème. Kinley est une vraie renarde.

Si elle s'ennuyait, elle se mettrait vite à fouiner par pur principe.

Jameson observa le capitaine s'éloigner. Il laissa son regard errer sur la coursive, les équipements de luxe, les éclairages élégants et autres signes de richesse. Il s'était donné un mal fou à mériter la *Dame* et l'avait achetée au début de sa carrière. Certes, avant qu'il décide de se ranger plutôt du côté des bons que des méchants.

D'habitude, il se détendait sur ce navire. Pas aujourd'hui. Très certainement à cause de cette femme à son bord.

Autant en terminer rapidement. D'un soupir, il décida de la rejoindre... Et des remontrances l'attendaient à coup sûr.

Kinley étudiait le pont. La plupart des gens, si on les plongeait dans le luxe, s'accorderaient un brin de détente. Elle n'y parvenait pas. Son corps vibrait de trop d'impatience et d'énergie.

Le message reçu avant d'arriver à Tampa n'aidait en rien : une demande anonyme de rendre l'argent volé. Ce n'était pas la première fois qu'on la menaçait. Encore moins la dernière. Cependant, qui donc était capable de lui écrire depuis une adresse impossible à traquer ?

Un bref instant, elle songea à en parler à Joker puis se ravisa aussitôt.

Elle voulait agir. Elle devait agir.

Mais dès qu'elle tentait de quitter le salon extérieur, un membre d'équipage surgissait pour l'en empêcher. Ils ne manquaient pas de politesse, ça non, cependant ils avaient manifestement reçu l'ordre de ne pas la laisser errer à sa guise.

Joker ne lui faisait décidément pas confiance. Comment lui en vouloir, après tout ? Elle éprouvait une méfiance similaire à son égard.

— Depuis ce pont où l'azur et la mer turquoise s'effleurent, avec l'horizon pour seule distraction, je me sens toujours tout drôle.

Elle ne l'avait même pas entendu arriver. Pour un type cloué devant son écran toute la journée, il se déplaçait avec la grâce et la discrétion d'un ninja.

Kinley l'observa, laissant ses yeux traîner de haut en bas puis de bas en haut.

Jameson leva les sourcils sans pour autant réagir à cette attitude calculée. Il ne se raidit pas. Il ne s'agita pas ni ne sembla nerveux. Il se contenta de ne pas bouger pour s'offrir en spectacle.

Quelque chose dictait à Kinley que cet homme cachait bien son jeu. Il donnait au monde une certaine image de lui, cependant elle avait cru cerner autre chose derrière ce masque.

Ce qui avait le don de l'agacer et d'attiser sa curiosité. Car si cette réalité lui intimait de ne pas s'ouvrir à lui, quelque chose au plus profond de son être lui ordonnait le contraire. Une grossière erreur en soi.

— Tu pars souvent en mer ?

Quitte à être coincée avec lui, autant lui poser des questions. À la fin de toute cette histoire, ils retrouveraient leur train de vie normal et rejoueraient au chat et à la souris. Lui soutirer de nouvelles informations s'avérerait alors utile.

— Pas assez à mon goût.

— Tu parles d'une réponse.

Kinley pivota légèrement pour s'appuyer contre le bastingage ciré, dos à la mer. Une position plus favorable pour l'observer.

— C'en est presque décevant, Jameson.

— Oui, c'est banal, admit-il en haussant les épaules avec un sourire en coin. Mais c'est vrai.

— Es-tu donc si surmené que ça ?

— Que veux-tu que je te dise ? Ton frère sait se montrer très convaincant quand il convoite quelque chose. Stone Surveillance s'est taillé une belle réputation et une clientèle parmi l'élite.

Sa fierté trahissait sa certitude d'agir au nom de la justice. Kinley, elle, émettait des doutes. Selon elle, le pouvoir et l'argent se retrouvaient rarement entre les mains de gens bien intentionnés. Évidemment, tous n'étaient pas le mal incarné, mais...

En sachant que son demi-frère et ses deux associés avaient séjourné en prison, même forts de leur fortune et de leur carnet d'adresses, Kinley se figurait sans problème le profil type de leurs clients.

— Mais, tu ne travailles pas que pour lui.

Une affirmation, pas une question. Elle le savait, Joker restait indépendant.

— Non, même si je traite de plus en plus avec son entreprise. J'ai la chance de pouvoir faire le difficile vis-à-vis de mes contrats.

Et ce depuis toujours. Joker était devenu une légende dans leur milieu. Il avait acquis la réputation de refuser des offres exorbitantes. Mystère et imprévisibilité ; les ingrédients de sa réussite.

— J'espère que chercher mon argent n'empiétera pas sur tes autres missions.

Elle affichait une mine joviale sans en penser un traître mot. Il lui répondit d'un air tout aussi enjoué.

— Pas de problème, *cucciola*, je sais faire plusieurs choses à la fois.

— Tu me prends pour ta chienne ? s'indigna-t-elle.

Cet éclat dans ses pupilles la mit hors d'elle. Cette ordure se moquait d'elle.

— Tu devrais changer de professeur.

— J'ai appris toute seule, merci.

Elle avait débarqué dans un pays où elle ne parlait pas la langue et avait dû s'adapter au triple galop. Elle s'enorgueillissait de sa maîtrise de l'italien. Jusqu'à ce que le grondement grave de son rire lui tape sur le système.

— Dans ce cas, révise tes petits noms affectueux.

Une vague de chaleur la submergea, suivie d'un frisson. Non, elle refusait de céder à cela pour l'instant.

— Quand pourrais-je récupérer mon ordinateur ? Je dois me mettre au travail si je veux retrouver mon argent.

Lentement, Jameson fit non en silence.

Elle fronça les sourcils.

— Comment ça, non ?

Il n'allait quand même pas la planter au milieu du golfe du Mexique sans ordinateur !

— Hors de question que je te donne accès à mon installation. Soyons honnêtes, à ma place, tu agirais de la même manière.

Elle voulut nier puis se ravisa dans la seconde. Maudit soit-il, il avait raison. Il était trop malin pour cela, et ses systèmes à elle ne se résumaient pas à un simple fatras de logiciels reliés au hasard pour surfer sur Internet. L'autoriser à poser ses doigts sur son ordinateur équivalait à le laisser déterrer des informations dont elle ne voulait pas le voir s'approcher.

— J'ai apporté mon PC.

Rien d'aussi puissant que les siens, mais cela suffirait.

— Il me faut juste une connexion à Internet.

Il parut méfiant. Soit... Elle non plus ne lui accorderait jamais une telle requête. Pour eux, un simple accès en ligne se transformait en arme fatale.

— Je ne vais pas me tourner les pouces, Joker.

Jameson attrapa un verre de vin sur le bar près de lui. Il glissa ses doigts sur les siens pour desserrer le poing de Kinley. Il lui plaça ensuite le ballon froid dans la main. Prise entre la chaleur de la paume de Jameson et la fraîcheur du verre, elle faillit trembler. Elle refusa de tomber si bas.

Il se pencha en avant pour se fondre à son regard. Un papillonnement incompréhensible agita la poitrine de Kinley. Appréhension. Doute. Absolument aucune attirance...

— C'est l'affaire de deux ou trois jours. Tu trouveras bien de quoi t'occuper.

Il semblait sous-entendre tellement de choses. Envisageait-il vraiment cela ?

En soi, elle aurait dû lui en vouloir d'un tel culot. Mais comment s'énerver quand son ventre se nouait et que des étincelles passionnées lui picotaient la peau ?

Peu habituée à fuir ses problèmes, Kinley préféra lui faire front. Elle arqua un sourcil, adopta une posture alanguie contre le bastingage et pencha la tête sur le côté, la bouche en cœur.

— Désirerais-tu devenir ma chose ?

Il éclata d'un rire à la fois sincère et solaire. Il irradia tout à coup, et les papillons dans le ventre de Kinley s'agitèrent de plus belle. Ses lèvres la picotèrent, son corps vibra d'une envie qu'elle n'avait plus ressentie depuis longtemps.

Quelle plaie que ce type possède un tel pouvoir sur sa libido !

— Non, je ne te confierai pas mon attirail. Informatique ou plus personnel…

— De quoi ? Me prendrais-tu pour une mante religieuse ?

Des pattes d'oies se dessinèrent au coin de ses yeux quand il leva les mains devant lui.

— Non, pas du tout. Mais, on ne s'apprécie pas, aussi je crois que coucher avec toi s'apparenterait trop à de la lutte.

Elle voulut se défendre… son corps envisageait déjà la nature réelle de leurs ébats… cependant, une telle réaction jouerait en sa défaveur. En vérité, cela servirait uniquement les intérêts de Joker.

— J'ai compris, tu ne me laisseras pas profiter de ce corps sublime pour passer le temps.

Elle ne doutait pas qu'il cachait un physique incroyable.

— Et donc ? continua-t-elle. Suis-je censée faire des longueurs dans la piscine, lire un livre, jouer au solitaire ?

— C'est toi qui vois.

Rachel se présenta alors sur le pas du salon. Elle garda le silence, et Jameson lui adressa un signe discret. Elle disparut d'un hochement de la tête.

— Allons déjà manger. Rachel est une chef phénoménale.

Kinley n'en doutait pas. Quelque chose lui dictait que Jameson ne s'entourait que de personnes phénoménales.

Le dîner s'apparenta à un véritable festival. En temps normal, il ne s'embarrassait pas de formalités. L'équipage avait vite compris qu'une fois à bord il aspirait au calme et à rien d'autre. Il venait pour s'évader et se détendre.

S'il aimait son métier, cela n'empêchait pas non plus les crises. Enlèvements, condamnations à tort, espionnage industriel, sécurité nationale… Certains contrats alimentaient son compte, très généreusement d'ailleurs, d'autres lui assuraient la plénitude morale. Chacun lui tenait à cœur, d'où sa tendance à en refuser certains. Néanmoins, cela impliquait souvent beaucoup de stress à évacuer.

La salle à manger se trouvait à côté du salon principal, décorée en nuances de gris, de blanc et ponctuée de touches de rouge écarlate. La *Dame de cœur* ne se parerait d'aucun autre atour, après tout.

Les appliques cachées dans les murs et sous les meubles encastrés baignaient la pièce dans une lumière blanche. Jameson venait rarement ici. Trop guindé à son goût. Les quelques fois où il s'y installait pour manger, il songeait simplement à tout redécorer pour rendre les lieux... plus à son image. Il ne s'était jamais donné cette peine, jusque-là. De nombreux espaces de ce navire titanesque s'avéraient inutiles.

Il avait même autorisé l'équipage à se servir du salon à sa guise.

Ce qui justifiait sans doute le petit ricanement de Rachel quand il lui avait expliqué que Kinley et lui dîneraient ici, ce soir-là. Sans un seul mot, elle en avait dit bien assez.

Ses employés pensaient assurément qu'il se passait quelque chose entre eux, et c'était leur droit. Cependant, tout irait bien mieux s'ils ne posaient pas trop de questions tant qu'ils se trouvaient en mer.

Cela expliquait également tout le mal que s'était donné Rachel avec ce repas à sept plats, une extravagance qu'il n'aurait même jamais exigée. Il fallait pourtant bien l'admettre, quelle chef hors pair !

Elle venait tout juste de leur servir deux pâtisseries à la crème chantilly et à la compote de fruits rouges entre deux couches de pâte feuilletée glacée au miel et à la gelée de framboise. Des entrelacs inspirés décoraient l'assiette. Jameson en salivait d'avance.

— Tu baves comme si tu mourais de faim. Incroyable... Ça fait une heure et demie qu'on n'arrête pas de manger.

Kinley avait très peu parlé durant tout le repas. Il avait bien tenté d'entamer la conversation, toutefois des réponses monosyllabiques lui avaient rapidement fait comprendre le manque d'intérêt de la jeune femme.

— Ah, voilà que tu as envie de discuter, maintenant ?

Sa grimace aurait dû lui ôter tout son charme. Mais non... Cela la rendait simplement mignonne, plus abordable. Elle avait embarqué avec le peu d'affaires contenues dans sa valise. Elle s'était malgré tout arrangée pour incarner un modèle de chic et d'élégance. Elle semblait bien à sa place sur ce yacht extravagant.

— Non, sincèrement, tu vas ne faire qu'une bouchée de ce dessert.

Jameson prit sa fourchette en haussant les épaules.

— Que veux-tu que je te dise ? J'adore ce qui est sucré.

À ces mots, il enfourna dans sa bouche un énorme morceau de la pâtisserie. Il ferma les yeux pour mieux savourer ce délice. La pâte croustilla entre ses dents, équilibrée par la crème fondante. L'acidité des fruits soulignait la douceur, et il aurait juré sentir une touche d'agrume.

Quand il rouvrit les paupières, la première chose qu'il vit fut Kinley en train de le dévisager. Elle le dévorait de ses merveilleux yeux bleus, en un mélange de fascination et d'ébahissement. Sa fourchette, chargée d'une part plus modeste, flottait devant elle, tragiquement oubliée, tristement ignorée.

Il s'enorgueillit un peu de la laisser sans voix. Il se pencha alors en avant pour venir lui voler sa bouchée.

— Hé ! s'écria-t-elle en retirant sa main.

— Trop tard.

Elle secoua la tête puis protégea son assiette derrière ses avant-bras en se reculant avec.

— Pas touche !

Kinley avait brillé par sa nervosité tout le long du dîner. Plus ils s'éternisaient à table, plus elle lui montrait son agacement de devoir passer du temps en sa compagnie.

Le geste de Jameson, purement égoïste et non prémédité, avait néanmoins brisé la glace. Les lèvres délicieuses de la jeune femme cachaient désormais le plus infime sourire. Elle le foudroya du regard.

— Rachel doit bien avoir des restes en cuisine si tu ne résistes pas à ta gourmandise.

— On appelle ça la cambuse.

— Quoi ?

— Sur un navire, on parle de cambuse, pas de cuisine.

Le vague sourire s'agrandit légèrement quand elle leva les yeux au ciel.

— Fantastique...

Par tous les saints, cette trop rare moue amusée devenait... envoûtante. Il dut lutter de toutes ses forces pour ne pas aller l'embrasser.

Surtout pas ! Il s'abaisserait à une bien piètre stratégie. Elle lui enfoncerait à coup sûr son poing dans le nez, à la seconde où il tenterait sa chance.

Une étincelle crépitait entre eux, oui. Comment le nier ? Elle l'attirait depuis des mois. Cependant, ils vivaient dans des mondes trop différents. Elle, la nomade, et lui, sans cesse affairé à enrichir les racines qu'on lui avait arrachées durant son enfance.

Par ailleurs, le demi-frère à qui elle ne parlait plus trônait parmi les seuls amis de Jameson. Ah ! et elle ne l'appréciait pas forcément. Aussi, ces étincelles s'avéraient... gênantes. Et inutiles.

Il tendit le bras en arrière pour attraper la bouteille de vin. Kinley n'avait pas encore vidé son verre depuis le début de la soirée. Il la resservit en l'invitant à boire.

Ils finirent de manger en silence, mais sans froideur. L'atmosphère se détendit presque.

Puis, Eric arriva sur le seuil du salon. Il s'avança sur l'épais tapis pour venir murmurer à l'oreille de Joker. Ce dernier se rembrunit.

— En êtes-vous certain ?

— Oui, monsieur, répondit le capitaine d'un air grave.

Comme prévu, Kinley ne put s'empêcher de s'inquiéter.

— Que se passe-t-il ?

— Rien de dramatique, rassure-toi.

Du coin de l'œil, il la vit céder à une colère vive.

— Ne me prends pas pour une cruche, Jameson Neally. S'il y a un souci, j'exige que tu me le dises. Est-ce qu'on nous a suivis ?

Il culpabilisa brièvement en comprenant pourquoi elle réagissait ainsi.

— Non, ce n'est pas ça.

Eric se recula, les mains dans le dos en attendant ses ordres.

— Nous avons quelques problèmes mécaniques, affirma Jameson.

— C'est-à-dire ? demanda Kinley, les paupières plissées. Un sabotage ?

— Non. De l'usure, c'est assez courant à bord d'un navire de ce genre, malgré une maintenance régulière. Le mécanicien a identifié la panne et a commandé la pièce, mais on ne nous la livrera pas avant quelques jours.

— Quelques jours ?

Kinley bondit de sa chaise, comme prête à s'enfuir. Mais où aurait-elle bien pu aller ? Jameson posa alors une main sur la sienne.

— Pas de panique. Nous avions prévu de rester en mer un ou deux jours, de toute manière.

— Toi, tu avais prévu de rester en mer, pas moi. Je dois retrouver cet argent. Tu sais, celui que tu m'as volé avant de le perdre. Comment veux-tu que j'y arrive, coincée sur un bateau en plein milieu de l'océan quand tu ne m'autorises même pas à utiliser mon ordinateur et me prives de tout réseau ?

— Navire et golfe.

— Comment ?

— Nous sommes à bord d'un navire, pas d'un bateau, et nous naviguons dans le golfe du Mexique, pas sur l'océan.

Elle fit les yeux ronds, et sa main se mit à trembler. Pas de peur, mais de fureur. Un volcan bouillonna aussitôt en elle.

— Fais-moi descendre de ton navire, exigea-t-elle en insistant sur ce dernier mot. Tout de suite !

— Pardonnez-moi, mademoiselle, mais c'est impossible. Nous avons jeté l'ancre et n'irons nulle part sans cette pièce.

— Personne ne peut venir nous chercher ?

— Si, répondit Jameson en regardant Eric. Mais, il n'y a aucune raison.

— J'en vois déjà une : je veux m'en aller, pesta-t-elle d'une voix plus grave.

Joker resserra les doigts sur les siens dans l'espoir de soulager les craintes tapies sous la rage de sa captive.

— Kinley, ça ne change rien.

Elle se renfrogna de plus belle en se dégageant.

— Alors, si je comprends bien, tu me gardes prisonnière ?

En toute honnêteté, il l'avait piégée dès l'instant où elle avait posé le pied sur la *Dame de cœur*, mais autant ne pas le lui avouer.

— N'exagérons rien... C'est un contretemps, voilà tout.

Elle aplatit les poings sur la surface brillante de la table puis se pencha elle aussi en avant, à quelques centimètres du visage de Jameson. Elle brûlait de rage. Ses yeux s'embrasaient.

Ce qui rendit ses propos d'autant plus inquiétants.

— Une cage, même dorée, reste une prison. Toi, plus que quiconque, devrais le savoir.

4

Quelque chose ne tournait pas rond dans cette discussion entre Joker et le capitaine.

Comment un yacht à 26 millions pouvait-il tomber en panne ? N'entretenaient-ils donc pas ce monstre ? Le hasard semblait faire trop bien les choses.

Elle ruminait la situation depuis la fin du dîner. Hypnotisée par le plafond de sa cabine, elle avait cru ne pas trouver le sommeil en raison des circonstances fâcheuses et de cet environnement inconnu. Mais, apparemment, le doux roulis des vagues l'avait bercée.

Or, elle avait ouvert les yeux, ce matin-là, et les rouages de son cerveau s'étaient immédiatement remis en marche.

Quelque chose clochait, son sixième sens le lui assurait, même si elle n'avait aucune preuve. Rien de bien concret hormis son intuition. Cette même intuition qui l'avait protégée, ces douze dernières années.

Non, plus longtemps encore, en vérité. Kinley avait grandi parmi les affabulateurs et les malfrats. L'instinct de survie avait développé en elle un sixième sens, un détecteur de mensonges inné… Et Jameson faisait hurler toutes les sirènes en elle.

Le plus énervant restait la façon de cet homme de vouloir contrôler sa vie. Il l'avait manipulée en la volant, sous prétexte de la protéger. Elle n'avait pas besoin de lui et encore moins de ses méthodes douteuses, elle s'était toujours débrouillée seule.

Si elle avait désiré se trouver sous la coupe de quelqu'un, supporter les manigances, les mensonges et le mépris, elle serait restée auprès de ses parents.

Plus elle en apprenait au sujet de Joker, plus elle le voyait comme leur réplique. Il manipulait les autres. Il menait sa mystérieuse vie clandestine sans jamais se dévoiler vraiment. Une façade permanente. Ce yacht, par exemple... Jameson possédait une fortune, mais Kinley ne l'aurait jamais deviné si elle n'était pas montée à bord.

Les gens bien n'avaient pas à cacher qui ils étaient réellement.

Malheureusement, son corps réagissait de façon peu pragmatique dès qu'elle s'approchait de ce type. Ce qui avait le don de la mettre hors d'elle. Par tous les diables, pourquoi n'arrivait-elle pas à se contrôler ?

Quoique, peut-être pourrait-elle en tirer parti. Il existait une alchimie réelle entre eux. Difficile de l'éviter quand ils se retrouvaient coincés sur ce navire. Aussi pourrait-elle se servir de son seul atout.

Kinley fixa du regard la penderie, pleine de vêtements sans doute à sa taille. Elle se demandait encore comment il avait fait pour tout acheminer à bord. En vérité, cela en devenait même effrayant.

Pour quelque raison perverse, un minuscule bikini bleu clair attira son attention. Peut-être à cause de la couleur ; elle lui évoquait la mer Égée et une petite île dans les Cyclades. À peine quelques bouts de ficelles et trois triangles de tissu maintenus ensemble par la magie et les fantasmes. Jamais elle n'aurait osé arborer un tel accoutrement en public. Mais, il n'y avait personne à bord, en fait. Le léger tangage sous ses pieds lui rappela que personne ne viendrait la reluquer.

Restaient les membres d'équipage, cependant Kinley avait vite compris leur tendance à la discrétion et la pudeur. Ils se moqueraient bien de ce qu'elle portait. Ou de ce qu'elle ne portait pas.

En resongeant au dîner de la veille, à cette étincelle entre eux, Kinley se dit *oh, et puis tant pis*. Elle arracha donc le bikini du cintre.

Elle faillit se raviser face au miroir. Elle exhibait tant sa peau olive qu'elle voulut se cacher derrière ses mains. Non, hors de question.

Elle releva le menton, dissimula la clé USB qu'elle portait religieusement, attrapa un drap de bain sur la pile du placard puis se faufila en haut des escaliers étroits, vers le pont supérieur. Depuis le point le plus élevé du navire, elle pouvait admirer la mer étendue à l'infini tout autour. Une brise agréable adoucissait les ardeurs du soleil.

Elle étala sa serviette sur une chaise longue puis ne s'embêta même pas à vérifier la température de la piscine avant de plonger. Des vaguelettes froides lui léchèrent la peau nue, lui donnant la chair de poule.

Le bassin n'offrait pas assez d'espace pour s'exercer ni nager vraiment, mais s'enfonçait assez profondément pour la laisser s'immerger entièrement. Elle resta donc sous l'eau jusqu'à ce que ses poumons ne tiennent plus. Elle jaillit à la surface en quête d'une grande bouffée d'air, éblouie par le soleil ardent. Elle releva la tête, jetant ses cheveux en arrière.

Elle éprouva une certaine paix, oubliant même la tension, son éternelle compagne.

— Mais, qu'est-ce que tu fabriques ?

Pourquoi avait-il dû briser la quiétude ?

Kinley porta une main en visière en clignant des yeux.

— À ton avis ?

L'agacement et une envie impie nouèrent le ventre de Jameson. Il avait cru s'étouffer quand Kinley était apparue sur le pont dans ce maillot de bain.

Non pas qu'il n'eût pas remarqué ses formes, bien au contraire. Grande et élancée, elle exhibait des courbes là où il fallait. Toutefois, avoir prêté attention au physique de la jeune femme habillée n'avait rien à voir avec le fait de l'admirer dans son plus simple appareil.

— Tu te promènes nue.

Ses paroles prirent des accents de sévères remontrances, bien plus acerbes qu'il ne le souhaitait.

Apparemment, cela passa au-dessus de l'accusée. Kinley haussa les épaules puis vint se laisser tomber sur une des chaises longues. Elle attrapa ses lunettes de soleil sur la petite table adjacente et se cacha les yeux derrière les grands verres.

— Non. Je porte un des bikinis que tes employés ont mis dans la chambre.

Jameson devrait expliquer à Meg les principes de la pudeur.

— Mais, on voit tes fesses !

Il savait de quoi il parlait, il en avait admiré la ferme rondeur à son arrivée. Le mince tissu relevait la forme du bas de son dos avant de disparaître entre ses jambes.

— Ne regarde pas, si ça te dérange tant que ça.

Comme si c'était possible ! Il devait réprimer son désir pour elle, cependant Kinley anéantissait toute logique. Il la gardait ici contre sa volonté. Elle ne l'aimait pas. Et même dans l'éventualité où elle partageait ses envies, à long terme, cela importerait peu. À la première occasion, elle prendrait le large.

Car Kinley ne restait jamais nulle part.

Sa légèreté n'aidait en rien. Tout comme la bosse naissante en pleine bataille contre la braguette de Jameson. Il ne souffrait pas autant quelques minutes plus tôt. Il pivota sur sa hanche en quête de soulagement, mais en vain.

Le devant du bikini s'avérait presque pire. Des ficelles reliaient de minuscules triangles, à peine assez grands pour dissimuler ses seins, puis remontaient vers sa nuque.

Kinley défit alors le nœud. Les fils serpentèrent sur son corps, vite rejoints par les triangles.

Jameson resta coi, cloué au pont un instant. Il réagit sans réfléchir et fonça chercher une serviette dans un placard non loin de là puis revint couvrir Kinley.

C'était soit cela ou la prendre dans ses bras pour l'embrasser éperdument, issue à laquelle il ne pouvait se résoudre.

Il se retrouva à genoux, à moitié penché sur elle, leurs visages presque collés l'un à l'autre.

— Qu'est-ce que tu fabriques ?

— Rien du tout.

Si près d'elle, son souffle chaud lui caressa la joue. Un bourdonnement résonna dans sa tête pour s'écouler dans son corps tout entier.

— Tu mens, et nous le savons.

— Et que comptes-tu y faire ? demanda Kinley avec nonchalance.

Un rien séparait sa bouche de la sienne. Jameson baissa les yeux. Sur ce petit vallon aguicheur au creux de sa lèvre supérieure. Le bout de sa langue se montra, humidifiant d'un geste délibéré la lippe inférieure pour mieux disparaître aussitôt.

Il voulut se lancer à sa poursuite. La débusquer avec la sienne. Savourer chaque atome de sa peau chatoyante.

Jameson attendit qu'elle le repousse. Qu'elle lui crie après. Ou n'importe quoi d'autre.

Le temps ralentit entre ses battements de cœur. Son cerveau hurlait ; il existait trop de raisons de ne pas s'aventurer sur ce sentier. De ne pas commencer. Car s'il goûtait à son fruit, il craignait trop de ne plus jamais pouvoir s'en passer.

Si c'était elle qui jouait avec le feu, ce serait pourtant lui qui finirait en cendres.

— Et puis tant pis ! gronda-t-il pour lui, non pour elle, avant de céder à son caprice.

À peine leurs bouches se trouvèrent qu'il fut perdu. Toute raison éclata en mille morceaux. La vibration de son sang s'accentua pour mieux noyer le moindre son et chaque sensation étrangère à Kinley.

Elle resta immobile plusieurs secondes, acceptant en silence son offrande. Cela ne dura pas. Elle se pencha en avant afin d'accueillir son baiser. Non, plus encore… Elle imposa ses propres règles.

Ce frisson, ce goût, sa façon de lui rendre chaque caresse de la langue. Ses mains trouvèrent les cheveux de Jameson pour s'y enfouir profondément. Elle s'en servit pour le maîtriser de telle sorte qu'il sentit un éclair le traverser de pied en cap.

La serviette, complètement oubliée, tomba par terre. Jameson lui passa les mains sur les bras avant d'atteindre son cou pour mieux redescendre sur ses seins. Sa peau le brûlait, non pas à cause du soleil, mais de cette même passion en lui.

Ses doigts titillèrent le bouton durci de ses tétons. Un miaulement jaillit de sa gorge. Jameson s'en délecta, avide de lui en arracher d'autres. Sous ses caresses, Kinley se cambra, supplique silencieuse de le voir continuer. Il n'éprouva aucune difficulté à lui accorder sa requête.

Une noyade… Il se noyait en elle. Il trouva cela à la fois ensorcelant, déconcertant et sidérant.

Ses mains à elle errèrent alors sur son torse. Elle tâtonna vers le bas de son T-shirt humide de s'être collé à elle, pour mieux profiter de sa peau nue. Jameson ferma les yeux dans un pur moment de félicité en sentant ses doigts glisser sur ses pectoraux. Elle joua sans hésiter sur ses côtes, sur ses abdominaux. Elle l'explorait, s'emparait de lui, en exigeait toujours plus.

Kinley ne badinait pas. Elle se languissait de cet orage entre eux, elle ne s'en cachait pas.

Un bruit de l'autre côté du pont balaya les brumes du désir qui avaient soudain tout englouti.

Jameson se tourna pour remarquer qu'un de ses employés leur avait discrètement apporté un plateau de viande, de fromage, de biscuits et de fruits qu'il avait fait préparer pour Kinley avant de la voir et la rejoindre.

Cette interruption les ramena à la froide réalité. Mais à quoi songeait-il, enfin ?

Il n'avait plus commis un tel impair depuis des lustres. Bon sang, il payait encore pour certaines de ses erreurs passées. Inutile d'en rajouter. D'autant moins avec la petite sœur de son ami.

— Désolé, fit-il.

Il ne savait cependant pas s'il s'adressait à lui ou à elle.

Elle ne lui facilitait assurément pas la tâche. Il en garderait pour preuve les marques qu'avait dû lui laisser sa braguette sur le sexe.

S'allongeant en arrière, Kinley passa les bras derrière la tête pour mieux exhiber sa poitrine tel un buffet privé avant de lui adresser un sourire de diablesse.

— Aucun problème.

Elle n'essaya même pas de se couvrir avec la serviette ou le maillot. Elle resta là, à moitié nue, comme un défi.

Non, il ne céderait pas. Il ne pouvait pas.

Elle le détestait, à raison, et cette attitude constituait donc une pirouette propre à le manipuler. Il comprenait la manœuvre même si celle-ci lui laissait un problème encore irrésolu entre les jambes.

Kinley semblait hors de contrôle à ce moment précis, et elle l'était. Elle vivait dans un monde chaotique où elle rétablissait des injustices et traquait les criminels sans même rien devoir à personne. Et Jameson venait de la priver de tout cela, au moins pour quelques jours.

Il ne pouvait donc pas en profiter.

Sans même préciser que son frère le tuerait s'il apprenait la façon dont il l'avait retrouvée, volée et plus ou moins kidnappée avant de l'amener au septième ciel.

Car s'il reposait les mains sur elle, la situation dégénérerait à coup sûr.

Jameson prit une longue inspiration en quête de courage puis finit par dire :

— Couvre-toi, s'il te plaît.

Malgré sa voix gutturale et rauque, il avait réussi à parler, véritable victoire en soi.

— Non.

— Pardon ?

Elle releva le menton. Des mèches soyeuses avaient fui son chignon haut pour lui chatouiller les joues. Jameson voulait tant enfoncer ses doigts dans sa chevelure pour attirer Kinley contre lui.

— Non, je ne me couvrirai pas. Je ne te faciliterai pas la tâche. Je me fiche bien de te mettre mal à l'aise. Tu m'as pris pour une imbécile, tu m'as piégée au milieu de nulle part, tu m'as escroquée et menti.

Comment le nier ? Cependant, elle interprétait ses actes de la pire façon imaginable.

— Tu as aimé ce baiser, monsieur le prude. Autant que moi. Si la vie m'a bien appris quelque chose, c'est à ne pas m'excuser de mes envies ni de ce qui me procure du plaisir.

Vraiment ? De ce qu'il avait vu après des mois de surveillance, elle semblait rarement s'accorder un petit caprice.

Le moment ne s'avérait pas opportun pour le lui rappeler. Il se contenta d'une autre vérité.

— Ton frère n'aimerait pas que je couche avec toi.

Elle afficha aussitôt un visage de marbre.

— Je n'en ai rien à faire de ce que Gray pense. Il ne fait pas partie de ma vie.

— Par ta faute, Kinley. Il voudrait bien, mais refuse de s'imposer. Il comprend ce que tu as traversé.

Elle émit un léger reniflement désabusé.

— Mais bien sûr…

Comment en étaient-ils arrivés là ? D'un instant à l'autre, ils étaient passés d'un baiser fougueux à une discussion au sujet de son frère. Au moins, cela avait atténué la tension dans son sexe.

Dans tous les cas, rien de bon ne ressortirait d'un débat.

Jameson se leva en soupirant. Il s'en alla sans un mot de plus. Le mieux restait encore de retrouver l'argent de Kinley. Elle regagnerait alors la complexité et le tumulte de sa vie d'errances, et la tentation de la garder près de lui s'évanouirait.

Ensuite, il dirait à Gray où la trouver afin que frère et sœur règlent leurs différends. Sans Joker coincé au beau milieu de leurs histoires.

Kinley l'observa partir, un brin frustrée, déçue, et encore brûlante de désir. Cet homme représentait un réel danger. À bien trop d'égards.

Elle refusait de reconnaître son attirance pour lui, seulement son corps ne l'entendait pas ainsi. Les palpitations de ses veines lui hurlaient l'impossibilité de ne rien partager avec lui. Si elle s'arrangeait pour l'éviter, alors peut-être changerait-elle le cours des choses. Or, coincée sur un yacht en sa compagnie, elle n'en avait pas la force. Ni l'envie.

Ils étaient tous les deux majeurs, célibataires et conscients de leur attirance. Bien sûr, leurs vies n'étaient pas les plus ordonnées de l'univers, mais cela n'empêchait pas son être tout entier de s'électriser.

Aussi, si coucher avec lui restait inéluctable, alors autant garder un tant soit peu de maîtrise sur la situation. Elle préférait en tirer profit de bien d'autres manières que par ce formidable orgasme qui l'attendait dans un avenir proche.

Elle donnait de toute évidence des idées à Jameson. Pourquoi ne pas en éveiller de nouvelles en lui, ce soir ? Heureuse de son plan, elle se détendit sur le transat.

Elle avait beau avoir des millions de dollars... Enfin, autrefois... elle ne s'était jamais accordé le luxe inhérent à une telle fortune. Elle ne séjournait jamais dans des hôtels cinq-étoiles ou autres palaces du genre. Elle acquérait uniquement des bolides dans l'éventualité d'une fuite d'urgence et parce qu'elle adorait la vitesse et l'adrénaline.

Cependant, pas de manoir pour elle. Misère, elle ne s'était même pas acheté une maison plus modeste. Elle trouvait des locations et payait son loyer en espèce, si possible. Elle dépensait tout son argent en matériel informatique, ne s'offrant que la crème de la crème, mais autrement, Kinley menait un train de vie banal.

Aujourd'hui, elle savourerait ce luxe. Elle profiterait de ces gens à son service. Elle se dorerait au soleil, se prélasserait dans la piscine et se relaxerait dans le jacuzzi.

Pour mieux jouer son rôle, elle s'assurerait de commander un flux continu de cocktails, toute la journée… avant d'en vider le contenu quelque part à l'abri des regards. Si l'équipage rendait des comptes à Jameson, et c'était sans doute le cas, il lui signalerait qu'elle avait eu la main forte sur l'alcool.

Elle avait dû puiser dans toutes ses ressources pour jouer les princesses insouciantes quand en réalité elle ne s'était jamais autant ennuyée de sa vie. À bien y songer, Kinley ne se souvenait pas d'un seul jour où elle n'avait absolument rien fait, en douze ans. Ses doigts la démangeaient de pianoter, son cerveau fourmillait d'idées qu'elle ne pouvait concrétiser.

Au moment où le soleil se mit à plonger derrière l'horizon, elle poussa un soupir soulagé. Elle prit ses affaires avant de regagner sa cabine. Après une douche, elle se pomponna, autre réflexe des plus rares chez elle. Coiffée, maquillée, elle s'observa dans la glace.

Elle se passa en revue de la façon la plus objective possible, la tête inclinée sur le côté. On l'avait toujours comparée à Cece, sa mère, une pétillante danseuse de music-hall à la beauté envoûtante. Kinley ne lui ressemblait en rien, on le lui avait rabâché sans cesse. Certes, elle ne manquait pas de charme, mais pas à s'en décrocher la mâchoire. Elle ne mènerait jamais une revue, par exemple.

Elle s'en moquait, pour tout dire. Sa mère avait beau l'avoir houspillée pour son absence de glamour et de sophistication, Kinley n'en avait jamais voulu. Elle se sentait parfaitement bien dans sa peau.

Ses cheveux noirs s'alliaient à la perfection à son teint mat. Ses yeux en amande lui conféraient un air mystérieux, bien mis en valeur ce soir-là grâce à un peu de mascara et de fard. Elle avait appliqué un rouge mordant à ses lèvres pour mieux faire ressortir l'azur de ses iris.

Kinley avait pris le temps de boucler sa longue chevelure lisse en vaguelettes subtiles afin d'y donner un peu de volume et de mouvement. Les pointes lui effleuraient la poitrine au gré de ses courbes.

Elle choisit dans la penderie une tenue faussement banale. Après tout, qui ne possédait pas une petite robe noire ? Le cintre ne jouait pas à son avantage, mais le créateur savait assurément ce qu'il faisait, car une fois enfilée…

La jupe s'arrêtait sous les genoux, mais une ouverture audacieuse fendait le tissu, d'un côté, jusque sous la hanche. Le décolleté en cœur laissait son pendentif pendre dans le creux ainsi formé.

Classique, mais théâtrale, tout comme elle les aimait. Encore une fois, elle félicita les employés de Jameson pour leur talent. Même si cela l'angoissait un peu. Comment avaient-ils deviné ses mensurations avec une telle exactitude avant de quitter le port ?

Elle secoua la tête, s'assit sur le lit et pencha le pied pour refermer la lanière de ses Louboutin. La sangle de cuir en T, dotée d'un nœud à l'arrière, ajoutait une touche de perfection à l'ensemble.

Se frottant les lèvres l'une contre l'autre, Kinley se rendit dans le salon. Tout comme la veille, la lumière se reflétait sur les meubles polis, sur des miroirs placés à des endroits stratégiques, sur des bibelots en cristal ou en porcelaine et sur les diverses installations.

Sans lui laisser le temps de réagir, une des subordonnées de Rachel la rejoignit afin de lui tendre un verre de champagne et lui indiquer un assortiment de hors-d'œuvre le long du mur, sous les hublots.

— M. Neally arrive. Il nous a demandé de vous mettre à l'aise.

Kinley accepta la flûte puis but une grande gorgée. L'alcool lui pétilla sur le palais. Elle avait décidé de s'accorder deux verres, au dîner. Pas assez pour perdre les pédales, mais suffisant pour que Jameson la croie encore ivre.

De plus, cela la détendrait peut-être. Elle ne se sentait pas mal à l'aise, simplement à cran. Comme avant un entretien important ; enthousiaste, mais l'esprit encombré d'appréhensions et de légères incertitudes.

Kinley observait à travers les hublots la mer dominée par l'infinité ténébreuse du ciel quand il arriva. Elle n'aurait même pas eu besoin de voir son reflet dans la vitre pour cerner sa présence. Son corps avait réagi bien avant cela.

L'énergie amassée sur sa peau s'intensifia, comme si on l'avait électrocutée. Kinley serra les dents pour ne pas se retourner. Elle le laissa venir à elle ; après tout, ils allaient jouer au chat et à la souris… Tout comme ces derniers mois.

Jameson se posta à ses côtés, s'assurant bien de maintenir une distance raisonnable entre eux. Elle avait cependant observé son reflet déformé le temps qu'il s'avance. Son regard soudain plus vif en s'imprégnant de ses courbes provoqua un frisson en Kinley.

Elle tourna la tête afin de mieux le voir. Il brillait d'un charme inattendu. Il avait noué ses cheveux en un chignon à l'arrière de son crâne. Sa barbe taillée lui soulignait les joues. Sa grande bouche suivait une ligne droite, ni un sourire ni une moue contrariée.

Mais ses yeux, par tous les saints, achevèrent Kinley. Passion et envie se battaient dans les teintes vert pâle. Il se contentait de la regarder, lui prouvant sans un mot à quel point il la trouvait belle. Inutile, son attitude parlait d'elle-même.

Leur fallait-il vraiment partager ce repas ? À cet instant précis, seul Jameson éveillait les appétits de Kinley.

Elle ouvrit la bouche sans trop savoir que dire, mais Rachel l'interrompit en entrant dans le salon.

— Le dîner est servi, annonça-t-elle, suivie de deux employés munis de plats sous cloche.

Ils posèrent le tout sur la table au fond de la pièce puis s'éclipsèrent.

— Après toi, l'invita Jameson d'un geste ample.

Il lui tira sa chaise avant d'aller s'installer en bout de table, à la gauche de Kinley.

— Les recherches avancent-elles ? lui demanda-t-elle.

— J'ai quelques pistes, répondit-il sans la regarder. Les coupables savent ce qu'ils font, ils se sont bien assurés d'effacer leurs traces.

— J'espère bien.

— Comment ça ?

— Tu devrais mourir de honte si c'était un amateur qui t'avait pris de court.

Il grimaça, mais ne la contredit pas.

— Pourrais-tu me dresser une liste de tous ceux qui t'en veulent ?

Elle s'esclaffa d'un rire bref, dénué d'humour.

— Ce serait trop long.

— J'en connais déjà une partie, assura-t-il, songeur. Je tenais à vérifier que je n'en avais pas raté au fil des ans.

Elle ne supportait pas l'idée qu'il ait pu fouiner dans son passé pour en exhumer les secrets, les disséquer comme un cadavre à la morgue. Elle aurait tout de même voulu savoir jusqu'où, et à quel degré d'indiscrétion, il avait poussé le vice.

Avait-il tout découvert d'elle ?

En mâchonnant un bout de steak cuit à la perfection, elle soupira, pensive.

— Tu te rends compte que nous irions plus vite si tu m'autorisais à travailler avec toi ?

Cette fois-ci, Jameson se fendit d'un sourire désolé.

— Hors de question.

Elle haussa les épaules et attrapa la bouteille posée dans un seau au milieu de la table pour se resservir.

— Ça ne coûte rien d'essayer. Je te donnerai la liste demain matin.

— Parfait.

Elle s'égaya en levant son verre plein.

— J'ai tout intérêt à ce que tu réussisses.

— Non.

Jameson se pencha en avant afin de lui ôter sa coupe des mains et la poser hors d'atteinte.

— Tout ce qui t'intéresse, c'est de flirter avec le danger et expier les péchés des autres pour éviter d'affronter tes vrais problèmes.

5

Jameson observa le teint parfait de Kinley virer au rouge écarlate. Malgré sa colère, il fallait le lui accorder, elle savait se contenir. Elle pinça les lèvres, ses yeux pleins d'étincelles.

— Merci pour cette analyse professionnelle de ma vie et de mes motivations, mais je ne t'ai rien demandé.

Elle tendit le bras pour reprendre son verre puis en avala volontairement une généreuse gorgée.

Il ne manqua pas de remarquer qu'elle ne se défendit pas. La manœuvre avait fonctionné, Kinley ne cherchait plus une porte dérobée vers la salle des serveurs.

Elle avait certes tout intérêt à le voir réussir, cependant pourquoi évoquer l'évidence même ? Car son objectif réel se trouvait ailleurs.

Elle ne manquait pas d'astuce. Elle jouissait d'une intuition hors norme et avait appris seule les méthodes qu'elle appliquait pour démanteler des empires du crime. Cette femme impressionnante aurait pu en quelques coups de fil obtenir des postes dans des agences ou compagnies privées.

Elle avait choisi cette vie. Le danger, l'agitation, devoir regarder sans cesse par-dessus son épaule et déménager. Elle survivait depuis si longtemps qu'elle ne connaissait sans doute même pas l'amitié. En tout cas, elle n'accordait sa confiance à personne. Mais comment lui en vouloir ?

Gray ne lui avait jamais rien dit de ses épreuves passées. Inutile, Joker était celui qui avait remonté la piste de cailloux jusqu'à la mère biologique de son ami, jusqu'au truand sur qui elle avait jeté son dévolu et sa petite sœur inattendue. Avant cela, Gray avait tout ignoré de la relation extraconjugale de son père ou du fait que sa mère n'était pas celle qu'il croyait.

La mère de Gray et Kinley, Cece, avait quitté son ancien amant en guise de dédommagement… Son existence tout entière était régie par l'appât du gain. Inutile de les avoir côtoyés pour s'en rendre compte, les parents de Kinley ne valaient rien. Pour preuve, elle leur avait tourné le dos à la première occasion.

Dans le fond, Jameson fulminait à l'idée qu'elle ait eu à subir cela. Aucun enfant ne devrait endurer ce genre d'attitude. Or, de telles histoires semblaient fréquentes. Combien en avait-il entendu quand il était passé de foyer d'accueil en foyer d'accueil, après la mort de ses parents ? Lui aussi avait connu son lot de personnes douteuses.

Kinley et lui s'en étaient bien sortis en fin de compte. Tout dépendait du point de vue, bien sûr…

Kinley pencha la tête en arrière, terminant son champagne. Elle avait visiblement bu toute la journée, d'après l'équipage. Assez inhabituel chez elle, même s'il ne lui avait pas vraiment laissé de quoi s'occuper.

Pourtant, pour avoir passé une bonne heure en sa compagnie, elle n'avait pas eu l'air plus ivre que cela. Elle ne bafouillait pas et marchait droit. Il se demanda si elle n'avait pas discrètement vidé ses verres par-dessus bord.

Kinley repoussa son assiette puis s'adossa à sa chaise pour observer Joker. Un sourire en coin lui fendit les lèvres, à la fois inquiétant et excitant.

— Si je comprends bien, tu refuses de me donner plus de détails.

Il n'avait jamais rien affirmé de tel, mais la contredire ne jouerait pas en sa faveur. Autant se taire.

Kinley se leva en faisant reculer son siège. Une musique

d'ambiance délayait ses accords en fond, comme sur le tempo de ses mouvements.

Elle écarta l'assiette de Jameson pour s'asseoir à moitié contre la table.

— Et si je n'avais pas terminé ? fit-il remarquer, songeur.

Elle lui adressa un bref sourire insouciant puis s'imposa près de lui. Il n'éprouva aucunement le désir de bouger, bien qu'il ait dû. Jameson releva les yeux pour l'observer. Et il attendit.

À quoi jouait-elle ?

Elle enroula le pied autour de celui de la chaise afin de rapprocher Joker. Leurs genoux se touchèrent, ce qui obligea Jameson à écarter les jambes. Elle posa alors les talons sur ses cuisses pour mieux l'emprisonner. Sa robe remonta, révélant une longue plage de peau hâlée.

Il mit les paumes sur les mollets de Kinley et erra tout en haut. Sa chaleur le brûlait. Ses doigts se raidirent, sans trop savoir s'il allait la rapprocher de lui ou l'éconduire.

— Ces chaussures me font mal. Ça te dérangerait de me les enlever ?

L'innocence de sa voix jurait avec les flammes dans son regard. Jameson ne réagit pas. Il était devenu d'airain, pris entre sa raison et ses désirs pour cette naïade en train de s'exhiber devant lui.

— À quoi joues-tu ?

La jeune femme fit lentement passer la pointe de sa langue sur sa lèvre inférieure, laissant un sentier humide sur lequel il aurait voulu s'aventurer.

— Je ne joue pas.

Derrière ses paroles résolues flottait une brume qui évoquait ses envies de se contrôler sans pour autant y parvenir.

Ce qui aurait dû calmer les battements de son cœur, mais ne fit que les amplifier.

— Kinley, descends de là et arrête tout de suite.

Pour leur bien à tous les deux. Jameson tenait ses pulsions

avec une laisse trop fine. Tout ce qu'il s'était ressassé, toutes ses raisons de ne pas la toucher, fondait comme neige au soleil.

Elles n'en restaient pas moins réelles, mais Joker ne pensait plus avoir la force de s'en soucier. Cela ne mènerait à rien de bon, ni pour lui ni pour elle, mais si elle s'obstinait à ne pas lui laisser le choix…

Elle se pencha en avant pour lui susurrer :

— Et si je n'obéis pas ?

Tant pis, il l'avait prévenue.

Jameson bondit de son siège pour passer une main sur la nuque de Kinley, et l'autre sur ses reins. Il la souleva de son perchoir sans effort. Il n'éprouva aucune difficulté à lui faire pencher la tête en arrière pour conquérir ses lèvres.

Le gémissement qu'elle poussa quand leurs bouches fusionnèrent… le chant d'un désir on ne peut plus ardent. Quant au goût de son baiser, il l'anima comme jamais auparavant.

Kinley Sullivan ne présentait aucune réserve, aucune docilité. Oh ! non, elle s'enflammait entre ses bras.

Elle serra les cuisses autour de la taille de Jameson avant d'exiger son tribut à elle en lui arrachant ses vêtements. Leurs langues se livraient bataille, cherchaient à garder l'avantage dans une lutte où ni elle ni lui ne céderaient jamais.

Tout à coup, elle poussa son torse, comme pour les forcer à reprendre leur souffle.

— Attends, attends !

Jameson s'arrêta immédiatement. Il se retint d'explorer le moindre millimètre de son corps.

Kinley haletait. Lui sentait son sang battre sous son pouce posé sur le cou de cette tentatrice. Elle le dévisagea entièrement, même s'il ne comprit pas ce qu'elle cherchait. À se rassurer ? Ce n'était pourtant pas son genre, cependant il ne la connaissait pas vraiment.

Peut-être souhaitait-il en apprendre davantage à son sujet.

Il aurait bien pu la libérer, seulement il n'en éprouvait nullement l'envie et elle l'encerclait encore entre ses cuisses.

Il aurait dû garder ses mains sous contrôle, ne pouvant malgré tout s'empêcher de lui cajoler le cou. Elle avait la peau si douce, soyeuse, et il avait trop pris goût à cette électricité sous ses doigts.

— Qu'y a-t-il, Kinley ? Que veux-tu ?

Elle ferma les paupières un instant avant de les rouvrir d'un coup.

— Je l'ignore.

Quelque chose lui intima qu'elle avait joué avec lui jusque-là. Mais ces quelques mots... Tout devenait bien réel. Elle semblait les avoir cherchés au plus profond de son être, un secret indicible qu'elle ne put s'empêcher de partager.

— Ce n'est rien. Tu n'es pas obligée. Desserre les jambes, que je puisse te reposer. Recule.

Elle fit non de la tête au lieu de l'écouter.

— Je n'y arrive pas.

— Ou tu ne veux pas ?

— Quelle importance ? C'est du pareil au même, non ?

— Non, il existe une différence fondamentale entre incapacité physique et mentale.

Son éclat de rire le chatouilla.

— Dans ce cas, je ne veux pas.

Il ne lui en fallut pas plus.

— Si tu changes d'avis, dis-le-moi.

Il l'étreignit plus fort avant de sortir du salon pour l'amener directement dans sa cabine.

Elle refusait de le lâcher et, même s'ils commettaient sans doute une erreur, il n'aurait pas non plus fait machine arrière.

Elle avait simplement voulu le provoquer, faire diversion, prendre l'avantage dans ce jeu de dupes. Tout lui avait explosé au visage quand Jameson l'avait touchée.

Ce léger tourbillon de volupté qu'elle avait cru fugace s'était changé en un cataclysme impossible à ignorer ou à éviter. Jameson lui avait même laissé plusieurs chances de s'esquiver. Cependant, elle n'en éprouvait nullement le désir. Non, elle avait envie de lui. Sans plus tarder. Malgré leur relation trouble.

Ou peut-être à cause de ces liens fragiles.

Kinley n'aimait pas forcément coucher avec quelqu'un. Elle trouvait cela trop hasardeux. Elle qui n'appréciait pas les aventures sans lendemain ne pouvait malgré tout se permettre mieux. Pas de faux-semblants ; rien que l'envie.

Elle le désirait et se réjouissait qu'il la désire en retour.

Dès l'instant où la porte se referma derrière eux, elle toucha terre. Jameson ne perdit pas de temps et l'emmena contre le lit gigantesque. Leurs bouches s'unissaient encore et encore, et tout autour d'elle disparut. Tout sauf lui.

Sa chaleur. Son odeur entêtante… Le musc, le mâle, quelque chose de métallique. Il lui mordilla gentiment la lèvre tandis qu'il ouvrait la fermeture Éclair dans le dos de sa robe.

Le tissu lui tomba sur les épaules pour venir lui frôler les jambes comme une légère caresse.

Ce fut alors qu'il se recula.

Kinley se tenait là, dans ses sous-vêtements en dentelle. Ses cheveux détachés cascadaient sur les bonnets de son soutien-gorge. Elle sentait sa poitrine se soulever puis redescendre contre le tissu tendu, ses seins menaçant de déborder au moindre souffle saccadé.

— Mince, tu es une vraie merveille.

On le lui avait déjà dit auparavant, mais elle n'y avait jamais cru jusque-là. Le regard avide de Jameson ne trahissait rien de factice. Elle détacha son soutien-gorge.

— Merci, murmura-t-elle en sentant les bretelles filer le long de ses bras.

Elle le vit déglutir à cet instant. Les pointes de Kinley durcirent et vibrèrent comme pour mieux attirer l'attention de Jameson.

— Caresse-moi, lui demanda-t-elle.

Il ne se fit pas prier.

— Avec plaisir.

Il lui prit ses seins en coupe. Sa peau rugueuse sur la sienne lui arracha un frisson. Lorsque son pouce et son index se refermèrent sur ses tétons, elle faillit crier sous le coup de cet éclair entre ses reins.

Kinley voulait le voir, elle aussi, si bien que pendant qu'il la titillait, elle le libéra de son pantalon. Son érection brûlait contre sa paume, insistante, intense.

Jameson inspira entre ses dents puis rugit à l'oreille de Kinley. Il la souleva pour l'amener au milieu du lit. Elle prit appui sur les coudes tandis qu'il se relevait, pour l'admirer d'un regard endiablé, les lèvres pincées.

— Tu es censé apprécier, ironisa-t-elle.

— Ne t'inquiète pas, j'aime énormément.

Il prit alors le temps de bien détacher ses chaussures l'une après l'autre pour les laisser tomber par terre.

À genoux entre les jambes écartées de Kinley, il fit lentement courir ses doigts le long de ses mollets vers ses cuisses et le creux de ses hanches. Il s'enfonça sous le triangle de tissu afin de jouer avec les merveilles dissimulées dessous.

Kinley remuait le bassin en une supplique silencieuse. Jameson lui retira en douceur sa culotte à l'aide d'un doigt enroulé autour.

L'air frais contre son sexe la stimula encore plus. Elle le désirait. Voilà pourquoi elle n'hésita pas à lui tendre la main. À le rappeler.

Elle le regarda se dénuder pour le plus incroyable strip-tease de sa vie. Elle avait deviné son corps de rêve sous ses T-shirts et jeans, mais face à cette réalité…

— Comment fais-tu pour avoir de tels abdos en passant tes journées entières devant un écran ?

— Merci le yoga, répondit-il en haussant les épaules.

— Mais bien sûr…

— C'est bon pour apaiser l'esprit et recentrer le corps, plaisanta-t-il.

— Laisse tomber. Le moment est très mal choisi pour me mentir…

Le matelas s'enfonça sous le genou de Jameson entre les jambes de Kinley. Il erra sur ses courbes sans manquer les dévorer de baisers fougueux au passage. Il la mordillait et lui suçotait la peau, et tout le long, elle se sentit prendre feu. Sa barbe rêche lui envoyait des étincelles dans tout le corps. Kinley se tortillait sur les draps, perdue dans ces sensations de plus en plus phénoménales.

Il arriva enfin dans son cou, où il s'attarda assez pour la mordre là où son sang battait avant de lui souffler :

— Rien de tout cela ne sera un mensonge.

Elle se raidit. Car elle le croyait. Or, elle ne se rappelait pas un seul instant où elle avait pu accorder une confiance aveugle à un autre être humain. Le plus cruel restait bien que, si lui s'était convaincu de ne pas se bercer d'illusions, elle connaissait la vérité de leur relation. Du moins, tout avait commencé sur des mensonges.

La tête lui tournait, elle perdait trop rapidement prise sur la réalité déjà floue. Le bien, le mal… Elle ne distinguait plus rien. Dans d'autres circonstances, cette absence de contrôle l'aurait plongée en pleine panique. Mais là, près de Jameson, tout allait bien. En fait, son esprit lui criait de se laisser aller.

Les doigts de son amant trouvèrent l'ouverture brûlante de son sexe et s'y engouffrèrent profondément. Alors, plus rien d'autre ne compta que ces sensations nouvelles.

Kinley crut décoller du lit quand un gémissement alangui s'échappa de sa gorge nouée.

— Vas-y ! Encore, balbutia-t-elle, espérant qu'il l'eût entendue.

Jameson la titillait, allait et venait pour la pousser à se contracter au point qu'elle crut se briser en deux. Il se mit alors à l'embrasser.

— Tu es tellement plus belle quand tu te lâches.

L'orgasme la frappa comme la foudre en plein typhon. Elle trembla de façon incontrôlable sous la puissance de l'extase. Cependant, Jameson ne lui accorda aucun répit quand il s'enfonça aussitôt en elle.

Le sentir ainsi, sur son corps déjà ultrasensible, la propulsa dans un autre orgasme.

— Oh ! bon sang ! soupira-t-elle en se comprimant autour de son sexe.

Le bassin de Jameson se frottait au sien, au rythme régulier de ses assauts. Les brumes alentour s'évaporèrent assez pour qu'elle voie son air béat quand il jouit à son tour.

Quelque chose se posa sur le cœur de Kinley en cet instant d'intimité et de vulnérabilité. Elle faillit l'enlacer pour se blottir au creux de son cou. Ce fut bien en raison de cette envie si irrésistible qu'elle préféra se relever.

Elle se rendit dans la salle de bains pour prendre une douche. Elle n'en avait pas besoin, elle voulait un peu de tranquillité, rien de plus. Le temps d'effacer les « et si » en train de germer au sein de son être chagriné.

Le sort en avait cependant décidé autrement.

Jameson la suivit afin de jeter le préservatif qu'elle ne l'avait même pas vu enfiler. Au moins, l'un d'entre eux avait gardé les idées assez claires.

Elle se fondit entièrement sous les torrents d'eau chaude. Elle s'étonna que son amant la rejoigne. Sans être minuscule, la cabine ne leur laissait pas beaucoup d'espace, non plus. On y tenait à deux, serrés, forcés de se toucher. Non pas que cela importât quand il l'enlaça par-derrière.

— Tu réfléchis trop, dit-il avant que sa bouche cherche de nouveau la sienne.

Jameson regardait Kinley faire semblant de dormir. Il avait bien compris le stratagème, mais ne dirait rien. Il voulait voir jusqu'où elle pousserait ce petit jeu.

Il ne l'avait pourtant pas crue capable d'aller si loin. Un homme plus vertueux y aurait mis un terme bien plus tôt. Cependant, il n'avait rien d'un saint. Au contraire, il trônait parmi les plus horribles personnes imaginables.

Autant ne pas le nier, il avait eu envie d'elle dès l'instant où elle était apparue chez lui. Une fois face à l'objet de son désir, il n'avait pas trouvé la force de résister.

Tout pourrait lui retomber sur le dos, en vérité. Kinley ne lui faisait pas confiance. Elle ne faisait confiance à personne. Elle l'avait déjà accusé de la manipuler, et si elle découvrait toute l'ampleur de sa fourberie, elle exploserait de rage.

Or, il existait quelque chose d'autre entre eux.

Il l'admirait. Pour sa force. Son indépendance. Son talent, son génie. Un sentiment poignant lui donna envie de rester à ses côtés.

Elle lui rappelait sa mère, ce qui lui valut un second petit pincement douloureux. Ses souvenirs d'elle lui évoquaient une époque heureuse, normale. Une vie volée par la tragédie et la malchance.

Il avait passé des années en quête de cet idéal. Une maison dans un quartier non loin d'un supermarché, où des enfants faisaient du vélo. Tout ce temps, il s'était complu dans ces faux-semblants. En surface, il s'était offert la réplique de ce rêve. Il s'était ensuite construit une vie secrète enfermée dans son sous-sol.

Kinley, elle, brisait sans cesse cette illusion. Car en dépit de tout, il l'imaginait bien assise sous le porche à ses côtés, à saluer les voisins.

Cela ne lui ressemblait pas. Elle ne voulait pas de cela.

Ainsi, toute cette histoire avait évolué de compliquée à chaotiquement désastreuse. Malgré tout, Jameson ne ressentait ni remords ni culpabilité d'avoir couché avec elle. Il paierait les pots cassés plus tard, mais le jeu en valait la chandelle.

Pour l'heure, il profiterait de l'instant présent. Qui sait s'ils s'offriraient de nouveau l'un à l'autre ?

Dès qu'elle aurait obtenu satisfaction et quitterait ce lit, elle se retrancherait derrière ses remparts. Les mêmes contre lesquels tout le monde se cassait les dents.

La respiration de Kinley s'apaisa, même si son pouls contre l'épaule de Jameson lui disait qu'elle ne dormait pas. Il entra dans son jeu et adopta une position plus confortable. Il posa la paume au creux de ses hanches puis se força à respirer plus doucement lui aussi. Ses muscles se relâchèrent.

Il ne fallut pas longtemps à Kinley, peut-être vingt minutes, pour se lever en silence. Il la regarda de ses yeux mi-clos rassembler ses affaires sans même prendre la peine de s'habiller.

La porte s'entrouvrit, déposant une lumière blanche sur sa peau de velours. En d'autres circonstances, il aurait apprécié le spectacle de sa grâce.

Néanmoins, combien d'hommes se réjouiraient de voir la femme avec qui ils venaient de passer quelques heures au lit se fondre dans la nuit telle une voleuse ?

6

Bon sang. Elle s'était attendue à tout sauf à cela. Son univers tourbillonnait encore. Personne au monde ne lui avait jamais fait connaître une telle volupté. Et elle ne parlait même pas du plaisir physique ou de cet orgasme incroyable. Ou plutôt de ces orgasmes... mais personne ne tenait les comptes.

Il y avait autre chose. Il savait faire en sorte qu'une femme se sente désirée, forte, séduisante. Jameson Neally brillait par son intelligence, et avoir pu s'attirer l'intégralité de son génie...

Elle ne s'était jamais ouverte au point d'accepter cela. Difficile de se lier à quelqu'un quand la personne ne connaissait même pas son vrai nom. Elle n'avait même jamais espéré désirer cela. Mais, que le ciel lui vienne en aide, elle en avait envie. Elle le voulait lui. Encore. Tout de suite.

Non. Trop dangereux, trop irréfléchi, trop incommode. Kinley ne pouvait se le permettre. Hors de question d'oublier, sa sécurité et son argent virevoltaient aux quatre vents. Elle devait retrouver ces millions, son assurance-vie. Et, si quelque part elle commençait à songer que finir ses jours auprès de Jameson sur ce yacht ne constituait pas la pire fin imaginable, elle ne pouvait se résoudre à sacrifier son indépendance.

Pas après avoir tant bataillé et tant perdu en chemin. Aucun homme et encore moins toutes les extases ahurissantes de la galaxie n'en valaient la peine.

D'accord, la situation avait peut-être un peu dégénéré, mais le plan n'avait pas changé. En fait, cela lui faciliterait peut-être la tâche. Joker avait baissé sa garde, elle pourrait en jouer.

Elle se roula sur le ventre pour poser la tête sur l'épaule de Jameson, bien lovée sous son bras. Elle ferma les paupières en dessinant des formes aléatoires sur son torse. Il la tenait par la taille, sa main enivrante calée dans les plis de sa hanche. Sa chaleur s'insinuait en elle, mais elle refusa de s'y laisser prendre. Elle ne s'endormirait pas à ses côtés.

Peu à peu, elle sentit son torse se soulever plus lentement. Son bras glissa sur le matelas dans un bruit mou.

Elle patienta encore quelques minutes. Tout venait à point à qui savait attendre, selon l'adage.

Ses pensées s'emmêlaient dans une bouillie de honte, de colère et d'envie tout au fond de son ventre. Non, hors de question de se fustiger pour ce qu'elle s'apprêtait à faire. Il avait vidé ses comptes. Il l'avait traquée et manipulée. Elle ne culpabiliserait pas de lui rendre la monnaie de sa pièce.

Lorsqu'elle fut certaine qu'il dormait bien à poings fermés, Kinley se glissa hors du lit sans un bruit. Jameson marmonna quelque chose et remua pour adopter une position plus confortable. Il ne se réveilla pas.

Elle sortit sur la pointe des pieds. Fort heureusement, les meubles étaient vissés au mur, aussi n'y avait-il rien contre quoi se heurter un orteil ou trébucher. Elle ramassa robe, sous-vêtements et chaussures en chemin, gardant le tout dans ses bras.

Elle ne respira pas avant d'avoir bien refermé. Elle ne se rhabilla pas, mais se cacha derrière les vêtements le temps de regagner sa cabine, à quelques pas de là. Puis, elle enfila un short accompagné d'un T-shirt à la va-vite. Elle s'engouffra alors pieds nus vers les entrailles du navire.

S'il ne possédait rien de modeste, le yacht restait petit dans le grand équilibre des choses. Aussi Kinley ne mit pas longtemps à retrouver la salle des serveurs que Jameson lui avait montrée le premier jour.

Verrouillée, naturellement. Elle n'avait pas emporté son kit de crochetage. Elle se laissa aller à la frustration. Elle se frotta les yeux en s'adossant à un mur. *Réfléchissons...*

Jameson devait bien garder un ordinateur, une tablette ou tout autre appareil à portée de main. Bon sang, pourquoi n'avait-elle pas plutôt fouillé ses quartiers ? Cela aurait cependant impliqué de plus gros risques.

Tant pis, elle explorerait le reste du navire pour l'heure puis, si elle ne trouvait rien de probant, se lancerait le défi de s'introduire dans sa cabine le lendemain. Seule.

Elle commencerait par ce pont puis descendrait au fur et à mesure. Avec un peu de chance, un des membres d'équipage aurait apporté son ordinateur portable.

Les lieux adoptaient un tout autre visage, de nuit. Finis, les rayons du soleil ou même l'éclairage astucieux. Kinley ne s'était pas rendu compte du peu de hublots avant de se retrouver dans le noir total. Le bout de ses doigts devint son guide tandis qu'elle tâtonnait le long des coursives.

Le silence angoissant semblait rugir en écho aux battements de ses veines dans ses oreilles. Un grand bruit métallique retentit soudain. Elle sursauta. *C'est quoi ça ?*

Kinley s'aplatit contre un mur pour remonter jusqu'à l'angle. Plus loin, une ligne de lumière s'échappait d'une salle ouverte. Un mélange de sons divers, de mots, de grincements et de cliquetis en provenait.

D'un pas furtif, Kinley s'approcha en tendant l'oreille. Une voix éraillée un peu rustre exprima alors sa colère.

— Je vous dis que ça ne changera rien.

— Je ne veux pas le savoir, rétorqua un deuxième homme. Essayez. Nous n'avons plus rien à perdre. M. Neally nous a ordonné de remettre la *Dame* en état de marche dès que possible.

— Allons bon..., maugréa le premier.

Kinley prit de longues inspirations pour se calmer avant de jeter un coup d'œil furtif par l'embrasure.

Deux hommes, dont le capitaine, regardaient une énorme machine en plein milieu de la salle. Kinley ne le vit pas tout de suite, mais son comparse était à genoux, une grosse clé à molette en main. Celui-ci s'allongea alors à plat ventre pour se glisser sous cette sorte de moteur. Il en ressortit renfrogné.

— Vous voyez bien, je vous l'avais dit que ça ne fonctionnerait pas.

Eric haussa les épaules et le laissa là sans un mot. Kinley sursauta puis remonta la coursive en toute discrétion.

Peut-être la *Dame* était-elle vraiment tombée en panne. Kinley ne savait plus trop que penser. Elle ressentit une inquiétude plus vive tout à coup. S'ils n'allaient pas chavirer, l'idée de se retrouver perdue au milieu du golfe du Mexique ne l'enchantait pas pour autant.

Peut-être, seulement peut-être, avait-elle aussi mal jugé Jameson. Ce manque de discernement, elle ne savait pas trop qu'en faire depuis les événements de la soirée. Cela changeait-il tout ?

Probablement pas.

Il n'avait donc pas menti à propos du navire, mais ne s'était pas gêné à bien d'autres égards. Il l'avait de surcroît privée de son assurance-vie, la laissant seule et dépourvue.

Même si elle avait toujours vécu seule.

Comprendre que les moteurs du yacht ne fonctionnaient vraiment plus ne changeait pas grand-chose. Kinley devait encore mettre la main sur un ordinateur. Rester les bras croisés pendant que Jameson cherchait son argent à elle… cela ne conviendrait plus.

Adossé contre la tête de lit, Jameson regardait les images sous ses yeux. Seule la lueur de l'écran brillait dans la cabine.

C'était une chose de la croire capable de le séduire pour détourner son attention, c'en était une autre d'en avoir la preuve.

Il ne s'en étonna guère, non, cependant il ne put s'empêcher de se sentir blessé dans son orgueil.

On s'était déjà servi de lui dans sa jeunesse, mais la douleur lui sembla plus forte aujourd'hui. Plus qu'il s'y serait attendu.

Une notification de courriel sur le portable cloné de Kinley fit passer son attention d'un appareil à un autre. En le lisant, son agacement se para aussitôt d'inquiétude et d'une colère noire. Le message était clair.

Vous avez quarante-huit heures pour nous rendre l'argent. Nous savons où vous trouver.

Une photo de Kinley en train de monter à bord d'un avion, sans doute à destination de Tampa, accompagnait le mail.

Mince ! Cela n'aurait pas dû le surprendre, cependant il aurait préféré avoir pris toutes ces précautions pour rien. Ces quelques mots envoyés à la jeune femme lui indiquaient tout l'inverse.

Le bon côté des choses restait que Joker réussirait peut-être à remonter à la source de ce courriel et enfin avancer dans son enquête. Par ailleurs, même s'ils la savaient à Tampa, il y avait peu de chance que ces gens les suivent aussi loin en mer. Pas sans se faire remarquer par l'équipage.

Jameson observa de nouveau les images de vidéosurveillance, où Kinley furetait d'une caméra à l'autre sur le navire. À la seconde où elle s'était levée, il avait écrit à Eric pour lui ordonner, à lui et ses subordonnés, d'éviter leur invitée sans la quitter des yeux. Il devait comprendre son plan. Que cherchait-elle exactement ?

Le capitaine, ce roublard, avait même pris sur lui d'organiser une petite mise en scène dans la salle des machines pour entériner l'idée de la panne. Il méritait des félicitations.

Kinley se déplaçait manifestement avec un objectif précis. Sans doute en quête d'un ordinateur, au vu de sa réaction quand il lui avait montré son espace de travail.

Bon sang, il avait même cru qu'elle allait crocheter la serrure.

Non pas que cela l'eût menée bien loin… Jameson avait tout sécurisé. Au cas où.

Cette petite expédition occupait Kinley, au moins. Il s'apprêtait déjà à éteindre l'ordinateur et se coucher, car l'équipage la surveillait et elle n'avait rien trouvé en une heure et demie, quand il comprit vers où elle se dirigeait.

Elle remonta vers le salon puis en direction des cabines. La sienne occupait le fond de la coursive, dans un angle près de la coquerie.

Jameson retint sa respiration quand elle s'arrêta devant sa porte à lui.

L'image sur l'écran sembla se distordre, onduler, tandis qu'elle réfléchissait. Le souffle coupé, il ne sut pas trop ce qu'il espérait d'elle… La voir entrer ou s'éloigner.

Il n'aurait pas le temps de cacher l'ordinateur. Impossible non plus de feindre l'ignorance quant à sa disparition après leurs ébats. Elle lui faciliterait la tâche si elle continuait son chemin.

Or, son seul désir restait qu'elle ouvre cette porte, s'avance jusqu'à lui pour exiger n'importe quoi. Qu'ils se disputent. Qu'elle l'embrasse langoureusement, tout comme avant. Le laisser la toucher et goûter à sa peau encore une fois.

Chaotique mais plaisant. Et si bon, par tous les saints.

D'où son cœur légèrement brisé lorsqu'elle partit à petits pas silencieux.

Jameson ferma les yeux puis pencha la tête en arrière en baissant l'écran de l'ordinateur.

Son corps tout entier se raidissait face à cette femme. En toute honnêteté, cela durait depuis des mois. Devenir esclave de ses pulsions n'avait rien d'avisé, mais seigneur que c'était bon.

Elle lui mentait, elle se servait de lui. Il lui cachait la vérité, il la manipulait. On ne pouvait pas parler de bases solides, encore moins de confiance.

Il la désirait plus que jamais. Kinley Sullivan incarnait la frustration, les problèmes et l'envoûtement. Son passé trouble éveillait la compassion de Jameson, mais il s'inquiétait qu'elle ne démêle jamais la situation dans laquelle elle s'était retrouvée. Elle s'attirait volontairement les foudres de gens dangereux pour le simple plaisir de leur mettre des bâtons dans les roues et pour défendre la justice.

Par ailleurs, si l'éthique de Jameson restait souple par moments, il aimait la croisade de Kinley ou même les sacrifices auxquels elle s'était résolue pour mettre ses talents au service du bien.

Il agissait de même, après tout, bien que personne ne le sache. Sa couverture au sein du FBI et de la sécurité nationale tenait tellement la route que même Anderson Stone n'avait pas reconstitué le puzzle du premier coup.

Jameson comprenait parfaitement pourquoi Kinley menait cette vie. Son chemin à lui vers des actes plus vertueux avait certes été plus long, mais il y était arrivé.

Une chose restait sûre : la jeune femme n'annonçait aucune facilité à venir. Cependant, Jameson se figurait la facilité comme la voie de l'ennui.

Il posa l'ordinateur sur la table de nuit en grognant puis essaya de s'endormir. Comme il n'y parvint pas, il se leva et enfila les vêtements ôtés en toute hâte pour conquérir Kinley.

Cette fois-ci, ce fut à son tour d'arpenter les ponts en silence tel un fantôme. Seulement, lui n'errait pas, il savait pertinemment où il aurait trouvé le fruit de ses désirs.

Dans la cabine de la jeune femme.

Quelle nuit atroce ! Des rêves aussi sensuels que poignants de Jameson en train de l'embrasser, de l'aimer, de la combler de plaisir se mêlaient à d'anciens souvenirs et à ses pires cauchemars. Des réminiscences de son enfance qu'elle croyait depuis longtemps oubliées.

Cette nuit où elle avait fui Las Vegas, seule et apeurée, persuadée de voir les sbires de son père la ramener aussitôt. Un autre soir sous la chaleur des Caraïbes, cernée par les éclats de balles contre les troncs d'arbres tandis qu'elle échappait à un mafieux russe enragé.

Panique et désir ne constituaient pas un bon mélange. Kinley évoluait entre fatigue physique et surexcitation mentale. Tous ses instincts de survie surchauffaient, mais il n'y avait nulle part où aller ni personne à combattre.

À part Joker.

Voilà sans doute la raison de sa mauvaise humeur et de son manque de politesse quand il entra dans le salon où l'équipage avait dressé le buffet du petit déjeuner.

Maudit soit-il d'avoir l'air si radieux quand elle se sentait telle une goule. Ses yeux la picotaient, sa peau la tirait, et une douleur sourde lui martelait les tempes. Et lui qui adressait un grand sourire à la fille qui venait de lui servir du jus de canneberge.

— En voilà une mine réjouie..., grommela Kinley d'une voix sombre.

D'un regard en coin, Joker prit une assiette avant de faire sa sélection dans les plats sous cloche.

— Je ne vois aucune raison de ne pas sourire.

Il s'arrêta près d'elle pour envahir son espace personnel. Son souffle effleura la joue de Kinley, ses cheveux détachés lui chatouillèrent le cou.

— Surtout après une nuit de rêve avec une femme merveilleuse.

La réaction de Kinley se rapprocha d'une véritable torture... Notamment parce qu'elle préféra ne pas obéir à ce crépitement en elle.

Cela ne signifiait pas qu'elle ne pouvait pas contre-attaquer pour autant. Elle se savait assez forte pour jouer à ce jeu sans se mettre en porte-à-faux. Quoique...

Elle se tourna afin que sa poitrine se frotte à son torse saillant.

— Au moins, l'un de nous deux est content de sa nuit, murmura-t-elle, fendue d'un sourire narquois.

Il en resta coi. Elle s'égaya davantage encore. C'était tellement drôle de le pousser dans ses retranchements.

De ce qu'elle avait compris, rien n'atteignait jamais son calme ni son assurance. Elle ne l'avait pas ébranlé jusque-là et se sentit plus forte d'y parvenir enfin.

Même au prix d'un mensonge.

Malheureusement, il se ressaisit dans la seconde.

Bien consciente de devoir se sortir de ce pétrin, Kinley voulut s'éloigner, mais Jameson la prit par la taille. Il l'attira contre son corps élancé.

Elle se remémora leur passion, et son entrejambe palpita et s'embrasa aussitôt. Une impatience teintée de fougue la parcourut. Il aurait pu se pencher pour l'embrasser. Par le ciel, elle aurait pu se mettre sur la pointe des pieds pour s'emparer de ce qu'elle voulait.

Ni elle ni lui ne bougèrent.

Non, Jameson se contenta d'ancrer ses incroyables yeux verts aux siens. Elle ressentit alors un malaise. Elle était piégée. Comme si elle devait prendre ses jambes à son cou.

Ce n'était pas tant l'idée de se retrouver collée à lui que le fait qu'il lise en elle. Elle n'avait jamais laissé personne la voir ainsi. De façon plus intime qu'elle ne l'aurait souhaité.

Elle tenta de se détourner, seulement son corps ne réagit pas aux signaux de détresse dans son esprit. Hypnotisée, cernée, elle resta plantée là, dans l'expectative, à retenir son souffle et se consumer.

Enfin, il exhiba un sourire équivoque en s'avançant. Il lui parla tout bas, même si Kinley eut l'impression d'entendre ses paroles résonner dans toute la pièce.

— Toi et moi savons que tu mens, *cucciola*. Je n'oublierai jamais cette expression de volupté. Ni la façon dont ton corps tremblait contre le mien.

Il baissa encore d'un ton avant de continuer :

— Encore moins ton orgasme quand tu t'es contractée autour de mon sexe.

Misère ! Elle ne s'était pas préparée à cela. Ses mots sensuels lui firent l'effet d'un baiser. Kinley avait l'impression qu'il venait de la caresser. Entièrement. D'un seul geste.

La donne ne jouait pas en sa faveur. Et si son père lui avait bien appris une chose, c'était à disparaître après avoir reconnu sa défaite. Kinley le poussa donc en douceur afin de se libérer un peu. Au cours d'une longue inspiration, elle s'efforça de lui mentir avec le plus de nonchalance possible.

— Si ça te rassure, raconte-toi ce que tu veux, cow-boy.

7

Jameson tenta de réprimer son sourire narquois en observant Kinley s'échapper du salon. Se souvenait-elle au moins qu'elle portait une assiette pleine ? Elle allait peut-être manger sur le pont extérieur.

Ah ! qu'il aimait leurs petites joutes ! Un peu trop, même.

Il ne bougea pas, pris dans le débat entre lui accorder un peu de calme et la suivre pour faire monter la pression. Son téléphone l'interrompit alors. La sonnerie personnalisée annihila tous ses désirs. Il ne voulait surtout pas répondre, cependant il valait mieux. Il sortit le portable de sa poche puis appuya sur l'icône verte.

— Joker, à l'appareil.

— Salut. Où es-tu ?

Il posa son assiette, il avait perdu l'appétit tout à coup. Comme il n'avait pas beaucoup d'amis, il détestait leur mentir. Car s'il ne vivait pas dans la même ville et le voyait peu, Gray Lockwood comptait parmi ses proches. Rien de plaisant ne ressortirait donc de cet échange.

— À la maison.

— Ah...

Cette simple expression résonna telle une détonation dans le ventre de Jameson.

— Bizarre, je suis devant chez toi justement, tu ne réponds pas.

Mince, mince, mince.

Du coin de l'œil, Joker vit Kinley revenir prendre des couverts sur la table en acajou ciré. Elle le foudroya du regard, lança sa longue chevelure de rêve par-dessus son épaule puis repartit. Comme s'il avait besoin de se rappeler cette légère trahison à l'encontre de Gray.

— D'accord, je ne suis pas là, admit-il, se souvenant qu'il n'avait pas de comptes à rendre au frère de Kinley. Que puis-je pour toi ?

— Rien de spécial. Je suis de passage, je voulais t'inviter à déjeuner.

— Que fais-tu à Tampa ?

Il avait parlé avant même de se dire que son ami ne lui devait lui non plus aucune explication.

— Je venais te voir.

— Tu as fait tout le trajet depuis Charleston pour ça ?

Mais pourquoi donc ? Joker se rendait de temps en temps au siège de Stone Surveillance, à Charleston, pour des contrats spécifiques ou régler certains points. Cependant, il ne se rappelait pas une seule fois où Gray Lockwood avait pris l'avion pour une visite de courtoisie.

Ce qui ne présentait rien de difficile ; Anderson Stone fournissait à ses employés un accès illimité à son jet familial. En résumé, son camarade ne s'était jamais donné la peine de sonner à sa porte auparavant.

Pourquoi aujourd'hui ? Justement quand sa cadette se cachait à bord ? Joker plissa le front. Quelque chose clochait.

— Nous avons un nouveau client à Tampa, alors autant faire d'une pierre deux coups.

Retenant son souffle sans même s'en apercevoir, Jameson s'assit contre le buffet.

— Désolé de t'avoir raté. Je fais l'école buissonnière sur la *Dame*.

— Ah, je comprends mieux... Profite bien du grand large, je te rappelle quand tu reviens.

— Super. Dis-moi s'il te faut de l'aide avec ton nouveau client.

— Merci, mais je devrais m'en sortir.

Gray raccrocha. Joker écouta le silence quelques secondes encore avant de ranger son téléphone. Cette conversation lui laissa une étrange sensation. Peut-être s'agissait-il de sa simple culpabilité.

Le plus intelligent à faire resterait de s'installer toute la journée devant un ordinateur. Il n'avait toujours pas retrouvé la trace de l'argent volé. D'autant plus qu'il avait mis en route plusieurs programmes censés pister la transaction.

Il lui fallait essayer une autre approche, en interrogeant Kinley, mais avait repoussé l'échéance. Il devait comprendre qui aurait bien pu s'en prendre à elle, et qui étaient ses dernières cibles.

Son petit doigt lui disait qu'elle ne se montrerait pas très coopérative, ce matin-là. Il faudrait donc faire preuve de finesse.

Manifestement, Jameson voulait quelque chose. Quelque chose d'autre que la déshabiller. Ils occupaient le pont extérieur depuis deux heures déjà, et plus elle passait de temps en sa compagnie, plus elle bouillonnait.

Jameson lui parlait gentiment. Il lui posait des questions... De quoi éveiller la méfiance de Kinley. Cependant, il n'avait rien abordé de trop sérieux pour le moment, comme s'il discutait avec une inconnue dans un bar pour en apprendre un peu plus à son sujet.

Ils avaient dépassé ce stade et ne s'étaient pas rencontrés par hasard.

Il en savait certainement autant sur elle qu'elle sur lui. Tout cela tenait donc de l'apparat. Il voulait l'amadouer vers une prétendue... sécurité ? Intimité ? Confiance ? Non pas que cela importât vraiment. Kinley ne tomberait pas dans le panneau.

Ce qui l'ennuyait presque autant, bien qu'elle refusât de l'admettre, demeurait bien que Jameson n'ait rien tenté de la matinée.

Il ne lui avait même pas effleuré la main par inadvertance ni proposé de lui passer de la crème solaire.

Qui aurait cru que cette absence de contact la rendrait aussi folle que le sentir contre elle ? Son corps brûlait encore de ses caresses. Sa présence court-circuitait le cerveau de Kinley.

Peu de choix s'offraient à elle. Lui tenir tête et lui forcer la main. Lui faire avouer ses objectifs réels ; sans doute le plus sage, mais également le moins drôle. Tenter de le tourmenter comme l'autre jour, mais elle avait déjà joué cette carte peu concluante.

Peut-être devait-elle le prendre à son propre piège, inverser les rôles et l'amener à se détendre puis à se confier.

Elle baissa ses lunettes pour se tourner vers Jameson. Il était étendu sur une chaise longue à moins de deux mètres, sa peau dorée luisait au soleil. Qui donc possédait un tel corps en passant sa vie dans une cave pleine de matériel informatique ?

— Je m'ennuie, fit Kinley en geignant. Donne-moi un ordinateur.

— Non, répondit-il en levant un sourcil.

— Sérieusement..., maugréa-t-elle en se laissant retomber sur le dossier. Je ne supporte pas de me tourner les pouces. J'aimerais au moins vérifier mes mails.

Un regard en coin. Silence. Kinley pensait qu'il l'ignorait, aussi s'étonna-t-elle de le voir bondir de son transat.

Il se posta devant elle en deux pas. Son imposante silhouette la dominait, bloquant le soleil de son ombre froide. Elle sentit son cœur frémir, sans trop savoir si elle devait s'inquiéter ou se réjouir, voire les deux.

Jameson lui tendit la main sans un mot.

— Viens, fit-il quand il comprit son hésitation.

— Où donc ? s'enquit-elle.

Il répondit d'un signe de tête dépité. Kinley accepta alors, lentement. Jameson l'aida à se lever, la mettant sur pied sans aucun effort.

Elle pensait qu'il la lâcherait ensuite, mais il l'entraîna dans les coursives. Ils descendirent le petit escalier en colimaçon tout au fond du navire, vers une porte qu'elle n'avait pas encore remarquée. Pas même durant son exploration nocturne.

Quel choc quand elle se retrouva devant un grand espace ouvert sur l'océan, où attendaient deux jet-skis.

Des jet-skis ? Vraiment ?

Elle pivota d'un coup afin de lui adresser un regard accusateur.

— Tu m'as dit que nous étions coincés jusqu'à l'arrivée de la pièce, pesta-t-elle sans avoir à feindre son indignation ni même ce sentiment de trahison.

— C'est le cas, assura-t-il d'un sourire malicieux.

Kinley écarta grand les bras en direction des deux gros engins sous leurs yeux.

— Les réserves d'essence ne suffiraient pas à regagner le continent. On s'amusera bien avec, mais sans plus.

Kinley se rembrunit. Lui disait-il la vérité ? Elle n'en savait rien, après tout. Elle n'avait jamais piloté une machine de ce type. D'aussi près, elles semblaient gigantesques, cependant elles paraissaient bien plus petites qu'un zodiac. Jameson ne mentait donc probablement pas.

Il passa le bras derrière elle pour appuyer sur un bouton, et le ronronnement métallique d'un treuil se fit entendre. Les jet-skis se mirent à descendre sur l'eau.

Il alla ouvrir un placard pour en sortir deux gilets de sauvetage. Au lieu de lui tendre le sien, comme elle s'y attendait, il l'enlaça d'un bras et l'attira contre lui.

La masse de ses épaules et son torse annihilèrent le reste du monde. Il sentait le mâle, la crème solaire, la tentation sous les tropiques. Il se tenait si près. Kinley éprouva un mal fou à refréner ses envies de le dévorer.

Il lui leva les bras afin de lui enfiler le gilet. Le dos de ses mains lui caressa la poitrine quand il ferma les attaches. Ce ne fut pas avant de se retrouver équipée, les sangles bien ajustées, que Kinley sentit son cerveau se remettre en marche.

— J'y serai arrivée.

Sans la voix rauque et essoufflée de la jeune femme, peut-être y auraient-ils cru.

— Oui, tu sais parfaitement te débrouiller, Kinley. Tu vis seule depuis très longtemps. Mais, de temps en temps, ça ne te ferait pas de mal de laisser quelqu'un s'occuper de toi.

Parlait-il vraiment de ce gilet de sauvetage ?

Une boule se forma dans sa gorge et, sans crier gare, elle sentit ses yeux la picoter vivement.

— Je ne peux pas.

— Mais si, affirma-t-il en lui caressant la joue pour remettre en place une mèche perdue. Tu peux t'ouvrir aux autres. Tout le monde ne veut pas te faire de mal.

— Dit celui qui s'est moqué de moi depuis le début pour me kidnapper sur son yacht.

— J'essaie de te protéger.

— Tu ne me connais pas assez pour te soucier de moi.

— Détrompe-toi, assura-t-il en secouant la tête. Certaines personnes cherchent à t'aider. Des gens qui veulent t'aimer et te mettre à l'abri, des gens qui tiennent à toi et souhaiteraient te connaître.

Pourquoi savait-il trouver les mots justes ?

— L'enfer est pavé de bonnes intentions.

Jameson plongea au plus profond de son regard.

— Je ne veux pas t'entraîner en enfer, Kinley.

Ce fut à son tour d'adopter une moue malicieuse.

— C'est justement ce qu'un démon dirait, Jameson.

Elle devait écourter cette discussion. Heureusement, les jet-skis touchèrent la mer dans un léger clapotis. La diversion parfaite.

Il ignorait pourquoi il lui avait dit tout cela. Oui, l'amener à le croire servait ses intérêts personnels, mais elle ne céderait pas, au vu des circonstances.

Non, il avait décelé sur son visage quelque chose de… vulnérable. Il avait donc voulu la consoler.

Cependant, elle s'était écartée. Peut-être qu'une virée à jet-ski l'amadouerait.

— En as-tu déjà fait ?

— Non.

Avant de l'aider à s'installer, il lui expliqua comment conduire ainsi que les bases de la sécurité, sans quoi son frère le tuerait si elle se blessait.

— Attends-moi avant de démarrer.

Il se retourna en vue d'enfiler son gilet, mais il n'eut même pas le temps de passer un bras dedans qu'il entendait déjà le moteur rugir.

— La petite…, cria-t-il en la voyant filer à toute allure.

Il enclencha uniquement la première boucle en sautant sur son appareil puis mit les gaz.

Il n'aurait pas dû s'étonner que Kinley s'en sorte comme un charme sur le roulis des vagues. Rien ne l'arrêtait.

Elle ne connaissait pas la peur, fait à la fois inquiétant et excitant.

Jameson donna tout ce qu'il avait pour la rejoindre. D'un regard en arrière, Kinley lui lança le sourire le plus provocateur de toute la création, l'air de lui dire « tu ne m'attraperas pas ». Impossible de faire abstraction d'un tel défi. Quand il lui mettrait la main dessus…

Ils sillonnaient les eaux, projetant d'énormes geysers sur leur passage.

— Ralentis, lui cria Jameson.

Elle l'ignora ou ne l'entendit pas. Sans doute la première option. Les éclats de rire de la jeune femme dominaient tout le reste. Bon, au moins, elle s'amusait bien.

Puis, après avoir joué au loup pendant quinze minutes, Kinley lâcha les gaz pour s'arrêter. Les vagues ondulaient autour d'elle, Jameson l'imita en arrivant à sa hauteur.

— Mais qu'est-ce que tu fabriques ?

— Rien, répondit-elle d'un haussement d'épaules. Ça avait l'air amusant, je n'avais pas besoin de t'attendre.

Il était énervé.

— Détends-toi, Jameson. Rigole un peu.

Rigoler ? Elle voulait rigoler ? Très bien. D'un coup de poignet, il lança son jet-ski en avant pour éclabousser Kinley. Il l'entendit lui crier après.

— Ça, tu vas me le payer !

Debout sur l'engin, Jameson s'agrippa au manche pour observer la jeune femme derrière lui. Même trempée, elle l'ensorcelait. De l'eau lui coulait sur le visage. Les gouttelettes serpentaient le long de son corps élancé et halé, brillant au soleil.

Elle ne resta pas longtemps stupéfaite. Kinley se lançait déjà à sa poursuite. Ce fut au tour de Joker de s'esclaffer quand elle l'aspergea.

Elle se débrouillait assez bien seule, inutile de s'inquiéter. Il prit une grande inspiration pour s'imprégner de cette euphorie, les paupières closes. L'adrénaline lui envahissait le sang. Il sentait les vibrations du moteur dans son crâne et dans ses membres tout entiers.

Cette puissance… Elle l'enivrait et il en redemandait.

Il n'aurait pas dû fermer les yeux, car quand il les rouvrit, Kinley filait à ses côtés, au coude à coude. Bon sang, qu'elle allait vite ! Ils fendaient cette mer lisse et sans obstacles à toute allure.

Il se pencha en avant pour foncer plus rapidement encore, mais ne gagna même pas un centimètre. Kinley l'imita aussitôt. Cependant, il devait y avoir sous la surface quelque chose que ni elle ni lui ne virent, car tout à coup, le nez du jet-ski de Kinley dévia droit sur celui de Jameson.

Il assista à la scène, incapable de réagir à temps. Ils faisaient la course puis l'instant d'après, il se retrouvait submergé par les eaux.

8

Kinley n'eut pas le temps de l'esquiver. D'une seconde à l'autre, elle perdit le contrôle de son engin. Une silhouette sombre apparut sur l'eau devant elle. Un animal ? Un morceau de bois ? Comment le savoir ? Trop tard, de toute manière. La secousse la souleva du siège, le guidon lui échappa, et le jet-ski alla percuter celui de Jameson.

Elle eut beau chercher à tirer les commandes dans le sens inverse, rien n'y fit. Le fracas du plastique et du métal explosa dans ses tympans puis elle atterrit dans l'eau.

Surprise, elle but la tasse, encore en train de crier à Jameson de faire attention. Le sel lui déferla dans la gorge et lui brûla le nez. Son corps réagit par instinct, elle se mit à battre des jambes vers la surface sans même savoir où elle se trouvait.

Le gilet de sauvetage la guida. Quelques secondes après le plongeon, elle resurgit. Elle cracha et toussa tandis que ses poumons luttaient en quête d'oxygène. Désorientée, elle tenta de s'essuyer les yeux et d'évaluer la situation, se repérer et voir si elle n'était pas blessée.

Jameson. Sa première pensée précise. Elle voulut hurler son nom, cependant ses poumons la brûlaient encore, aussi n'émit-elle qu'un croassement étouffé.

Ses oreilles fonctionnaient bien néanmoins, car elle l'entendit l'appeler. Même abasourdie, elle distingua la pointe de panique dans la voix de Jameson. Il ne semblait pas simplement alarmé, mais absolument terrorisé. S'inquiétait-on autant pour quelqu'un quand on ne se souciait pas de cette personne ?

Comment le saurait-elle ? Personne n'avait jamais tenu à elle.

Son coude gauche la lançait, son tibia la brûlait, et elle devait s'être fait une grosse bosse sur le front au vu de la douleur concentrée à cet endroit précis. Autrement, elle n'avait rien.

— Ça va, dit-elle enfin d'une voix encore trop faible à son goût.

Environ cinq mètres plus loin, son jet-ski flottait tranquillement. La sécurité avait dû couper le moteur dès la seconde où elle était tombée.

Une force la saisit par le gilet de sauvetage pour la tirer à travers l'eau. Elle pivota puis se retrouva perdue dans le regard de Jameson. Il semblait au désespoir. Sous la surface, ses mains exploraient le corps de Kinley aussi loin que possible.

Pourquoi ne l'avait-il pas touchée ainsi sur le pont ?

— Tout va bien ?

Elle garda le silence, principalement parce qu'elle ne savait pas trop.

— Pardon.

Il la secoua en douceur, ses membres s'agitant dans la mer.

— Tu es blessée ?

— Non. Un peu. Peut-être. Et toi ?

Il ferma les yeux quelques secondes. Quand il les rouvrit, sa panique étouffante semblait s'être apaisée.

— Réponds-moi, je te prie.

— J'ai mal au coude, mais ce n'est rien. Ma jambe me brûle, mais ça ne saigne pas donc ça ne doit être qu'une égratignure. J'ai mal au crâne, mais je ne vois pas trouble et je n'ai pas de vertige. Une petite bosse, j'imagine.

Jameson cligna des yeux, pris dans les vaguelettes. Il l'attrapa par le haut de son gilet pour l'enlacer. Elle perdit de nouveau son souffle quand il l'embrassa. L'univers se mit à tourbillonner, mais cette fois-ci, elle ne le devait pas à une pirouette accidentelle, seulement à Jameson.

Cette étreinte se parait d'une pointe de désespoir propre à lui effleurer l'âme. Elle l'accepta et la lui rendit. Il lui en fallait plus. Ses poumons la brûlaient, mais elle ne s'en souciait guère. La tête penchée, elle prit les devants à son tour. Sa langue conquit celle de Jameson.

Il avait le goût du sel, du soleil et de la tentation.

Sans lui laisser le temps d'en exiger davantage, Jameson la relâcha. Kinley, entraînée par le gilet de sauvetage, sentait son corps dodeliner telle une bouée.

— Tu m'as fichu une peur bleue, Kinley.

— Je vois ça, répondit-elle en trouvant mystérieusement la force de réagir.

Toutefois, elle ne sut pas trop comment l'interpréter.

Elle étouffa un juron en scrutant les alentours.

— Tu arriveras à conduire ?

Kinley se rendit alors compte qu'à part Jameson, elle et les jet-skis il n'y avait rien à perte de vue. La *Dame* avait disparu, et une panique soudaine se mêla à l'adrénaline.

— Oui.

Elle lui avait répondu d'une voix résolue, car elle n'avait pas le choix. Elle rentrerait, d'une manière ou d'une autre. Jameson, lui, la dévisagea un instant.

— Je reviens, fit-il enfin.

Il rejoignit l'engin de Kinley à grandes brassées. Quand il monta dessus, elle ne saliva absolument pas devant les muscles saillants de ses bras et épaules.

Le moteur rugit aussitôt, même si Jameson dépassa à peine le point mort pour venir récupérer Kinley. Il lui tendit la main afin de la hisser derrière lui. Elle l'entoura de ses bras par réflexe.

D'un coup d'œil en arrière, il lui demanda :

— Tu peux conduire, tu es sûre ?

Ils n'avaient pas vraiment le choix. Soit Jameson les ramenait tous les deux en disant adieu à un de ses jet-skis, soit elle prenait sur elle et regagnait le yacht par ses propres moyens. En faisant le bilan une dernière fois, Kinley comprit à quel point ses blessures restaient superficielles.

— Ça va.

Jameson acquiesça brièvement avant de sauter. Son corps fin fendit la surface sans une éclaboussure. Il ne réapparut pas avant quelques secondes, même avec le gilet, et quand Kinley le vit enfin, il avait déjà franchi la moitié de la distance entre eux et son jet-ski. Elle l'observa de nouveau monter sur l'appareil. Il démarra puis la rejoignit.

— Allons-y. Doucement, cette fois-ci.

Il plissa les paupières en attendant une réponse. L'heure n'était plus à l'obstination ni à la provocation, aussi hocha-t-elle la tête.

Visiblement satisfait, Jameson repartit par là où ils étaient venus. Du moins, c'est ce que pensait Kinley ; sa chute l'avait complètement déboussolée. Et sans aucun repère à la surface...

Ils avancèrent à une vitesse raisonnable. Les vibrations lui donnaient encore plus mal au crâne, mais Kinley ne se plaindrait pas. Tout engourdie, elle sentait ses blessures la lancer. Le trajet si court à l'aller parut durer une éternité au retour.

Elle poussa un soupir inattendu lorsque la *Dame* se dessina à l'horizon. Elle put enfin reconnaître cette peur sournoise de se perdre au milieu du golfe, sans personne pour venir à leur rescousse.

Quelle idiote elle avait été !

Deux membres d'équipage les accueillirent sur le ponton. Jameson leur confia les jet-skis en leur donnant de brèves instructions.

Il arrêta d'un geste un jeune homme, celui en compagnie d'Eric la nuit dernière, qui s'avança pour aider Kinley. Joker se rembrunit en la faisant descendre.

Curieusement, il ne la lâcha pas tout de suite. Il détacha les boucles du gilet de sauvetage en vitesse. Il le laissa retomber par terre dans un bruit mou et humide.

Kinley n'en revint pas de voir son hôte s'accroupir devant elle. Par réflexe, elle posa les mains sur ses épaules comme si elle allait basculer.

Sa chaleur lui brûla le bout des doigts tandis que les siens parcouraient ses jambes avec attention. Il vérifiait si elle n'avait rien. Dans le fond, elle le savait. Néanmoins, son corps savoura tout de même cette proximité et la douce caresse affectueuse de ses mains.

Elle retint son souffle lorsqu'il lui frôla le haut des cuisses. Elle l'agrippa plus fort sans se rendre compte qu'elle s'était avancée contre lui.

Il l'ausculta en vitesse puis se releva afin de vérifier les hanches, la taille, les bras et la poitrine de Kinley, la faisant vibrer de l'intérieur.

Il lui passa ensuite une main dans le cou, sous sa chevelure trempée. Il la poussa à incliner la tête en arrière.

Il se pencha sur elle. En présence de n'importe qui d'autre, elle se serait sentie mal à l'aise ou prise au piège. Mais, avec lui... tous ses sens s'éveillèrent. Elle aimait sa façon de la tenir fermement, mais gentiment.

Il lui effleura le front avec prudence. Kinley grimaça quand il appuya sur un point sensible.

— Tu vas avoir une bosse.

Elle aurait pu le lui dire.

— Je vais bien.

Peut-être aurait-elle eu l'air plus convaincante si elle s'était libérée au lieu de se coller à lui tel un tournesol cherchant le soleil.

— Tu vois double ? Tu as des vertiges ?

Kinley réfuta de la tête puis regretta dans la seconde.

— Non.

Elle s'arracha à son étreinte. C'était cela ou risquer la honte de sa vie en le prenant sauvagement devant ses employés.

— Ça va, insista-t-elle, en lui touchant le poignet avant de le lâcher. Je tiens sincèrement à m'excuser. Je ne pensais pas que ça pouvait être si dangereux, là-bas, au milieu de rien.

Elle s'attendait à des remontrances, un « je t'avais prévenue » ou autre…

— Je suis vraiment rassuré que tu n'aies rien.

Sa façon de la regarder à ce moment-là lui donna l'impression d'être vue et à l'abri de tout. Ce qui éveilla une certaine gêne tant elle n'avait jamais ressenti cela.

La situation lui échappait de plus en plus. Kinley ne se maîtrisait plus.

— Je vais m'allonger.

En vérité, elle tenait simplement à s'éloigner de lui et, en toute honnêteté, de ses pensées chaotiques.

Au bout de quelques pas, elle sentit Jameson derrière elle. Elle ne se formalisa pas avant le moment où, arrivés devant la cabine de Kinley, il s'arrêta lui aussi.

Il aurait amplement pu passer, mais il attendait quelque chose manifestement.

— Tout va bien, Jameson.

— Si tu le dis. Tu pourrais avoir une commotion cérébrale, je préfère ne pas te laisser seule.

S'il n'avait pas évolué dans un brouillard de sentiments flous, il aurait ri du désarroi total de Kinley. Au vu de la situation, le tourment de la jeune femme n'égalait en rien le sien.

Il serra les poings, les bras ballants. Il ne trouva pas d'autre solution pour ne pas l'enlacer. Non seulement voulait-il se rassurer mais il souhaitait aussi sentir sa peau douce.

Les images de l'accident se rejouaient en boucle dans son esprit, mais avec une fin moins heureuse, empreinte d'une fatalité semblable à celle responsable du décès de ses parents, quand il avait onze ans.

Non, cela n'avait rien à voir, cependant ses souvenirs douloureux avaient resurgi d'un seul coup.

Il voulait l'embrasser à en mourir dans le seul but de se consoler et d'oublier ces images. Il désirait entendre ses gémissements de plaisir, sentir la caresse de ses souffles alanguis tant il la rendrait muette sur le chemin vers l'extase.

Malheureusement, une colère sourde lui donnait aussi envie de la secouer après les avoir mis en danger, elle comme lui.

Tout cela constituait un mélange trop explosif. Ses sentiments menaçaient de se libérer, et il les tenait à peine en laisse. Mais, étant donné la taille de sa bosse, Kinley n'était pas en état de rester seule.

S'il pouvait parfaitement demander à un de ses employés de veiller sur elle, lui seul prendrait bien soin d'elle. Par ailleurs, toujours hanté par les images de cet accident au ralenti ou la façon dont elle avait coulé, il ne pouvait se résoudre à la quitter des yeux.

Ils seraient donc coincés ensemble quelque temps encore.

— Non, l'arrêta Kinley d'une voix ferme, presque désespérée.

— Si.

— Rappelle-moi où tu as étudié la médecine, rétorqua-t-elle en croisant les bras sur sa poitrine.

— Écoute, tu ne dois pas rester seule, au moins deux heures. Tu as le choix : soit tu me laisses entrer, soit nous allons sur le pont.

Elle sourcilla. Ses doigts, déjà serrés fermement autour de la poignée, se détendirent. Il la connaissait assez bien pour comprendre les scénarios derrière ces merveilleux iris bleus.

— Essaie toujours de t'enfermer, si tu veux. L'équipage dispose d'un passe-partout. Ne t'imagine pas que je ne m'en servirai pas.

— C'est une mauvaise idée.

Ils s'accordaient au moins sur un point. Il priait sincèrement qu'elle le suive sur le pont, tant son honneur tenait à un fil. Or, il n'avait pas perdu tout son orgueil. Ils avaient déjà couché ensemble, mais Kinley avait uniquement cherché à prendre le dessus. Elle s'était enfuie de la chambre pour ne plus revenir.

Elle ne lui avait plus fait le moindre signe depuis. Quant à ce baiser en pleine mer… un simple réflexe après avoir survécu à un accident.

— À toi de voir, insista-t-il.

— Bien…, soupira-t-elle. J'aimerais me changer avant, rien de plus.

— Dix minutes. Si tu n'es pas sur le pont, je viens te chercher.

D'une grimace, elle lui adressa un salut militaire comique puis entra dans sa cabine.

Jameson en profita pour se rhabiller lui aussi. Il s'appliqua également un pansement sur la cuisse, au passage. Il n'avait même pas remarqué cette écorchure jusqu'à leur retour à bord. L'adrénaline avait sans doute atténué la brûlure du sel.

Il enfila un bermuda prompt à masquer la coupure, accompagné d'une chemise vert clair et de chaussures de pont.

Il monta ensuite vers la piscine. Le soleil s'engouffrait déjà lentement par-delà l'horizon. Le ciel se parait de jolies couleurs. Violets, rouges, roses, oranges. Assez pâles pour se fondre à la tranquillité océane. La brise se leva pour taquiner les pans de sa chemise.

Il observait le vaste néant au loin, accoudé au bastingage, quand elle arriva près de lui. Il regarda sa montre.

— Une minute de plus, et je toquais à ta porte.

— J'ai déjà assez tenté le diable, aujourd'hui.

Il ne put réprimer un léger sourire.

— Tu as sans doute raison.

Quelle journée ! Il n'avait pas du tout l'impression de s'être réveillé seul après une nuit de plaisir incommensurable. Mais, bizarrement, avec Kinley à ses côtés, plus rien ne comptait hormis cette paix inattendue. Ils restèrent là, en silence, face au coucher de soleil.

Ensuite, quand les étoiles apparurent, Kinley tourna le dos

à la mer. Les bras étendus sur le parapet, elle croisa le regard de Jameson.

— Et maintenant ?

Il aurait bien voulu le savoir.

9

Elle devait s'occuper. Elle devait penser à autre chose que cet instant de calme absolu en sa compagnie. Les moments intimes, très peu pour elle. Or, en la présence de cet homme, elle l'oubliait de plus en plus. Kinley ne se sentait pas d'humeur à dîner aux chandelles. Le romantisme constituait bien le cadet de ses soucis. Lors de son exploration nocturne, elle avait découvert une vitrine munie d'un échiquier, de jeux de société classiques et d'un paquet de cartes.

— Voudrais-tu jouer à quelque chose ?

— Qu'as-tu en tête ? demanda-t-il, surpris et intrigué.

— Un petit poker.

Oh ! mais, il s'agissait peut-être d'une excellente idée. Cela lui permettrait de retourner la situation à son avantage.

— Et pour pimenter le tout, je te propose un pari amical.

Jameson sembla apprécier l'offre d'après sa moue amusée.

— Amical ? Et quelles règles ?

— Un strip-poker ?

Si elle ne comptait rien ôter du tout, une certaine excitation lui agita tout de même la poitrine.

— Je ne porte presque rien, ce n'est pas équitable.

— Ainsi, tu ne te crois pas capable de me battre. Un homme aussi brillant que toi sait sans doute jouer aux cartes.

— D'accord, accepta-t-il, immédiatement tout sourire.

Kinley savoura un triomphe de courte durée quand Jameson se rendit devant un petit placard encastré le long du pont. Il lui désigna la table où elle avait pris son petit déjeuner, n'attendant pas de la voir s'asseoir pour déballer les cartes.

Ses doigts agiles les mélangèrent avec dextérité. Et autant le préciser, il ne fit pas dans la sobriété ; les cartes volaient d'une main à l'autre, sortaient du tas avant d'y revenir à un endroit différent. Il avait visiblement étudié la magie aussi.

Il n'était cependant pas le seul à garder des atouts dans sa manche.

— Impressionnant, siffla Kinley en s'installant face à lui.

La nuit s'imposait fermement, les étoiles illuminaient une à une le ciel d'encre. Sans la perturbation des lumières de la ville, elles brillaient avec une telle intensité. Elle se rendit compte de son insignifiance face à la grandeur de l'univers.

Mais l'heure n'était pas à cela. Il lui fallait gagner, battre cet homme.

— Texas Hold'em ? s'enquit-il tout en continuant de faire danser les chiffres et figures entre eux.

— Si tu veux.

Tout le monde connaissait cette variante. Si elle existait depuis des lustres, la médiatisation encore assez récente l'avait introduite dans la culture populaire. Peu étonnant qu'il la propose, en somme.

Deux cartes glissèrent sur la table, en direction de Kinley. La paume bien à plat dessus, elle les plia légèrement pour les regarder avant de les reposer. Un huit et un dix de couleurs différentes. Ni bon ni mauvais.

Si l'argent avait été le nerf de la guerre, Kinley aurait utilisé les premières mains pour le jauger en tant que joueur ou pour le forcer à abandonner. Ils pouvaient certes se coucher lors d'une manche, mais au prix d'un vêtement, ce qui n'avait donc pas de sens.

Jameson révéla les trois premières cartes : dame de pique,

sept de carreau et dix de pique. Kinley possédait une paire. Il marqua une pause avant de tirer une autre carte. Huit de pique. Deux paires. Puis vint le roi de trèfle.

Jameson étudia le jeu sur la table. Il souleva sa main avant de regarder Kinley quelques secondes.

Elle avait bon espoir de gagner jusqu'à ce que Joker dévoile le neuf et le valet de pique.

— Quinte flush.

Elle ne prit même pas la peine de lui montrer son jeu et le jeta entre eux. Elle se pencha pour ôter sa sandale droite, qu'elle ajouta sur la table.

Elle aurait tant voulu lui arracher son petit sourire satisfait. De plus, tricher ne la dérangeait pas… Il fallait seulement qu'elle voie mieux le jeu. Ses méninges tournaient à plein régime en quête d'une excuse quand il lui en fournit une idéale.

— Ce serait plus intéressant si nous augmentions les mises.

Une poussée d'adrénaline lui parcourut le sang.

— Tout à fait. Aurais-tu une idée en tête ?

— Pourquoi ne pas parier normalement, mais… nos vêtements remplacent les jetons ?

Kinley lorgna le corps de Jameson. La chaleur n'encourageait pas vraiment à se couvrir, aussi la partie ne s'éterniserait pas. Néanmoins, elle semblait porter plus d'habits que lui, ce qui lui conférait un certain avantage.

— Entendu. Mais, nous devrions distribuer à tour de rôle. Et si on se couche, on perd la mise en cours.

— D'accord.

D'un geste lent, Jameson prit la chaussure. Il passa doucement le pouce sur la lanière sans quitter Kinley des yeux. Une malice pleine de promesses luisait dans son regard si bien qu'elle sentit presque cette caresse à la place de la sandale.

Elle se concentra tout à coup pour réunir les cartes… Elle devait se ressaisir. Si elle ne les mélangeait peut-être pas comme une magicienne, elle ne manquait tout de même pas d'adresse.

Son père lui avait enseigné deux ou trois trucs utiles, notamment comment voler sous le radar afin de tirer le jeu voulu. Il lui avait appris la discrétion, pas comme Joker et sa frime.

Kinley avait déjà perdu le premier tour, elle refusait de perdre le deuxième.

— Je n'ai plus mal à la tête, je te remercie, lança-t-elle sans ambages, en vue de détourner son attention. Ce n'était pas une commotion.

— Me mentirais-tu pour m'éviter ? demanda-t-il, les sourcils froncés.

— Je suis là, non ? rétorqua-t-elle d'une grimace. Donc non.

— Ravi que tu n'aies rien de grave, affirma-t-il après avoir lentement hoché la tête.

Au moins, elle avait contourné cette tempête.

Elle se distribua deux valets puis s'assura de donner à Jameson quelque chose de tout aussi intéressant : un as et un roi. Maintenant que les mises pouvaient augmenter, elle préférait ne pas le voir se coucher pour éviter de perdre trop gros. Avant de poser le flop, elle dit :

— Annonce la mise.

Il tomba tête la première dans le piège.

— Un.

— Suivi, déclara-t-elle en faisant mine de vérifier son jeu.

Elle retourna alors le flop : un as, un trois puis un sept.

— Un, assura-t-il sans attendre cette fois-ci.

— Suivi, répondit-elle sans hésiter non plus.

La quatrième carte, un dix, ne l'arrangea ni elle ni lui. Cela ne les empêcha pas de suivre une fois encore.

Ils risquaient tous les deux de perdre trois vêtements, et Kinley savait tout à fait qui gagnerait. Elle révéla enfin un troisième valet. Les cartes sur la table devaient donner l'impression d'un hasard, Jameson croyait sans doute que Kinley détenait aussi une paire d'as, mais que lui gardait l'avantage.

Elle avait distribué de façon à ne pas le rendre trop confiant, mais avec une faible probabilité d'avoir tiré un bon jeu. Aussi s'étonna-t-elle quand il ne surenchérit pas. Et plutôt que de tenter le diable en le poussant à remettre son honnêteté en cause, elle l'imita. Ils dévoilèrent leur main en même temps.

Il plissa le front face à son brelan.

— C'est la vie. Je crois que tu m'en dois trois.

Jameson se leva, dominant la table. Ses larges épaules bloquèrent la douce lueur jaune des appliques pour baigner la moitié de son corps dans l'obscurité.

Kinley n'avait pas réalisé à quel point il faisait noir. Une solitude soudaine lui pesa sur le cœur. Solitude apaisée par l'homme face à elle.

Il retira ses chaussures pour les poser d'un geste lent sur les cartes entre eux. Il l'observait, contemplatif. Elle craignait que ses yeux verts si clairvoyants ne lisent en elle. Elle ne manquait pas de talent, mais peut-être avait-il compris la supercherie.

Il s'écarta de la table avant d'ouvrir le premier bouton de sa chemise. Il s'approcha lentement pour continuer à se déshabiller. Les doigts de Kinley, posés sur l'accoudoir, se trouvèrent vite à quelques centimètres de Jameson. Le désir s'empara d'elle quand elle leva le regard sur cet homme.

Elle avait la gorge sèche. Elle voulut parler, mais aucune pensée cohérente ne se forma dans son esprit. Quelle frustration ! Elle déglutit à grand-peine, dans l'espoir de soulager ce grattement quand il fit sauter les derniers boutons un à un.

Les pans de tissu s'écartèrent d'eux-mêmes. Ses abdominaux fermes se trouvaient juste là. Elle aurait pu le toucher, se pencher pour parcourir sa peau du bout de la langue et goûter à la perfection salée de son corps.

Elle se cramponna à l'accoudoir, trahie par le grincement du bois. Jameson laissa alors tomber la chemise sur le pont d'un geste nonchalant.

— À moi de distribuer.

Sachant qu'il dénuderait Kinley lors du prochain tour, il ignorait si perdre presque tous ses vêtements d'un coup l'agaçait ou l'excitait.

Sans doute les deux.

Il donna les cartes. Il avait tiré deux dames.

— Tapis, j'imagine, assura-t-il d'un petit haussement d'épaules.

Il ne possédait plus que son bermuda, ce serait donc tout ou rien. Il avait de toute évidence perdu l'avantage. Cela ne l'avait jamais dérangé et ne l'inquiétait pas non plus, à cet instant précis. Sa vie entière l'avait habitué aux coups du sort.

De tels aléas, il en riait.

Ses lèvres pulpeuses fendues d'un sourire narquois, Kinley haussa également les épaules.

— Suivi.

Jameson retourna lentement le flop et révéla un deux, un roi et un dix de couleurs différentes. Rien de formidable. Il souleva légèrement le coin de la quatrième carte avant de la dévoiler. La dame de cœur. Quelle ironie…

Un as suivit en dernier. Sans doute inutile ; elle devait posséder une paire si elle avait tiré un roi ou un as. Jameson l'analysait, étudiait son attitude, cherchait à connaître son jeu.

Le poker se basait aussi bien sur l'observation que la chance. Si Kinley se croyait exempte de tics, elle se fourvoyait. Ou peut-être s'était-il trop habitué à sa présence et remarquait le moindre détail.

Le tour d'avant, quand elle avait su qu'elle le tenait, elle s'était efforcée de ne pas le montrer. Sa bouche avait épousé une ligne plate parfaite, peu naturelle. Elle s'échinait à cacher son petit sourire permanent. Et puis, elle ne plissait ni le front ni les yeux. Son visage était devenu… trop fixe, trop lisse.

Un adjectif qu'il n'aurait jamais pensé appliquer à Kinley Sullivan, elle qui débordait d'énergie. Elle avait beau vouloir se fondre dans la masse, elle sortait du lot en toutes circonstances. Grande, magnifique, il ne s'agissait pas de sa simple plastique, mais avant tout de sa prestance. Confiante, insouciante, attentive, intelligente. Et belle comme tout, un mélange mortel.

Si lors de la dernière main elle s'était donné un mal fou à dissimuler son avantage, cette fois-ci ses lèvres se soulevèrent un peu trop. Elle voulait paraître satisfaite, néanmoins elle ne semblait pas elle-même. Elle se forçait.

Elle n'avait rien. Il la tenait.

— Et si on rendait les choses plus intéressantes ?

Elle se rembrunit en le dévisageant.

Voilà où la stratégie entrait en compte. Il le savait, elle bluffait, et s'il la brusquait trop, elle se coucherait pour ne lui donner qu'une chaussure. Ce qui ne lui suffirait pas. L'excitation et les dénouements multiples le titillèrent. À moitié nu devant elle, il la voulait dans la même tenue... Non, il devait la voir dans son plus simple appareil.

Il avait toujours aimé les paris. Pas forcément pour l'argent, mais pour les défis. Aucun hackeur digne de ce nom ne pouvait se permettre d'avoir froid aux yeux, pardi. Il fallait du cran pour courir autant de risques.

— C'est-à-dire ? Il ne te reste déjà plus grand-chose à offrir.

Il venait de capter son attention, il devait désormais la prendre dans ses filets, lui proposer quelque chose d'alléchant. Ce qu'elle voulait le plus au monde.

— Étant donné que tu m'as déjà vu nu, me prendre mon short ne s'apparenterait pas vraiment à une victoire, ne penses-tu pas ?

Jameson ne rata pas la façon dont elle gigota face au souvenir de leur nuit passionnée. Elle parut mal à l'aise, mais pas en raison de ses regrets. Non, elle tentait de réprimer son désir.

Ses pointes tendues contre le tissu de son T-shirt. Le rose à ses joues, lui empourprant même le cou et la poitrine. Le feu en elle n'attisa que plus celui de Jameson.

Ces indices indiscutables trahissaient les envies de la jeune femme de revivre la nuit dernière. Or, si elle ne le lui ordonnait pas ou ne le lui montrait pas de façon équivoque, il refuserait de prendre les devants.

Désir et choix n'allaient pas toujours de pair.

— J'imagine que non, répondit Kinley d'une voix légèrement chevrotante. Arrête de tourner autour du pot, dis-moi à quoi tu penses.

— Un ordinateur pendant une heure.

— Deux heures, lança-t-elle sans la moindre hésitation.

— Accordé, en échange de ton short et ton T-shirt.

— Contre trois vêtements, le corrigea-t-elle. Ce qu'il y a déjà sur la table et deux autres de mon choix.

Jameson fit l'inventaire de sa tenue. Il lui restait une sandale, son haut et son bas. Ce qu'elle porterait en dessous éventuellement. Mais, autant ne pas y songer par peur d'affecter son jugement.

Elle non plus n'était pas équipée pour affronter le blizzard. Dans tous les cas, elle perdrait quelques points stratégiques.

— D'accord.

Il désigna les cartes en silence afin qu'elle dévoile son jeu, et il s'étonna de voir son deux et son dix. Peu surprenant qu'elle ait accepté, elle gardait deux paires. Une main attrayante, mais risquée au vu du roi et de l'as retournés.

Une veine du cou de Kinley palpitait rapidement. Jameson dut se faire souffrance pour ne pas venir la lui lécher. Elle se pencha en avant, visiblement impatiente et surchargée d'adrénaline en attendant de connaître son sort.

Jameson s'appuya sur la table pour se lever lentement, ses cartes encore en main. Un rictus content se dessina sur ses lèvres quand il les jeta devant elle.

— Brelan de dames. Il me semble que c'est à ton tour de retirer quelque chose.

Kinley s'affala sur sa chaise en grimaçant.

— Flûte ! grogna-t-elle.

Elle ne protesta ni n'hésita malgré tout. Au lieu de cela, elle ôta sa sandale et la posa. Dans un mouvement vif, le T-shirt rejoignit le pot.

Avait-elle choisi ce soutien-gorge dans le seul but de tourmenter Jameson ? Les dentelles bleu ciel presque transparentes en dévoilaient beaucoup. Les entrelacs dissimulaient de façon malicieuse ses tétons, mais cela n'atténua en rien le souvenir de les avoir léchés, embrassés et suçotés tout son soûl. Jameson sentit sa langue le picoter.

Au lieu de céder à ses envies, il demeura immobile comme pour mieux s'imprégner de son image. À l'autre bout de la table, Kinley releva le menton en ouvrant le bouton de son short blanc. Le grattement de la fermeture Éclair déchira le silence quand sa main coula le long du tissu. Elle soutenait son regard, un air de défi dans ses yeux azur en roulant des hanches. Le denim lui retomba lourdement sur les pieds.

Elle se recula, se pencha pour le ramasser et le lui jeta. Non pas sur le plateau, mais en plein visage. Jameson l'attrapa à temps.

— Quelle mauvaise perdante ! marmonna-t-il.

Kinley se rapprocha de nouveau, le port altier et une lueur déterminée dans le regard. Elle reprit les cartes sans même se donner la peine de s'asseoir pour les mélanger. Elle les distribua avec agilité. Jameson possédait un dix et un valet de carreau.

Le flop se composait d'un quatre, d'un roi de carreau et d'un dix. Une paire, peut-être un flush, toutefois il avait disputé assez de parties pour ne pas courir après une main aussi hasardeuse.

— Apprête-toi à perdre ton bermuda.

— Et toi à dire adieu à ton soutien-gorge ou ta culotte.

— On garde les mêmes mises ? Un ordinateur et tes vêtements contre tous les miens ?

Il se délecta des courbes de la jeune femme encore debout. La lumière se déversait sur elle, parant sa peau hâlée de reflets dorés. Merveilleuse. Féroce. Jameson ne souhaitait qu'une chose : la déshabiller ; explorer chaque partie de son corps délicieux encore une fois.

Cependant, sa posture, les pieds écartés et les bras ballants, lui intima de se méfier. Elle paraissait bien trop sûre d'elle-même. Jameson ne tenterait pas la chance.

Il posa ses cartes au centre du pot puis dénoua son bermuda pour le laisser choir sur le pont. Il ne portait rien d'autre en dessous, mais elle devait déjà s'en douter.

— Je ne courrai pas le risque, affirma-t-il avec nonchalance en s'asseyant lourdement. Tu as gagné.

Kinley l'observa un instant, son regard acéré s'offrant une visite guidée de ses muscles. Son sexe réagit aussitôt et se fit plus grand, plus dur, quand elle s'y attarda.

La longue ligne élégante de sa gorge s'agita. La pointe de sa langue fila sur ses lèvres rose sombre, y laissant une trace humide. Il aurait voulu la conquérir d'un baiser.

Il se contenta pourtant de s'accrocher à sa chaise, sans bouger. La balle se trouvait dans le camp de Kinley.

Aussi, il dut bien admettre la plus affreuse déconvenue quand elle tourna les talons pour prendre la fuite.

10

Le sang battait les oreilles de Kinley. Les martèlements insistants se concentraient au creux de son intimité, rappel inconfortable de sa faible maîtrise de son corps. Chacun de ses atomes lui hurlait de faire demi-tour pour assouvir ses désirs, sur le pont.

Elle avait envie de Jameson Neally.

Or, elle ne pouvait se résoudre à céder.

Elle aurait dû se réjouir de sa victoire même après avoir triché. Cependant, elle n'y trouva aucun réconfort. Sa passion la torturait, elle ne savait plus faire la différence entre l'essentiel et le superficiel. Elle ne voyait plus en quoi séduire Jameson ne mènerait jamais à rien de bon.

Cette nuit-là, Kinley se tourna dans tous les sens sous les draps, assaillie de rêves cruels trop réalistes. Son subconscient, aux prises avec sa détermination, la laissa frustrée et à cran quand elle se réveilla.

Elle s'attendait déjà à une autre journée perdue, à regarder l'océan désert, le corps et l'esprit las de ce manque d'action. Joker ne l'entendait pas de cette oreille toutefois.

Le soleil se levait à peine au loin quand il la rejoignit dehors. Une brise agréable lui murmurait en douceur sur la peau. Kinley aurait peut-être dû mettre une veste.

Les mains autour d'une tasse, la vapeur s'élevant du liquide noir à l'intérieur, Jameson vint à ses côtés. Il se pencha par-dessus le bastingage. Ils restèrent ainsi et, sans trop savoir comment, Kinley trouva la paix dans la quiétude du matin.

Tout à coup elle ne ressentait plus cette animosité, cette rage, ni cette méfiance en sa présence. Dans un long soupir, elle s'imprégna de ce calme et accepta ce don le temps qu'il durerait, surprise de le partager avec cet homme.

Au bout de quelques minutes, il rompit le silence.

— On fait la paix ?

Ces quelques mots arrachèrent un sourire inattendu à Kinley. Elle se retourna, intriguée.

— Toi et moi nous adonnons à ce genre de jeux depuis si longtemps que je crois que nous ne savons plus comment ne pas traiter les autres en adversaires.

S'il n'avait pas tout à fait tort, elle refusait de le considérer comme un allié.

— Tu me surveilles depuis un an, Jameson. Le harcèlement, c'est illégal.

Il sembla chagriné par cette réaction, ce qui la surprit.

— C'est vrai. Je l'avoue, je t'ai tenue à l'œil parce que ton frère me l'a demandé.

Bien entendu. Elle ne savait toujours pas trop quoi penser des objectifs de Gray. Comment aurait-il pu lui pardonner d'avoir gâché sa vie ? Il avait croupi dix ans en prison par sa faute.

— Par la suite, j'ai continué parce que j'en avais besoin, parce que je le voulais.

Kinley arqua haut les sourcils. Alors là, elle ne s'était absolument pas attendue à une telle révélation.

— Tout le monde paraît bien pâle, comparé à toi. Je suis sacrément doué et je compte sur les doigts de la main ceux qui me surpassent en tant que hackeur.

— Merci, s'esclaffa-t-elle. Enfin, je crois...

— Je te respecte au plus haut point, Kinley. En plus de ton génie, tu es quelqu'un de bien. Au vu de ton enfance ou même de ton train de vie, peu de gens auraient choisi de mener une telle existence.

Les reproches qu'il s'infligeait transparurent alors dans le rire de Jameson.

— Je sais trop bien à quel point il est facile de transgresser la morale. De dévier un peu trop dans le gris au point de virer au noir.

Kinley aussi l'avait surveillé. Malgré tout, elle réalisait petit à petit qu'elle ne connaissait rien de lui. Pourquoi diable voulait-elle le comprendre ? Elle souhaitait aller au-delà de ce qu'elle avait eu besoin de cerner à son sujet afin de mieux le fuir, elle désirait découvrir ses secrets les plus intimes.

Les parts de lui qu'il ne révélait à personne.

— Qu'as-tu fait de si regrettable, Joker ?

Il porta son attention sur elle, mais se détourna vite vers le lointain. Il l'ignorerait certainement ou lui répondrait de ne pas chercher.

— J'ai fait confiance à la mauvaise personne, quelqu'un que j'admirais. Il m'a présenté à ses amis qui m'ont engagé. Du piratage bas de gamme. Effacer des images de vidéosurveillance. Obtenir des renseignements sur des gens. Même à l'époque, je le faisais déjà les yeux fermés.

— Quel âge avais-tu ?

— Dix-sept ans, répondit-il d'un geste vague. Ça payait bien puis je me suis peu à peu laissé entraîner dans des situations plus risquées. J'aimais aussi le défi. Tu sais, je me débrouillais seul sans jamais rien posséder vraiment.

— Trop de tentation d'un coup.

— Quel euphémisme..., ironisa-t-il d'un rire creux. J'ai pris des décisions dont je ne me vante pas, sans même me poser les bonnes questions parce que je m'étais persuadé que si je n'en connaissais pas les réponses, alors on ne pouvait rien me reprocher.

« Jusqu'au jour où on m'a attrapé. Et que tout le monde m'a abandonné. Une fois de plus. Ça n'aurait pas dû me surprendre, plus à ce stade. Mais, je me suis laissé avoir, bizarrement, et je l'ai mal vécu. »

Kinley saisit sa tristesse ; elle la comprenait trop bien. Savoir que ses proches n'étaient pas des gens de confiance n'atténuait pas la douleur quand ils nous trahissaient.

— Désolée. Et, qu'as-tu fait, à ce moment-là ?

Cette fois-ci, il haussa les épaules d'un air plus content.

— J'ai fourni aux autorités tout le nécessaire afin de mettre un terme aux opérations d'un grand trafiquant.

— En échange de ton pardon ?

— Plus ou moins.

Son petit doigt dit à Kinley que cela avait dû être la première fois, mais pas la dernière, qu'il aidait les gentils.

— Et comment en es-tu arrivé à travailler chez Stone Surveillance ?

— Ça, c'est une tout autre histoire pour un autre jour, affirma-t-il d'un sourire diabolique. J'ai faim, allons manger.

Jameson avait mal dormi, aussi s'était-il levé tôt pour affiner ses logiciels de recherche et trouver des pistes quant à l'argent disparu de son invitée. Au moment où il avait rejoint Kinley, il avait déjà travaillé plusieurs heures.

Il commençait à perdre espoir et patience. Le coupable était devenu expert dans l'art de la dissimulation. Il semblait d'ailleurs trop brillant. Comme s'il disposait du soutien de professionnels ou de personnes haut placées.

Avant de retrouver Kinley, Jameson s'était même résigné à demander l'aide de collègues, dans l'optique qu'ils dénichent une piste jusque-là invisible.

Il n'y avait bien que pour elle qu'il ravalerait sa fierté.

Sans rien d'autre à faire qu'attendre, il décida d'opter pour la meilleure solution : passer la journée avec Kinley. Elle se confierait peut-être et lui donnerait des informations vitales.

Les heures s'écoulèrent donc sous les rayons paresseux du soleil, accompagnés de boissons et de discussions agréables. Quand elle ne rouspétait pas sans cesse, la jeune femme faisait preuve d'un sens de l'humour très personnel. Vive d'esprit, elle ne ratait jamais une occasion de le taquiner.

Plus il passait de temps avec elle, plus il voulait rester à ses côtés. S'il avait simplement cherché à faire diversion la veille, aujourd'hui, il se prenait à lui poser de plus en plus de questions. Il tenait à tout apprendre de sa vie, à connaître la femme derrière la hackeuse.

— Dis-moi que ton enfance ne s'est pas résumée à escroquer les gens.

Le soleil descendait derrière les nuages blancs cotonneux. Il les avait assommés, et même sans avoir rien fait d'extraordinaire, Jameson savoura l'énergie indolente issue de ces journées entières passées à l'extérieur.

Kinley semblait elle aussi apprécier ces instants. Puis, elle finit par lui répondre, à sa plus grande surprise. Un doux sourire se dessina sur ses lèvres tandis que son regard se perdait dans le vague.

— Non. Ma mère était… est danseuse de music-hall. J'ai beaucoup de souvenirs des coulisses. Quand les filles se préparaient pour un spectacle, elles adoraient me déguiser comme une poupée, me maquiller, me faire essayer leurs coiffes. Dès mes trois ans, on m'avait déjà inscrite à la danse. Ça me plaisait tellement.

Sa voix transpirait de mélancolie et de joie.

— Je suis sûre qu'elle aurait aimé que je suive ses traces sur scène.

— Que s'est-il passé ?

Il aurait préféré ne pas lui avoir demandé quand elle tourna la tête dans sa direction, le visage empli de peine et de déception.

— J'ai commis l'erreur de montrer à mon père mon talent en informatique. Il m'a forcée à arrêter. J'ai eu beau le supplier, négocier ou tenter de l'amadouer, il n'a pas changé d'avis. Même ma mère n'a pas réussi à le persuader.

— Quel âge avais-tu ?

— Douze ans, fit-elle en grimaçant.

Elle devait regorger de talent, il n'en doutait pas. Aujourd'hui encore, ses formes élancées dégageaient une grâce innée.

— Désolé.

— De l'eau a coulé sous les ponts... Même si je n'ai pas eu une enfance classique, ce n'était pas non plus l'enfer. J'avais de quoi manger et un toit.

— Ce n'est pas forcément suffisant, parfois.

Elle émit un rire entre le soupir et le renâclement.

— C'est vrai.

Il ignorait si elle y croyait. Elle vivait pour son travail. Elle repoussait tout le monde et se laissait consumer par chaque nouvelle cible. Elle regardait sans cesse par-dessus son épaule, prête à prendre ses jambes à son cou à la moindre alerte.

— Quand est-ce que tu as dansé pour la dernière fois ?

Il ignorait pourquoi cette question... Elle lui était venue comme cela.

— Ah, je ne sais plus, assura-t-elle d'un rire sincère cette fois-ci, presque méprisant. Des années. Non, attends. C'était au cours d'un bal à Londres, où j'enquêtais sur un trafiquant d'armes.

Cette irrésistible étincelle de malice en elle enivra Jameson. Cette soirée lui évoquait de bons souvenirs, visiblement.

— Ça ne compte pas. Depuis quand n'as-tu plus dansé pour le plaisir ? Pour toi.

Ses iris se ternirent soudain. Elle secoua la tête.

— Depuis mes douze ans.

Bon sang.

Jameson se leva de sa chaise longue pour s'approcher de la stéréo qui diffusait une musique discrète. Un simple bruit de fond jusqu'alors, rien de plus. Il ouvrit d'un geste l'application sur la tablette reliée, à la recherche d'une chaîne sur le service de streaming.

Heureux de sa trouvaille, il monta le son pour que la douce mélodie valse sur la brise.

La voix unique de Frank Sinatra se joignit à eux pour leur chanter *The Way You Look Tonight*. Jameson revint près de Kinley et lui tendit la main. Elle le dévisagea, ses traits élégants pincés par la confusion.

— Que me veux-tu ?

Devait-elle vraiment lui demander ?

— Je t'invite à danser.

Elle écarquilla ses merveilleux yeux bleus, sa bouche pulpeuse arrondie en un O silencieux. Cependant, elle ne rit ni de lui ni de cette perspective. Au lieu de cela, elle accepta lentement.

Jameson ignora qui bougea le premier, mais en moins d'une seconde elle se retrouva devant lui. Elle l'observait. Elle attendait.

La main sur sa taille, il l'attira contre lui. Être si près d'elle, c'était… incroyable.

Ils devaient avoir l'air ridicules à glisser sur le pont au rythme d'une chanson conçue pour de belles robes et pour le tintement cristallin des flûtes de champagne. Mais, peu importe si elle ne portait qu'un bikini lui couvrant à peine les fesses.

En vérité, cela lui permit de savourer le velours de sa peau. D'un geste assuré, il fit tourbillonner Kinley avant de la ramener près de lui.

Elle posa la paume à plat sur son torse, le marquant presque au fer rouge de son empreinte. Cette fois-ci, ce fut au tour de la jeune femme de le coller à elle et de prendre les rênes. Une autre chanson enchaîna, plus sensuelle, électrique. Jameson fut ému par les accents d'une séduisante voix grave. Il ne connaissait ni l'interprète, ni le titre, encore moins les paroles.

Cela ne l'empêcha pas de les sentir vibrer dans le moindre de ses atomes pour autant.

Ce qui avait démarré sur un simple geste affectueux se muait en véritable torture. Notamment quand Kinley lui prit les mains pour les poser sur ses hanches et se pressa à lui.

Elle le poussa à la cajoler, en accord avec le tempo. Ses doigts s'électrisaient partout où il la touchait. Adieu l'étincelle de malice, bonsoir la tempête qu'il ressentit jusque dans son âme.

Il trouva mystérieusement la force de l'arrêter.

— Stop.

— Pourquoi ? s'enquit-elle, la tête inclinée sur le côté.

— Parce que sinon, je ne serai plus responsable de ce qu'il va se passer. J'ai envie de toi, Kinley, au point d'en perdre le souffle.

Se dressant sur la pointe des pieds, elle approcha sa bouche à un cheveu de la sienne.

— Alors, ne te prive pas.

Tout en elle se figea dans une attente interminable. Le suspense devint palpable, et la poitrine de Kinley s'alourdit. L'inquiétude, le désir, l'indécision oppressante.

Tout à coup la tension se relâcha.

Jameson conquit sa bouche. Une main se perdit dans sa chevelure tandis que l'autre s'accrochait à sa hanche. Il s'agrippait à elle pour la pousser à s'ouvrir, à se donner à lui sans retenue.

Tout son être ordonna à Kinley de s'enfuir, écrasée par les sensations que cet homme éveillait en elle. S'évader, pour ne pas changer. Mais où ? Et de toute manière, elle ne voulait pas s'éloigner de lui, de tout cela. Ce n'était que la peur de l'inconnu qui parlait, et elle n'en pouvait plus de fuir.

Elle le sentit dénouer le nœud entre ses omoplates. Le deuxième dans sa nuque suivit immédiatement pour laisser le haut du maillot voleter à leurs pieds.

Elle explorait le torse, les épaules et la taille de Jameson. Ses poils lui grattaient les paumes, lui donnant la chair de poule.

Elle trouva la ficelle de son short à lui pour la défaire. Le tissu glissa en un chuintement. Jameson le dégagea d'un coup de pied sans interrompre leur baiser.

Le bas du bikini rejoignit le tas, et ils se retrouvèrent entièrement nus, parés du seul clair de lune.

Jameson la souleva légèrement par la taille. Elle n'hésita pas à l'encercler de ses jambes. Son érection nichée entre eux se frottait de façon délicieuse à l'entrée de son sexe.

Kinley se tortillait entre ses bras, au désespoir de savourer cet homme dans toute sa splendeur. Lèvres, doigts, biceps et poitrail, le moindre contact la bombardait de volupté. Il bougea, car elle sentit le monde tourbillonner. Ou peut-être un vertige l'assaillait-il. Son dos se heurta à quelque chose de dur. Elle ne se soucia même pas de ce froid sur sa peau ardente.

Jameson se servit de cet appui pour la lâcher et glisser une main vers l'entrejambe de Kinley. Son regard suivit, ne ratant pas une miette de son corps. Ses doigts se mirent à la titiller.

— Tu finiras par me tuer, rugit-il en prenant en bouche un de ses tétons raides.

Kinley se cambra sous cet assaut. Un son guttural se souleva dans sa poitrine.

Elle ignora d'où apparut le préservatif, mais rien n'importait plus. Le bruissement attira assez son attention pour qu'elle l'observe déchirer le paquet et enfiler le caoutchouc autour de son sexe tendu.

Elle sentit sa bouche se dessécher d'impatience quand il se posta à l'entrée de son intimité. Il s'y enfonça alors tout entier d'un mouvement fluide.

Un nouveau gémissement d'extase et de libération lui échappa. Ses bras musclés la maintenaient en l'air tandis qu'il enfouissait le nez dans le creux de son épaule. Son souffle chaud lui brûlait la peau.

— Vas-y, je t'en prie, viens, le supplia-t-elle, comme il ne bougeait pas encore et se contentait de la serrer.

Elle tenta de se déhancher, d'apaiser ce tourment, cependant il l'écrasait contre le mur.

— Attends, doucement, lui susurra-t-il avant de démarrer les va-et-vient.

Tout en elle hurlait à la sauvagerie. Elle se languissait de ce baume que lui seul pouvait lui offrir. Lui avait autre chose en tête. Ses longues audaces régulières la rendaient folle. Sa bouche et ses mains n'arrangèrent rien, tant elles adulaient le reste de son être en faisant toujours plus monter la pression.

Kinley se contracta, le suppliant presque de la laisser jouir, à chaque halètement.

— Fais-moi confiance, murmura-t-il. Lâche-toi.

Alors Kinley ne trouva plus la foi de se retenir. Son orgasme la percuta d'une force apte à anéantir l'univers, à tout oblitérer hormis Jameson. Elle se comprima autour de lui, et sans son étreinte puissante, elle serait tombée comme une masse.

Or, il ne semblait pas prêt à la libérer. Elle vibrait encore de volupté, mais la tension remonta vite quand il continua de bouger le bassin. Chaque longue caresse la foudroyait. Il ne lui fallut pas longtemps avant de gémir toujours plus fort dans l'attente d'un nouvel orgasme.

Cette fois-ci, elle demeura assez consciente pour savourer les tremblements de Jameson à l'apogée du plaisir. Les pulsations du sexe de son amant la propulsèrent une fois de plus au-delà de tout.

Ils se serrèrent l'un à l'autre, comme pour ne pas tomber. Les jambes de Kinley flageolaient, celles de Jameson aussi certainement. Quelques instants plus tard, elle retrouva son souffle et se mit à gigoter. Il se recula du mur, mais au lieu de la lâcher, il l'étreignit davantage.

— Repose-moi, pantela-t-elle.

Il ancra son regard au sien.

— Tu peux rêver, répondit-il en la conduisant dans sa cabine. Nous sommes loin d'avoir terminé.

11

Ses doigts se promenaient, paresseux, sur sa peau nue, dessinaient des motifs abstraits sur ses épaules et son dos. Rien à voir avec leur première nuit d'amour ; cette fois-ci, ni elle ni lui ne jouaient ou s'impatientaient de partir.

— Ton premier piratage ?

— Un caprice, s'amusa-t-elle. Je voulais aller à un concert, seulement je n'avais pas de quoi me payer la place et mes parents n'auraient jamais dépensé d'argent pour m'offrir quelque chose.

Il sentit son amertume. N'importe qui d'autre aurait pu la prendre pour une enfant gâtée. Papa et maman ne voulaient pas se ruiner pour un événement aussi futile. Cependant, dans son cas, il s'agissait d'autre chose. Ils ne lui avaient pas simplement refusé ce concert, mais absolument tout. Ils la voyaient comme un outil, et rien d'autre. Ils ne tenaient jamais compte de ses envies à elle.

— Tu t'es pris des places ?

Son sourire s'agrandit, ses yeux étincelèrent en se remémorant ce souvenir agréable.

— Au premier rang.

— Tu avais emmené une copine ?

— Comment ça ? s'étonna-t-elle, les sourcils froncés. Non, pardi. J'y suis allée seule.

Jameson sentit sa poitrine se serrer au point qu'il dut se forcer à ne pas appuyer sur cette douleur soudaine. Un rare instant de rébellion adolescente, et elle ne l'avait même pas partagé. Pire encore, elle n'avait même pas compris, ni à l'époque ni aujourd'hui, qu'elle n'aurait pas dû s'y rendre seule.

Kinley posa alors les mains sur le torse de Jameson, le menton baissé, tandis qu'elle l'observait.

— Et toi ?

— Rien de très original ou de bien complexe. Je n'aimais pas trop l'école.

— Tu t'ennuyais ?

Il acquiesça en marmonnant avant de continuer.

— Je n'arrivais pas à me concentrer sur ce que je ne trouvais pas important. Les maths, les sciences, aucun problème. L'anglais, l'histoire, les options, les langues… ça me passait au-dessus.

Il se remémora son adolescence. Sa vie bercée de chaos sur tous les fronts.

— J'avais de mauvaises notes en anglais, ce qui m'avait valu une violente dispute avec mes tuteurs de l'époque. Je ne pouvais pas me permettre de redoubler, et donc…

— Tu as modifié ton bulletin.

— Rien de fou, admit-il d'un haussement d'épaules.

Elle lui adressa un sourire en coin d'un air complice.

— Tu ne t'es pas fait prendre, cette fois-ci.

Non, néanmoins il se demandait encore comment. Il n'avait pas agi en toute discrétion. Cela avait cependant suffi à lui donner goût au frisson ainsi qu'à ce sentiment de force et d'accomplissement face à un problème résolu.

— Quel âge avais-tu ?

— Quatorze ans.

— Il n'aura pas fallu longtemps au petit rebelle pour devenir un véritable génie. Trois ans plus tard, tu t'infiltrais déjà sur les réseaux d'une agence gouvernementale.

Le ventre de Jameson se noua. Un vieil écho de cette peur sempiternelle. Les dossiers de cet incident restaient classifiés.

Et à raison. Seule une poignée de gens en connaissait l'existence. Kinley semblait y avoir eu accès pourtant.

— Apparemment, je manquais de talent.

— On commet tous des erreurs.

— Même toi ?

— Même moi, admit-elle d'une moue plus sardonique tout à coup.

— Ça n'a rien de surprenant, mais tout de même…

À quoi bon le nier ?

— Non, ce n'est rien. Je l'avoue, je n'y ai pas vraiment cru quand j'ai vu qu'un homme mystérieux, exigeant et prudent vis-à-vis de ses clients et sa réputation avait déjà travaillé pour le gouvernement.

Peut-être s'étonnerait-elle d'entendre qu'il n'avait jamais arrêté. Il avait acquis sa renommée en partie grâce à ses missions pour le FBI et la sécurité nationale. Quant à sa fortune, il la devait à ses seuls efforts et des contrats légitimes auprès de multinationales ou de Stone Surveillance. Les bons hackeurs bienveillants imposaient leurs propres tarifs, notamment quand une entreprise rencontrait des problèmes.

— Lors des négociations avec les autorités, j'ai dû accepter de les aider dès que l'envie les en prenait.

— Tu as aussi atterri dans un centre de détention.

Ainsi, elle savait. Il laissa sa tête retomber en arrière. Le regard perdu sur le plafond, il s'engouffra entièrement dans ce méli-mélo d'émotions retorses. Il avait depuis longtemps appris à simplement les accepter et à respirer quand ces souvenirs revenaient le hanter.

— Oui, mais personne ne s'en souciait. Mes parents sont morts dans un accident de voiture quand j'avais onze ans. Ils étaient déjà assez âgés et n'avaient ni frères ni sœurs. Mes grands-parents sont décédés avant ou peu après ma naissance. Je n'avais personne.

— Le gouvernement en a profité.

Il se haussa les épaules par réflexe. Il s'était résolu à la nonchalance il y a fort longtemps.

— Peut-être. Personne n'allait s'occuper de moi ou m'accueillir. Une fois majeur, je serais sorti du système. Quelque part, ça m'a rendu service. On m'a montré autre chose. On a donné un sens à ma vie.

D'un autre côté, on lui avait retiré tout autre choix.

Personne n'avait su le consoler à la mort de ses parents. Il n'avait pu compter sur personne pour affronter la dévastation de dire adieu à ceux à qui il tenait le plus. En un battement de cils, il avait perdu sa mère et son père, sa vie, ses quelques amis et sa maison. Son monde tout entier s'était effondré.

Et à peine avait-il cru trouver quelqu'un sur qui se reposer que ces gens-là l'avaient eux aussi laissé tomber.

Il fut submergé par les souvenirs de la solitude, de la peur, de l'incertitude. Le contact sec de cette chaise en plastique, si insupportable après des heures d'interrogatoire. Le désespoir quand son avocat commis d'office et un agent lui avaient expliqué les termes de son accord avec le gouvernement.

Le besoin écrasant de voir ses parents. En réalité, il n'était encore qu'un petit garçon. Un enfant perdu. À cet instant-là, il s'était juré de retrouver une vie normale pour se rebâtir l'avenir qu'on lui avait arraché. Mais, tout était de nouveau parti à vau-l'eau.

Kinley sentit le désespoir de Jameson, malgré tous ses efforts pour le cacher. Sa vulnérabilité et le manque derrière cette courageuse façade. Tout à coup, elle comprit qu'ils avaient grandi dans la même solitude.

D'accord, elle avait passé ces douze dernières années à éviter ses parents, à les surveiller afin de ne jamais croiser leur chemin quand ceux de Joker avaient disparu, mais en fin de compte, ils avaient tous les deux appris à s'en sortir par leurs propres moyens.

Les ressemblances ne lui échappèrent pas. Ils s'étaient tous les deux tournés vers le piratage pour leur survie, malgré les circonstances différentes. Aujourd'hui encore, ils récoltaient les fruits de leur enfance. Solitaires et seuls.

Mais elle refusait de continuer sur cette voie. Soudain triste et lasse de tout, Kinley ferma les yeux. Une larme perdue lui échappa pour perler sur le torse de son amant.

Jameson la prit par les épaules pour les mettre à genoux tous les deux. Il se pencha sur elle afin d'essuyer la deuxième larme déjà prisonnière de ses cils.

— Non, ne pleure pas pour moi. Je m'en suis bien sorti.

— Tu crois ? lança-t-elle d'une voix cassée pleine de regrets. Penses-tu vraiment que nous menons une vie de rêve ? Nous ne sommes pas si différents l'un de l'autre. Nos destins ont très vite sombré dans le chaos. Nous n'avons jamais pu compter sur l'aide de personne. Et, nous en assumons encore les conséquences. La méfiance, la distance, l'isolement.

Kinley ne réalisa la véracité de ses doutes qu'au moment de les exprimer. Ils avaient passé ces derniers jours à se disputer, à se mettre des bâtons dans les roues, en dépit de leur objectif commun. S'ils avaient œuvré de concert dès le départ, alors peut-être auraient-ils avancé. Au lieu de quoi, ils n'avaient pas récupéré son argent, on la menaçait encore et ils étaient bloqués en pleine mer.

Même si ce dernier point jouait peut-être en sa faveur ; quiconque voulait s'en prendre à elle ne la retrouverait sans doute pas ici.

— Nous ne nous faisons pas confiance, mais sans aucune raison valable, si ce n'est un passé qui n'a absolument rien à voir avec cette histoire.

À strictement parler, ce n'était pas entièrement vrai… Jameson lui avait dérobé quelques millions. Cependant, elle croyait en son honnêteté malgré ses méthodes douteuses.

Ou peut-être cherchait-elle à se convaincre elle-même. Dans tous les cas, elle n'avait plus rien à perdre.

— Tu m'as demandé si je savais qui pourrait m'en vouloir à ce point.

— Tu ne m'as pas répondu.

Si, mais sans entrer dans les détails.

— Tu sais, j'ai froissé beaucoup de gens puissants, ils pourraient tous avoir envie de me tomber dessus. Cependant, je n'ai encore rien partagé de mon dernier dossier... ni de celui sur lequel je travaille en ce moment.

Qui étaient reliés.

Kinley attrapa la chemise de Jameson par terre pour l'enfiler, elle ressentait le besoin de se couvrir avant de s'ouvrir sans retenue, puis s'assit en tailleur au bord du lit. Comprenant son attitude, Jameson remonta le drap sur lui puis s'adossa à l'appuie-tête.

Elle faillit lui signaler que même s'il avait caché une source de distraction, son délicieux torse nu si ensorcelant attirait encore trop son regard. Elle s'efforça de ne pas l'admirer puis plissa le nez en se plongeant dans ses yeux impatients.

Des sirènes d'alarme retentirent dans son esprit pour lui intimer de s'arrêter. Pour une fois, elle les ignora. Tant pis si elle devait le regretter plus tard, pour l'heure, cela lui semblait la bonne décision.

— D'habitude, je ne m'attarde pas sur un piratage. Je prends l'argent, le distribue aux nécessiteux et disparais.

— Tu restaures l'équilibre cosmique.

— Je ne suis pas une superhéroïne, le corrigea-t-elle d'un ricanement proche du grognement.

— Ne brise pas mes rêves.

La considérait-il sincèrement ainsi ? Elle voulut lui demander, mais une part d'elle redoutait sa réponse. Juste au cas où il se moquerait d'elle.

— Bref, cette fois-ci, c'était différent.

— Comment cela ?

— Plus je fouinais, plus je découvrais des choses horribles. J'ai connu mon lot de monstres, ces dernières années. Trafiquants d'armes, cartels, mafieux en tous genres. La lie de l'humanité. Des gens qui se repaissent sur le dos des faibles et des innocents.

En vérité, il ne fallait pas être docteur en psychologie pour comprendre qu'elle avait voué son existence à rattraper les erreurs que ses parents l'avaient forcée à commettre. Au nom du bon sens et pour devenir meilleure…

— J'ai même dénoncé un réseau de traite humaine, dans les Balkans, il y a quelques années.

— De quoi ? s'étonna-t-il. Tu as trouvé pire que ça ?

Aujourd'hui encore, le simple fait d'en parler lui retournait l'estomac. Non pas en raison de ces crimes atroces, mais à cause de ses moyens limités.

— Oui, dans le sens où il s'agit d'un abus de pouvoir. La plupart de mes cibles ne se donnent pas vraiment la peine d'effacer leurs traces. Là, on parle de gens malhonnêtes qui se font passer pour des saints.

Voilà peut-être ce qui lui donnait tellement envie de vomir. Le fait que beaucoup ignoraient le véritable visage de ceux à qui ils confiaient aveuglément leur vie.

— Au départ, je voulais simplement m'emparer des fonds de politiciens véreux, en Europe. Les ruiner, saper leur influence. Puis, plus je tirais de ficelles, plus je m'empêtrais dans une toile. Je ne m'attaquais pas uniquement à quelques fruits pourris, mais à tout un groupuscule pour qui les intérêts de leurs pays respectifs comptaient peu. Pour couronner le tout, la firme sous laquelle ils opèrent trône parmi les plus grands organismes caritatifs de la planète.

— Je le connais ?

— Sans doute. One Peace.

Jameson eut alors la même réaction qu'elle, à l'époque. Une stupéfaction absolue suivie par l'incrédulité puis une rage indicible. One Peace diffusait partout des publicités vantant ses interventions dans les régions victimes de catastrophes naturelles ou de guerres. Séismes, conflits, terrorisme et violations des droits de l'homme. Le groupe finançait des bonnes œuvres sur presque tout le globe.

Chaque pays civilisé participait à cet effort commun. Bon sang, des personnalités politiques et de grands entrepreneurs d'un peu partout trônaient au conseil d'administration.

Du moins, c'est ce qu'elle croyait. Elle avait compris la perversion de certains d'entre eux en enquêtant sur leurs liens avec One Peace. Au départ, elle avait songé à de simples rapports pratiques. On les comptait au sein de l'organisme en raison de leur statut.

Cependant, à force de creuser, elle avait découvert que tous ceux au sommet de la pyramide baignaient dans des histoires de corruption.

Ils se cachaient derrière leurs soi-disant bonnes œuvres pour obtenir des informations top secrètes et s'en servir dans leur seul intérêt. Ils manipulaient les marchés, gonflaient les coûts pharmaceutiques, vendaient des armes et, à plusieurs reprises, avaient aiguillé le cours des événements avant de se présenter en héros pour « sauver » leurs propres victimes.

— C'est une blague ?

— Je préférerais, ricana-t-elle d'un rire creux.

— Jusqu'où s'étend leur influence ?

— Tu as entendu parler d'eux. Presque chaque pays développé dispose d'un représentant haut placé chez One Peace.

— Je vois.

— J'ai dérobé le plus possible à ceux que je ciblais au départ, mais le problème reste qu'il s'agissait d'un grain de sable dans le désert. Je n'ai même pas ébranlé One Peace.

Kinley prit alors le collier dont elle ne se séparait jamais.

— Je garde des centaines, des milliers de preuves sur cette clé USB. Mais, je suis une hackeuse inconnue dans le milieu.

Contrairement à lui, elle s'efforçait de faire aussi profil bas dans sa vie professionnelle. Elle se moquait bien de montrer ses talents. Aujourd'hui son anonymat ne défendrait plus sa cause.

— Je suis un fantôme depuis douze ans. On ne m'écoutera

pas et on ne me croira pas étant donné que j'ai obtenu ces informations illégalement. Sans oublier que je ne sais même pas à qui les confier. Quand je te dis que tout le monde est impliqué, je ne mens pas. Entre les rois des médias, les gouvernements et les magnats des affaires, ces scandales se font étouffer sans aucune difficulté.

Jameson resta hypnotisé par la clé un long moment avant de relever les yeux.

— Et ça justifierait qu'ils s'attaquent à tes comptes ?

Kinley mit enfin des mots sur une crainte jusqu'alors inavouée.

— Voire bien pire, je pense. Si je ne t'en ai pas parlé avant, c'est parce que, tu vois...

— Tu ne me faisais pas confiance.

Une bien triste vérité.

— J'ai reçu un message anonyme avant de venir à Tampa. On me demandait de rendre l'argent. Rien de bien précis, ç'aurait pu être n'importe qui.

— Mais, il s'agissait très certainement de ces politiciens.

Elle haussa les épaules. Elle en était arrivée à la même conclusion.

Elle n'avait pas voulu se retrouver piégée sur un yacht, même si elle se délectait du bonus que lui avaient donné ses ébats avec Jameson. Cependant, en toute honnêteté, elle ne dormait plus depuis des semaines. Quant à ce message, il l'avait vraiment affolée. Ne plus se sentir traquée lui avait offert un répit des plus salvateurs. Non pas qu'elle l'admette devant Jameson.

Il lui passa alors les doigts dans les cheveux.

— Laisse-moi t'aider.

Elle faillit le rembarrer par réflexe, mais elle préféra se taire par prudence. N'avait-elle pas justement émis l'hypothèse que s'ils avaient travaillé de concert dès le départ ils auraient sans doute fait évoluer la situation plus vite ?

Il était peut-être grand temps pour elle d'oser se jeter dans le vide.

— D'accord.

Une fois encore, ses contacts au sein du gouvernement et de Stone Surveillance portèrent leurs fruits. C'était intéressant d'avancer des deux bords d'une ligne nette. Ces deux côtés se servaient de lui. Ils en tiraient profit. Aucun ne savait vraiment où il obtenait les informations demandées, cependant les résultats leur suffisaient bien assez pour éviter de donner lieu à trop de questions.

Cela n'en demeurait pas moins usant et ne le réduisait pas moins à la solitude pour autant. Gray et Stone s'étaient imposés en havre de paix dans la tourmente, de vrais amis malgré une relation houleuse au départ. Des gens bien. Voilà pourquoi Jameson éprouvait quelques remords à l'idée de ce qu'ils s'apprêtaient à faire, Kinley et lui.

Car il n'en doutait pas, la jeune femme risquait sa vie dans cette affaire. Cela ne devait pas la changer de ce statu quo habituel. Il lui fallait demander un coup de pouce à ses amis. Ils répondraient présents à coup sûr, sans poser de questions.

D'accord... Gray en poserait quelques-unes.

Kinley néanmoins ne lui pardonnerait jamais de la trahir. Elle s'était enfin confiée à lui, il n'avait pas le droit d'en abuser. Dans le cas contraire, il ne pourrait pas se plaindre si elle ne restait pas dans sa vie, à la fin de toute cette histoire.

Si on lui avait demandé quelques jours plus tôt s'il en avait envie ou même l'envisageait simplement, il aurait éclaté de rire. Mais désormais... L'idée de voir Kinley disparaître dans la clandestinité une fois de plus le rendait malade.

Il remettrait ce problème à plus tard. Pour l'heure, il sentait au fond de lui que trouver un moyen de condamner One Peace les mènerait sur la piste de ces millions envolés.

Il avait bien compris à quel point cet argent permettrait à Kinley de partir. Et il constituait également une barrière entre eux, un obstacle à franchir avant d'envisager un quelconque avenir ensemble.

Ainsi, Jameson avait passé quelques appels, négocié des services çà et là et persuadé un ancien contact de la CIA, quelqu'un de confiance, de les retrouver à La Nouvelle-Orléans.

Il dut reconnaître une légère euphorie à l'idée de lui apprendre une bonne nouvelle. La veille, elle lui avait finalement révélé ses dernières cibles, il avait senti son soulagement. Il avait par ailleurs compris sa frustration teinte de déception de se retrouver ainsi pieds et poings liés.

Devenir celui qui allait lui venir en aide éveilla en lui un sentiment de force, d'utilité..., et le rendit heureux.

En sortant sur le pont extérieur, Jameson s'arrêta afin d'apprécier le spectacle. Le maillot qu'elle avait choisi cachait légèrement plus son corps que les autres jours. Il oscilla alors entre déception et soulagement. De toute manière, on voyait de nouveau presque tout.

Sans compter ses souvenirs encore vifs de son corps souple collé au sien, la caresse de sa peau. Il secoua la tête dans l'espoir de se ressaisir.

Elle s'était coiffée d'un grand chapeau de paille. Son maillot blanc une pièce soulignait son teint de bronze. De grosses lunettes cachaient son regard, aussi ne savait-il pas trop si elle l'observait.

Probablement. Il avait l'impression de sentir ses yeux le dévorer de loin.

Kinley Sullivan incarnait le merveilleux. Il ne s'agissait cependant pas de l'alliance de son visage et ses courbes. Elle regorgeait d'intelligence, de talent et de générosité, mais elle cherchait toujours à protéger son cœur. Voilà ce qui la rendait véritablement ensorcelante.

— Pourquoi viens-tu rôder ici ?

La voix de la jeune femme le fit sursauter. Il s'avança à grandes enjambées pour s'installer sur le transat à ses côtés, mais sans s'allonger. Il s'assit jambes écartées, les mains entre. Il ignorait comment elle réagirait.

— J'ai parlé à un de mes contacts, il a accepté de nous retrouver à La Nouvelle-Orléans, ce soir.

Kinley baissa ses lunettes pour le toiser.

— Ce soir, hein ? s'enquit-elle, un sourcil arqué pour exprimer ses soupçons.

Puis, comme si l'univers avait attendu ce moment exact, les moteurs se firent entendre, et la *Dame* se mit doucement en marche.

— Tu parles d'une panne…

Il ressentit une certaine gêne en haussant les épaules.

— Dis ça à Eric, pas à moi.

— Oh ! mais j'en aurais des choses à dire. Je me demande simplement à quoi il jouait, à taper sur le moteur, l'autre soir.

Ce fut au tour de Jameson de paraître offusqué.

— Tu veux dire le soir où tu es sortie du lit en douce pour fouiller le navire ?

Son sourire disparut et, à la grande surprise de Jameson, elle se mit à rougir.

— Je ne m'excuserai pas.

— Je ne t'en demande pas tant.

Il se pencha pour arriver à hauteur de ses yeux.

— Je n'aime pas qu'on se serve de moi.

— Et moi, je n'aime pas qu'on me prenne au piège, rétorqua-t-elle aussitôt.

— C'est de bonne guerre.

Kinley s'avança elle aussi.

— Mais que ce soit bien clair, ce qu'il s'est passé, cette nuit-là, ce n'était pas calculé. Au départ, je voulais flirter, te pousser à bout, peut-être te faire boire. Une fois que j'ai commencé, je n'ai pas réussi à m'arrêter.

Cet aveu lui fit l'effet d'une gifle, lui brûla les entrailles et le sang tel le plus fort des whiskys. Bon sang, qu'il avait envie d'elle !

— Merci.

— De ?

— De m'avoir dit la vérité.

— Inutile de mentir, soupira-t-elle en se laissant tomber sur le dossier. Nous avons déjà prouvé que nous ne pourrons pas nous empêcher de nous sauter dessus.

Elle l'avait affirmé comme s'ils étaient atteints d'une maladie incurable.

— Il y a pire, dans la vie, Kinley.

Elle l'empoigna par le col pour lui extorquer un baiser.

— C'est vrai, murmura-t-elle.

Jameson se jeta dans son désir. Il leur restait quelques heures à tuer avant d'accoster. Quelques heures à s'inquiéter de l'inéluctable.

Ils devaient regagner le continent. Ils n'allaient pas attendre les bras croisés en pleine mer indéfiniment.

Mais, par tous les diables, il espérait tant ne pas commettre l'irréparable en se fiant à elle. Il le savait pertinemment, si Kinley voulait s'échapper, rien ne l'en empêcherait.

L'heure sonnait donc de lui accorder toute sa confiance.

12

Elle aurait dû fulminer. Vu la vitesse à laquelle la *Dame* s'était remise en marche, il n'y avait apparemment aucun problème. Jameson avait menti.

Toutefois, elle en avait fait de même.

Deux mauvaises actions ne s'annulaient pas, mais dans ce cas peut-être. Elle avait l'habitude de disparaître. S'ils s'étaient rendus à La Nouvelle-Orléans plus tôt, elle n'aurait pas pu lui garantir de rester en sa compagnie. Cela l'agaçait que Jameson la connaisse assez bien pour s'en rendre compte avant elle. Elle avait fui toute sa vie… Était-ce devenu une simple habitude ?

Pour la première fois depuis qu'elle avait relié entre eux tous les points de l'affaire One Peace, et après avoir vu son isolement absolu dans cette entreprise, Kinley retrouva un brin d'optimisme. Peut-être, seulement peut-être, la situation s'arrangerait-elle. Ces crapules seraient condamnées, et elle reprendrait le cours de son existence.

Sans compter qu'elle récupérerait son argent.

Cependant, même sans son assurance-vie, les nœuds dans son ventre s'étaient envolés doucement. Pour la première fois, Kinley se sentait plus optimiste. Tout irait bien.

Ils accostèrent en début de soirée. Depuis le pont, elle vit la ville apparaître peu à peu, ses lumières vives, ses gratte-ciel et la preuve de la civilisation, là, sous ses yeux.

— Je n'ai jamais visité La Nouvelle-Orléans.

Cette simple phrase prit des allures de confession, comme si Kinley avait quelque chose à se faire pardonner. Ces quelques dernières années, elle n'avait plus remis les pieds aux États-Unis. Au départ, par peur de ses parents puis petit à petit, parce qu'elle ne s'y était plus sentie chez elle.

Le regard de Jameson lui pesait lourdement sur les épaules, mais elle saisit l'ironie dans sa voix.

— Nous aurons peut-être l'occasion de jouer les touristes, mais nous devons tout d'abord rejoindre mon contact. En plein milieu d'une mascarade.

Le cœur de Kinley s'agita. Ils mirent néanmoins un temps fou à jeter l'ancre et débarquer. Sur le quai, Jameson la prit par la main pour la mener à une grande jeep. Il lui ouvrit la portière passager avant d'aller s'installer au volant.

Ses cheveux s'emmêlaient sur son visage à cause du vent cinglant, mais elle s'en moquait. Une lueur amusée dans ses magnifiques iris verts, son amant chercha dans la boîte à gants afin de lui trouver un bandeau.

L'excitation atteignit son comble au moment où ils entrèrent dans l'agitation perpétuelle du Vieux carré français. Jameson se gara devant un hôtel-boutique puis lança les clés à un voiturier avant de prendre leurs valises. Kinley ne s'était même pas rendu compte qu'on les leur avait mises dans le coffre.

Moins d'une heure après leur arrivée en ville, ils s'installaient dans une chambre de luxe où ils se retrouvèrent vraiment seuls pour la première fois depuis plusieurs jours.

Aussitôt la porte fermée, Kinley se rua dans la pièce afin d'attraper Jameson par le col et lui donner un baiser endiablé. La chaleur et le désir flottaient entre eux au point de les écraser et les réduire en cendres. Le reste du monde n'existait plus.

Kinley s'efforça d'ouvrir le bouton de son short, mais abandonna, tant elle ne parvenait à rien. Elle préféra déshabiller son amant en lui arrachant sa chemise par-dessus la tête.

Jameson la saisit aux poignets pour l'arrêter.

— J'en ai très envie..., commença-t-il d'un air alangui qui ne laissa aucun doute planer. Mais, nous n'avons pas le temps.

— Tu es sûr ? grogna-t-elle d'une voix venue du plus profond de son être.

— Nous avons rendez-vous dans une heure.

— D'accord, soupira-t-elle lourdement. À défaut de te prendre toi, je vais prendre une douche.

Elle ferma la porte d'un coup sec, sans pouvoir cacher son sourire quand elle l'entendit rire.

Il ne lui fallut pas longtemps pour se préparer. Comme toujours, l'équipage du yacht avait su ce dont elle aurait besoin, aussi faillit-elle rester sous le choc quand elle découvrit un masque, des chaussures et une robe assortie.

Le velours rouge foncé se fendait en un cœur juste au-dessus de sa poitrine. Le tissu cintré à la taille se prolongeait ensuite en une jupe ample jusque sous les genoux. Simple, élégante, cette tenue donna à Kinley une impression de décadence. La quintessence de La Nouvelle-Orléans.

Quant aux chaussures : la perfection même. De petites sangles noires s'entrecroisaient sur ses pieds, ses chevilles et ses mollets, liées à rien de plus qu'une semelle et des talons hauts. Elle gagnait en taille sans même en avoir besoin.

La main légère sur le maquillage, un passage rapide au fer à friser pour lancer de belles cascades sur ses épaules, et un reflet sensuel l'observait dans la glace.

Le masque noir silencieux sur la vanité compléterait l'ensemble à la perfection. Le panache théâtral sur le côté lui obscurcissait le visage à merveille. Les fines dentelles sur ses sourcils, son nez et ses joues se chargeaient du reste.

Avec un peu de chance, on ne la reconnaîtrait pas.

Jameson en demeura coi quand elle le rejoignit dans la chambre.

— Oh ! misère ! Nous sommes censés faire profil bas, grommela-t-il.

Kinley baissa les yeux sur sa robe.

— Quoi ? Qu'est-ce qui ne va pas avec cette tenue ?

— Rien. Tout.

Il traversa la pièce en deux enjambées. Il ne fit preuve d'aucune douceur en l'embrassant. Son parfum enivrant et évocateur lui titillait les sens. Elle se fondit à lui, laissant son corps se relâcher et s'abandonner tandis que sa bouche en exigeait toujours plus.

Elle en voulait davantage. En permanence.

Jameson brisa leur étreinte en se reculant. Il ancra un regard affamé au sien.

— La Dame de cœur, souffla-t-il, empli d'une révérence admirative.

Il fourra les mains dans les poches de son smoking noir. Kinley sentait encore les tempêtes en elle, les échos de leurs douces caresses.

— Tu es merveilleuse.

Elle se fendit d'un sourire bancal.

— C'est le miracle des chaussures de luxe, ça.

La bouche de Jameson se retrouva de nouveau à un millimètre de la sienne, et il lui murmura ces paroles avant de l'embrasser :

— Les chaussures n'ont rien à voir là-dedans.

Un bonheur inattendu submergea alors Kinley.

— Il faut qu'on sorte immédiatement, sinon nous allons rester là trois jours d'affilée.

Une nouvelle tornade emporta Kinley. Puis, Jameson lui prit la main pour la guider dans l'hôtel. Les portes de verre coulissèrent peu après et soulevèrent la chaleur oppressante et le capharnaüm de la rue. Mardi gras était déjà passé, mais La Nouvelle-Orléans ne manquait jamais une occasion d'organiser des soirées d'enfer. Un véritable bombardement de lumières, bruits, couleurs et rires.

Jameson la tenait fermement tandis qu'ils avançaient. Il se servait de sa masse comme d'un brise-glace derrière lequel elle s'engouffrait. Des gens arrivaient de toute part. De la musique retentissait puis disparaissait au fil de leur progression devant des bars et restaurants bondés.

— Où m'emmènes-tu ? s'enquit-elle soudain, penchée en avant.

— Tout au bout de la rue, dans un petit club privé.

Elle voulut lui demander pourquoi leur hôtel se trouvait si loin puis se ravisa. Elle savourait cette nouvelle expérience ; peut-être qu'à la fin de toute cette histoire ils pourraient se joindre à la fête au lieu de simplement la survoler.

Ils évoluaient rapidement quand tout à coup Jameson vira de bord pour traverser la rue. Kinley trébucha sur le trottoir et lui lâcha la main.

Quelqu'un la poussa, lui faisant perdre l'équilibre. On la saisit par l'épaule pour la rattraper et on l'entraîna au milieu de la foule entre deux bâtiments. Au départ, elle crut qu'il s'agissait de Jameson, mais une voix inquiétante lui souffla à l'oreille :

— Vous avez commis une grave erreur.

Kinley releva la tête d'un coup face à ce ton menaçant. Encore secouée, elle sentit le monde tourbillonner quand elle aperçut Jameson plus loin, en train de la regarder. Il semblait hurler, cependant elle ne l'entendait pas dans la cohue.

La prise de l'inconnu se raffermit autour de la taille de Kinley, l'arrachant du sol. Elle comprit enfin : on l'entraînait de force dans une ruelle sombre.

Jameson n'avait jamais eu aussi peur de sa vie. À quelques mètres à peine, séparé d'elle par un flot incessant de gens, Kinley se faisait enlever. Sa jupe tourbillonna, elle se mit à battre des pieds.

Et tout à coup, elle avait disparu.

Il cria à la foule de s'écarter de son chemin en jouant des épaules dans la masse. Quelqu'un lui donna un coup, mais peu importe. Il devait lui venir en aide avant qu'il soit trop tard.

Son cœur tambourinait douloureusement. Même avec seulement quelques secondes de retard, il s'attendait déjà à trouver la ruelle déserte. Quel soulagement quand il aperçut deux ombres tout au fond du passage. Des murs noirs de crasse et d'usure s'élevaient de part et d'autre. Ils barraient le bruit de la rue et la fête derrière eux.

— Lâchez-moi !

Les protestations véhémentes de la jeune femme rassurèrent légèrement Jameson. Non, il était trop tôt. Elle ne se trouvait pas encore en sécurité.

Kinley frappait du pied, cherchant à enfoncer ses talons aiguilles dans tout ce qu'elle pouvait. Son agresseur grogna. Un point pour elle. Toujours aux prises avec l'inconnu, elle s'agitait dans tous les sens, le cognait du mieux possible de ses bras et ses jambes. Heureusement, ses protestations musclées ralentissaient son ravisseur.

Celui-ci, sans doute un homme au vu de sa carrure, portait du noir de pied en cap. Son masque chirurgical et sa capuche relevée cachaient tout signe distinctif. Les ombres allongées et la nuit tombante n'aidaient en rien.

Ce type aurait tout aussi bien pu avoir vingt ans que frôler la soixantaine. Et impossible de déterminer ses origines. L'unique certitude demeurait sa masse impressionnante. Heureusement, jusque-là, il semblait opérer en solo.

Jameson n'hésita pas un seul instant. Il en vint aux mains dès qu'il arriva à leur hauteur. Il prit son élan pour lancer le poing et frappa quelque chose de dur. L'homme poussa un cri, sa tête partit en arrière, mais il ne lâcha pas Kinley.

D'un instant à l'autre, elle s'arrêta de lutter puis tomba de tout son poids contre son agresseur. Une nouvelle vague d'angoisse s'empara de Jameson. L'autre l'avait-il assommée ?

Non, il ne devait pas se laisser distraire. Il fallait tout d'abord la mettre à l'abri et ensuite panser ses éventuelles blessures.

Le malfrat sembla croire que Jameson représentait le plus gros obstacle maintenant que la jeune femme ne s'agitait plus. Il la lâcha et un couteau apparut entre ses doigts d'on ne sait où.

Un léger rai de lumière se refléta sur la lame, étincelle lugubre sur l'arête crantée. Jameson concentra tout son être sur l'arme.

— Dégage ! lui ordonna l'autre d'un ton grave, menaçant.

— Très bien, fit Jameson, les mains en l'air.

Il n'allait évidemment pas abandonner Kinley. Il faudrait lui passer sur le corps.

Il avait appris deux ou trois astuces dans la vie, pas uniquement liées à l'informatique. Il enfonça la paume dans l'épaule de l'homme pour le surprendre et lui engourdir le bras. Une réussite, car la lame tomba dans un bruit métallique.

Ce fut à ce moment que Kinley bondit. La diversion lui permit de se libérer. Elle perdit l'équilibre et dut ramper à quatre pattes, mais se releva rapidement.

Dès l'instant où elle parvint à courir, Jameson l'imita. À reculons, au départ, afin de garder en vue l'inconnu. Puis, comme l'autre ne sembla pas vouloir les suivre, Joker se retourna pour sprinter.

Les lumières et le bruit du Vieux carré s'enroulèrent autour d'eux dès leur arrivée sur le trottoir. Jameson percuta quelqu'un et s'excusa par réflexe, le regard perdu sur la foule.

Où était-elle passée ?

Non loin de là, elle s'effondra presque contre un vieil homme. Le touriste la prit par le bras en cherchant des yeux quelqu'un qui pourrait leur venir en aide.

— Tout va bien, madame ?

Jameson les rejoignit pour arracher Kinley au vieillard. Il appela Eric.

— Nous sommes dans le carré. Il nous faut une voiture. Tout de suite.

Il n'attendit pas de réponse avant de raccrocher. Le capitaine retracerait la source de l'appel. Il s'accroupit en vue de saisir le regard de Kinley. Là où il avait cru trouver des larmes ou l'effroi, il ne croisa qu'une flamme ardente.

Cela n'aurait pas dû le surprendre pourtant. Kinley n'était pas blessée, seulement remontée.

— Ça va ?

Il avait posé la question malgré tout, principalement pour l'entendre de sa bouche à elle. Le vieil homme se tenait lui aussi tout près, penché sur eux deux, inquiet pour elle.

— Absolument pas.

Ce n'était pas la réponse espérée.

Ni la réponse attendue par ce gentil gêneur, visiblement. Ce dernier n'hésita pas à s'immiscer dans la discussion.

— Madame, connaissez-vous cet homme ? Avez-vous besoin d'aide ?

— Je le connais, oui, le rassura-t-elle en levant la tête. Pas d'inquiétude.

D'un seul coup d'œil, Jameson se rendit compte que les gens commençaient à se poser des questions. Cela les servirait et leur porterait préjudice. Au moins, quiconque les surveillait hésiterait à s'en prendre à eux, au milieu de tant d'attention.

Kinley semblait se moquer éperdument de qui les regardait ou les écoutait.

— J'ignore qui c'était. Il m'a attrapée en pleine rue.

— Oui, je sais.

Il n'oublierait d'ailleurs jamais ces interminables secondes de peur panique et de paralysie.

À sa grande surprise, Kinley se libéra pour retourner dans la ruelle. Il l'arrêta.

— Mais qu'est-ce que tu fabriques, enfin ?

Sa chevelure en bataille s'emmêlait en une couronne de chaos noir autour de son visage. La robe était couverte de saleté dont il n'aurait pas voulu connaître l'origine. Un peu de terre lui brunissait la figure, et une marque commençait à bleuir sur sa tempe.

Il ne l'avait jamais trouvée si enchanteresse. En fait, la colère dans ses pupilles et le rouge à ses joues signifiaient qu'elle n'était pas morte.

— Je dois savoir qui c'était et ce qu'il me voulait.

— Non.

— Comment ça, non ?

Le téléphone de Jameson vibra. Il ne le consulta pas. Sans doute un message pour lui indiquer que la voiture ne tarderait plus.

— Premièrement, tu ne le retrouveras pas. Il n'avait pas l'air du genre à s'attarder sur les lieux de son crime.

Elle poussa un grognement frustré.

— Deuxièmement, il ne te dira rien. Il essaiera simplement de t'enlever et y parviendra peut-être. Seuls les imbéciles se jettent dans la bataille sans réfléchir.

Elle pinça les lèvres, mais arrêta de vouloir lui échapper.

— Parce que monsieur est devenu un maître stratège, tout à coup ?

— Oui, comme toi. Nous cherchons la meilleure tactique, tous les jours. Je sais que tu es en colère, mais moi aussi.

— On ne croirait pas.

— Ça ne sert à rien de rester là. Il faut retourner au yacht où tu seras en sécurité et où nous comprendrons ce qu'il vient de se passer.

— Je peux déjà te le dire. Une ordure a essayé de m'enlever en pleine rue.

Elle avait bien résumé la situation, mais cela demeurait trop simpliste. Lui voulait savoir qui et pourquoi. Sans cela, il ne pourrait jamais la mettre à l'abri. Il lui fallait analyser cette menace tout à coup plus grave… et appeler des renforts.

Il garderait toujours en mémoire cette sensation d'impuissance de la voir disparaître. Et de comprendre qu'il se le pardonnerait encore moins s'il lui arrivait malheur à cause de sa bêtise à lui et s'il n'employait pas toutes les armes à disposition. Elle refusait d'affronter son frère ou son passé, pour l'heure. Soit. Néanmoins, toute cette histoire allait trop loin.

Elle ne l'écouterait pas ni n'entendrait ses arguments, au vu de son état, aussi cette confrontation attendrait. La priorité restait de rejoindre un lieu sûr.

Cette fois-ci, elle ne rechigna plus quand il la prit par la taille pour descendre Bourbon Street. Il redressa les épaules, sa nuque le picotait au moment où ils quittèrent le bruit et la foule. Ses sens aux aguets lui intimaient toutefois qu'on ne les talonnait pas. Cette fois-ci, au moins.

La jeep attendait non loin. Il aida Kinley à monter puis préféra s'installer à ses côtés au lieu de prendre le volant.

— Tirez-nous de là, Eric. Tout de suite.

Le capitaine hocha la tête. La vitesse les écrasa contre la banquette. La Wrangler au moteur V8 Hemi s'avéra un bon investissement. Jameson ignora combien de temps il leur fallut pour retourner à la marina. Trop à son goût. Il ne lâcha pas une seule seconde la main de Kinley, ayant besoin de ce contact pour se calmer.

Elle allait bien. Elle était saine et sauve.

Une fois devant la *Dame*, son cœur avait retrouvé un rythme normal. Kinley ouvrit la portière à la volée et jaillit à l'extérieur. Elle monta d'un pas lourd sur le navire. Manifestement, si cette petite virée avait apaisé Jameson, elle avait uniquement attisé la rage de Kinley.

Il la suivit légèrement plus lentement dans le salon. Elle se dirigea vers le bar afin de servir deux tequilas et en avala une d'une traite dans la volée. Elle lui tendit l'autre, Jameson l'imita sans hésiter. L'alcool lui brûla la gorge et les poumons.

Il reposa le shooter puis s'invita dans l'espace personnel de la jeune femme. Il lui souleva le menton pour mieux examiner le bleu sur sa tempe.

— Ça va, lui assura-t-elle d'une voix en lame de rasoir.

— Je sais, répondit-il en passant le pouce sur le ruban rose tiré de ses lèvres. Et tu es formidable.

13

Elle se sentait tout sauf formidable. Simplement à cran, en rogne et pleine d'angoisse. Elle donnait tout ce qu'elle avait pour ne pas le montrer. S'effondrer maintenant ne lui garantirait pas de résoudre ce problème.

Mieux valait se concentrer sur les prochaines étapes plutôt que sur ce qu'il aurait pu se passer si cet homme était parvenu à ses fins.

— Pourquoi m'as-tu ramenée ici et non à l'hôtel ?

Il fallait se focaliser sur les faits, sur la vérité, découvrir comment échapper à ce chaos où avait sombré sa vie. Car on cherchait manifestement à lui faire énormément de mal.

— Parce que c'est là-bas qu'on a dû nous repérer. Ce n'est plus sûr.

— Contrairement au yacht ?

Jameson se renfrogna.

— Pas forcément, mais mes employés ne manquent pas de ressources et ont appliqué tous les protocoles de sécurité depuis que nous avons accosté. Je t'assure que personne ne s'est approché de la *Dame*. En ce moment, nous sommes plus à l'abri ici que partout ailleurs.

Cette soudaine vague de soulagement manqua la faire défaillir. Puissante et inattendue, elle lui fit l'effet d'un coup de poing. Agrippée au comptoir du bar, Kinley lutta pour rester bien droite.

Or, quelque chose avait dû la trahir. Jameson la prit bras dessus, bras dessous afin de l'emmener dans un fauteuil rembourré. Il le fit pivoter et la poussa à s'asseoir.

Kinley n'avait pas l'habitude qu'on s'occupe d'elle. Même dans son enfance, ses parents ne s'étaient pas donné cette peine. Aucun bisou magique, personne pour chasser les monstres sous le lit. Si elle se faisait mal, elle se réjouissait quand elle obtenait au mieux un « serre les dents » ironique ou si on lui lançait un tube de crème. Avant même de savoir parler, elle se débrouillait déjà seule.

Cela lui sembla donc très perturbant que quelqu'un puisse prendre une telle responsabilité. C'était la deuxième fois qu'il veillait sur elle après un incident, et quand elle sourcilla, elle comprit à quel point elle s'habituerait vite à ses bons soins.

Un sentiment des plus effrayants mêlé au désir de quelque chose qu'elle n'aurait jamais cru vouloir.

Accroupi aux pieds de Kinley, Jameson serrait les doigts sur l'accoudoir. Son odeur lui chatouilla les narines comme pour la plonger dans des souvenirs plus plaisants.

— Et maintenant ? demanda-t-elle sans trop savoir si elle avait bel et bien parlé.

Elle eut beau fouiller au plus profond de sa mémoire, elle ne se rappelait pas avoir déjà posé la question à qui que ce soit. C'était elle qui imaginait les plans avant de les mettre en marche. Seule. Toutefois, son cerveau avait court-circuité, elle se méfiait trop de ses capacités d'analyse.

Étonnamment, elle faisait confiance à Jameson.

— One Peace ne se contentera de toute évidence pas de récupérer son argent. Ils doivent savoir que tu as des dossiers compromettants et veulent les reprendre en t'éliminant au passage.

Dans quel enfer s'était-elle encore jetée ?

— Je n'ai rien demandé de tout ça, moi.

Ce piratage avait démarré à l'instar de tous les autres. Une simple tentative de priver de fonds des gens corrompus. Puis, tout avait dégénéré.

Pouvaient-ils au moins s'en sortir ?

Jameson s'apprêtait déjà à répondre quand Eric arriva.

— On vous réclame sur le téléphone satellite.

— Je reviens, assura Joker en se levant, l'air sombre.

Kinley voulut rouspéter, peut-être même le suivre, cependant elle refusait de devenir cette femme-là. Cet appel s'avérait sans doute urgent, autrement on n'aurait pas contacté le navire. Cette personne savait également où les trouver, il devait donc s'agir d'un proche. Un client ?

Rachel apparut tout à coup. Elle lui tendait un verre. Kinley s'attendait à un remontant, mais ce n'était que de l'eau bien fraîche.

Elle n'avait même pas réalisé à quel point elle avait la gorge sèche. Elle avait presque déjà tout bu quand Jameson revint.

— Levez l'ancre le plus vite possible, ordonna-t-il au capitaine, l'air contrit.

— Non, intervint Kinley par réflexe. Je n'en peux plus de fuir.

— Nous ne fuyons pas, la corrigea-t-il, les yeux plissés. Nous adoptons un nouvel angle d'attaque.

Elle secoua la tête puis s'approcha de lui. Sa chaleur lui embrasa la peau. Elle se languissait de l'abri de ses bras solides. Elle aurait pu se blottir contre lui.

Seulement, elle n'en fit rien. Il lui fallait garder les idées claires pour formuler ses arguments, et elle ne voulait pas obscurcir le jugement de Jameson. Il devait comprendre son point de vue et la soutenir parce qu'il croyait en elle.

— Bien sûr que si. Fais-moi confiance, je fuis depuis des années.

Une lassitude extrême l'envahit soudain, s'infiltra dans tout son être au point de presque avoir raison d'elle.

— Oui, j'ai choisi cette vie. J'aide les autres, je protège ceux qui ne savent pas se défendre. Mais, je suis fatiguée. Fatiguée d'être seule. De toujours surveiller mes arrières. De me demander quand on me pointera un pistolet sur la tempe. De ne croire en personne.

Elle lui effleura le bras, s'efforçant de ne pas fermer les yeux pour combattre cette passion soudaine en elle.

— Je dois y mettre un point final. Aujourd'hui. Sinon, j'ai peur de ne jamais pouvoir m'arrêter.

Lentement, Jameson passa les doigts sur sa blessure à la tempe. Il la regardait d'un air doux, presque désolé. Kinley relâcha les épaules, déjà persuadée de ne pas l'avoir convaincu.

— Je te le promets, nous n'abandonnons pas.

Elle allait l'insulter, néanmoins Jameson n'avait trouvé aucune autre solution. La voir se faire traîner de force dans cette ruelle... Il n'avait jamais rien connu de pire. Il avait cru la perdre pour de bon.

Et il ne reculerait devant rien pour s'assurer que cela n'arrive pas. Il avait donc appelé la seule personne capable de les aider, à sa connaissance. Le seul homme qu'elle avait clairement affirmé ne pas vouloir voir.

Il aurait pu la prévenir. Peut-être aurait-il dû. Mais, dans le fond, même s'ils avaient repris le large, il craignait encore qu'elle ne lui échappe.

Ainsi, il avait provoqué l'inéluctable. Gray ne les rejoindrait pas à bord avant le matin. Entre-temps, Jameson en profiterait pour s'assurer qu'elle et lui étaient bel et bien en vie.

Il la prit dans ses bras pour la porter dans sa cabine. Il la reposa puis lui enleva avec précaution la robe abîmée. Il s'agenouilla, les mains autour de ses chevilles tandis qu'il lui ôtait ses chaussures délicates.

Il fit couler l'eau chaude avant de l'emmener gentiment sous la douche, où il la lava et chercha la moindre blessure, la plus infime égratignure. Elle n'avait rien qu'un peu de baume et de temps ne soigneraient pas.

L'aimer devint patience. La chaleur entre eux s'éleva petit à petit, une poussée timide qui les enveloppa, les entraînant tout au fond de ce lien partagé.

Ils ne dirent rien, ils n'en avaient pas besoin. Lorsque la fatigue et la volupté les rattrapèrent, Jameson la sécha puis porta Kinley au milieu du lit. Il la prit dans ses bras et se réjouit qu'elle s'endorme presque immédiatement.

Se sentait-elle à l'abri près de lui ? Il n'osait pas le lui demander. Il craignait trop de voir ses espoirs brisés.

Il resta allongé un bon moment, incapable de fermer les yeux sans se rejouer la bagarre de la ruelle. Encore et encore, toujours avec une fin différente, jamais heureuse.

Kinley remua. Son pendentif effleura la main de Jameson. Il se concentra sur le bout de métal entortillé. Il comprit alors : le problème ne venait pas de l'argent, mais des données sur cette petite clé. Voilà pourquoi on en avait après elle.

Il observait la moitié encore accrochée à la chaînette, se figurant que l'autre avait dû tomber au cours de la tentative d'enlèvement. Kinley n'avait de toute évidence pas remarqué son absence. Quelque part, Jameson aurait souhaité que la disparition des données la protège, cependant comment prouver que plus personne ne les trouverait ?

Kinley serait anéantie. Puis, elle verrait qu'il avait fait une copie de la clé USB pendant qu'elle dormait.

Un rayon de soleil se posa sur son visage. Kinley grimaça puis ouvrit les paupières, lâchant presque un grognement. Elle n'avait pas les idées bien en place, un léger mal de crâne la tourmentait. Elle se sentait raide, tout engourdie.

Elle se força à s'asseoir, elle se frotta les yeux puis prit de longues inspirations. Elle alla s'asperger le visage d'eau froide, ce qui l'aida vaguement.

Elle n'avait pas le temps de s'apitoyer sur son sort. Jameson avait détourné son attention, la nuit dernière, et elle devait encore le convaincre de retourner en ville afin d'en finir une fois pour toutes.

Elle alla enfiler la tenue posée sur le banc à l'autre bout de la pièce sans même savoir qui avait cherché dans sa valise le short, le T-shirt et les sous-vêtements pour les lui apporter.

Vêtue de sa fine armure, elle monta sur le pont. La tête de Jameson dépassait d'un transat. Elle s'arrêta cependant quand elle aperçut une deuxième masse de cheveux sur le siège adjacent et entendit vaguement la discussion entre les deux hommes. Elle n'avait encore jamais vu un seul des employés prendre le temps de s'asseoir. Ils ne restaient sans doute pas debout en permanence, mais fournissaient cet effort en sa présence.

Mais alors, à qui donc parlait Jameson ? À un contact de la CIA ?

Elle s'avança vers eux, par la droite de Joker. Elle se pencha pour l'embrasser.

— J'aurais préféré me réveiller entre tes bras, murmura-t-elle avant de se redresser pour saluer l'inconnu.

Elle se pétrifia.

Ses instincts de survie s'agitèrent, mirent son cœur en surchauffe au point de lui envoyer un déferlement de terreur dans le sang. Si Jameson ne lui avait pas fermement tenu la main, elle se serait enfuie.

La stupeur, l'angoisse et l'anéantissement s'emmêlèrent quand elle se plongea au creux des yeux malins de son frère.

— Bonjour.

Il l'avait saluée avec prudence, même pour ce mot si banal, et elle ignorait que répondre. Elle ne savait pas ce qu'elle voulait.

Non, elle se mentait. Elle s'était joué cette scène des centaines de fois, et son frère lui hurlait toujours après.

Là, non seulement n'avait-il même pas élevé la voix, mais il semblait l'attendre.

— Gray.

Son nom s'était échappé de la poitrine serrée de Kinley.

Jameson lui apporta un fauteuil pour l'inviter à s'asseoir.

— Respire, Kinley. Il veut nous aider, je t'assure.

— Tu n'as pas l'air surpris, fit-elle en se tournant d'un coup vers son amant. Tu savais qu'il viendrait. C'est lui qui t'a appelé, hier soir.

Il tenta de lui caresser le bras, mais elle se dégagea cette fois-ci. Elle se releva, comme pour le défier.

— Tu aurais dû m'avertir.

— Pourquoi ? Qu'aurais-tu fait ?

Sa froideur et son calme au moment où leurs regards se croisèrent la firent grincer des dents. Son ventre était noué tant les sentiments se bousculaient en elle et Jameson devenait une cible facile sur qui les extérioriser.

— Je l'ignore. Quelque chose.

— Comme sauter par-dessus bord ? Nous savons tous les deux que tu as l'habitude de fuir, mais Gray peut nous aider. Il veut te protéger.

Kinley porta de nouveau son attention sur son frère. La tête penchée, il les regardait sans réagir, ne confirmant ni n'infirmant les dires de Jameson. Celui-ci se leva lentement et brisa le contact visuel entre frère et sœur. Il la contourna. Quand elle comprit qu'il souhaitait leur accorder un peu d'intimité, elle l'en empêcha par réflexe.

Certes, Kinley lui en voulait, il n'imaginait pas à quel point, mais elle préférait qu'il reste. Sans cela, elle se retrouverait seule avec Gray, et elle ne se sentait pas prête du tout.

Comme Jameson se rapprocha alors, elle dut réprimer un soupir de soulagement. Elle était plus forte que cela, d'habitude...

Elle perçut le reflet de ses propres craintes dans les yeux de son amant. Il lui déposa un baiser sur les lèvres.

— Fais-moi confiance, murmura-t-il avant de s'en aller.

Le cœur de Kinley battait la chamade, toutefois son regard fut inexorablement attiré par cet homme, tout près d'elle. Gray l'observait de ses iris sombres. Sans jugement, dédain, ni colère. Il n'affichait que compassion et bienveillance.

La boule dans sa gorge enfla, pression difficile à ignorer.

Gray se leva à son tour. Il s'avança vers elle. La petite fille en elle, celle qui avait toujours souhaité avoir des frères et sœurs, aurait voulu l'enlacer, seulement elle ne pouvait se résoudre à faire le premier pas. Elle ne méritait pas qu'il la console et n'avait pas le droit de l'exiger de lui.

Mais Gray lui offrit ce réconfort malgré tout. D'un geste, il l'étreignit. Et curieusement, Kinley se retrouva blottie dans le cocon de ses bras, où elle se laissa aller. Les larmes coulèrent à flots, celles des derniers jours mêlées à celles de toutes ces années.

Lui ne dit rien. Aucun mot creux incapable de panser ses blessures. Il ne lui promit pas que tout irait bien. Il la garda contre lui, rien de plus. Quand les torrents cessèrent et que sa poitrine fut plus légère que jamais, son frère se recula pour la regarder.

— Pardonne-moi.

Elle aurait encore versé quelques larmes si elle n'avait pas déjà tout donné.

— Mais te pardonner quoi ? J'ai gâché ta vie, Gray. Tu n'imagines pas à quel point je regrette.

Sa bouche sévère se mua en un sourire, événement sans doute des plus rares.

— Ah ! mais je le sais. Tes actes te trahissent assez. Tu te colles toi-même des cibles sur le dos pour expier une faute que tu as commise sans t'en rendre compte. On s'est servi de toi, Kinley, j'en ai bien conscience. Tu n'es pas méchante.

— Tu ne me connais pas si bien que ça, dans ce cas, pouffa-t-elle.

— Peut-être pas, s'amusa-t-il en levant les yeux au ciel et en lui donnant une tape amicale. Mais, j'aimerais que ça change.

— Pourquoi ne m'as-tu pas contactée, alors ?

— De ce que j'en sais, on t'a manipulée depuis toujours, assura-t-il en se penchant sur le bastingage pour fixer l'aube. Je ne voulais pas rejoindre les rangs de ceux qui se moquent de tes envies ou tes besoins. Me trouver, occuper une place dans ma vie, ça devait venir de toi. Je t'ai donc laissé du temps.

— Et si je ne t'avais jamais contacté ?

Face à son rictus taquin et ses yeux rieurs contagieux, Kinley se sentit céder à une certaine euphorie.

— J'ai failli te donner un coup de pouce. Blakely a hâte de te revoir. Nous nous sommes mariés, d'ailleurs. Elle se moque de ma patience, mais même moi, j'ai mes limites.

— Me laisser du temps, tu parles. Tu ne vaux pas mieux que Jameson.

— Je suis même pire, s'amusa-t-il. J'aimerais vraiment apprendre à devenir ton grand frère, j'ai perdu trop d'années à ne pas pouvoir faire de ta vie un enfer.

Très bien, cela s'avérerait bien plus agréable que tout ce qu'elle s'était imaginé. Toutefois, sa bonne humeur s'éteignit pour la ramener à la réalité.

— Rassure-toi, Joker m'a tout expliqué. Stone Surveillance va vous aider. Nous allons vous sortir de ce guêpier. C'est notre spécialité. Je ne doute pas que Stone réfléchit déjà à un plan d'attaque. Nous verrons bien ce qu'il en découlera, mais peu importe, j'aimerais t'avoir dans ma vie. C'est à nous de décider. Malgré nos infâmes parents, nous nous en sommes bien sortis. Tu es ma seule famille, aujourd'hui. Je préférerais ne pas laisser cette chance me filer entre les doigts. Si tu veux bien...

Bon, elle s'était trompée. Il lui restait quelques larmes en réserve. Difficile d'oublier ses appréhensions et des années de survie, mais elle essaierait.

— Moi aussi. Je n'en peux plus de vivre seule, Gray. J'avais tellement peur que tu ne me haïsses, mais j'aurais compris.

— Je ne te hais donc pas...

Cette pause retourna l'estomac de Kinley, elle attendait déjà le couperet.

— Je te pardonne, même si ce n'est pas utile. Cependant, il est temps que tu te pardonnes à toi.

Cela lui fit l'effet d'une gifle. Il marquait un point. Elle avait passé des années à expier ses fautes ; peut-être devait-elle aller de l'avant et laisser tout cela derrière elle.

14

— Qu'attends-tu de ma sœur ?

Jameson s'était préparé à cette discussion, cependant il avait d'abord dû laisser un peu d'intimité à Gray et Kinley.

— Bonne question.

Quel mensonge ! Il s'agissait d'une affreuse question, car il ignorait la réponse.

— Oui, je sais. Pendant que tu y es, profites-en pour m'expliquer pourquoi tu as passé des jours entiers avec elle tout en sachant qu'elle était en danger et n'as pensé à me prévenir qu'après qu'on a tenté de l'enlever.

Malgré le ton neutre de Gray, Jameson perçut sans problème sa colère réprimée.

— Écoute, j'ai fait au mieux, au vu des circonstances et de son aversion envers toi. Dès que j'ai su qu'elle courait un véritable danger, je t'ai averti.

Gray poussa un grognement indigné qui parut résonner sur les eaux ouvertes tout autour. Cependant, il ne dit rien de plus et s'accouda au bastingage, penché sur les vaguelettes dans le sillage du navire.

— Il y a quelque chose entre vous.

— Oui, affirma Jameson, conscient de ne pas avoir à répondre.

— Et où va cette histoire ?

— Comment veux-tu que je le sache ? se défendit-il, le cœur

gros. Elle ne tient pas en place, se méfie de tout le monde et aurait plutôt tendance à disparaître que d'affronter un problème. Elle n'a jamais passé plus de trois mois au même endroit, en douze ans.

— Quant à toi, tu t'es acharné à entretenir les racines qu'on t'a arrachées.

Jameson arqua les sourcils en se tournant vers son ami pour le toiser. Il n'aurait pas dû s'étonner que Gray soit au courant. Mais, qui aurait cru qu'il détenait certains talents, lui aussi ? D'habitude, c'était lui que Gray appelait pour déterrer les petits secrets des autres.

— Et elle pourrait surtout m'arracher la tête, aujourd'hui.

— Peut-être, mais la colère passe.

— Parfois.

La connaissant, il ne savait pas trop si elle allait oublier les mensonges et les doutes entre eux. Sans même lui laisser le temps d'exprimer son trouble, la voix anéantie de Kinley les interrompit.

— Elles ont disparu ! cria-t-elle en se précipitant vers eux, son collier à la main. Mes données. Je les ai perdues.

Bon sang ! Il voulait lui en parler dans la matinée, mais Gray était arrivé en avance.

— Non, ne t'inquiète pas.

Jameson s'approcha d'elle en fouillant dans sa poche pour lui montrer une clé USB.

— J'ai tout copié là-dessus avant la mascarade.

— Tu as fait une copie ?

Elle parut soulagée. Cependant, elle céda vite à la colère et au trouble nés de cette trahison. Elle lui arracha le bout de plastique des doigts.

— Quand as-tu fait ça ? Je l'avais toujours autour du cou.

— Quand tu dormais.

— Après avoir couché avec moi ? s'offusqua-t-elle en reculant à grands pas. Tu as profité de ce que je baisse ma garde pour me voler.

— Ne me fais pas passer pour un monstre, tenta-t-il, le ventre noué. Je savais que tu détenais des informations capitales, je voulais être sûr de ne pas les perdre.

Des orages jaillirent dans les yeux bleus de Kinley, véritable tempête estivale.

— Et ça ne t'aurait pas traversé l'esprit de me demander ?

— Si, mais tu aurais refusé. Il y a deux jours encore, tu ne m'aurais même pas dit ce que tu avais fait et qui pourrait te voler et t'en vouloir à ce point.

— Parce que c'est toi qui m'as pris mon argent, rétorqua-t-elle, rouge de colère.

— Et toi, tu t'es bien faufilée hors de mon lit après m'avoir amadoué avec ton corps, dans le but de t'inviter dans la salle des serveurs.

— Je ne me suis invitée nulle part. Et c'est ta faute, tu aurais dû me prêter un ordinateur.

Au fur et à mesure de la dispute, ils s'étaient avancés l'un vers l'autre jusqu'à réduire l'écart entre eux. Les pieds nus de Kinley embrassaient les chaussures de Jameson. Les poings sur les hanches, la poitrine de la jeune femme se soulevait sous le coup de la colère.

Il s'immobilisa, hésitant entre lui donner un baiser passionné ou la rejeter. Il préféra répondre de façon posée, choisissant bien ses mots.

— J'ai fait le nécessaire. J'essayais de te protéger, de t'aider.

— Je ne t'ai rien demandé.

Lui aussi serra les poings de manière bien inutile. C'était cela ou la prendre par le bras et empirer la situation.

— Peut-être, mais tu en as besoin, malgré tout.

Elle pinça les lèvres, et ses yeux brûlèrent d'une rage indescriptible.

— Et depuis quand es-tu mon héros ? Pas une seule fois, tu ne m'as demandé mon avis ni mon assistance. En fait, tu m'as mise à l'écart, m'as menti, manipulée et m'as amenée là où tu le voulais depuis le départ.

Mince, en se mettant à la place de Kinley, il devait admettre qu'il avait bel et bien agi ainsi.

— À cause de ton entêtement, de ta solitude et de ta méfiance maladive. Gray et moi avons essayé de t'offrir notre aide toute une année durant. Tu ne m'as pas laissé le choix, je devais te manipuler.

Jameson porta la main à sa poitrine serrée. Il avait l'impression qu'un bloc de ciment lui pesait sur le cœur et sur tout son être. Pour quelque étrange raison, le sentiment de tout perdre encore une fois l'habitait. Tout comme ce jour où un agent de police lui avait appris la mort de ses parents.

Comment en étaient-ils arrivés là ? Comment avait-il pu tomber amoureux d'une femme qui s'envolerait à coup sûr ?

— Tu vis dans le chaos à l'état pur, Kinley. Non pas par hasard, mais parce que tu le veux bien. Tu l'as dit toi-même, tu n'as personne. Tu ne te lies à personne parce que tu l'as décidé. Si tu n'as pas partagé ces informations, c'est par manque de confiance… Même envers moi. Parce que tu refuses de t'ouvrir, par peur de finir blessée.

Ses paroles flottèrent dans l'air. Seul le bruit du ressac contre le navire venait briser le silence ambiant. C'est alors que Kinley prit une longue inspiration.

— Tu as raison. J'ai choisi de m'isoler. On m'a fait du mal, oui. Ceux qui auraient dû veiller sur moi ont tout fait sauf me protéger. Et j'assume cette vie. Cependant, je peux en mener une autre.

L'espace d'un instant fugace, cette perspective de bonheur réchauffa la poitrine de Jameson, repoussant cette pression étouffante. Jusqu'à ce que Kinley le contourne pour s'approcher de Gray. Il s'était tant concentré sur elle qu'il en avait oublié la présence de l'autre homme, derrière lui.

Il se retourna pour voir la jeune femme s'arrêter devant son demi-frère et lui tendre la clé USB.

— J'ai besoin d'aide.

Depuis le parking, Kinley tentait de ne pas regarder le yacht tranquillement amarré sous le soleil de cette fin d'après-midi. Elle n'aurait pas dû le vivre comme une trahison quand Jameson ne vint pas lui dire au revoir, et pourtant...

Ah ! ça, elle lui en voulait, cependant au fil des heures, ses sentiments complexes avaient fini par se clarifier. Il n'aurait pas dû copier la clé sans sa permission. Or, Kinley n'avait pas non plus de quoi être si fière.

En fin de compte, Gray disposait de tout le nécessaire afin de faire payer les responsables de One Peace. Ils avaient de toute évidence orchestré la tentative de vol ainsi que la demande de remboursement des fonds et cet enlèvement raté. Au lieu de traquer ces brutes, sans doute de simples hommes de main, Gray et Stone avaient préféré décapiter l'hydre en espérant que ses têtes ne repoussent pas.

Ainsi, Kinley s'apprêtait à partir pour une planque à Charleston, où elle attendrait de laisser passer le danger imminent.

Jameson devait être au courant, même s'il n'avait pas pris part aux discussions. Il n'était pas non plus venu lorsque les associés de Gray avaient passé en revue par visioconférence les preuves qu'elle avait mis des mois à accumuler.

— Prête ? lui demanda Gray, l'interrompant dans son échange silencieux avec le navire.

Qui aurait cru que ce satané bateau se rapprocherait plus d'un foyer que tous les appartements qu'elle avait pu louer dans sa vie ?

Elle alla s'installer en voiture d'un signe de tête. Son demi-frère la suivit sur le siège arrière, cependant le chauffeur ne prit pas immédiatement la route. Le moteur tournait, silencieux, patient.

— Es-tu bien sûre que c'est ce que tu veux ?

Non, elle n'en savait absolument rien. Mais, le nœud dans son ventre lui hurlait de fuir cet endroit. De s'éloigner de Jameson et ce méli-mélo de sentiments qu'elle éprouvait face à lui. La peur. L'espoir. L'envie indéniable de se blottir au creux de son être quand il s'approchait d'elle.

Jameson Neally la rendait vulnérable. La meilleure solution demeurait donc de partir avant de souffrir. Encore…

Elle ouvrit la bouche pour répondre à son frère, mais les mots ne sortirent pas. Depuis son côté de la banquette, Gray lui prit la main.

— Je me rends bien compte que je ne suis ton grand frère que depuis moins d'une journée, mais puis-je te donner un conseil ?

Un rire étouffé brûla la gorge de Kinley.

— Tu l'es depuis ma naissance… Je viens seulement de le reconnaître, rien de plus. D'ailleurs, tu as des années de conseils en retard, alors pourquoi ne pas t'y mettre dès aujourd'hui ?

— L'amour, ça n'a jamais rien de facile, mais c'est pour ça que ça vaut le coup. C'est un des mystères de l'humanité, nous chérissons bien plus ce que nous obtenons dans l'adversité. Tenir à quelqu'un, accorder sa confiance, ce n'est jamais évident. Néanmoins, d'après mon expérience, ça vaut le coup.

— Comment peux-tu dire ça ? s'étonna Kinley en secouant la tête. On t'a trahi et manipulé tant de fois.

Il haussa les épaules, sa chemise tendue sur son corps solide.

— Peut-être, mais les rares personnes qui comptent vraiment ne l'ont pas fait.

Gray pivota alors afin de mieux ancrer son regard au sien.

— Tu as passé de longues années à fuir. Et à raison. Cependant, l'heure a sonné de te demander ce que tu désires réellement et si c'est en te cachant que tu l'obtiendras. Tu n'es plus seule, Kinley, et je ne parle pas que de moi.

Elle s'avachit contre le siège rembourré. Jameson… Voilà ce qu'elle voulait. Une réponse simple, instantanée. Une vie à ses côtés.

Partager son existence avec quelqu'un… Un rêve qu'elle ne s'était jamais accordé jusque-là. Mais, d'une manière ou d'une autre, lui avait su franchir ses remparts. Il l'avait tentée avec une réalité de douceur, un idéal pourtant inatteignable.

Jameson avait raison depuis le départ. Elle s'était battue contre lui et contre elle-même en se barricadant à la moindre occasion. Oh ! oui, il en avait commis des erreurs, cependant tous ses mensonges et toutes ses fourberies ne tendaient qu'à la protéger. Si cela n'excusait en rien son attitude, cela suffirait peut-être à leur offrir un terrain d'entente. Se devait-elle de le découvrir ?

Les paroles posées de Gray se faufilèrent tout à coup derrière ses dernières défenses comme s'il lisait ses pensées.

— Les réflexes de survie, on ne les oublie pas en un clin d'œil. D'autant plus quand on nous les a inculqués depuis la naissance, comme ce fut le cas pour nous deux.

La vérité à l'état pur. Et les coups continuèrent de pleuvoir.

— J'en suis convaincu, pour le peu que je connais de Joker, lui aussi a vécu tout cela. Et ça n'a pas dû être agréable.

Ce que Jameson lui avait raconté lui revint en mémoire d'un coup. La mort de ses parents. La trahison de son ami et mentor. Il possédait de nombreuses raisons de ne pas s'ouvrir aux autres… Malgré tout, il avait baissé ses défenses. Pour elle.

Elle serra fort les paupières avant de jurer.

— La barbe !

Gray émit un petit rire. Il tendit le bras vers la portière de Kinley pour lui rouvrir.

— Je savais bien que tu étais maligne.

Jameson observait depuis le pont Kinley entrer dans la voiture. Elle partait réellement.

Il se détourna puis s'enfonça dans les entrailles du navire. Il avait accordé la nuit à l'équipage, lui avait ordonné de profiter de La Nouvelle-Orléans. Même Eric était descendu à terre, ainsi se retrouvait-il seul sur la *Dame*. Rien de plus normal.

Sans trop savoir où aller, il erra lentement sur les ponts. Non, ce n'était pas si simple. Il savait tout à fait où il se dirigeait… vers la cabine de Kinley… aussi se ravisa-t-il.

Cependant, partout où il regardait, son fantôme le hantait.

Même sur la poupe, près des jet-skis. Il esquissa malgré lui un sourire triste en repensant à son rire, à sa joie de fendre les eaux à toute allure.

Il enfonça les mains dans les poches de son short puis s'appuya contre le bastingage, le regard perdu sur l'horizon. L'étendue infinie de l'océan aurait dû attiser ses envies, mais rien n'y fit.

Le silence l'enveloppait de ses bras, à peine rompu par une notification de courriel.

En vérifiant son téléphone, il s'aperçut que le message était arrivé sur la boîte de Kinley.

Il l'ouvrit par curiosité, mais se raidit aussitôt. On y voyait une photo de la *Dame*, amarrée à La Nouvelle-Orléans. On avait dû la prendre quelques minutes plus tôt, car on y distinguait encore le coffre de la voiture de Gray, à l'arrière-plan.

Le plus inquiétant demeurait les quelques mots en dessous.

Je vous avais dit que je vous retrouverais. Tic-tac, tic-tac, boum.

Ni une ni deux, Jameson se précipita au bout du pont pour se jeter à la mer. Il s'engouffra dans l'eau tiède. Il nagea de toutes ses forces en vue de s'éloigner le plus possible avant de refaire surface.

Là, au beau milieu du port, il se retourna pour observer son navire. Rien. L'ombre muette du yacht se dessinait contre la lumière grise de la nuit nouvelle.

Il se sentit un peu bête d'avoir paniqué de la sorte.

Quand soudain, le monde explosa.

15

Le bruit la frappa en premier, l'onde de choc la forçant presque à se plier en deux. La chaleur l'assaillit ensuite quand elle se retrouva projetée au sol.

Non pas à cause de la détonation, mais parce que Gray s'était jeté sur elle.

Les oreilles de Kinley bourdonnaient, la tête lui tournait. Le monde se mit à osciller quelques longues secondes, tout s'évanouit avant de reprendre forme d'un coup sec de façon incroyablement claire.

Quelque chose venait d'exploser. Elle se releva, son attention portée vers la *Dame*, prise d'une terreur ignoble.

— Jameson.

Elle perçut l'angoisse de ce simple mot.

Sans réfléchir, elle se mit à traverser le parking en courant. De la fumée s'élevait de la carcasse du navire. Les flammes dansaient avec le ciel assombri.

Un relent de bile mêlé à de la culpabilité vrilla l'estomac de Kinley pour lui remonter dans la gorge. S'il était mort, ce serait sa faute à elle.

— Jameson. Jameson !

Elle ne reconnaissait même pas sa voix tandis qu'elle franchissait à toute vitesse la passerelle. Des bras implacables vinrent alors l'arrêter dans son élan.

— N'y va pas, Kinley. C'est trop dangereux.

Elle se débattit de toutes ses forces.

— Lâche-moi, Gray. Je dois l'aider.

Cependant, son demi-frère ne l'étreignit que de plus belle. Il la tenait par la taille dans un véritable étau, empêchant ses pieds de toucher terre pour qu'elle ne puisse prendre aucun appui.

Le chaos régnait tout autour. Des sirènes hurlaient au loin. Une masse de curieux arrivait déjà. Tout cela tandis que son univers entier s'effondrait. Elle n'avait pas compris à quel point Jameson comptait à ses yeux, jusque-là.

— Hé, appelez les secours ! cria quelqu'un, quelque part sur la marina.

Une vague d'espoir engloutit Kinley. Cette fois-ci, quand elle se débattit contre Gray, il se détendit.

Dans l'obscurité, elle aperçut un homme aider une grande silhouette trempée à remonter sur le quai. Elle n'y voyait pas très clair, aussi ne savait-elle pas trop, cependant son instinct ne la trompait pas.

L'inconnu s'effondra sur le bitume puis roula sur le dos. Une quinte de toux sèche se fit entendre. Bruit à la fois horrible et si précieux.

— Ça va.

Sa voix se résumait à un sifflement, mais Kinley l'aurait reconnue entre mille. Elle se jeta à genoux près de lui, les mains déjà perdues sur tout le corps de Jameson.

— Tu es blessé ?

Il lui prit les doigts afin de les serrer, tout contre son cœur.

— Non. J'avais plongé, mais le choc m'a un peu secoué.

— Tu avais plongé ? Mais que fabriquais-tu dans l'eau, voyons ?

Il agita la tête puis passa délibérément en revue la foule en train de s'amasser autour d'eux.

Gray arriva sans laisser le temps à Kinley de bouger. Il se baissa rapidement, s'assura que son ami pouvait marcher puis en un battement de cils, ils se retrouvèrent tous les trois dans la voiture, déjà en train de s'éloigner de la marina.

— Attendez.

Kinley se retourna afin d'observer les badauds et, dans la lumière des véhicules de secours, elle vit enfin le carnage.

La *Dame de cœur*, la plus grande fierté de Jameson, était réduite à l'état d'épave. En toute franchise, elle aurait déjà dû sombrer, même si cela n'allait plus tarder. Une énorme brèche entaillait le flanc du navire, les ponts supérieurs étaient méconnaissables.

Le yacht et tout ce qu'il contenait avaient été détruits.

— Ne devrions-nous pas parler à la police ?

— Non, répondit Gray d'un ton implacable en se retournant depuis le siège passager. Pour le moment, il faut vous mettre en sécurité. Jameson, l'équipage ne se trouvait pas à bord, si je ne m'abuse. Y avait-il quelqu'un d'autre avec toi ?

— Tout le monde était déjà descendu.

— Comment as-tu fait pour t'en sortir ?

Son frère posait les questions qui s'entassaient dans la tête de Kinley.

— J'ai cloné le téléphone de ta sœur, il y a quelques jours. Elle a reçu un message avec une photo de la *Dame* et quelques mots sous-entendant qu'on avait posé une bombe à bord. Heureusement, j'étais déjà sur la poupe, j'ai pu sauter à temps.

Kinley dévisageait Jameson, trop confuse face à ses explications. Elle sortit de son sac son téléphone qu'elle avait enfin récupéré, l'alluma puis lut le fameux mail. Une terreur indicible s'empara d'elle. Elle aurait sans doute dû lui en vouloir d'avoir eu recours à une telle tactique, mais puisque cela lui avait sauvé la vie, Kinley ne put se résoudre à la colère.

— J'ai cru que tu étais mort, soupira-t-elle.

— Eh, non, s'amusa-t-il d'un sourire bancal. Mais, c'est agréable de voir que ça t'aurait gênée.

— Gênée ? Jameson, je ne parvenais même plus à respirer en me disant que tu étais blessé, voire pire. J'étais déjà prête à foncer dans les flammes pour te retrouver. Sans Gray, je serais montée à bord sans hésiter.

— Je ne sais pas quoi répondre, s'excusa-t-il avant de cligner des yeux puis de continuer lentement. Non, ce n'est pas vrai. Kinley, te voir partir, ça a failli m'achever. Je n'ai connu un tel chagrin qu'une fois de toute mon existence, à la mort de mes parents. Ce soir-là, une solitude impensable m'a envahi et elle ne m'a plus quitté depuis. Puis, tu es arrivée.

Il chevrotait quelque peu sous l'émotion, cependant cela ne l'empêcha pas de reprendre.

— Je me rends compte que j'ai tout fait de travers, et si je devais recommencer, j'agirais différemment. Je ferais le premier pas vers la confiance, sachant très bien que tu n'avais aucune raison de me croire. Je te demanderais ta permission avant de cloner ton portable, avant d'appeler ton frère ou de te séquestrer en pleine mer. Je te solliciterais au lieu de tout décider à ta place.

Cette trace de panique dans tout son être palpitait dans la poitrine de Kinley, même si un sentiment plus puissant encore battait lui aussi tout près.

— Je t'aime.

Elle se surprit elle-même en lui dévoilant son amour auquel elle n'avait même pas eu le temps de penser. Or, une fois ces mots prononcés, elle ne voulut absolument pas les retirer.

— Je t'aime, Jameson.

— Pardonne-moi, s'excusa-t-il en l'attirant contre lui pour le simple bonheur de l'étreindre. Tes envies et besoins me tiennent à cœur. Désolé de t'avoir menti, de t'avoir manipulée et mise dos au mur. Désolé d'avoir agi comme tes parents en ne te laissant aucun choix. Mais, je te le jure, si tu m'accordes une deuxième chance, je ne t'exclurai plus jamais.

« Moi, c'est ton bonheur qui m'importe le plus. Si tu veux une vie de bohème et déménager tous les mois pour protéger le monde des pires vermines, alors je resterai à tes côtés. »

Il la serra un peu plus fort. Kinley le sentit frissonner.

— Quand j'étais dans l'eau, à observer la fumée s'échapper du yacht, j'ai réalisé quelque chose. J'ai toujours considéré la *Dame* comme mon foyer. Je pensais éprouver une perte incommensurable, mais non. Te dire adieu, en revanche, voilà ce qui m'a détruit. Un chez-soi, ce n'est pas un lieu, mais les personnes avec qui on vit.

— Moi aussi, je suis désolée, soupira-t-elle en lui prenant la main, pleine d'espoir. Je dois apprendre à m'ouvrir aux autres. Pas seulement à toi, d'ailleurs. Je n'ai plus besoin de vivre seule.

Non, il s'agissait d'autre chose.

— Je ne veux plus vivre seule.

— Je ne m'en cacherai pas, ta vie me fait peur, admit-il en la regardant droit dans les yeux. Après avoir perdu les deux êtres qui comptaient le plus pour moi, tout a sombré dans le chaos. Et j'ai mis du temps à me relever. À l'idée que tu puisses te retrouver en danger...

Il l'étreignit encore plus intensément.

— Ce que tu fais, c'est dangereux. Cependant, vivre sans toi m'effraie davantage, et je suis prêt à tout pour rester près de toi.

Kinley lui caressa la joue et se blottit contre lui, heureuse de sentir sa chaleur ardente.

— Je n'en peux plus de tout ça. Aide-moi à trouver autre chose. Un moyen de faire le bien sans avoir à me sacrifier. Sans risquer de te perdre.

Jameson lui passa les doigts sur la nuque pour l'attirer plus près, même si quelques millimètres à peine les séparaient.

— Tu me fascines, Kinley. Tu me frustres et me pousses dans mes retranchements. Ce besoin me rend fou et me complète. Je n'essaie pas de te priver de ton libre arbitre, mais par tous les saints, quand toute cette histoire sera terminée, j'aimerais que tu restes. Pour toi, pour moi, pour nous.

Kinley vint poser le front contre le sien.

— Je t'en ai tellement voulu quand tu m'as avoué que tu avais copié la clé USB, non pas parce que c'était grave, mais simplement parce que pour la première fois je faisais confiance à quelqu'un et l'ai vécu comme une trahison, une des plus affreuses.

— Pardon, murmura-t-il. Je n'ai pas réfléchi.

— Je sais. Je m'en rendais aussi compte alors. Je t'aime, Jameson. Bien plus que je ne m'y attendais ou que je ne le désirais, mais je veux suivre ce chemin. Avec toi. Nous devons encore régler certains détails, mais j'y tiens vraiment.

La bouche de Jameson se posa sur la sienne. Elle s'ouvrit à lui sans la moindre hésitation. Adieu, les jeux, les manigances. Seules régnaient leur connexion, la compréhension et la chaleur.

Elle ignora combien de temps ils s'embrassèrent sous le défilé d'ombres et lumières sur le chemin de l'aéroport. Tout ce qu'elle savait, c'était qu'en cet instant elle ne voulait plus jamais se séparer de lui.

Toutefois, la voix imposante de Gray les interrompit.

— Loin de moi l'idée de gâcher un moment si émouvant, mais il nous reste deux ou trois choses à voir.

Épilogue

Kinley regardait un reportage de Meredith Mercado, célèbre journaliste liée de façon assez floue à Stone Surveillance par son mari. La femme énonçait les détails d'une grave affaire de corruption au cœur d'une des plus grandes œuvres caritatives du monde.

Des images en écrans séparés montraient des huiles de plusieurs pays se faire escorter hors de leurs bureaux, domiciles et propriétés, les menottes aux poignets. Magnats de la finance, politiciens haut placés et autres personnes influentes…

Stone et Gray avaient découvert qui avait menacé Kinley. Il s'agissait d'un député français dont elle avait réussi à pirater les données. Il avait engagé des criminels de Floride pour se salir les mains à sa place. La police avait coffré ces derniers en toute discrétion. Quant au politicien en question, il avait compté parmi les multiples arrestations de l'affaire.

Kinley aurait dû s'en réjouir. C'était le cas, d'ailleurs. Pourtant, ces images lui rappelaient à quel point sa vie d'avant prenait fin.

De l'autre côté de la pièce, son frère donnait une interview à une chaîne d'informations de La Nouvelle-Orléans.

— Ma famille pleure la perte de ma sœur et d'un ami proche, à cause d'une explosion, sur le port. Les enquêtes préliminaires sous-entendent une faille mécanique anormale. Le yacht s'était déjà retrouvé bloqué en pleine mer, quelques jours auparavant. Nous aimerions que les journaux respectent notre chagrin.

Kinley se moquait bien de ce mensonge. Stone Surveillance disposait visiblement des ressources nécessaires pour faire taire quiconque contredirait cette version officielle. Après d'interminables débats, tous avaient fini par s'entendre sur le fait que la meilleure solution consistait à simuler la mort de Joker et Kinley. Ainsi, même s'il existait encore quelqu'un à One Peace capable de se venger, les deux amants resteraient sous le radar.

Jameson se glissa derrière elle et l'enlaça.

— Prête ?

Elle sentit son ventre se nouer, à la fois inquiète et impatiente. Plonger dans l'inconnu éveillait toujours une certaine crainte en elle, cependant, aujourd'hui, elle ne disparaîtrait pas seule. Et elle s'enfuirait pour la dernière fois.

Elle tourna la tête pour déposer un baiser sur la joue de Jameson.

— Tout à fait, mais je regrette quand même que nous n'ayons pas retrouvé ces cinquante millions.

— Ce n'est pas comme si nous en avions vraiment l'utilité, s'amusa-t-il.

— Non, mais c'est un mystère irrésolu. Et c'est une coquette somme. Ça ne me plaît pas que quelqu'un de One Peace en profite.

Décrochant le micro de son col, Gray sortit de l'angle de la caméra installée pour les besoins de l'interview.

— Tout est bon, lui apprit le technicien.

Gray se dirigeait déjà vers la porte quand il s'arrêta tout à coup. Kinley s'attendait à ce qu'il leur ressasse le protocole établi pour protéger leurs nouvelles identités. Néanmoins, il les surprit tous les deux lorsqu'il leur annonça la nouvelle.

— Au fait, c'est moi qui ai tes millions, Kinley, leur apprit-il avant de partir.

Jameson se tourna vers elle.

— J'ai bien entendu ?

— S'il a dit qu'il avait mon argent, alors oui, hésita-t-elle, le regard perdu sur la porte par où était sorti son frère. Mais, ça n'a aucun sens, si ?

Jameson répondit d'une voix posée, choisissant bien ses mots à mesure que l'idée prenait forme dans son esprit.

— Je n'aurais jamais cru Gray capable d'un tel coup de maître, même si je n'ai pas vraiment pris de précautions de mon côté.

— Il a pourtant réussi à pirater mon téléphone pour personnaliser la sonnerie quand il m'appelle. Et maintenant que j'y pense, il disposait à plusieurs reprises d'informations impossibles à obtenir par des moyens directs.

Jameson en resta bouche bée.

— Le sale petit…

— Mais alors, c'était une coïncidence ?

— Non, quelqu'un se donnait du mal pour te dérober ton argent quand j'ai opéré le transfert. Gray nous gardait sans doute à l'œil, toi et moi. Les fonds n'ont pas disparu tout de suite, mais le lendemain, peu après que ton frère m'a appelé pour me poser des questions faussement innocentes…

Kinley se mit à rire doucement, au point de finir par s'esclaffer, pliée en deux, les bras serrés sur le ventre, en larmes.

— Ça n'a rien de drôle.

Elle s'essuya les joues puis se redressa.

— Si, si. Il s'est bien fichu de nous.

Il semblait néanmoins rechigner à l'admettre. Il secoua la tête en prenant Kinley dans ses bras.

— Tu peux encore changer d'avis.

— Non, assura-t-elle sans se forcer. Je maintiens ma décision. Tant que tu es là.

— Dieu merci, souffla-t-il. Je n'aurais pas trouvé la force de te perdre.

Ils avaient tous deux accepté d'abandonner leur ancienne vie. Cela s'était avéré plus simple pour elle, notamment quand lui avait passé des années entières à se construire une réputation en tant que hackeur. Au bout du compte, il avait décidé de plonger dans l'inconnu avec elle.

En vérité, ils ne sauteraient pas bien loin.

Anderson Stone leur avait fourni de nouvelles identités, et comme ils n'avaient jamais eu de lien direct avec la compagnie, Joker n'ayant jamais rencontré d'autres employés que Stone et Gray, ils s'installeraient ici même, à Charleston.

Cela permettrait à Kinley de mieux connaître son frère tandis qu'ils intégraient des postes permanents chez Stone Surveillance. Ils défendraient toujours la bonne cause, en alliés dorénavant. Kinley avait compris à quel point cela tenait aussi à cœur à Jameson.

L'avenir s'avérait bien différent de ce qu'elle avait imaginé. Cependant, peu importent les événements futurs, Jameson et elle les affronteraient ensemble.

Gray revint dans la salle de conférences, un sourire sur son visage austère.

— Prêts à rencontrer vos nouveaux collègues ?

— Plus que jamais, murmura Jameson à Kinley en lui donnant un doux baiser.

Elle acquiesça, noua ses doigts aux siens et, main dans la main, ils se lancèrent à la conquête de leur destinée.

MARIE FERRARELLA

Le pâtissier et la demoiselle d'honneur

Traduction française de
FLORENCE MOREAU

PASSIONS

HARLEQUIN

Titre original :
BRIDESMAID FOR HIRE

© 2019, Marie Rydzynski-Ferrarella.
© 2024, HarperCollins France pour la traduction française.

Prologue

— Sache que je n'ai pas pour habitude de me mêler de la vie de mes enfants !

En entendant cette affirmation des plus catégoriques, Maizie Sommers s'adossa à son fauteuil et sourit à son amie, Anna Bongino. Belle quinquagénaire très élégante, Anna était venue la voir dans son agence immobilière, mais leur sujet de discussion n'avait *rien* à voir avec une transaction immobilière !

— Anna, tu es une mère, comme moi, et il est écrit dans nos statuts que nous interférons *toujours* dans la vie de nos enfants. Juste après notre devoir de leur apprendre à être propres et celui de rester debout la nuit pour veiller sur eux quand ils sont malades.

Elle avait beau être à la tête d'une agence florissante qu'elle avait lancée juste après le décès de son mari, sa conversation avec Anna lui tenait extrêmement à cœur. Pour elle, l'entremise dont il était question n'était pas un passe-temps mais une véritable vocation.

Quand on lui demandait son aide en tant que marieuse, elle et ses amies de longue date, Celia Parnell et Theresa Manetti, elles-mêmes à la tête de leur propre entreprise, passaient au crible leur vaste clientèle et pouvaient s'enorgueillir jusque-là d'un bon nombre de succès en la matière.

Elles avaient commencé par prendre les choses en main pour leurs propres enfants, et avaient si bien réussi que des parents désespérés de leur entourage, ou de simples connaissances, avaient peu à peu fait appel à leurs services, désireux que leurs enfants trouvent un bonheur qui leur avait jusque-là échappé.

Voilà pourquoi Anna était venue la voir.

— Gina est une jeune fille belle et brillante, reprit cette dernière.

— Effectivement, elle est très belle sur la photo que tu m'as montrée, fit remarquer Maizie.

Pour le reste elle ne pouvait pas encore se prononcer définitivement, même si elle voulait bien croire son amie sur parole.

— Le problème, c'est qu'elle aura bientôt trente-deux ans, expliqua Anna sur un ton gémissant.

— Elle est encore loin d'avoir un pied dans la tombe, tu sais, dit Maizie en essayant de garder son sérieux.

— Encore heureux ! Au fait, sais-tu comment ma fille célibataire gagne sa vie ?

— Non.

— Elle est demoiselle d'honneur professionnelle ! Est-ce que tu avais déjà entendu parler de ce métier ? Pour ma part, j'ignorais qu'il existait.

Poussant un soupir, elle ajouta :

— Et tu sais ce que l'on dit ? Toujours demoiselle d'honneur, jamais épouse.

— Oui, je connais ce dicton.

— Donc tu imagines la catastrophe à laquelle elle s'expose en faisant de ce statut son métier, enchaîna Anna d'un ton dédaigneux. Elle passe son temps à s'assurer que les mariées vivent une journée sans la moindre ombre au tableau lors de leurs noces.

— Effectivement, c'est une vocation peu ordinaire. Quelle profession exerçait-elle avant de se lancer dans ce domaine ?

— Elle était comptable pour une société qui figure sur la liste de Fortune 500 ! Elle voyageait énormément dans le cadre de son travail, mais du jour au lendemain, elle a estimé qu'elle ne *s'épanouissait* pas assez. Alors elle a tout laissé tomber pour cette reconversion. Tu te rends compte ?

— Est-ce vraiment la seule raison à l'origine de son choix ?

Anna poussa un soupir à fendre l'âme.

— C'est ce qu'elle affirme. Ce n'était pas un travail assez *créatif*, selon elle.

Elle secoua la tête d'un air complètement désespéré avant de poursuivre :

— Résultat, elle est à présent tellement occupée à organiser le mariage des autres qu'elle n'a plus le temps de chercher un homme qui lui conviendrait !

Soudain Anna lui saisit la main.

— J'ai vraiment besoin d'aide, Maizie. Il faut que quelqu'un la conseille sans qu'elle s'en rende compte, bien sûr, et lui fasse rencontrer l'homme de ses rêves !

— Et à quoi ressemblerait-il, selon toi ? demanda-t-elle, un rien amusée. À moins que tu n'en aies pas la moindre idée ?

— Oh si, je sais ! Enfin, je pensais le savoir. Il y a dix ans, Gina sortait avec un certain Shane Callaghan, et leur relation semblait tout à fait sérieuse. Je fondais de si grands espoirs sur leur couple... Et puis, en un claquement de doigts, ça a cessé d'être sérieux et ils ont rompu.

On sentait que, dix ans plus tard, Anna ne s'en était pas remise, nota Maizie.

— Pourquoi ? s'enquit-elle.

— Si seulement je le savais ! marmonna Anna, de toute évidence frustrée. J'imagine qu'elle a hésité avant de franchir le pas, mais il m'a été impossible d'en discuter avec elle.

— Shane Callaghan, donc, murmura Maizie.

Ce nom lui était vaguement familier, mais elle n'arrivait pas à le replacer dans un contexte.

— Sais-tu où il se trouve, maintenant ? s'enquit-elle.

— Aucune idée ! Sinon, je ne serais pas ici, tu penses bien ! Je serais allée directement chez lui et aurais fait l'impossible pour les réconcilier. Gina affirme qu'il a disparu juste après l'obtention de son diplôme.

— Et tu es convaincue que ce Shane Callaghan est le partenaire idéal pour ta fille ?

— Absolument ! Ma tête à couper. Dis-moi, Maizie, acceptes-tu de m'aider à le retrouver ?

— Je vais essayer.

— Seulement essayer ?

— Si ça peut te rassurer, sache que toutes nos recherches ont jusque-là été positives.

À ces mots, Anna lui adressa un sourire radieux.

— Effectivement, c'est très rassurant, dit-elle.

1

— Tante Gina ?

Gina Bongino se tourna vers Addie, son adorable nièce de huit ans au regard émerveillé par la robe qu'elle était en train d'essayer. Elle lui avait proposé d'assister à l'essayage, sachant qu'elle en serait ravie.

— Oui, ma puce ? demanda-t-elle en songeant qu'elle avait enfin trouvé la robe adéquate.

Le reflet que lui renvoyait le miroir de la chambre d'amis de sa sœur était en effet tout à fait convaincant. La robe que sa cliente actuelle avait initialement choisie pour ses demoiselles d'honneur étant démodée et affreuse, elle avait fini par la convaincre – de façon subtile – que celles-ci devaient être en harmonie avec la mariée, que cela mettrait tout le monde en valeur et contribuerait au bonheur de chacun.

— Combien de fois il faut faire ça ? demanda Addie.

— Faire quoi, ma chérie ?

— Être demoiselle d'honneur avant d'être la mariée ?

Gina se mit à rire. Elle savait de qui venait la question.

— Toi, tu as parlé avec ta grand-mère, n'est-ce pas ?

Mais Addie secoua résolument la tête, ses beaux cheveux noirs voltigeant autour de son visage.

— Non, c'est maman qui a dit que tu avais assisté à beaucoup de mariages mais que tu étais encore demoiselle d'honneur, alors je me demandais quand est-ce que tu arrêterais d'être demoiselle d'honneur pour être la mariée.

Au fond, le raisonnement de sa nièce était plein de bon sens.

Se tortillant pour enlever la robe, elle enfila aussitôt un vieux T-shirt et un jean, puis s'assit sur le rebord du lit avant d'attirer la petite fille dans ses bras.

— Ça ne marche pas comme ça, Addie, tu sais.

— Ah bon ? Tu veux dire que tu seras *toute ta vie* demoiselle d'honneur ? s'exclama la fillette en écarquillant de grands yeux. Et ça ne te rend pas triste ?

— Pas du tout, assura-t-elle, touchée par la sollicitude de son adorable nièce. Au contraire, j'en suis très heureuse.

— Mais comment c'est possible ? murmura Addie, manifestement confuse.

— Parce que demoiselle d'honneur, c'est mon métier, ma chérie.

Réponse qui ne fit visiblement que rajouter à la confusion de sa nièce.

— C'est un métier, demoiselle d'honneur ?

— C'est le mien, en tout cas, répondit Gina d'un ton joyeux. La vérité, c'est que pour certaines personnes, les mariages sont très stressants.

— Stressants ? répéta Addie d'un air consterné. Mais pourquoi ?

Désireuse de ne pas effrayer sa nièce, elle choisit de recourir à une métaphore.

— Tu vois, par exemple, quand tu joues à un jeu vidéo et que tu n'es pas assez rapide, soudain les mots *game over* s'affichent sur l'écran et tu as des nœuds dans l'estomac.

Addie la regarda un instant sans comprendre avant de demander :

— Donc les mariages, c'est comme les jeux vidéo ?

— Parfois, répondit Gina avec un grand sourire. Ta maman a presque failli annuler son mariage au dernier moment à cause de l'énorme pression qui pesait sur ses épaules.

C'était la première fois qu'elle venait au secours d'une mariée, et c'est en sauvant le mariage de Tiffany, sa sœur aînée, qu'elle avait eu cette idée de reconversion professionnelle.

— C'est vrai ? demanda Addie, les yeux agrandis par la surprise.

— C'est vrai. Quand j'ai vu l'état dans lequel se trouvait ta maman, j'ai pris les choses en main. Il s'agissait juste de clarifier la commande auprès de la fleuriste et de menacer un peu le traiteur.

— Quoi ? Tu l'as battu ?

— Pire : je l'ai prévenu que j'allais lui faire une mauvaise publicité.

— C'est quoi, une mauvaise publicité ?

— Quelque chose que tout le monde redoute, répondit Gina avec un sourire. Je t'expliquerai plus tard. J'ai donc sauvé le mariage de tes parents. Je me suis rendu compte que j'étais très douée pour démêler ce genre de problèmes et que je pouvais aider les mariées comme ta maman pour qu'elles profitent pleinement de leur journée sans le moindre stress. C'est ainsi que je suis devenue demoiselle d'honneur professionnelle.

— Et moi, je pourrai aussi devenir demoiselle d'honneur professionnelle ? s'enquit Addie visiblement captivée par son histoire.

— Tu dois d'abord grandir un peu, mais pourquoi pas, si tu en as toujours envie quand tu seras grande ?

— Tu me montreras comment on fait, quand je serai grande ?

— J'en serais très honorée, ma chérie.

— Que vas-tu montrer à ma fille quand elle sera grande ? demanda Tiffany en entrant dans la chambre.

Addie se tourna avec empressement vers sa mère.

— Comment on devient demoiselle d'honneur professionnelle ! s'exclama-t-elle d'un ton joyeux.

Tiffany prit aussitôt un air contrarié.

— Gina, qu'est-ce que tu es en train de mettre dans la tête de ma fille ?

— Je n'y suis pour rien ! Je réponds juste aux questions de mon adorable nièce.

— Des questions qui lui sont venues en te regardant parader dans tes innombrables robes de demoiselle d'honneur, fit remarquer Tiffany.

— Il y a pire, comme métier, tu sais ! Je suis payée pour rendre les gens heureux le plus beau jour de leur vie. En plus, je peux manger une part de gâteau. Ce qui n'est pas négligeable.

Sans lui répondre, Tiffany regarda sa fille.

— Si tu allais retrouver tes cousines, Addie ? lui suggéra-t-elle. Je voudrais parler à ta tante.

Addie s'approcha de Gina et murmura :

— Ne la laisse pas te stresser, tante Gina !

Puis elle quitta la chambre en courant.

Une fois qu'elles furent en tête à tête, Tiffany regarda Gina d'un air inquiet.

— Tu peux m'expliquer ce que tu as raconté à Addie, au juste ?

— Rien de spécial, comme je te l'ai dit, c'est elle qui a extrapolé.

Devant l'air sceptique de sa sœur, elle ajouta :

— Je lui ai expliqué que mon métier consistait à m'assurer que la mariée n'était pas stressée le jour J. Il se peut que j'aie précisé que toi tu l'étais, pour ton mariage. Ce n'est pas moi qui vais te l'apprendre, tout de même ! J'ai hâte de savoir comment son père va réagir, quand elle lui dira ce qui s'est *vraiment* passé avant votre mariage, conclut-elle en souriant.

— Tu es contente de toi ? Tu sais bien qu'Eddie tire toujours des conclusions hâtives.

— Mais tu sais comment le ramener à la raison, et c'est tout ce qui compte.

Eddie Loren, son beau-frère, était d'un tempérament impulsif, mais ses coups de colère ne duraient jamais longtemps.

— C'est vrai, répondit Tiffany avec un petit sourire satisfait. J'ai hâte que tu sois mariée pour que je puisse t'enseigner toute ma science et ma sagesse d'épouse, sœurette !

— Si j'étais toi, je ne miserais pas là-dessus, car je suis très heureuse de ma vie.

— Tu m'excuseras, si je ne te crois pas ?

— Ça, c'est ton affaire, ma chère Tiffany. Et maintenant, si tu veux bien m'excuser, je dois aller tenir la main d'une mariée et faire en sorte qu'elle vive le jour le plus heureux de sa vie, qui a lieu demain.

— As-tu encore un mariage de prévu, après celui-ci ? s'enquit Tiffany.

— Pas encore, mais ça ne saurait tarder, répondit-elle avec assurance.

Sa sœur se dirigea vers la porte.

— À propos, tu as réalisé un petit miracle, avec cette robe, dit-elle. Elle était vraiment hideuse, avant les transformations.

— Je sais, répondit Gina, sincèrement heureuse.

Une fois qu'elle fut sortie, Tiffany s'assura d'être assez loin de la chambre d'amis avant de prendre son portable.

— Tous les signaux sont au vert, maman, annonça-t-elle. L'agenda de Gina est vide, après le mariage de demain.

— Parfait, répondit sa mère en raccrochant.

Quand Maizie décrocha, ce fut pour entendre Anna Bongino déclarer d'une traite :

— Gina n'a pas de mariage prévu dans l'immédiat, mon aînée vient de me l'apprendre à l'instant ! Je ne connais pas ton plan, mais tu peux le lancer.

— Entendu. Je te rappelle sous peu, promit Maizie.

Elle avait déjà battu le rappel auprès de Celia et Theresa, concernant le « cas Gina », et ses deux amies avaient commencé à travailler dessus, comme elle le constata en appelant Theresa qui, devenue veuve, avait créé un service de traiteur.

— La chance est avec nous, lui déclara cette dernière. La jeune femme qui a passé commande auprès de moi pour son mariage dans trois semaines est au bord de la crise de nerfs.

— Pourquoi ?

— Apparemment, son photographe s'est décommandé car il s'est aperçu qu'il avait déjà un mariage ce jour-là. Par ailleurs, sa cousine l'a prévenue au dernier moment qu'elle ne venait plus parce que son petit ami a rompu avec elle. Elle a donc une demoiselle d'honneur en moins et un cavalier sans cavalière.

— Tout cela tombe très bien car nous connaissons la jeune femme qui va prendre la situation en main et réaliser des miracles.

— Absolument !

— Seulement, pour autant que je sache, nous n'avons pas encore le candidat idéal, lequel serait l'ancien fiancé de la future potentielle mariée...

— Tu es assise ? Celia a retrouvé le fameux Shane Callaghan !

— Vraiment ? s'exclama Maizie.

— Tout à fait ! Shane utilise un autre prénom pour exercer sa profession.

Le ton mystérieux de son amie eut le don de l'impatienter.

— Raconte, Theresa, au lieu de me faire languir !

— Eh bien, figure-toi que Shane Callaghan s'est trouvé une nouvelle vocation qui s'inscrit à merveille dans notre petit scénario. Tu ne devineras jamais !

— Theresa...

— Il crée des gâteaux à la demande, y compris des gâteaux de mariage ! C'est un pâtissier très prisé.

— Étant donné le métier de Gina, ne crois-tu pas qu'elle est au courant de celui de Shane ?

— Sûrement pas ! Shane est un pâtissier connu sous le nom de... Cassidy ! Sa pâtisserie s'appelle Cakes Created by Cassidy.

Mais oui, elle avait entendu parler de lui ! Une de ses clientes lui avait dit dernièrement que son fils avait commandé un gâteau chez ce Cassidy.

— Incroyable ! s'exclama-t-elle.

— Et devine qui je vais conseiller à notre mariée pour son gâteau de mariage ?

Elle trouva Theresa bien optimiste. Ne s'emballait-elle pas un peu trop vite ?

— Si le mariage est dans trois semaines, je doute que ce Cassidy si réputé soit libre, fit-elle remarquer, soudain moins enthousiaste.

— Il le sera, je peux te l'assurer. Il se trouve que le cabinet juridique de mon fils a travaillé pour lui, il y a deux ou trois mois. Tu vois, ça rapporte de déjeuner de temps en temps avec son rejeton. Bref, le monde est petit, comme tu peux le constater. Il ne nous reste plus qu'à faire entrer Gina en scène.

— Parfait ! Comme je te le disais, sa mère vient de m'appeler pour me dire qu'elle serait de nouveau disponible pour s'occuper d'une nouvelle mariée après ce week-end.

— Elle ne l'est donc plus, décréta Theresa, sûre d'elle. Bon, je vais de ce pas appeler Sylvie, la future mariée, pendant qu'elle n'a pas encore tout à fait perdu la tête.

— Dans ce cas, je te laisse. Et téléphone dans la foulée à Gina.

— Naturellement ! Encore que... Comme tu es l'amie de sa mère, ne serait-il pas préférable que tu t'en charges ?

— Allons, Theresa, je suis dans l'immobilier, il n'y a aucune raison que j'appelle une demoiselle d'honneur professionnelle. Alors que toi qui as organisé des multitudes de réceptions, tu peux avoir entendu parler d'elle par ton réseau. Si je l'appelais, je devrais avouer que je connais sa mère, et d'emblée elle se méfierait.

— Bon sang ! Autrefois, nous pouvions pratiquer notre hobby de marieuse de façon moins compliquée, tu ne crois pas ?

— C'est vrai, mais finalement, cela rajoute un peu de piment, tu ne trouves pas ? Et maintenant, assez parlé ! Passe tes coups de fil.

— Eh, une seconde ! Tu ne m'as pas donné le numéro de Gina.

— Oh ! désolée ! Je suis si excitée. Quand un plan commence à prendre forme, cela me met dans un état second. Bon, le voilà.

Quelques instants plus tard, elle ajouta :

— N'oublie pas ton troisième appel.

— C'est-à-dire ?

— Je veux le feed-back, tout de même ! Ensuite, il nous faudra trouver un moyen de mettre Gina et Shane en contact *avant* le mariage. Peut-être que Gina pourrait t'aider et jouer ton assistante. Elle serait l'intermédiaire entre toi et le pâtissier engagé. Il n'y a plus qu'à croiser les doigts pour que les étincelles rejaillissent entre Shane et elle.

— Un intermédiaire ? répéta Theresa.

— On se penchera sur la question plus tard ! Maintenant, appelle Gina pour vérifier qu'elle est bien toujours libre.

Sur ces mots, fort satisfaite de la tournure que prenaient les événements, elle raccrocha.

2

Gina accrocha avec précaution la robe bleu clair de demoiselle d'honneur dans le placard de sa chambre, à côté d'une collection grandissante de tenues du même genre. En outre, dans la mesure où elle était à chaque fois considérée comme une sauveuse, il n'était pas rare qu'elle devienne amie avec les mariées, de sorte que ce métier était enrichissant à bien des égards. Elle savait que grâce à elle, plus d'une femme avait vraiment vécu son mariage comme le plus beau jour de sa vie, sans le moindre nuage qui aurait pu être fatal.

Par ailleurs, en dépit de ce que sa mère pensait de sa vocation inhabituelle, elle gagnait bien sa vie. Sans compter les à-côtés, comme la nourriture en surplus qu'elle pouvait emporter.

Non qu'elle ait un gros appétit. Elle travaillait énormément en amont pour chaque mariage, de sorte qu'elle ne se nourrissait que lorsque la faim la tiraillait vraiment. Et le jour J, elle avait l'estomac bien trop noué pour profiter pleinement du repas. C'était un peu comme si elle absorbait toute la nervosité de la mariée, tout en gardant tout son calme et le contrôle total de la situation.

Sans doute cette aptitude lui venait-elle des cours de théâtre qu'elle avait suivis à la faculté.

Elle soupira.

Son dernier mariage étant derrière elle, elle se retrouvait sans contrat. Évidemment, elle savait que le bouche-à-oreille fonctionnait très bien et que sous peu, on l'appellerait. Elle devait vraiment prendre le temps de se construire un vrai réseau composé de personnes qui la préviendraient dès que des futures mariées seraient en quête de services uniques, en l'occurrence les siens.

S'étendant sur son lit, elle repensa au dernier couple qu'elle avait pris sous son aile et qui s'apprêtait à partir en voyage de noces... Sous la satisfaction du travail bien fait pointait aussi l'impression qu'on la laissait un peu tomber...

Et soudain, elle se demanda ce qui se serait passé si elle n'avait pas refusé la proposition de Shane et avait accepté de l'épouser, ce fameux soir complètement insensé où il s'était tourné vers elle pour déclarer : « Marions-nous, Gina ! » Sa réponse : « Tu es dingue ou quoi ? » n'avait guère été diplomatique, elle le reconnaissait. Mais Shane l'avait prise au dépourvu ! Ils sortaient de temps à autre ensemble depuis deux ans, et la relation n'était devenue sérieuse que durant les six derniers mois. Aussi, quand il l'avait demandée en mariage, la perspective d'un engagement permanent l'avait effrayée. Elle ne se sentait absolument pas prête pour le mariage.

De toute évidence, Shane ne s'attendait pas à un rejet si catégorique de sa part. D'ailleurs, mais trop tard, elle avait aussitôt regretté sa réaction. Elle aurait dû discuter avec lui et lui suggérer de ne rien précipiter. Mais sa demande si inattendue l'avait plongée dans une telle confusion...

Ils venaient juste d'obtenir leur diplôme et leur vie ne faisait que commencer. Aimer Shane était rassurant. Ce n'était pas censé la mettre sous pression.

Le jour où elle avait trouvé le courage d'aller lui présenter des excuses, elle avait appris qu'il était parti. Il avait résilié le bail de son appartement et disparu dans la nature.

Personne ne savait où il était.

Allons ! Il était inutile de ressasser le passé et de repenser à des erreurs qu'elle ne pourrait pas corriger.

Elle se rendit dans la cuisine pour prendre de la glace

rhum-raisin, son parfum préféré, puis s'installa sur son canapé en vue de regarder jusqu'à l'overdose sa série comique préférée. Ce soir, elle avait besoin de rire.

Mais au moment où le premier épisode qu'elle avait vu de nombreuses fois commençait, son téléphone sonna. Elle hésita à prendre la communication. À cette heure-ci, c'était sans doute sa mère qui allait lui demander de façon insidieuse comment s'était passé le mariage d'une autre... Sa mère ne s'était jamais remise de la disparition de Shane qui, en peu de temps, avait su gagner son cœur.

Elle jeta tout de même un coup d'œil au numéro, au-dessous duquel s'affichait « Manetti Service Traiteur ». Elle l'avait enregistré, au cas où elle en aurait eu besoin pour sauver un mariage.

Elle posa sa glace et décrocha.

— Allô ?

— Bonjour ! s'exclama une voix féminine enjouée. Gina Bongino ?

— C'est bien moi, répondit-elle, sur ses gardes.

— Désolée de vous déranger si tard un dimanche soir, Gina. Je suis Theresa Manetti, et je dirige un service de traiteur. J'ai déjà préparé des réceptions pour de nombreux mariages.

— Et ? demanda-t-elle sans bien comprendre ce que lui voulait cette femme.

— Je vous explique. Je dois m'occuper d'une réception dans trois semaines qui risque, hélas, de tomber à l'eau car la pauvre future mariée est au bord de la crise de nerfs, et je me demandais... Eh bien, on m'a dit que vous offriez un service unique, que vous régliez toutes les urgences susceptibles de survenir lors d'un mariage afin que la mariée puisse profiter de sa journée sans le moindre stress.

— En effet, répondit Gina en commençant à se détendre un peu.

— Pouvez-vous me décrire un peu mieux votre métier ?

— Je prends en charge tout ce qui risque de ne pas se passer comme initialement prévu.

— Comme ?

— Mes services vont de la transformation d'une robe de mariée qui tombe mal en une bien plus flatteuse, à l'engagement d'un photographe au pied levé si celui qui avait été retenu fait faux bond à la dernière minute. Même chose pour les coiffeuses ou maquilleuses. Il suffit de nommer le problème, je le gère.

— Est-ce que cela inclut aussi participer au mariage pour être demoiselle d'honneur si l'une d'entre elles a brusquement disparu, laissant un cavalier seul ?

— Tout à fait.

À l'autre bout du fil, elle entendit un gros soupir de soulagement.

— Vous êtes une vraie bénédiction ! déclara Theresa. Ce mariage est sauvé !

— Attendez une seconde... Je dois tout de même m'entretenir avec la mariée afin d'être certaine qu'elle est d'accord. Pour être honnête, c'est généralement elle ou un membre de sa famille qui loue mes services. C'est la première fois qu'un traiteur m'appelle en son nom.

— Je conçois tout à fait que cela puisse paraître curieux, mais avouez que votre métier l'est aussi.

— Là, je ne peux pas vous contredire, répondit Gina avec un petit rire.

— Dès que j'ai appris qu'une profession comme la vôtre existait, j'en ai parlé à Sylvie, la future mariée, et elle m'a donné carte blanche. Comme je vous l'ai dit, le mariage a lieu dans trois semaines, et à ce stade, tout semble aller de travers.

— J'ai souvent géré ce genre de situations. Tant que les mariés sont présents le jour J, le reste n'est que peccadille, assura-t-elle.

— J'aime votre enthousiasme ! Bon. Avec votre aide, je suis certaine qu'ils passeront une journée formidable. C'est un couple adorable, vous allez voir.

— Parfait. Pouvez-vous me donner les coordonnées de Sylvie ? Je l'appellerai dès demain matin.

— Je sens que vous allez être son ange gardien ! s'écria Theresa.

Oh ! une dernière petite chose… La mariée tient absolument à ce que son gâteau soit confectionné par un pâtissier créateur dont elle a entendu parler il y a peu. Mais celui-ci est très demandé. Peut-être le connaissez-vous ? Cakes Created by Cassidy, cela vous dit quelque chose ?

— Euh… non, je ne vois pas. Mais pourquoi cette question ?

— Parce que je suis vraiment très prise pour l'organisation de la réception et j'espérais que vous me donneriez un petit coup de main en contactant ce Cassidy. Sylvie vous fournira toutes les informations, quand vous l'appellerez.

— Ne serait-il pas plus simple qu'elle aille elle-même le voir avec son fiancé ? demanda-t-elle un peu étonnée de la requête.

— Impossible ! Sylvie suit en ce moment un régime très strict pour entrer dans sa robe de mariée, elle ne peut se permettre de goûter des gâteaux. Comme je vous l'ai dit, elle frise la crise de nerfs, donc nous faisons tout ce qui est en notre pouvoir pour la ménager. Cela vous ennuierait-il beaucoup de rencontrer ce créateur de gâteaux et de vous en occuper pour elle ?

— Absolument pas ! s'exclama-t-elle en riant. Je veux bien goûter des parts de gâteaux faits par un pâtissier de renom ! Autre chose ?

— Non. Rien d'autre ne me vient à l'esprit pour l'instant, répondit Theresa.

— Très bien. Je vous remercie d'avoir fait appel à moi, et je vous rappellerai après avoir téléphoné à Sylvie.

— Merveilleux ! J'ai hâte de faire votre connaissance.

— Juste une petite question. Qui vous a parlé de moi ?

— Euh… Virginia Gallagher, pour le mariage Gallagher-Price.

— Il y a un an maintenant que j'ai travaillé pour elle.

— Il se trouve que Virginia est une amie de ma fille et qu'elle chante encore vos louanges. Je vous dis donc à demain.

— À demain, dit-elle en raccrochant, songeuse.

Cette Theresa avait décidément réponse à tout, mais au fond elle n'allait pas se plaindre d'avoir une nouvelle commande ! Bien au contraire, elle s'en réjouissait.

3

Gina fut satisfaite de la façon dont se passa son échange avec Sylvie, le lendemain matin. La future mariée était vraiment très tendue, aussi lui avait-elle assuré d'une voix douce et calme que tout allait bien se passer. Au fil de la discussion, la jeune femme s'était peu à peu apaisée, et elle était impatiente d'aller consulter son site et de découvrir combien de désastres elle avait évités grâce aux commentaires élogieux des mariés.

Quand elle raccrocha, il lui sembla que Sylvie était presque aussi normale que pouvait l'être une future mariée trois semaines avant le grand jour.

La jeune femme lui avait donné des instructions très précises concernant le gâteau de mariage à plusieurs étages qui leur tenait à cœur, à elle et son fiancé, et lui avait expressément demandé de passer chez le fameux Cassidy après leur discussion.

La journée s'annonçait chargée ! Cependant, avant toute chose, elle avait l'intention de s'arrêter chez Manetti Service Traiteur afin de rencontrer la femme qui lui avait permis de décrocher ce nouveau contrat.

Située dans un centre commercial haut de gamme, la boutique la charma tout de suite, et elle fut réellement ravie d'avoir attiré l'attention d'une personne comme Theresa Manetti. Si tout se passait bien pour Sylvie, nul doute que Theresa la recommanderait pour d'autres mariages.

— Puis-je vous aider ? demanda une voix mélodieuse.

— Bonjour, je suis Gina Bongino, la...

— Gina ! s'écria la femme aux cheveux poivre et sel à qui elle venait de s'adresser. Quel plaisir de vous rencontrer ! Je suis Theresa Manetti.

Sa personnalité correspondait tout à fait à l'idée que Gina s'en était faite : chaleureuse, gracieuse et sincère. Elle eut tout de suite envie de lui plaire.

— J'ai tout noté pour vous, Gina, dit Theresa en lui tendant un papier. Le nom du pâtissier, son adresse, son numéro de téléphone et bien sûr le gâteau que veut Sylvie.

— Merci, Theresa. Sylvie me l'a déjà décrit de manière très précise ce matin.

— Merci à vous de m'enlever cette épine du pied !

La boutique bourdonnait de clients, ce qui laissait supposer que Theresa avait fort à faire.

— Soyez tranquille, Theresa, je m'occuperai de tout ce qui concerne le gâteau.

— Cela, je n'en doute pas un instant ! Même si je dois vous avouer que d'ordinaire, je me charge du repas du début à la fin, ayant personnellement à cœur de satisfaire mes clients et de contribuer à leur bonheur.

Gina sourit. Décidément, elles étaient sur la même longueur d'onde, toutes les deux.

— J'ai l'impression que nous allons bien nous entendre, alors, répondit-elle.

— Moi aussi, ma chère ! dit Theresa en la raccompagnant jusqu'à la porte.

Conformément aux instructions de Theresa, Gina se rendit dans un autre centre commercial, plus petit et situé de l'autre côté de Bedford, où exerçait ce fameux pâtissier. Elle hésita à l'appeler pour prévenir de son arrivée, mais finalement y renonça. Elle savait d'expérience que ceux qui aimaient être considérés comme des artistes étaient pour la plupart capricieux et avaient besoin qu'on les brosse dans le sens du poil. Et elle avait appris que rien ne valait un échange en tête à tête pour flatter quelqu'un.

Une fois à Fairview Plaza, elle se mit en quête de la pâtisserie de ce Cassidy qui créait des œuvres d'art que l'on mangeait avec une fourchette.

Après avoir cherché une pâtisserie tape-à-l'œil sans la trouver, elle revint sur ses pas et découvrit une petite boutique toute blanche avec un lettrage bleu « Cakes Created by Cassidy », coincée entre un magasin de jouets et une épicerie de produits bios hors de prix. Curieux. Soit cet homme n'avait pas d'ego démesuré, soit le loyer était très bas. À part le nom, aucune autre indication ne figurait sur la porte, pas même les horaires d'ouverture. Au fond, elle aurait dû appeler avant...

Actionnant la poignée, elle fut étonnée de constater que la boutique était ouverte. Son entrée fut saluée par le discret tintement d'un carillon suspendu au-dessus de la porte, ce qu'elle trouva charmant, estimant toutefois qu'il devait s'agir d'un stratagème pour envoûter le client et lui asséner ensuite une note exorbitante pour un gâteau des plus ordinaires.

Il n'y avait personne dans la pâtisserie, mais en voyant une porte ouverte qui devait donner sur l'atelier où s'opérerait toute la magie sucrée, elle éleva un peu la voix pour demander :

— Coucou ! Y a-t-il quelqu'un ?

Étrange que personne n'ait surgi au moment où le carillon avait retenti...

Elle attendit un peu. Toujours personne.

— J'aimerais commander un gâteau de mariage pour dans trois semaines, poursuivit-elle malgré tout.

En réalité un peu moins, puisqu'on était déjà lundi. La *deadline* étant un peu serrée, il était préférable qu'elle ait une personne en face d'elle pour discuter les points de détail. Encore fallait-il que quelqu'un arrive...

Tout cela finissait par devenir étrange. Il lui avait pourtant semblé entendre un mouvement dans l'arrière-salle. Et si quelqu'un était en train de commettre un vol en l'absence du pâtissier ?

— Si l'horaire ne convient pas, je reviendrai, dit-elle. Mais comme il n'y a pas...

Tout à coup, la porte entrebâillée s'ouvrit entièrement, et quand elle vit la personne qui s'avançait vers elle, le souffle lui manqua.

Shane.

Non, ce n'était pas possible...

Et pourtant...

Si, c'était définitivement lui.

Avait-elle une hallucination ?

Elle eut tout à coup l'impression de se trouver dans un film au ralenti.

Une vague de chaleur l'inonda.

Elle s'agrippa vivement au comptoir car, pendant quelques secondes, tout s'était mis à tournoyer autour d'elle.

Respire ! s'ordonna-t-elle en silence.

— Bonjour, Gina.

— Shane ? murmura-t-elle.

Cette apparition ressemblait au jeune homme qu'elle avait connu mais dans une version plus belle encore, même si les traits étaient plus émaciés. L'enfance avait définitivement déserté son visage pour faire place à une virilité des plus sexy.

Ses cheveux étaient toujours aussi blonds, et ses yeux, d'un bleu aussi perçant qu'autrefois, semblaient déjà sonder son âme. Cela, le temps ne l'avait pas changé.

Elle vit les coins de sa bouche se relever légèrement.

— Ne me dis pas que tu ne me reconnais pas, dit-il d'un ton un peu moqueur.

Certainement pas ! Même dans l'hypothèse où elle serait devenue amnésique, jamais elle n'aurait pu oublier son visage. Que cela lui plaise ou non, il était gravé pour toujours dans sa mémoire.

— Désolée.

— Ravi de t'entendre finalement prononcer ce mot, laissa-t-il sèchement tomber.

D'instinct, elle se redressa, prête à entrer dans une joute verbale. C'était *lui* qui avait disparu, pas elle ! Et elle avait vainement cherché à le retrouver pour lui présenter ses excuses. Apparemment, de son point de vue à lui, c'était elle la fautive puisqu'elle l'avait éconduit.

— Je crois que je me suis trompée d'adresse, dit-elle en le toisant. Je cherche un créateur de gâteaux qui s'appelle Cassidy.

Shane inclina la tête.

Quand il avait entendu la voix de Gina, il avait été quasiment certain d'avoir eu une sorte de mirage auditif, et il était sorti pour vérifier qu'il s'était fait des idées.

Stupeur ! C'était bien Gina, en chair et en os, dans sa boutique. Ces dix dernières années étaient passées en un éclair et l'espace d'un instant, il eut la sensation d'être redevenu ce jeune homme transi d'amour qu'il était alors...

Cependant, même si elle l'avait humilié et en dépit de sa colère, elle était restée enracinée dans ses pensées et ses rêves pendant au moins un an.

Il lui avait fallu autant de temps pour que son désir pour elle s'émousse, et encore une autre année avant qu'il parvienne à se ressaisir.

Par la même occasion, il s'était rendu compte que la profession d'avocat n'était pas faite pour lui et qu'il avait réalisé le rêve de ses parents, pas le sien. Alors un beau jour, il était parti à l'autre bout du monde rejoindre son frère aîné. Et il était enfin sorti de sa léthargie.

À présent, les yeux rivés sur Gina, c'était comme si ces dix années n'avaient jamais existé.

— C'est moi, Cassidy, dit-il d'une voix calme.

— Qu'est-ce que tu racontes ? Tu t'appelles Shane, rétorqua-t-elle sur un ton agacé, comme si elle pensait qu'il essayait de la duper.

Il était si troublant de l'entendre prononcer son prénom pour la deuxième fois…

Affichant un petit sourire, il reprit :

— Tu ne te souviens pas ?

— De quoi devrais-je me souvenir ? s'enquit-elle, visiblement de plus en plus confuse et un rien exaspérée.

— Que mon deuxième prénom, c'est Cassidy. Shane Cassidy Callaghan.

Revoir Gina de façon si soudaine lui rappelait combien son visage lui avait manqué. Tout comme l'odeur de ses cheveux, la douceur de son corps contre le sien…

On se ressaisit, Callaghan ! Elle fait partie du passé. Et puis, elle ne se souvenait même pas de ton deuxième prénom.

Mais en quoi cela l'étonnait-il ? Nul doute qu'elle avait oublié bien d'autres choses sur lui. Sur eux. Ce qui n'était pas son cas, hélas. Lui, il n'avait rien oublié…

— Donc Cakes Created by Cassidy, c'est ta société ? demanda-t-elle sans même chercher à masquer son incrédulité.

Gina n'arrivait pas à assimiler ce qui se passait. Pas simplement le fait de revoir Shane, mais de découvrir ce qu'il était devenu.

Shane, un pâtissier créateur ? Lui ?

À la fac, il les dessinait parfois tous les deux sur les mots qu'elle lui glissait, et elle se souvenait qu'il avait un joli coup de crayon. Mais à l'époque, tout ce dont il était capable de faire dans une cuisine, c'était d'ouvrir la porte du réfrigérateur. Comment avait-il pu passer d'une incapacité totale à cuisiner à un statut de pâtissier prisé par de nombreuses personnes ?

— C'est un nom accrocheur, n'est-ce pas ? fit-il remarquer d'une voix teintée d'une certaine fierté.

— C'est surtout incroyable.

— Ça, c'est un mot que j'entends habituellement *après* que l'on a goûté mes gâteaux. Mais dis-moi, quand tu as franchi le seuil de ma boutique, tu parlais d'une commande pour un gâteau de mariage, il me semble, non ?

Elle lui fut presque reconnaissante d'avoir donné un tout autre tour à la conversation. Un peu comme s'il avait claqué des doigts pour l'arracher à ses rêveries et la forcer à se concentrer sur la raison de sa visite. Plus vite elle se lancerait, plus vite elle en aurait fini.

— Tout à fait, répondit-elle.

Et elle sortit le papier que Theresa lui avait remis concernant les consignes.

— Voilà, dit-elle en le lui tendant. Il faut que ce gâteau soit livré à la Blue Room du Bedford Hilton Hotel à 14 heures tapantes, pour cette date-là. Dans trois semaines, donc.

Il ne prit pas la peine de regarder le papier.

— Je sais quand c'est, et…

— Parfait alors, déclara-t-elle en posant le papier sur le comptoir. Tu peux envoyer la facture à…

— … Ce ne sera pas possible.

— Pardon ?

— Je viens de dire que ce ne sera pas possible.

— Comment ça, pas possible ? Mais je te préviens trois semaines à l'avance !

— Je sais. Et je suis complet pour cette date et bien au-delà.

Il se vantait ? Après tout, c'était de bonne guerre. Et puis tant mieux si ses affaires marchaient, elle ne lui avait jamais voulu de mal.

Regardant autour d'elle, elle découvrit des photos de ses créations sucrées accrochées aux murs. L'une d'elles retint particulièrement son regard : c'était un gâteau en forme de tour Eiffel. Comment s'y prenait-on pour confectionner une chose pareille ?

Elle se tourna vers lui, impressionnée.

— Tu t'en sors bien, à ce que je vois, fit-elle remarquer.

— Pas mal, merci.

— J'en suis heureuse pour toi, Shane. Mais tu peux sûrement glisser une dernière petite commande pour dans trois semaines.

— Non, répondit-il d'un ton catégorique. Désolé.

4

— Juste un gâteau, Shane, insista Gina, incapable de croire qu'il ne puisse trouver un peu de temps pour une commande aussi importante. Ce n'est rien de très élaboré, comme un pont ou un tour.

Sur ces mots, elle désigna les photos aux murs avant de poursuivre :

— Juste quelques étages et ta signature en tourbillon sur celui du dessus.

Sylvie y tenait, avait précisé Theresa.

Il secoua la tête, intraitable.

— Désolé. Je ne peux pas.

Il n'avait pas du tout l'air désolé !

C'était juste sa façon à lui de prendre sa revanche, après tout ce temps, en conclut-elle. Seulement voilà, il n'était pas question que sa cliente paie pour ses erreurs de jeunesse.

— Pourquoi n'est-ce pas possible ? demanda-t-elle, consciente que Sylvie allait s'écrouler si elle lui annonçait une nouvelle pareille. Et si je te paie le double de ton prix habituel ?

— Désolé, Gina, tu vas devoir trouver quelqu'un d'autre pour confectionner le gâteau du plus beau jour de ta vie.

Elle le regarda, interloquée. Quoi ? Il pensait qu'elle passait la commande pour elle ?

— Ce gâteau n'est pas pour moi, Shane.

— C'est vrai, répondit-il d'un ton sarcastique. Il est destiné aux invités de la réception.

Elle resta silencieuse un instant, se demandant s'il était sérieux, et reprit :

— Si tu n'acceptes pas cette commande, une mariée sera très malheureuse et aura une crise de nerfs parce qu'elle aura la sensation que le plus beau jour de sa vie s'émiette sous ses yeux.

Elle crut voir une lueur s'allumer tout au fond de ses prunelles, puis il répéta, insensible à son plaidoyer :

— Désolé, mais je ne peux rien pour toi, Gina. Mon carnet de commandes est archi-plein. Tu devras manger le gâteau d'un autre pâtissier à ton mariage.

De nouveau, un sentiment de culpabilité l'assaillit. L'avait-elle blessé à ce point en refusant de l'épouser il y a dix ans ? Pendant toutes ces années où il était introuvable, elle avait fini par se persuader qu'au fond, elle n'avait jamais compté pour lui. Mais elle s'était de toute évidence trompée.

— Ce n'est pas mon mariage, Shane.

— Pardon ?

Gina lui mentait-elle pour arriver à ses fins ?

— J'ai dit que ce n'était pas mon mariage, répéta-t-elle en soutenant son regard.

Cela n'avait aucun sens. C'était toujours la future mariée, en général accompagnée du fiancé, qui venait choisir le gâteau et passer la commande, sans parler de goûter différents échantillons et de passer des heures à délibérer. Et puis si elle n'était pas la mariée, pourquoi était-elle venue le voir ?

— Très bien, dit-il. C'est le mariage de qui, alors ?

— La future mariée s'appelle Sylvie Stevens. Et je t'avoue que j'ai un blanc pour le nom du fiancé.

Comme par hasard !

— Et cette Sylvie Stevens, elle est de ta famille ?

Il avait l'impression d'errer dans un labyrinthe dont il ne trouvait pas la sortie.

Il était certain d'avoir rencontré tous les membres de sa famille, quand ils étaient ensemble. Et s'il avait bonne mémoire, elle n'était pas grande. De plus, il s'en serait souvenu s'il avait rencontré une personne prénommée Sylvie !

— Non, répondit-elle.

— Une amie, alors ? C'est toi qui choisis pour elle ?

— Non, cette mariée n'est pas à proprement parler une amie. Du moins pas encore, car la plupart de mes clientes finissent par le devenir après le mariage.

Il la regarda fixement, n'ayant pas la moindre idée de ce qu'elle racontait.

— Bon, explique-moi clairement, car je ne te suis plus, déclara-t-il avec impatience.

— Oui, tu as raison. Je devrais sans doute être plus explicite.

— Il me semble, oui, marmonna-t-il.

Et il s'ordonna en silence de ne pas se laisser abuser par ce qu'elle allait lui raconter. Elle était très douée, autrefois, pour l'influencer afin qu'il agisse selon ses désirs à elle.

Prenant une grande inspiration, Gina annonça :

— Je suis une demoiselle d'honneur professionnelle.

— Une *quoi* ? demanda-t-il totalement perdu.

— C'est pourtant simple ! Je loue mes services à des futures mariées qui ont besoin d'une personne sur qui compter en cas de problème. Avec moi, elles ont l'assurance que rien ne viendra perturber le grand jour de leur vie.

Ça alors ! Il en aurait presque perdu sa langue.

Presque.

— Tu plaisantes, n'est-ce pas ? Toi, la femme qui a décliné la demande d'un homme qui avait eu la folie de mettre son âme à nu devant toi, tu t'assures maintenant que le mariage des autres est un succès ?

— Shane, si tu savais à quel point je regr...

— Non ! Je ne veux pas en entendre davantage !

Elle avait l'air si sincère qu'il l'aurait presque crue, encore une fois. Mais il n'était pas question de revivre l'enfer qu'il avait déjà traversé à cause d'elle. Cela dit, le rejet de Gina lui avait permis de comprendre qui il était, puis de renaître de ses cendres pour se construire une carrière qui le satisfaisait pleinement, bien plus que celle qu'il s'apprêtait à embrasser quand elle lui avait brisé le cœur.

Mais aujourd'hui, il ne voulait pas entendre ses excuses. De toute façon, cela remontait à si loin que tous deux avaient tourné la page, depuis.

— Laissons le passé là où il est, reprit-il. Donc le gâteau que tu voudrais commander n'est pas pour toi.

— Exactement, il est pour Sylvie Stevens. Et elle semble vraiment tenir à ce que tu confectionnes son gâteau de mariage. Si ce n'est pas possible, elle va considérer son union comme mal engagée.

Il laissa échapper un petit rire devant l'absurdité de ses propos.

— C'est un peu mélodramatique, tu ne crois pas ? fit-il remarquer.

À cet instant, elle éclata de rire, et il trouva ce rire très perturbant. Or, il n'avait pas du tout envie qu'elle le perturbe.

— Tu serais surpris d'apprendre l'état de stress dans lequel sont parfois les futures mariées, répondit Gina, apparemment ravie de la trêve qui venait de s'installer entre eux. Le terme *bridezilla* n'est pas exagéré, je t'assure. Certaines subissent un véritable choc émotionnel d'être entourées de tant de gens et redoutent que tout n'aille de travers.

— Pourquoi ne recourent-elles pas à des organisatrices de mariage, dans ce cas ?

— Certaines le font, mais j'offre des services moins chers et je suis bien plus sympathique, à l'écoute. Je tiens pratiquement la main de certaines du début à la fin.

— À ce point ? Et vous êtes combien à exercer ce métier ?

— À part moi, je ne connais aucune autre demoiselle d'honneur professionnelle, du moins dans cet État. L'idée de ce job m'est venue un après-midi, alors que je passais en revue mes différentes compétences. Cela dit, j'imagine que je n'ai rien inventé et que d'autres doivent exercer ce métier. D'autres questions ?

Des centaines ! pensa Shane, tout en s'efforçant de bloquer les souvenirs d'autrefois.

— Non, tu as répondu à mes questions, dit-il. Du moins pour aujourd'hui.

Gina sentit une menace planer dans les propos de Shane mais elle fit front. Elle ne pouvait se permettre d'être happée par leur ancienne relation, mais devait se concentrer sur son actuel contrat. D'autant que Shane ne lui avait pas encore donné la réponse qu'elle attendait.

— Donc, tu le feras, ce gâteau ? s'enquit-elle. Cassidy pourra-t-il créer le dessert de ses rêves à Sylvie ?

Il demeura d'abord silencieux, et elle commença à se dire qu'elle n'avait finalement pas su le convaincre. Sans doute même se réjouissait-il de se venger de la sorte. Au moment où elle allait se résigner, il lui adressa un beau sourire et déclara :

— Je le ferai, mais à une condition.

Elle se redressa, prête à tout entendre et certaine que cette condition allait la concerner. Sans doute allait-il exiger d'elle un acte de contrition pour réparer l'humiliation qu'elle lui avait infligée, dix ans auparavant. Elle accepterait l'épreuve. Pour lui et sa cliente.

— Je t'écoute, dit-elle en retenant son souffle.

— Je veux rencontrer les mariés. Ou du moins la mariée. Et ça, ce n'est pas négociable.

Curieusement, elle n'éprouva pas le moindre soulagement. Au contraire, elle eut l'impression qu'il venait de l'écarter de la scène et de lui refermer la porte au nez. La culpabilité qu'elle ressentait depuis tant d'années n'avait peut-être aucune raison d'être.

— Donc, tu veux rencontrer la mariée ? répéta-t-elle pour

s'assurer qu'elle avait bien compris et qu'il ne lui parlait pas en termes cryptés.

— C'est une nécessité absolue. Mon métier ne consiste pas juste à faire des gâteaux, je les *crée*. Et créer un gâteau pour des mariés, c'est très personnel. Il faut au moins que j'aie une idée de leur personnalité.

Soit, si telle était la façon dont il concevait son métier. Même si, à son sens, les bons ingrédients et le savoir-faire suffisaient. Mais elle n'allait naturellement pas le contredire ni le contrarier. Elle avait obtenu ce qu'elle voulait, et c'était là une grande victoire.

— Bien sûr, répondit-elle. Dis-moi quelles sont tes disponibilités et je verrai avec Sylvie quelle date lui convient le mieux pour venir ici. Et avec un peu de chance, son fiancé sera aussi présent.

— Une seconde, je vais chercher mon agenda. Je reviens.

Et il s'éclipsa.

Quand elle fut seule, elle se repassa dans sa tête tous les instants depuis qu'elle était entrée dans la pâtisserie. Sa surprise en revoyant Shane. Le fait qu'il croyait qu'elle se mariait et était venue lui commander son gâteau de mariage.

Les minutes s'écoulèrent. Et s'il ne revenait pas ? Ou était-ce elle qui sombrait dans la paranoïa ? Eu égard à leur passé, aucune supposition n'était à exclure.

Quand la porte se rouvrit quelques minutes plus tard, elle poussa un soupir de soulagement qui n'échappa pas à Shane.

— Tu croyais que je n'allais pas revenir ? lui demanda-t-il avec un sourire en coin.

— Pas du tout ! Je me demandais juste ce qui te retenait si longtemps. Je veux dire… La plupart des gens ont un agenda sur leur smartphone, pas dans une arrière-salle.

Il haussa les épaules d'un air amusé.

— Il faut croire que je ne suis pas comme tout le monde.

— Ça non ! répliqua-t-elle avec un petit rire.

Bon sang, pourquoi son cœur battait-il si vite ? Elle devait se ressaisir avant qu'une ânerie lui échappe et qu'elle se ridiculise.

Elle s'éclaircit la voix, s'efforçant de se concentrer entièrement sur le mariage dont elle avait la responsabilité.

— Donc, tu as trouvé une date qui te convient pour rencontrer Sylvie ? demanda-t-elle devant son hésitation.

— Comme je t'ai dit, je suis surbooké.

Regardant sa montre, il précisa :

— D'ailleurs, je dois mettre un gâteau au four.

— Dans ce cas, je ne te retiens pas. Donne-moi juste un rendez-vous.

Je t'en ai déjà donné et tu n'en as pas voulu, pensa soudain Shane.

Il venait de commettre une erreur. Il aurait dû d'emblée lui recommander un autre pâtissier. Mais il s'était laissé prendre au piège, et à présent, il devait en assumer les conséquences. Toutefois, avec un peu de chance, une fois ce gâteau réalisé et livré, il était fort probable qu'il ne revoie jamais Gina.

Et c'était ce qu'il souhaitait, n'est-ce pas ? Ce qu'ils voulaient tous les deux, non ?

Il se rendit soudain compte qu'il la regardait fixement tandis qu'elle attendait qu'il propose une date.

— Mercredi à 10 heures, ça conviendrait ? demanda-t-il.

— La mariée s'adaptera, elle tient tellement à ce que tu sois son pâtissier !

Et sur ces mots, elle prit littéralement la fuite.

Jamais elle ne serait entrée dans sa pâtisserie si elle avait su que Cassidy, c'était lui.

5

Une fois dans sa voiture, Gina prit réellement conscience de ce qui venait de se passer. Et elle eut alors l'impression qu'une bombe venait d'exploser en elle !

Shane Callaghan.

Waouh ! Après toutes ces années à se demander ce qui lui était arrivé, après qu'il eut hanté ses rêves pendant au moins un an, leurs chemins venaient enfin de se recroiser.

Bon, au moins, il ne s'était pas enfermé dans une cabane au bout du monde et ne menait pas une vie de reclus. Ne pouvoir le situer géographiquement était ce qui l'avait le plus inquiétée, ces dix dernières années.

Elle avait pourtant tout mis en œuvre pour le retrouver ; elle voulait à tout prix savoir ce qui lui était arrivé après qu'elle avait décliné sa demande en mariage. Mais il semblait avoir totalement disparu des radars. Ses amis de faculté avaient tous déménagé après l'obtention de leur diplôme pour commencer une nouvelle vie. Ses deux parents étaient décédés. Elle savait qu'il avait un frère aîné médecin, Alan, mais celui-ci exerçait à l'autre bout du monde, pour l'ONG Médecins Sans Frontières. Outre le fait qu'il était très fier de ce frère, elle n'avait aucune autre information sur ce dernier.

Et voilà que brusquement, elle s'était retrouvée en face de lui, sans avoir la moindre possibilité de réfléchir à la façon dont elle était censée se comporter… Peut-être aurait-il été d'ailleurs préférable qu'elle reste dans l'ignorance, le concernant.

Assez ! s'ordonna-t-elle.

Elle ne pouvait faire comme si le temps s'était figé, et que Shane et elle n'avaient pas changé, depuis l'époque de la faculté. Shane est devenu un homme complètement différent du jeune garçon dont elle était amoureuse dix ans plus tôt. Et vice versa.

Là-dessus, elle mit le contact et appuya sur la pédale, mais la voiture ne bougeant pas, elle finit par se rappeler qu'elle devait d'abord desserrer le frein à main et reculer. Quelques instants plus tard, elle était sur la route, ses pensées toujours focalisées sur Shane.

Il se pouvait tout à fait qu'il soit marié et ait six enfants. Et il ne s'était pas du tout comporté comme s'il était encore amoureux d'elle. Conclusion : c'était elle qui avait un problème, pas lui.

Elle essaya de ne plus penser à lui avant d'arriver chez Sylvie pour lui annoncer que *Cassidy* allait lui faire son gâteau. Une très bonne nouvelle pour la future mariée, et pour elle… un moment sans doute délicat à passer mais néanmoins surmontable. Elle reverrait Shane combien de fois ? Une ou deux, pas davantage, puis n'aurait plus l'occasion de le croiser. Elle n'avait aucune raison de croire qu'ils garderaient le contact. Elle n'en avait d'ailleurs pas envie. *Vraiment ?* se demanda-t-elle. *Oui !* décida-t-elle en passant au feu orange.

Encore que…

Assez ! Et elle mit la radio à plein volume pour que la musique chasse toute pensée incongrue de son cerveau.

Ainsi que Gina s'y attendait, Sylvie laissa éclater sa joie en apprenant qu'elle avait réussi à avoir Cassidy comme pâtissier.

— Cependant, il a posé une condition, précisa-t-elle.

— J'accepte tout ce qu'il veut, à part peut-être de lui donner mon premier enfant. Et encore, ça peut se négocier, déclara Sylvie en éclatant de rire.

Gina était toujours très surprise de constater que les gens étaient prêts à tout pour arriver à leurs fins concernant leur mariage, une fois qu'ils avaient une idée en tête.

— Non, il ne s'agit pas d'un tel sacrifice, la rassura-t-elle. Sh... Cassidy tient juste à te rencontrer. La création d'un gâteau de mariage étant, selon lui, un processus très intime, il a besoin de se faire une idée des personnes à qui il est destiné.

Sylvie ne parut pas surprise le moins du monde.

— Parfait ! dit-elle. Tu as déjà pris le rendez-vous pour nous ?

— Nous ? Donc ton fiancé va venir ? demanda-t-elle, pleine d'espoir.

Mais la future mariée doucha bien vite ses espérances.

— Euh... non, répondit-elle, légèrement confuse. C'est toi qui vas m'accompagner.

— Moi ?

— Bien sûr ! Tu as réussi à convaincre Cassidy de faire le gâteau, ce qui n'était pas gagné d'avance en raison de la date très rapprochée du mariage. Et puis, de toi à moi, j'ai entendu dire qu'il n'avait pas très bon caractère. Et toi, tu sembles savoir t'y prendre avec lui.

— Tu ne préférerais pas que ton fiancé soit présent ?

Sylvie laissa échapper un petit rire.

— Jeffery m'a donné carte blanche pour notre mariage, quelle que soit l'addition à régler. Sa seule condition était en revanche de ne pas être impliqué, à part, bien sûr, le jour J. Il a dit avoir entière confiance en mon jugement, précisa-t-elle d'un air heureux.

Ce Jeffery semblait presque trop beau pour être vrai, se dit Gina. Ou alors pas du tout intéressé par le mariage... Elle opta pour le positif.

— Tu as de la chance d'épouser un homme si conciliant.

— Oh ! je sais ! s'exclama Sylvie, tout sourire. Donc, quand allons-nous voir le magicien ?

À cet instant, Sylvie lui évoqua une petite fille qui attendait pour la première fois le légendaire Père Noël. Elle aurait tant aimé se trouver dans le même état d'esprit, d'autant que depuis sa visite à Cakes Created by Cassidy, elle avait le ventre tout noué. *Courage !* s'ordonna-t-elle. Il était hors de question qu'elle joue les trouble-fêtes.

— Mercredi à 10 heures, répondit-elle en lui adressant un grand sourire forcé.

— Tu passeras me chercher, d'accord ? Vu que tu connais le chemin de la pâtisserie.

Le prétexte était un peu étrange, à l'ère des GPS, mais Sylvie avait visiblement besoin qu'elle lui tienne la main pour rencontrer le *magicien*. D'ailleurs, c'était pour cette raison qu'elle la payait, même si en l'occurrence, on pouvait se demander qui soutiendrait qui…

— Naturellement, Sylvie. Je serai chez toi à 9 h 15 mercredi matin. Ainsi, nous n'arriverons pas en retard en cas d'embouteillage.

Après avoir réglé quelques petits détails, Gina quitta une Sylvie quasiment euphorique.

Quant à elle, elle l'était beaucoup moins à la pensée de revoir Shane… Elle souhaita presque que d'ici mercredi, il y ait un tremblement de terre. Oh rien de grave, sans victime, bien sûr. Juste un séisme suffisamment impressionnant pour que tout le monde en soit secoué et retourné. Et que le rendez-vous soit annulé.

Le mardi soir, agitée et un peu sur les nerfs à l'idée de revoir Shane le lendemain, Gina appela Tiffany, comme elle en avait l'habitude en pareille situation.

Au bout de deux minutes, elle raconta à sa sœur tout ce qui s'était passé la veille. Elle avait revu Shane de façon tout à fait inattendue et n'était pas du tout prête au choc de ces retrouvailles, puisqu'elle pensait entrer dans la pâtisserie d'un pâtissier prénommé Cassidy. Et que c'était lui qui allait confectionner le gâteau de mariage de la future mariée dont elle s'occupait.

— Quoi ? Tu as revu Shane Callaghan ? s'exclama sa sœur. Alors, à quoi ressemble-t-il après tout ce temps ?

Gina fronça les sourcils.

Sa sœur, toujours posée, semblait en l'occurrence incapable de maîtriser sa curiosité.

— Il est plus âgé, répondit-elle d'un ton laconique, sur ses gardes.

— Gina ! Forcément, il a dix ans de plus ! Épargne-moi de telles banalités. Ce garçon était vraiment à tomber. A-t-il grossi, est-il devenu malingre, chauve ? Son charme s'est-il envolé ? Eh bien, un petit effort, tu as pourtant du vocabulaire !

— Euh… non. Rien de tout ce que tu as dit.

— Il n'a pas du tout changé ? demanda Tiffany, visiblement incrédule.

— Oh ! si peu. Ses pommettes sont peut-être plus saillantes, et je dirais aussi qu'il a une allure plus distinguée, déclara-t-elle avec lenteur.

Puis elle s'arrêta brusquement. Sa sœur venait de pousser un soupir. Curieux.

— Pourquoi soupires-tu, Tiffany ? demanda-t-elle.

— Juste parce que je l'imagine d'ici, Gee ! Il était déjà quasiment la perfection incarnée, quand vous sortiez ensemble.

— Tu exagères un peu, tout de même, non ?

— Pas du tout ! Maman aussi le trouvait parfait. D'ailleurs, dès que tu le lui as présenté, elle a commencé à chercher des endroits où célébrer votre mariage.

— Qu'est-ce que tu racontes ?

Jamais elle n'avait entendu parler de ça.

— Notre relation n'était pas si sérieuse que cela, au départ, ajouta-t-elle.

— Maman, elle, l'était.

Gina resta silencieuse un instant. À la réflexion, ce n'était pas impossible. Sa mère avait été tellement déçue lorsqu'elle lui avait annoncé sa rupture avec Shane.

— C'est possible, dit-elle. Sinon, pourrais-tu me faire une faveur et ne pas le répéter à maman ? Je veux dire ne pas lui raconter que j'ai croisé Shane par hasard. Ni que je le revois demain avec ma future mariée.

— Ne t'inquiète pas, Gina. Maman n'apprendra rien de ma bouche ! lui assura vivement Tiffany.

Que signifiait ce ton empressé et légèrement hypocrite ? se demanda-t-elle après avoir raccroché. Décidément, sa sœur n'était pas elle-même, ce soir.

Cette fois, quand Gina arriva au petit centre commercial où Shane s'était installé en toute discrétion, elle savait où se garer pour un accès plus rapide à sa pâtisserie.

Tout comme elle était consciente de ce qui l'attendait une fois le seuil franchi... Même après s'être répété que Shane et elle, c'était du passé et qu'elle ne le revoyait qu'à titre professionnel, elle avait l'impression d'avoir les jambes en coton et que son estomac avait des problèmes à digérer son petit déjeuner pourtant léger.

— Tout va bien ? s'enquit Sylvie en dardant sur elle un regard inquiet, au moment où elle coupa le moteur.

Elle prit en toute discrétion une longue inspiration, tâchant de contrôler sa nervosité.

— Oui, oui, tout va bien. Je réfléchissais juste à certains détails en silence, répondit-elle vivement pour masquer son inquiétude.

— Pourquoi ? Y a-t-il des détails préoccupants ?

— Non, absolument pas ! lui assura-t-elle avec ferveur.

En tout cas, rien de préoccupant pour toi. Quant à moi, c'est une autre affaire...

— Voilà, c'est juste ici, dit-elle quelques instants plus tard en désignant la petite pâtisserie.

— Oh ! c'est charmant ! s'écria la future mariée.

Gina ouvrit la porte tandis que tintait le fameux carillon pour annoncer leur arrivée et laissa passer Sylvie.

Cette fois, la boutique n'était pas vide. Shane les attendait. Il avait par ailleurs troqué son jean et son T-shirt contre un costume, et même s'il ne portait pas de cravate, il était le parfait homme d'affaires élégant.

Était-ce pour sa cliente ou pour elle qu'il s'était mis sur son trente et un ?

Oublie, Gina. Il ne s'agit pas de toi.

Et elle se rappela alors que les présentations s'imposaient.

— Sylvie, je te présente...

— Cassidy, dit Shane en s'avançant vers Sylvie.

Il prit la main de la future mariée et, de ses lèvres, en effleura le dos comme s'il avait grandi au sein d'une famille aristocrate française ou italienne et non dans le sud de la Californie.

Ces manières désuètes eurent l'heur de plaire à Sylvie qui laissa échapper un petit gloussement. Il lui fallut un certain temps pour retrouver sa langue.

— Je ne saurais vous dire combien je vous suis reconnaissante d'avoir accepté de faire notre gâteau de mariage, dit-elle en rougissant.

— *Créer* votre gâteau de mariage, précisa Gina.

Shane lui lança un regard surpris et inclina la tête à son intention, sourire aux lèvres.

— Oui, bien sûr, créer, murmura Sylvie de toute évidence fascinée et excitée à la fois.

Shane posa sur elle son regard bleu magnétique.

— Je suis très honoré que vous fassiez appel à moi, dit-il. Et maintenant, je vous propose que l'on s'asseye pour que vous me parliez de vous et de votre fiancé.

Sur ces mots, il désigna une petite table entourée de fauteuils qui, Gina l'aurait juré, ne se trouvait pas dans la pièce l'avant-veille.

Comme en transe, Sylvie se laissa conduire par Shane.

— Demandez-moi tout ce que vous voulez, lui dit-elle.

Il attendit que toutes deux fussent installées puis prit place à son tour. Après leur avoir poliment offert un café et un thé, il se mit à poser à Sylvie une série de questions diverses et variées, n'ayant a priori rien à voir les unes avec les autres mais qui au bout du compte permettait de bien cerner la personnalité de la mariée et, par procuration, de son futur époux.

Cette procédure servait-elle à justifier un prix qui allait forcément être très élevé ou bien Shane estimait-il qu'elle était nécessaire pour alimenter la partie créative de l'affaire ? se demanda Gina.

Le Shane qu'elle avait connu autrefois était tout sauf un bonimenteur, mais il est vrai que les gens changeaient, au fil des années. Si Shane avait évolué dans le pire, elle s'en sentait en grande partie responsable.

Pourtant, il semblait sincère. Mais il pouvait tout à fait jouer la comédie. Difficile à dire.

La séance dura trente minutes. Shane posait de nombreuses questions mais ne pressait pas sa cliente pour y répondre. Sans compter les petites plaisanteries qu'il glissait ici et là.

Lorsque tout fut terminé, Gina se permit un commentaire.

— J'ignorais que la confection d'un gâteau de mariage demandait une telle quantité d'informations.

— La *création*, dit-il. Pas la confection.

— Oui, bien sûr, désolée.

Et elle croisa son regard. Elle frissonna sous la flamme de ses yeux et eut beaucoup de mal à retrouver son calme.

— Bien ! dit soudain Shane en s'adressant à Sylvie. Je pense avoir tout ce dont j'ai besoin, du moins pour me lancer dans le processus créatif.

— Euh... vous voulez dire maintenant ? s'enquit-elle.

Il lui adressa un sourire.

— Non, celui-ci aura lieu deux ou trois jours avant que le gâteau devienne réalité, expliqua-t-il. Pour l'heure, je vais me contenter d'assimiler toutes ces données et de les laisser mûrir.

— Voulez-vous mon numéro de téléphone au cas où vous

auriez d'autres questions ? demanda Sylvie en cherchant du regard un éventuel stylo et bout de papier.

— Non, c'est inutile, j'ai celui de Gina. Si j'ai besoin de quoi que ce soit, je l'appellerai. Après tout, c'est son rôle en tant que demoiselle d'honneur professionnelle, n'est-ce pas ?

Il coula ensuite le regard vers elle et ajouta :

— Je ne me trompe pas ?

Et elle crut défaillir, comme autrefois. Il avait le don de la troubler intensément parfois, sans que cela s'explique de façon très rationnelle. Le côtoyer comme si de rien n'était s'apparentait quasiment à une mission impossible.

— Non, pas du tout, répondit-elle en se levant. Eh bien, si tout est réglé, nous allons partir. Je crois que nous avons rendez-vous pour essayer la robe de la demoiselle d'honneur, n'est-ce pas ?

Et elle lança un coup d'œil à Sylvie pour confirmation.

— Oh ! en effet ! s'exclama cette dernière.

À son tour, elle se leva et serra avec chaleur la main de Shane, lui réassurant toute sa gratitude pour avoir accepté cette commande de dernière minute.

Il se contenta de lui sourire chaleureusement.

Pourquoi Gina eut-elle à cet instant la sensation que c'était à elle qu'il adressait ce sourire ? Avec, dans la foulée, un flot de promesses...

6

C'était la partie de son travail que Gina détestait le plus : aller dans une boutique de mariage essayer la robe de la demoiselle d'honneur. Toutefois, comme elle avait pris le train en marche, elle n'avait pas de réelle légitimité à donner son avis sur la robe sélectionnée par la mariée pour ses demoiselles d'honneur.

Alors qu'elle regardait son reflet dans le miroir de la boutique, elle se rendit compte, en réalité, que peu lui importait la tenue qu'elle porterait le jour J, étant donné l'épreuve émotionnelle qu'elle traversait. Elle se dit aussi qu'au fond, les robes longues choisies par Sylvie étaient plutôt flatteuses.

Couleur menthe à l'eau, ajustée, avec une taille haute et une fente jusqu'à mi-cuisse, la robe était sexy mais de bon goût, et elle aurait tout à fait pu la choisir pour elle, si tant était qu'elle se rendait à des événements qui exigeaient une telle tenue en dehors de son travail, ce qui n'était hélas pas le cas.

— Alors, qu'en penses-tu ? lui demanda Sylvie, attendant sa réaction. C'était la robe de ma cousine Jennifer qui m'a laissé tomber au dernier moment. Elle n'est pas venue pour l'essayage final car elle était bien trop dévastée par sa rupture.

Gina savait tout à fait ce qu'elle ressentait, et pourtant, ce n'était pas Shane qui avait rompu mais elle.

Se regardant une dernière fois dans le miroir, elle s'exclama :

— On la croirait faite pour moi ! Elle est superbe. Tu as un goût sûr, Sylvie. Généralement, je dois chercher une façon polie de faire comprendre à la mariée que si ses demoiselles d'honneur ressemblent à des lutins échappés d'un conte, cela ne la mettra pas en valeur, contrairement à ce qu'elle espère. Mais toi, tu n'as pas commis cette erreur et la robe est vraiment flatteuse, pour qui la porte. Et par ricochet, pour toi.

— Vraiment ? demanda Sylvie buvant le compliment comme un chiot assoiffé.

— Vraiment ! lui assura-t-elle avec un grand sourire.

Sylvie se jeta alors littéralement dans ses bras pour l'étreindre comme une sœur perdue de vue depuis une éternité.

— Je savais que tu serais ma bonne fée, murmura-t-elle.

— Tu avais choisi ces robes avant de faire appel à mes services, lui fit remarquer Gina.

— Peu importe. Je sens que tu me portes chance. Regarde comme la robe de Jennifer te va bien ! Et puis c'est grâce à toi que Cassidy a accepté de *créer* mon gâteau de mariage. Sans compter que tu vas me trouver un nouveau photographe. D'ailleurs, c'est peut-être déjà fait ?

— Absolument ! Et je vais l'appeler dès que l'essayage sera terminé.

Regardant par-dessus son épaule la façon parfaite dont la robe épousait ses courbes, elle ajouta :

— Et si tu veux mon avis, il l'est !

Elle chercha des yeux la couturière qui s'approcha avec le matériel nécessaire aux retouches. Après avoir examiné Gina sous toutes les coutures, elle hocha la tête.

— Je ne vois hélas pas comment je pourrais intervenir sur cette robe, dit-elle. On ne peut pas améliorer la perfection.

Soudain, Gina regretta que Shane ne puisse pas se matérialiser tel un magicien, qualificatif que lui avait précédemment attribué Sylvie, pour l'admirer dans cette robe. Peut-être la verrait-il le jour du mariage en portant le gâteau ? Sauf s'il laissait ses assistants se charger de la livraison.

Elle se rappela avoir déjà vu, dans des magazines spécialisés, ses gâteaux avec sa signature « Cassidy » en forme de tourbillon sur le dessus. Mais il n'y avait jamais de photos de lui. Tout de même, comment avait-elle pu ne pas reconnaître son écriture ?

— Oui, cette robe est parfaite, dit-elle brusquement, devant le regard insistant de la couturière.

— C'est la façon dont vous la portez qui l'est, fit remarquer cette dernière. Vous avez une silhouette de rêve.

Gina lui sourit. Elle ne se percevait pas ainsi, la robe était juste avantageuse et la couturière flatteuse, mais le compliment était malgré tout agréable. Et tout à coup, elle se souvint qu'elle avait encore mille choses à régler et des kilomètres à parcourir avant de pouvoir se mettre au lit, ce soir.

— Merci, cela me va droit au cœur, dit-elle.

Une fois la couturière partie, elle ajouta à l'adresse de Sylvie :

— Je me change rapidement et je te ramène chez toi.

— Tu pourras rester un peu, suggéra Sylvie. Les autres demoiselles d'honneur seront chez moi, cela te permettra de faire leur connaissance.

— Ce serait avec plaisir, mais je dois malheureusement refuser.

— Ah bon ? Pourquoi ?

— Il se trouve que je dois embobiner un photographe avec qui j'ai rendez-vous sous peu, répondit-elle avec un petit sourire entendu.

— Oh ! c'est vrai ! J'allais oublier. Heureusement que tu penses pour deux !

— C'est pour cela que tu me paies !

Après s'être changée, elle demanda :

— À propos, quand a lieu l'enterrement de vie de jeune fille ?

Sylvie ne répondit pas tout de suite ; de toute évidence, elle avait oublié de se renseigner.

— Le week-end prochain, j'imagine, dit-elle. Tu es invitée, bien sûr ! Bon, tu dois vraiment penser que je suis une idiote.

Gina lui serra vivement la main et la rassura.

— Absolument pas. Juste une femme qui a en ce moment une énorme charge mentale et ce d'autant plus que le grand jour approche à grands pas.

Sylvie lui sourit avec gratitude.

— C'est une EVJF dansante, façon *Jack and Jill*, précisa-t-elle.

— Parfait ! Si je t'ai parlé de ça, c'est pour savoir si tu veux qu'un photographe professionnel y assiste. Sauf si la carte blanche que t'a donnée ton fiancé ne s'applique qu'au jour J.

— Non, non, je n'ai aucune limite, Jeffery ne souhaite que mon bonheur. Et ta suggestion est formidable. L'idée qu'un photographe professionnel immortalise mon EVJF me plaît énormément ! Tu as toujours les meilleures idées, Gina !

— Je veux que ce mariage soit le plus beau possible pour toi.

— Cela en prend le chemin, non ?

— Absolument.

Après avoir déposé Sylvie à son appartement, Gina se rendit chez le photographe. Comme le dernier qu'elle avait sélectionné, celui-ci était déjà pris. Déçue mais non vaincue, elle rentra chez elle et passa la soirée à chercher de nouveaux photographes, pour en retenir finalement deux qu'elle appellerait à la première heure, le lendemain.

Épuisée, elle se coucha enfin et s'endormit rapidement… pour être aussitôt assaillie par une série de rêves fragmentés, empreints d'émotions fortes, de sorte que toute la nuit, elle fut plongée dans le souvenir vivace de ce qu'elle ressentait quand elle sortait avec Shane. Et aussi celui des regrets tout aussi vifs quand, après avoir décliné sa demande en mariage, elle s'était aperçue qu'en réalité elle l'aimait et avait envie de passer le reste de sa vie avec lui.

Mais il était alors trop tard.

Shane avait disparu, comme s'il n'avait existé que dans sa

tête. Elle ne pouvait s'empêcher de déplorer qu'un seul faux pas stupide de sa part lui ait coûté si cher.

Les regrets lui laissaient un goût amer dans la bouche.

« Peut-être que c'est notre deuxième chance et que l'on peut recommencer. » Elle aurait juré avoir entendu Shane lui murmurer ces mots...

Et soudain elle le sentit, juste derrière elle. Il l'entourait de ses bras protecteurs, comme autrefois. Elle se retourna et son cœur se mit à battre follement quand il approcha sa bouche de la sienne. Elle le désirait plus que jamais. Elle se sentait enfin comblée, elle...

D'un bond, elle se redressa dans son lit, le cœur tambourinant dans sa poitrine.

Sa chambre était encore plongée dans l'obscurité. Seuls les murmures de l'aube naissante commençaient à s'y infiltrer.

Elle était seule.

Comme elle l'était depuis dix ans, figée dans un passé qui l'empêchait de vivre pleinement sa vie. Mais elle ne pouvait s'en prendre à personne d'autre qu'elle-même.

S'adossant contre sa tête de lit, elle se passa la main dans les cheveux. Elle devait absolument se ressaisir ! Il était vain de ressasser toujours les mêmes pensées, les mêmes regrets. Rien de positif n'en sortirait. Elle avait un contrat à remplir, Sylvie la payait pour que son mariage soit parfait sans qu'elle ait à se soucier des détails. Elle ne la payait pas pour qu'elle pleure sur sa propre stupidité !

Rejetant sa couverture, elle se leva pour prendre une bonne douche qui la réveillerait.

Seigneur ! Elle avait une tête affreuse, nota-t-elle en se regardant dans le miroir.

— Il est grand temps que tu reprennes le contrôle de la situation, déclara-t-elle à son reflet.

Et elle entra dans la douche. Quand l'eau froide s'abattit sur son corps avec la force d'un millier d'aiguilles, cela la recentra sur ses objectifs.

Puisqu'elle avait ruiné ses propres chances de mariage, elle allait désormais veiller à ce que toutes les autres femmes qui feraient appel à ses services vivent un conte de fées.

Celui auquel elle avait tourné le dos.

Une fois habillée, elle appela le premier des deux photographes qu'elle avait choisis. Il était par chance disponible le jour du mariage et aussi pour l'EVJF. Elle se rendit alors dans son studio, et le contrat fut rapidement scellé.

De nouveau au volant de sa voiture, elle laissa son esprit vagabonder et se rendit compte que si Shane avait hanté ses rêves toute la nuit, c'était parce qu'elle cherchait désespérément une bonne raison de le revoir.

En effet, elle ne pouvait pas juste se rendre à la pâtisserie Cakes Created by Cassidy pour lui dire bonjour, par exemple. Cela ne servirait qu'à remuer le couteau dans la plaie et selon toute vraisemblance, Shane lui tournerait le dos.

Par ailleurs, elle ne voulait pas non plus ramper devant lui. Cela lui enverrait un mauvais message et la mettrait dans une position de faiblesse, image qu'elle n'avait pas envie de renvoyer, d'autant qu'elle doutait que Shane apprécierait. Si tant était qu'il l'appréciait encore !

Ce dont ils avaient besoin tous les deux, c'était d'un nouveau départ. Et leur dénominateur commun, c'étaient les mariages. Or, pour son EVJF, Sylvie aurait certainement besoin de pâtisseries… Et si elle demandait à Shane de s'en charger ? Cela ne nécessiterait pas autant de temps qu'un gâteau de mariage. Et puis s'il refusait, au moins elle aurait eu un nouveau prétexte pour le revoir. D'ailleurs, elle pourrait revenir pour insister et à force de le voir, la flamme d'autrefois se raviverait peut-être en lui… Peut-être l'implorerait-il alors de lui donner une deuxième chance, comme dans son rêve…

— Du calme, Gina. Un pas après l'autre. On ne s'emballe pas.

En dépit de ses paroles, elle effectua un rapide demi-tour, mais avant de se rendre chez Cakes Created by Cassidy, elle repassa chez elle afin de se changer. Elle s'habillait toujours bien, là n'était pas la question, mais elle voulait l'être un peu plus encore. Et puis elle en profiterait aussi pour se remaquiller.

Elle choisit une tenue légèrement plus affriolante, mais sans ostentation, et rajouta une légère couche de fard à paupières. Il ne fallait pas non plus qu'elle soit trop chic au risque de tout faire capoter.

Bien que le trajet entre son appartement et le centre commercial fût relativement court, elle avait les mains moites en arrivant à la pâtisserie.

C'était complètement insensé ! Même en revoyant Shane après tout ce temps, elle n'était pas aussi nerveuse ! Aujourd'hui toutefois, l'enjeu était bien plus grand.

Elle prit une profonde inspiration avant de faire tinter le carillon.

La boutique était vide et une sensation de déjà-vu la submergea. Et soudain, un rire retentit. Un rire joyeux d'enfant.

Quelques instants plus tard, la porte menant à l'arrière-salle s'ouvrit et une petite fille de quatre ou cinq ans en sortit en courant, une cuillère à mesurer à la main et de la crème fouettée au coin des lèvres.

Elle s'immobilisa aussitôt en découvrant Gina. Mais au lieu de montrer de l'effroi, elle lui adressa un large sourire.

— Bonjour, lui dit Gina. Tu es la petite fille de qui ?

— La sienne, répondit-elle en désignant Shane qui surgit alors derrière elle.

7

Shane traversa rapidement la pièce et posa la main sur l'épaule de la fillette.

— Ellie, tu sais ce que je t'ai dit concernant le fait de parler à des inconnus, lui dit-il d'un ton sévère.

— Oui, tu m'as dit de ne pas leur parler, répondit Ellie sans paraître intimidée.

En général, elle se trouvait soit à l'école maternelle, soit avec la femme qu'il employait comme nourrice à mi-temps. Mais aujourd'hui, il n'y avait pas école et Barbara, la nounou, avait rendez-vous chez le médecin. Il avait donc dû amener Ellie sur son lieu de travail, ce qui ne la dérangeait pas du tout car elle adorait la pâtisserie qu'elle considérait comme sa cour de récréation privée.

Parfois, elle se montrait un peu trop téméraire, ce qui le préoccupait. S'il ne souhaitait pas qu'elle grandisse dans la peur, il ne voulait pas non plus devoir s'inquiéter à chaque instant pour elle. L'équilibre n'était guère aisé à trouver.

— Exactement, lui répondit-il sans la lâcher des yeux.

À cet instant, Ellie se tourna vers Gina.

— Mais elle avait l'air gentille, la dame.

Shane jeta un bref coup d'œil à Gina avant de répondre :

— Les apparences sont parfois trompeuses.

— Ça veut dire quoi ? demanda Ellie.

— Que parfois les gens essaient de vous faire croire qu'ils sont d'autres personnes que celles qu'ils sont réellement, répondit Shane.

Les paroles de Shane lui avaient fait l'effet d'un couteau qu'il lui aurait enfoncé dans le cœur. Elle aurait tant aimé lui montrer qu'il se trompait sur elle, mais à quoi bon, puisque visiblement, il avait tourné la page ? Il avait désormais une fille, et peut-être d'autres enfants. Maintenant qu'elle observait de plus près la fillette, elle voyait nettement sa ressemblance avec Shane : le même blond cendré, les yeux d'un bleu aussi vif, et surtout ce sourire qui était celui de Shane.

De façon instinctive, elle regarda la main gauche de ce dernier, mais n'y vit pas d'alliance, ce qui ne signifiait toutefois pas grand-chose. Certains hommes ne portaient pas la leur, d'autres l'enlevaient quand ils travaillaient par peur de la perdre.

Par souci d'apaisement, elle sourit à Shane.

— Elle est adorable, dit-elle.

— Quand elle le veut bien, répondit-il d'un ton mi-sérieux, mi-amusé avant d'ébouriffer les cheveux d'Ellie.

— Arrête, tu me décoiffes, marmonna cette dernière en lissant sa chevelure.

— Que fais-tu ici, Gina ? demanda Shane.

Je suis venue me ridiculiser, pensa-t-elle tout en lui souriant gentiment.

— Sylvie Stevens t'a passé commande pour son mariage, tu te souviens ?

Il hocha la tête sans un mot.

— Eh bien, je sais que c'est sans doute te demander beaucoup, mais elle va enterrer sa vie de jeune fille ce week-end et...

— Enterrer qui ? s'enquit Ellie en ouvrant de grands yeux.

Ravie de la distraction, Gina répondit tout de suite :

— C'est une expression qui signifie qu'elle va donner une fête avant de se marier.

— Mais elle ne sera pas enterrée ? demanda la fillette, visiblement inquiète.

— Absolument pas. C'est juste une image, intervint Shane. Et maintenant Ellie, retourne dans l'autre salle et demande à l'un de mes assistants de jouer avec toi.

— Oh ! elle ne me dérange pas ! dit aussitôt Gina.

— Est-ce que moi aussi j'aurais un enterrement de... de... jeune fille avant mon mariage ? demanda Ellie.

— De *vie* de jeune fille, précisa Gina avec un grand sourire. C'est-à-dire une grande fête où l'on reçoit beaucoup de cadeaux et où l'on fait des jeux très drôles.

— Cela ne t'arrivera pas avant très très longtemps, Ellie, fit remarquer Shane. Il faut d'abord que tu reçoives une demande en mariage.

— Ah bon ? Et moi, je ne peux pas demander un garçon en mariage ?

Gina retint un sourire.

— Si, naturellement, répondit-elle.

— Bon, ça va alors, parce que je n'aime pas attendre.

— Pourtant, ma puce, il va falloir que tu attendes d'avoir au moins trente ans pour envisager la question, et maintenant file, ordonna Shane comme s'il avait hâte qu'elle disparaisse.

Pourquoi ? se demanda Gina. Cela lui déplaisait-il de la voir discuter avec sa fille ?

Ellie fit la moue, mais finit par obéir et quitta la pièce en traînant les pieds.

Gina se surprit à la regarder s'éloigner, regrettant déjà sa présence. Si le cours des événements avait été autre, c'est-à-dire si elle n'avait pas été aussi lâche quand Shane l'avait demandée en mariage, cette petite fille aurait pu être la sienne...

La sienne et celle de Shane.

— Elle semble avoir de l'énergie à revendre, fit-elle remarquer.

— Ce n'est rien de le dire ! Elle n'est jamais fatiguée.

Des myriades de questions l'assaillirent alors, mais elle ne voulait pas prendre le moindre risque en en posant une seule qui aurait pu gêner Shane. Leur relation était encore bien trop fragile. Elle redoutait aussi qu'il ne change d'avis et ne se rétracte pour la commande de Sylvie. Elle ne pouvait se permettre de sacrifier sa cliente sur l'autel de sa propre curiosité. Sa cliente *et* sa réputation.

En outre, avait-elle vraiment envie d'en apprendre davantage sur Ellie et sa mère ? Peut-être ne serait-elle pas en mesure de gérer ce qu'elle apprendrait. C'était une chose de savoir que Shane avait tourné la page, c'en était une autre d'en voir la preuve vivante. Et à cette pensée, elle s'efforça de bloquer la douleur subite qui venait de lui nouer le ventre.

— Donc tu parlais d'un enterrement de vie de jeune fille ? s'enquit-il, brisant le silence qui devenait embarrassant.

— En effet. Pourrais-tu fournir les gâteaux pour l'EVJF de Sylvie Stevens ? Rien de très spécial, juste...

— Si tu ne veux rien de spécial, pourquoi ne vas-tu pas dans la pâtisserie la plus proche de chez toi ?

Mauvaise pioche ! Elle se reprit aussitôt.

— Si, en fait, on veut quelque chose de spécial, c'était juste pour ne pas...

Elle s'interrompit, reprit profondément sa respiration et poursuivit :

— Bon, tu veux la vérité ?

Il plongea un regard implacable dans le sien.

— J'ai hâte de vivre cette expérience exceptionnelle ! s'exclama-t-il, moqueur. Vas-y, dis-moi la vérité.

— Eh bien, j'avais envie de te revoir, et je cherchais un prétexte, voilà ! Et cet EVJF m'a semblé une bonne idée, avoua-t-elle sans détourner les yeux. Et puis je me suis dit que plus on se verrait, plus on serait à l'aise l'un avec l'autre.

Un long silence s'ensuivit, avant sa réponse.

— Je crains que tu ne fasses erreur, dit-il sèchement.

Elle sentit son cœur flancher.

— Je m'en doutais un peu, murmura-t-elle en rassemblant tout son courage. Mais je tenais à te dire que je suis désolée de m'être comportée comme une idiote le jour où tu m'as demandée en mariage. En fait, je craignais que tout ne change entre nous. Notre relation était si magique que je voulais la garder telle qu'elle. Je me suis rendu compte que mon raisonnement était faux juste après t'avoir répondu.

Elle marqua une pause avant de reprendre :

— Quand j'ai voulu venir te présenter mes excuses, tu avais déjà disparu. J'ai demandé à tous les étudiants qui te connaissaient, mais personne n'a su me répondre. Je t'assure que j'ai mis tout en œuvre pour te retrouver. Mais au bout d'un an de vaines recherches, j'ai compris que tu ne souhaitais tout simplement pas que je te retrouve.

Elle se tut, étudia le visage de Shane et conclut :

— Je tenais juste à ce que tu le saches.

Sur ces mots, elle tourna les talons et se dirigea vers la sortie.

— Tu m'as cherché pendant un an ? demanda Shane.

Son ton était-il moqueur ou sérieux ? Elle n'aurait su le dire.

— Oui. J'ai interrogé tous tes amis, toutes tes connaissances. En vain ! J'ai fini par signaler ta disparition aux autorités. Mais même la police n'a pas pu te retrouver. Je sais que tu ne me dois aucune explication, cependant une question me brûle la langue. Où étais-tu pendant toutes ces années, Shane ?

Il la regarda droit dans les yeux, et il lui sembla soudain un peu moins distant. Mais peut-être était-ce juste une illusion.

— Tu étais vraiment inquiète ?

— À ton avis ? J'envisageais mille éventualités, souvent les pires, tout en me disant que s'il t'était arrivé malheur, on m'aurait forcément prévenue. J'étais désemparée...

— J'avoue que je n'ai pas pensé à tes états d'âme, car j'étais incapable de gérer les miens, après ton refus. Je voulais juste tout quitter. Partir. Quand Alan m'a dit que j'étais le bienvenu en Ouganda dans son ONG, qu'ils avaient toujours besoin de personnel pour accomplir mille petites tâches, comme plus rien ne me retenait ici, j'ai pris le premier vol pour l'Afrique.

Elle retint une exclamation de surprise. L'Afrique ? Si loin ? Il était allé aussi loin juste pour la fuir et l'oublier ?

— Et qu'as-tu fait au juste, là-bas ? demanda-t-elle, d'une voix qu'elle espérait normale.

— J'ai désinfecté des blessures, parcouru des kilomètres pour aller chercher des médicaments ou tout autre matériel quand il en manquait, porté de l'eau. J'étais l'homme à tout faire de la petite équipe de soignants.

Voilà qui expliquait pourquoi il avait été impossible de le retrouver. Mais pas comment il était devenu pâtissier créateur !

— Et comment es-tu passé de l'Ouganda à Cakes Created by Cassidy ?

— Ça, c'est une longue histoire, Gina, et j'ai un emploi du temps très chargé.

— Très bien, je te laisse travailler, dit-elle en rajustant la bride de son sac sur son épaule.

Alors qu'elle allait pousser la porte, il demanda :

— C'est quand déjà, l'EVJF ?

Elle effectua une preste virevolte, heureuse d'échanger encore quelques mots avec lui.

— Dimanche prochain. À 14 heures. Tu es le bienvenu, même sans pâtisseries.

— Je passe mon tour pour la participation à l'EVJF, mais c'est OK pour les gâteaux.

— C'est vrai ? Sylvie va être enchantée ! Mais j'étais sérieuse pour l'invitation. Viens avec ta femme, si tu veux.

— Ma quoi ? demanda-t-il, surpris.

— Ta femme. Plus on est de fous, plus on rit.

— Qu'est-ce qui te fait penser que je suis marié ?

Ah. Avait-elle commis une bourde ? Était-il divorcé ? Veuf ?

— Ellie n'est-elle pas ta fille ?

— Bon, Gina, je dois me remettre au travail, mais...

— Oui, bien sûr, désolée de te retenir, je ne voulais pas...

— Tu veux bien me laisser parler, au lieu de m'interrompre à chaque instant ? Donc je dois maintenant me remettre au travail mais on peut aller prendre un verre ensemble vers 18 heures si c'est possible pour toi, et ainsi, on pourra discuter tranquillement.

Discuter avec Shane ? Une bouffée d'espoir jaillit en elle. Au fond, ils pourraient peut-être redevenir amis. Elle allait devoir reporter un rendez-vous pour le rejoindre à 18 heures, mais pas question qu'elle refuse.

— Je serai ici à 18 heures tapantes, dit-elle en refrénant son enthousiasme.

— Non, pas ici. Allons chez Molly, le salon de thé du centre.

— Parfait ! Chez Molly à 18 heures, alors.

Et elle se retint de le serrer très fort dans ses bras, ne voulant surtout pas l'effrayer.

Ce fut le cœur allègre qu'elle regagna sa voiture, consciente qu'elle n'avait pas été aussi heureuse depuis fort longtemps. Bien sûr, elle ne nourrissait guère d'illusions sur l'issue de ce rendez-vous. Ils n'allaient pas redevenir le couple qu'ils avaient formé autrefois. Il avait une fille, donc il y avait une autre femme dans sa vie, et elle s'en réjouissait, elle qui avait si longtemps cru l'avoir dévasté. Elle ne souhaitait que son bonheur.

— J'ai de merveilleuses nouvelles, Sylvie, annonça-t-elle en appelant sa cliente, dès qu'elle fut montée dans sa voiture. Je viens de parler à... à Cassidy et il m'a dit qu'il serait très heureux de préparer les gâteaux pour ton enterrement de vie de jeune fille.

— Gina ! C'est fantastique ! Tu es une faiseuse de miracles !

— Mais non, il n'a pas été trop difficile de le convaincre. Comme il va créer ton gâteau de mariage, il se sent impliqué.

— Sans toi, il n'aurait pas du tout été impliqué dans mon mariage ! Compte sur moi pour faire ta publicité auprès de mes amies qui ne sont pas encore mariées. Avec un peu de chance, tu vas bientôt être obligée de refuser des contrats !

— Voilà une excellente perspective !

Si elle était occupée en flux tendu, elle n'aurait plus le temps de penser à celui qu'elle avait fait fuir au bout du monde et à l'erreur qu'elle avait commise en le sortant de sa vie.

8

Gina regarda de nouveau sa montre. Si cela n'avait pas été impossible, elle aurait cru qu'elle s'était arrêtée.

Elle était arrivée avec dix minutes d'avance chez Molly pour être certaine de ne pas manquer Shane, car même si le comté d'Orange n'était pas Los Angeles, il pouvait malgré tout y avoir de la circulation à l'heure de la sortie des bureaux. Il n'aurait pas fallu qu'il reparte parce qu'elle n'était pas pile à l'heure, concluant qu'elle s'était défilée... une nouvelle fois.

À 18 heures, il n'était toujours pas arrivé.

Et trente minutes plus tard non plus.

Pourquoi ne venait-il pas ? Regrettait-il ce rendez-vous et avait-il préféré ne pas la rejoindre ?

Combien de temps allait-elle encore attendre avant de déclarer forfait ?

Il avait des milliers de raisons de ne pas venir, mais aucune pour ne pas la prévenir ! À moins qu'il ne lui ait sciemment posé un lapin pour rétablir l'équilibre entre eux ? Non, cela ne lui ressemblait pas. Enfin, pas au Shane qu'elle avait connu. Que savait-elle de celui qu'il était devenu ?

Peut-être voulait-il se venger de lui avoir brisé le cœur autrefois en recourant à une méthode aussi brutale que la sienne, dix ans plus tôt ? Le nouveau Shane était-il capable de ça ?

Elle sentit une pointe de colère la gagner.

Derrière le comptoir, elle vit le serveur qui lui avait apporté son café lui décocher un regard empli de pitié. Il était évident qu'il avait compris qu'elle attendait un homme qui ne viendrait pas.

Pourquoi ne partait-elle pas ? Si elle avait eu le moindre bon sens, elle se serait levée et serait sortie de ce maudit café, au lieu de rester assise là, telle une poupée de chiffon à l'esprit complètement vide.

Pourtant, il n'était pas tout à fait impossible que Shane soit en retard. C'était un homme très pris. Sans compter sa fille dont il devait s'occuper. Peut-être avait-il dû l'emmener chez le médecin au dernier moment ? Sa colère s'envola aussitôt, et un sentiment de tendresse mêlée d'inquiétude la remplaça.

Aussi resta-t-elle assise, à lui chercher mille excuses, le cœur tressautant comme un fou chaque fois que la porte s'ouvrait… et son estomac se nouant aussitôt violemment car ce n'était toujours pas lui.

Elle avait terminé son café hors de prix depuis longtemps et ne pouvait rester éternellement à cette table sans repasser commande. À 18 h 42, elle décida de jeter l'éponge, mais au moment où elle se leva, la porte s'ouvrit…

Cette fois, c'était Shane.

Elle fut tellement saisie qu'elle ne fut pas capable de faire le moindre geste. Elle sentit sa bouche devenir toute sèche. Dans un sursaut de bon sens, elle lui fit un signe de la main, tandis qu'il balayait la salle du regard. Il hocha la tête et s'avança vers elle avec un petit sourire.

— Désolé pour ce retard, dit-il.

Il pouvait l'être ! Peu désireuse toutefois d'ouvrir les hostilités, elle ne fit aucun commentaire.

— Je suis certaine qu'une bonne raison explique ce retard. Et puis ce rendez-vous n'a rien de formel, c'est juste les retrouvailles de deux vieux amis.

— Ah bon ? C'est ce que tu penses ? Nous sommes donc de vieux amis ?

— On pourrait du moins le redevenir, suggéra-t-elle avec la sensation de marcher sur des œufs. Nous l'étions, autrefois.

— Vraiment ? Bon. Je vais aller commander un café.

Et il se dirigea vers le comptoir.

— Oui, vraiment, répondit-elle quand il revint, quelques instants plus tard.

— Vraiment quoi ?

Avait-il perdu le fil de la conversation ou bien était-ce intentionnel ?

— Nous étions *vraiment* amis, dit-elle. Je réponds à la question que tu m'as posée avant d'aller passer ta commande. Nous l'avons été avant de tomber amoureux.

Ces limbes dans lesquels elle nageait devenaient oppressants. Lui avait-il pardonné ? La détestait-il ? Elle n'aurait su le dire, et cette incertitude commençait à la rendre nerveuse.

— Pourquoi m'as-tu proposé de venir ici ? s'enquit-elle en rassemblant son courage.

Naturellement, il ne répondit pas tout de suite. Il la regarda fixement un instant avant de demander :

— As-tu vraiment signalé ma disparition aux autorités ?

— Tout à fait ! J'étais désespérée. Ta disparition a été si soudaine. C'était comme si, du jour au lendemain, tu n'existais plus. Comme si par mon refus, je t'avais sorti de ma vie. Toi, en revanche, tu étais toujours dans la mienne.

— Et que ressentais-tu ? De la culpabilité ?

À cet instant, le serveur l'appela pour qu'il vienne chercher son café.

— Donne-moi la réponse à mon retour, ajouta-t-il en se levant.

Dès qu'il fut revenu elle répondit :

— De la culpabilité, de la peur, de la colère. Tous les sentiments de ce registre. C'était comme si la vie s'était arrêtée et qu'elle ne pourrait reprendre qu'une fois que j'aurais trouvé ce qui t'était arrivé.

— Et ta vie s'est vraiment arrêtée ?

— Oui. De longs mois. Puis un jour, je me suis rendu compte que ma vie suspendue affectait aussi ma mère et le reste de ma famille, alors j'ai lutté pour sortir de ma bulle.

Elle poussa un soupir et précisa :

— Ça n'a pas été facile. J'ai dû me reprendre en main, trouver un travail, puis un autre jusqu'à ce que je comprenne que les études que j'avais faites ne me correspondaient pas. Je me suis donc tournée vers un autre domaine.

— Et tu es devenue demoiselle d'honneur professionnelle.

Entendait-elle de la moquerie ou de la surprise dans sa voix ? Elle n'aurait su le dire.

— En effet.

Il but une gorgée de café, puis déclara :

— Tu sais, moi aussi je voulais te demander pardon d'avoir disparu du jour au lendemain sans te dire où j'allais. À ma décharge, je pensais que tu t'en fichais.

— Bien sûr que non ! s'écria-t-elle plus fort qu'elle ne l'aurait voulu. Ce n'était pas parce que je ne voulais pas t'épouser à la seconde où l'on a obtenu nos diplômes que tu ne comptais pas pour moi ! Que je ne t'aimais pas.

Le regardant droit dans les yeux, elle ajouta :

— Bien au contraire.

— Et pour me prouver ton amour, tu n'as rien trouvé de mieux que de refuser de m'épouser, fit remarquer Shane d'un ton hautement dubitatif.

Malgré le sale tour qu'elle lui avait joué en écrasant son cœur et son ego, il l'aimait encore…

— Tout à fait, répondit-elle. Je redoutais qu'une fois mariés tu ne te rendes compte que tu avais commis une grosse erreur, et alors je t'aurais perdu. Notre statu quo était plus rassurant, à mes yeux.

— Mais c'est quoi, ce raisonnement tordu ? répliqua-t-il en secouant la tête devant cette logique qui défiait tout bon sens.

— C'est *ma* logique. Je te rappelle que j'avais vingt-deux ans à l'époque, que je sortais juste de la fac et n'avais aucune expérience de la vie.

Il baissa les yeux vers son café et contempla un instant la mousse qui se diluait peu à peu avant de les diriger de nouveau vers Gina. D'une certaine façon, il parvenait à comprendre son argument, seulement, pourquoi ne s'en était-elle pas ouverte à lui, au lieu de doucher tous ses espoirs de son refus catégorique ?

Tous les deux avaient commis des erreurs, il le reconnaissait, et leur vie avait pris des chemins différents.

— En y repensant, je reconnais que j'aurais dû te laisser une lettre, reprit-il. Mais j'étais si blessé par ton refus que je voulais me retirer de la scène du désastre au plus vite. Mettre autant de distance que possible entre nous.

Il se tut, revivant presque ces moments douloureux qu'il avait traversés, avant de reprendre :

— C'est alors que mon frère a surgi sur le pas de ma porte. Il venait pour la remise des diplômes.

— Je ne me souviens pas de l'y avoir vu.

— Forcément, son avion avait du retard. Il a fini par arriver, mais deux jours après la date prévue. Juste après que tu avais refusé ma demande en mariage.

Elle fit la grimace, et il comprit combien elle regrettait le cours des événements tel qu'il s'était déroulé à l'époque.

— Alan a tout de suite vu que quelque chose clochait, et il m'a proposé d'aller voir au-delà de mon petit monde et de l'accompagner en Ouganda pour aider des gens qui avaient réellement besoin d'aide. Avant de réaliser ce qui m'arrivait, je me suis retrouvé dans un avion, en partance pour l'Ouganda.

— Tu aurais pu au moins me l'écrire, lui fit-elle remarquer d'une voix douce.

Ou l'appeler, il le savait. Un simple mot lui aurait épargné bien des tourments, mais cela, il le comprenait juste maintenant.

— C'est vrai, mais encore une fois, j'étais tellement blessé, dit-il. Et à mes yeux, tu n'en avais rien à faire, de moi. Et puis une fois que je me suis retrouvé en Afrique, j'ai été aspiré par tout ce dont ces gens avaient besoin, ce que je devais accomplir à chaque instant. La vie en Ouganda est si différente de celle à laquelle nous sommes habitués ici. Mais c'était aussi ce que je recherchais. Ne plus avoir à penser à moi ni à toi. Surtout à toi.

Elle baissa les yeux, apparemment touchée par son explication.

— Depuis combien de temps es-tu de retour ? s'enquit-elle.

— Trois ans.

Quelque chose ne collait pas, dans son histoire, songea Gina. La petite fille qu'elle avait vue avait au moins quatre ans, de sorte qu'il avait malgré tout eu le temps de nouer une relation suivie avec une femme. N'exagérait-il pas un peu en disant qu'il avait été submergé par ce monde si nouveau ? Au départ, sans doute, mais pas pendant sept ans, Ellie en était la preuve vivante.

— Il semble que tu aies eu le temps, pendant sept ans, de t'adapter et de penser à quelqu'un d'autre, fit-elle remarquer.

— Que veux-tu dire ?

— Je parle de la mère d'Ellie. Elle était médecin ? Infirmière ?

Il hésita un instant avant de répondre :

— Infirmière.

— Et elle n'est pas rentrée avec toi ?

Elle avait l'impression de lui arracher le moindre mot. C'en devenait presque agaçant.

— Non, répondit-il. La mère d'Ellie est morte.

Aussitôt elle regretta sa jalousie. Il avait vécu une telle tragédie…

— Je suis désolée, Shane. Que s'est-il passé ? Oh ! excuse-moi, tu n'es pas obligé de me raconter…

Comme il ne répondait pas, elle enchaîna :

— C'est pour cela que tu es rentré ? Pour que ta fille ait une meilleure vie ici qu'en Ouganda ?

Il parut à nouveau mener une bataille intérieure, avant de déclarer :

— Ellie n'est pas ma fille.

Elle le regarda d'un air stupéfait. Mais que racontait-il ?

— Shane, c'est ton portrait craché, ne me dis pas que...

— Peut-être qu'elle me ressemble, mais Ellie n'est pas ma fille. C'est ma nièce.

Décidément, son histoire devenait de plus en plus confuse.

— Et ton frère t'a laissé rentrer en Californie avec sa fille ?

Shane laissa échapper un petit rire sec.

— Je ne pense pas qu'il aurait été d'accord, s'il avait eu son mot à dire. Mais Alan est mort depuis trois ans.

Devant l'empathie immédiate que Shane lut sur le visage de Gina, il eut, l'espace d'un instant, l'impression d'être aussi proche d'elle qu'autrefois. Mais la sensation s'évanouit rapidement et il reprit :

— Sa femme et lui sont morts en allant livrer des médicaments à un village.

— D'un accident de voiture ?

— Non, dans un échange de tirs entre des rebelles et des militaires. La vieille jeep que mon frère conduisait a explosé quand une balle a touché le réservoir d'essence.

Et il bloqua en lui tous les souvenirs susceptibles de remonter à la surface, seule façon pour lui de continuer à vivre.

— J'ai enterré ce qui restait de leur corps, ajouta-t-il, puis je suis allé chercher Ellie et nous avons pris le premier vol pour les États-Unis. À mon retour, j'ai utilisé ma part d'héritage pour lancer ma société.

— Et comment en es-tu venu à la création de gâteaux ? demanda-t-elle, visiblement sous le choc de son annonce et sans doute désireuse de changer de sujet.

— Je me suis rendu compte que j'avais un certain talent pour la pâtisserie lorsque j'étais en Ouganda, avec Alan et sa femme. Les Ougandais envisageaient la nourriture comme un moyen de survie, la pâtisserie était un plaisir inimaginable pour eux. Mes premières tentatives ne furent pas extraordinaires, mais peu à peu, je me suis amélioré, et j'étais fasciné par les expressions des villageois quand ils mangeaient ce que j'avais confectionné pour eux. Alors dès que j'avais un peu de temps et les ingrédients requis, je m'y mettais.

Il sourit en y repensant et poursuivit :

— Quand je suis rentré avec Ellie, j'ai tout de suite compris qu'il me fallait un métier où j'aurais la sensation de m'épanouir, et que je devais par ailleurs fonder ma propre société pour qu'Ellie puisse rester auprès de moi et ne se sente pas abandonnée. Elle avait perdu ses parents à l'âge d'un an et demi et j'étais la seule famille qui lui restait. Mandy, sa mère, était orpheline. C'était l'une des choses qui la liait à mon frère. Sans compter le désir d'aider autrui, bien sûr.

Ce qui le remplissait de fierté ! Il marqua une pause avant de reprendre :

— L'idée de créer des gâteaux s'est imposée d'elle-même dans la mesure où la société m'appartiendrait. Et voilà ! D'autres questions ?

Gina secoua la tête, apparemment ébranlée par toutes ces révélations.

9

— Je t'ai accablée avec mon passé ? s'enquit Shane.

Parvenant à se ressaisir, Gina déclara vivement :

— Non ! Non, pas du tout. Simplement, ce sont beaucoup d'informations à assimiler... Et tu as répondu à toutes les questions que je me posais. Tu en as connu, des épreuves ! Et maintenant, tu gères ta propre société et tu t'occupes seul de ta nièce, si j'ai bien suivi ? Tu es donc ce que l'on appelle un parent isolé.

Elle ignorait s'il se considérait comme un père, ou s'il avait dévoilé à la petite fille qu'il était son oncle. Elle ne souhaitait pas commettre une nouvelle bourde concernant Ellie.

— Un *oncle* isolé, rectifia-t-il. Ellie sait que je suis son oncle. Je lui ai montré des photos de son père et de sa mère, et elle sait pourquoi elle est venue vivre avec moi en Californie du Sud.

Comme tout cela avait dû être éprouvant pour lui et en même temps si courageux de sa part.

— Tu as été sincère, c'est très bien, dit-elle.

Il haussa les épaules.

— Pourquoi lui aurais-je menti ? Les mensonges reviennent toujours comme un boomerang, donc il est bien plus facile de s'en tenir à la vérité, aussi douloureuse soit-elle. Mais si tu voulais savoir si, à part Ellie, il y avait quelqu'un d'autre dans ma vie, la réponse est non. Entre m'occuper d'Ellie et gérer ma boutique, je n'ai le temps pour rien d'autre.

Sur ces mots il se leva.

Il avait accompli la tâche pour laquelle il était venu, pensa-t-elle. Il n'avait aucune raison de s'attarder.

Comprenant le signal, elle l'imita, reconnaissante qu'il lui ait ouvert son cœur, mais peu désireuse que cette rencontre soit la dernière. Évidemment, il y avait les pâtisseries pour Sylvie qui lui permettraient de le revoir, mais elle voulait rester en contact avec lui au-delà. Pensant alors à toutes ses amies qui avaient toujours du mal à occuper leurs enfants, elle déclara :

— Shane, je suis heureuse que l'on ait levé tous les malentendus, entre nous. Si tu as besoin d'un coup de main pour Ellie, tu as mon numéro. N'hésite pas à m'appeler. En général, les enfants m'adorent.

Sans répondre, il se dirigea vers la porte puis s'effaça pour la laisser sortir.

— Je pensais que tu étais très prise par ton travail, fit-il remarquer.

— C'est vrai, mais je trouve toujours des créneaux pour les choses importantes.

— Je m'en souviendrai.

Le pensait-il vraiment, ou bien cherchait-il juste à se débarrasser d'elle ? Que pouvait-elle encore dire pour le retenir ?

Ils marchèrent en silence un moment.

— Je te suis reconnaissante d'avoir pris sur ton précieux temps pour répondre à mes questions, dit-elle soudain. Ce fut un réel plaisir de discuter avec toi.

Ils venaient d'atteindre la pâtisserie et Shane se tenait tout près d'elle, à présent. Si près qu'elle sentait la chaleur monter en elle, cette sensation d'autrefois qu'il était le seul à susciter chez elle et qui venait de prendre possession de tout son être...

Il était si proche que son souffle lui caressait le visage... À moins qu'elle ne soit aux prises avec ses illusions.

Pendant quelques secondes, elle crut qu'il allait l'embrasser, ce qui fit battre son cœur très fort. Elle avança sa bouche vers la sienne...

Et tout à coup, il recula d'un pas, brisant le sortilège. En un claquement de doigts, la magie de l'instant s'évanouit.

— J'ai estimé que tu méritais une explication, dit-il. Et maintenant, on se revoit au fameux EVJF. Quel concept tout de même !

Elle lui sourit, ravie que cette tradition existe, et répondit d'un ton aussi nonchalant que possible :

— Absolument ! Tu me reconnaîtras facilement. Je serai la personne qui s'agitera en tous sens à l'arrière-plan ! s'exclama-t-elle en riant.

À cet instant, le soleil éclaira la belle crinière dorée de Gina, et Shane se sentit catapulté une décennie en arrière. Les sentiments revenaient au grand galop, mais il devait impérativement les brider. L'homme confiant qu'il avait été n'existait plus depuis longtemps.

— Cela ne s'annonce donc pas comme une partie de plaisir pour toi, fit-il remarquer.

— Pas vraiment, même si au fond, c'est très gratifiant.

Elle parut songeuse, et il se sentit soudain presque coupable d'avoir disparu sans rien dire, dix ans plus tôt. Avait-il brisé son rêve ? Pourquoi une belle femme comme elle n'était-elle toujours pas mariée, mais prenait-elle plaisir à ce que le mariage des autres se déroule comme un conte de fées ?

— Dis bonjour à Ellie de ma part, ajouta-t-elle. Elle a énormément de chance d'avoir un oncle comme toi.

— Non, c'est moi qui suis un homme chanceux. L'élever donne du sens à ma vie.

Puis, comme un inconnu poli, il lui tendit la main.

— Au revoir, Gina.

Ce fut tout ce qu'il parvint à dire.

Elle la lui serra, l'air un peu dépité lui sembla-t-il, et il rentra très vite dans la boutique.

En regagnant sa voiture, Gina se demanda si Shane lui avait réellement pardonné son refus de l'épouser, dix ans plus tôt. Et si c'était le cas, nul doute qu'il lui restait une petite aigreur au fond du cœur.

Il fallait absolument qu'elle arrive à rallumer dans ses yeux la lueur qui y brillait autrefois, quand il les posait sur elle, avant qu'elle ait tout gâché entre eux. Elle avait désespérément envie de remonter le temps. Tout à l'heure, chez Molly, elle avait en effet pris conscience qu'elle l'aimait encore et qu'elle aurait tout donné pour retrouver la vie à l'époque de leurs amours. Tout était alors si doux ! Peut-être aussi trop féerique. Il se pouvait que la peur de briser cet état de grâce ait été à l'origine de la pire erreur de sa vie. Elle aimait profondément Shane et redoutait que la réciproque ne soit pas vraie. Sa demande en mariage juste après leur remise de diplômes lui avait semblé surgie de nulle part, et elle avait eu la conviction qu'il la regretterait avant même que leurs signatures aient séché sur leur acte de mariage.

C'était sa proposition qu'elle avait repoussée, pas lui.

Tout était désormais clair dans son esprit. Il ne lui restait plus qu'à le faire comprendre à Shane, ce qui allait assurément demander beaucoup de doigté et de finesse.

Elle se mordit la lèvre. Pour l'heure, la seule façon d'atteindre le cœur de Shane passait par celui d'Ellie. Et comme cette enfant était adorable, elle n'aurait pas à faire semblant. Juste à la conquérir de manière intelligente.

Elle arborait toujours un grand sourire en rentrant chez elle jusqu'à ce que la sonnerie de son portable l'interrompe dans ses rêveries. C'était celle de ses textos.

Shane s'était-il ravisé ? Avait-il envie de terminer la soirée avec elle ?

L'espace d'un instant, elle fut sur un petit nuage.

Hélas, le nom qui s'affichait sur son portable la ramena à la réalité. C'était un message de Sylvie.

À l'aide !

Elle préféra la rappeler au lieu d'échanger par écrit.

— Allô, c'est Gina. Tout...

— Oh Gina, si tu savais ! C'est absolument épouvantable ! s'écria Sylvie, en larmes.

— Tu sais bien que mon rôle consiste à régler tous les problèmes ! Dis-moi, de quoi s'agit-il ?

— Ce n'est pas un problème, c'est un désastre ! répondit Sylvie entre deux sanglots amplifiés par le fait qu'elle devait sans doute faire les cent pas.

Bien...

— Quel genre de désastre, Sylvie ?

Il fallut à la future mariée un certain temps pour retrouver le contrôle de sa voix.

— Eh bien... comme tu le sais, j'étais censée me marier à St. John's Church, dit-elle d'une voix tremblante avant de se taire.

— Et ?

— Le père Joseph vient de m'apprendre que l'on ne pouvait pas utiliser l'église. Et il est trop tard pour en réserver une autre puisque le mariage est dans moins de trois semaines !

La jeune femme semblait sur le point de s'effondrer pour de bon.

— Je connais la date, Sylvie. Je te demande maintenant de respirer profondément, d'inspirer et de m'expliquer ce que le père Joseph t'a dit exactement. Pourquoi ne peut-on pas utiliser l'église ? Quelle que soit la cause, j'en fais mon affaire.

— Parce qu'il y a un énorme trou dans le toit ! hurla Sylvie en sanglotant de plus belle.

— Comment cela est-il arrivé ?

— Tu as entendu la tempête, cette nuit ? Eh bien, l'orme juste à côté, cet arbre si imposant... enfin, une de ses branches est tombée sur le toit et l'a traversé ! C'est un désastre...

Et elle se remit à sangloter avant d'ajouter d'une voix hachée :

— Le père Joseph a dit qu'il serait bien trop dangereux de célébrer un mariage dans l'église. Il a suspendu toutes les messes jusqu'à ce qu'il ait les fonds suffisants pour la faire réparer.

Sylvie se tut brusquement, et Gina attendit la suite.

— Et… c'est tout ? J'imagine que l'église a une assurance pour couvrir les frais, fit-elle remarquer.

— Mais tu ne te rends pas compte ! Jamais elle ne sera réparée dans les temps ! Je rêve de me marier dans cette église depuis toute petite. Ce ne sera pas possible… Donc le mariage est annulé !

— Sylvie, tu n'annules rien du tout. Je veux d'abord voir ce toit.

— Tu sais les réparer ? lui demanda Sylvie d'une petite voix à la fois pleine d'espérance et d'incrédulité.

Elle pensa tout de suite au mari de Tiffany. Eddie était entrepreneur, il connaissait forcément quelqu'un qui pourrait rapidement se charger de l'affaire.

— Moi, non, mais je vais trouver une solution, assura-t-elle. Pour l'instant, va dormir et je te rappelle à la première heure demain.

— Dormir ? Tu en as de bonnes ! Mais comment veux-tu que je dorme ?

Cette fois, elle en avait assez entendu !

— Sylvie, passer la nuit à te torturer ne changera rien à l'affaire, d'accord ? Fais-moi confiance, et tout ira bien.

— Donc tu me rappelles demain à la première heure ?

— Oui, dès que je peux. Et maintenant, s'il te plaît, va te reposer et laisse-moi faire mon travail.

Elle attendit un instant, et se rendit compte que le souffle de son interlocutrice était redevenu régulier. Alors elle raccrocha, pour appeler sa sœur… qui ne décrocha qu'à la quatrième sonnerie !

— Tiffany, j'ai une urgence absolue et j'ai besoin de ton aide.

— C'est personnel ou professionnel ?

— Deuxième option.

— Bien. Et quelle urgence peut bien avoir une demoiselle d'honneur professionnelle ?

— Dis-moi, ton adorable mari n'aurait-il pas envie d'avoir sa place au ciel réservée le jour fatal où…

— Gina, tu peux parler français, s'il te plaît ?

Elle lui livra donc une version courte de l'incident, ce à quoi sa sœur répondit :

— À moins que le trou soit abyssal, ce toit peut être réparé. Enfin à mon sens.

— En fait, ce n'est pas vraiment ça la question. Il faut que l'église lève des fonds et...

— Et tu veux qu'Eddie répare le toit gratuitement ? Gina, je ne peux pas lui demander ça !

— Non, pas gratuitement, les frais seront de toute façon couverts en partie par l'assurance, et puis le père Joseph est un honnête homme. De plus, il appréciera que la toiture soit réparée rapidement. Il parviendra à convaincre ses ouailles de mettre la main à leur portefeuille. En trois jours, tout sera réparé, j'en suis certaine.

— Écoute, Gina, je ne...

— J'ai oublié de te dire que c'était une urgence et que...

— Non, tu me l'as dit, seulement...

— Je peux venir chez vous et parler directement à Eddie, ce sera plus...

— Non ! Tu m'as l'air d'un vrai pitbull, ce soir. Quand tu harponnes quelqu'un, tu ne le lâches plus jusqu'à ce qu'il accède à tes désirs.

L'image la fit rire.

— C'est plutôt une qualité, non ? fit-elle remarquer.

— Sans doute, mais en l'occurrence, laisse-moi en discuter avec Eddie. Je dois trouver le moment où il sera le plus réceptif.

— Fais vite, car sinon, je devrais moi-même monter sur le toit pour le réparer. Tu sais que je suis bricoleuse.

— Gee ! Il y a une grande différence entre enfoncer un clou dans un mur et s'attaquer à une toiture. Je te rappelle dès que j'ai discuté avec Eddie.

— Dis-lui que le bonheur d'un couple est en jeu. C'est lui qui a le pouvoir de les faire monter au septième ciel ou descendre en enfer !

Tiffany se mit à rire.

— Visiblement, maman n'est pas la seule de cette famille à savoir culpabiliser les autres.

— Rien à voir avec la culpabilité, ma sœur. Ce sont juste des faits. Si le toit n'est pas réparé, l'église sera fermée, et la mariée ne veut se marier nulle part ailleurs, donc le mariage sera annulé, et ma réputation…

— OK ! J'ai compris ! Maintenant, laisse-moi raccrocher pour que je puisse harceler mon mari.

— Harceler ? Mais certainement pas ! Tu le mets dans les meilleures dispositions par des manières uniquement propres à une épouse et ensuite, tu fais ta demande !

— Depuis quand en connais-tu autant sur les relations entre mari et femme ?

— J'ai pris des notes en t'observant, répondit-elle en riant. Et maintenant, va plaider ma cause auprès de ton entrepreneur de mari avant qu'il me faille louer une échelle dès potron-minet pour monter sur le toit de l'église.

Sa sœur raccrocha.

— Merci, Tiffany, je te revaudrai ça, murmura-t-elle.

10

Pourquoi Gina avait-elle le courage de ses convictions quand il s'agissait de vendre ses compétences peu communes à des inconnus, alors qu'à l'idée d'avoir affaire à Shane et sa nièce, elle sentait sa colonne vertébrale s'amollir et n'avoir plus aucune consistance ?

Après tout, elle ne venait pas voir Shane pour autre chose que ce sur quoi ils s'étaient mis d'accord, songea-t-elle en se garant à deux pas de la pâtisserie vers laquelle elle se dirigea, les jambes flageolantes. Qui plus est, elle n'avait aucune requête à lui adresser. Au contraire. Elle venait en effet apporter un présent à sa nièce, désireuse de s'en faire une amie.

Les enfants, et surtout ceux en dessous de dix ans, avaient toujours été son point faible. Sans doute parce qu'elle avait envie d'être mère avant qu'il soit trop tard… Et puis bien sûr, elle se disait que si Ellie l'appréciait, elle aurait de bonnes excuses pour côtoyer plus souvent Shane. Même si ce n'était pas son intention première. Ellie semblait avoir besoin que l'on s'occupe d'elle, que l'on joue avec elle, son oncle étant de toute évidence trop débordé pour lui accorder toute l'attention dont une enfant de cet âge avait besoin.

De toute façon, qu'avait-elle à perdre à lui offrir ce cadeau ? Au pire, Shane lui dirait de le remporter. Non. Il ne priverait pas sa nièce d'un jouet.

À moins qu'il lui en veuille encore en secret.

Assez ! s'ordonna-t-elle avant d'ouvrir la porte et d'entrer dans l'élégante boutique.

Cette fois, Shane se trouvait dans la pièce d'accueil, en grande discussion avec une femme plutôt robuste qui ponctuait ses phrases d'une profusion de gestes. En entendant le carillon, il se tourna vers elle et elle crut percevoir dans son regard un certain soulagement. Puis il haussa un sourcil interrogateur à la vue de ce qu'elle tenait à la main.

— Je vous propose de feuilleter ce catalogue de photos, madame Watkins, dit-il à sa cliente. Vous trouverez peut-être un gâteau qui vous inspirera pendant que je m'occupe de cette dame.

Mme Watkins inclina alors la tête et prit le catalogue qu'il lui tendait. D'un air pincé, elle maugréa :

— Je vous en prie.

Quand il s'approcha d'elle, Gina murmura :

— On dirait que Cassidy a fort à faire.

— Et toi les mains pleines, fit-il remarquer en désignant du menton l'énorme chien en peluche qu'elle serrait contre elle. Un nouvel ami ?

— Ce labrador n'est pas pour moi. J'ai pensé qu'il plairait à Ellie.

Elle retourna la peluche pour la contempler. On l'aurait presque crue vivante !

— Je me suis dit qu'il lui tiendrait compagnie quand elle est ici, ajouta-t-elle. Sauf si tu n'es pas d'accord pour que je lui donne.

Shane considéra la peluche, puis sourit.

— Merci Gina. C'est très attentionné de ta part.

Elle voulut la lui donner mais il tourna la tête.

— Ellie, peux-tu venir un instant, s'il te plaît ? lança-t-il.

La fillette bondit dans la pièce comme si elle venait de s'élancer d'un trampoline.

Mme Watkins cessa de feuilleter l'album et afficha immédiatement un air désapprobateur.

— Vous avez des enfants, ici ? demanda-t-elle d'un ton dédaigneux.

Elle aurait tout aussi bien pu dire « rats » à la place du mot « enfants » !

— Juste une, précisa Shane en souriant à Ellie.

— Et vous pensez que c'est la place d'une enfant, ici ? s'enquit la cliente dont Gina n'aurait pas aimé être la fille.

— Tout à fait. Ellie est une grande source d'inspiration, répondit-il.

— Très bien, dit Mme Watkins entre ses dents avant de se replonger dans le catalogue.

Ellie, quant à elle, n'avait pas prêté la moindre attention à l'échange, mais contemplait le chien en peluche, les yeux comme des soucoupes. Elle semblait impressionnée par l'imposant labrador.

— Je peux le toucher ? demanda-t-elle d'un ton presque timide.

— Tu peux faire tout ce que tu veux avec, répondit Gina d'une voix voilée. Il est à toi.

— À moi ? répéta Ellie.

Puis elle tourna vivement la tête vers son oncle.

— C'est vrai, tonton ?

— Ça, c'est entre Gina et toi, mon ange.

— Donc je peux le prendre ? demanda-t-elle en regardant toujours Shane.

— Si Gina veut te l'offrir, je ne m'y oppose absolument pas.

Il était évident que, même si Shane s'efforçait de donner une bonne éducation à sa nièce, il était complètement fou d'elle, et acceptait qu'on la gâte.

— Alors c'est parfait ! décréta Gina. Je crois qu'il est temps que Robby et toi fassiez connaissance.

— C'est son nom ? demanda Ellie en continuant de regarder le labrador comme si elle s'attendait à le voir bondir d'un instant à l'autre.

— Oui, sauf si tu veux lui en donner un autre.

Ellie lui lança un regard presque scandalisé.

— Ah non ! Il ne va pas aimer qu'on lui change son nom.

Et elle prit le chien dans ses bras pour enfouir son visage dans son flanc.

— Ce qu'il est doux ! murmura-t-elle, émerveillée.

Elle poussa un petit cri de joie et recommença. Puis, sans prévenir, elle posa la peluche par terre et entoura de ses bras la taille de Gina pour la serrer très fort.

— Merci Gina !

— Je t'en prie, ma chérie, avec plaisir, répondit-elle en caressant ses cheveux blonds, plus émue qu'elle ne l'aurait pensé.

Mme Watkins s'éclaircit subitement la gorge.

— Si vous avez terminé de divertir cette gamine, je suis de mon côté prête à vous dire quel gâteau je veux pour le mariage de ma fille.

Shane parut soudain hésiter.

— En fait, madame Watkins, je viens de me rendre compte que mon carnet de commandes était bien trop chargé et que je ne vais pas être en mesure de créer le gâteau de mariage de votre fille, dit-il.

— Comment ça ? Mais vous devez le faire !

— Je ne peux pas, désolé, répliqua-t-il d'un ton ferme.

— Mais... Mais qu'est-ce que je suis censée faire, alors ? s'écria-t-elle d'un ton presque accusateur.

— Je suis certain qu'une femme aussi ingénieuse que vous va trouver rapidement une solution.

De fort mauvaise humeur, la cliente sortit en trombe de la boutique, marmonnant des paroles inintelligibles avant de claquer bruyamment la porte derrière elle.

À cet instant, Gina se mit à taper dans ses mains.

— Pourquoi tu applaudis ? lui demanda Ellie.

— Parce que ton oncle vient d'accomplir un acte très courageux !

— Ah bon ?

— Tout à fait, assura-t-elle avant de se tourner vers Shane, un rien inquiète. Peux-tu te permettre de refuser une commande ?

— Il n'est pas question que je travaille pour une personne comme celle-ci. Pour créer un gâteau, il faut au moins que j'apprécie la personne. Je me doutais un peu que cette Mme Watkins ne laisserait pas sa fille donner son avis. C'est un vrai dictateur, cette femme, elle aurait été insupportable. Je ne peux pas travailler dans de telles conditions.

— Est-ce que tu aimes bien Gina, tonton Shane ? demanda soudain Ellie.

— Pardon ? murmura Shane l'air abasourdi.

— Est-ce que tu aimes bien Gina ? répéta la petite fille en serrant sa peluche contre elle.

— Ah, je comprends ! Tu me demandes cela car elle vient de t'offrir ce chiot, dit-il en éclatant de rire.

— Je n'ai pas essayé de soudoyer Ellie, assura Gina. Mais j'ai pensé que si elle avait un jouet, tu pourrais mieux travailler.

— Tu avais donc une arrière-pensée, fit-il remarquer d'un ton mi-figue mi-raisin.

— Non. Je voulais juste être utile.

Puis se tournant vers Ellie, elle enchaîna :

— Quand j'avais ton âge, j'avais un tigre en peluche que j'emportais partout.

— C'est vrai ? Il s'appelait comment ?

— Timmy !

— Et où il est maintenant ? Il pourrait peut-être jouer avec Robby.

— Désolée, ma belle, mais je ne l'ai plus.

— Où il est ?

— Il est allé vivre avec des enfants dans un hôpital il y a environ vingt ans.

— Mais... tu n'étais pas triste de leur donner ?

— Je n'étais plus une petite fille, tu sais. Et il a été très heureux de rencontrer d'autres enfants.

Elle sentit les yeux de Shane rivés sur elle. La prenait-il pour une folle ? Ce n'était pas exclu, mais elle s'en moquait. Elle se rappelait exactement ce qu'elle ressentait quand elle était petite, ce qui l'aidait à tisser des liens avec les enfants.

— Ellie, que dis-tu à Gina ? demanda tout à coup Shane.

— Merci beaucoup, Gina, répondit solennellement la petite fille avec un sourire rayonnant.

Le bonheur d'Ellie surpassait tous ses remerciements dans son cœur ! Elle lui passa la main dans les cheveux.

— Avec grand plaisir, Ellie, lui dit-elle d'un ton enjoué.

Puis elle songea, en se raidissant légèrement, que l'heure était venue pour elle de s'en aller, même si elle n'en avait aucune envie. Elle s'était toutefois fait une petite amie et, avec un peu de chance, cette relation la ramènerait peut-être à celle qu'elle entretenait autrefois avec Shane. Ou du moins espérait-elle que cela ramène ce dernier à de meilleurs sentiments vis-à-vis d'elle.

— Je suis ravie que Robby et toi vous entendiez bien, poursuivit-elle avant de se tourner vers Shane et d'ajouter : Je passerai samedi prendre les pâtisseries pour l'EVJF.

— C'est inutile.

Ce qui alluma toutes les alarmes dans sa tête.

— Tu ne vas finalement pas les faire ? s'enquit-elle aussitôt sans chercher à masquer sa déception.

— Je n'ai pas dit ça.

Bon, elle tirait sans doute des conclusions hâtives tant elle était tendue. S'ordonnant de retrouver son sang-froid, elle demanda :

— Très bien, que voulais-tu dire alors ?

— Qu'il est inutile que tu passes les chercher à la boutique car je les livrerai.

« Youpi ! » se retint-elle de hurler en sentant ses yeux se remplir de larmes.

Shane ne cessait de la surprendre.

11

Soulagée de n'avoir pas reçu de nouveaux appels désespérés de Sylvie, Gina s'apprêtait à se rendre chez sa sœur pour vérifier par elle-même si son beau-frère pourrait effectuer les réparations en temps voulu. Cependant, il lui sembla plus judicieux de passer auparavant par l'église pour inspecter les dégâts.

Des dégâts énormes ! constata-t-elle en contemplant l'église depuis le parking. Cinquante ans plus tôt, un paroissien bien intentionné mais fort mal renseigné avait planté un orme près de l'église...

Sortant de sa voiture, elle décida d'aller examiner la situation de plus près. Il fallait s'estimer heureux que la catastrophe ait eu lieu de nuit et n'ait ainsi fait aucune victime.

— Cela aurait pu être pire.

Elle sursauta en entendant la voix de son beau-frère derrière elle. Pivotant sur elle-même, elle se retrouva face à la silhouette longiligne d'Eddie et à sa chevelure châtain particulièrement indisciplinée.

— Salut, Eddie. Merci d'être venu sur place. Alors, tu peux réparer ça ?

À cette question, son cœur se mit à battre un peu plus fort. Il fallait qu'il répare ce toit, il le fallait...

— Oui, bien sûr, répondit-il. Mais le problème est d'un autre ordre. Ai-je le temps de le faire avant le mariage ?

— Si tu as besoin de personnel supplémentaire, je peux aider.

Il éclata de rire.

— C'est gentil, Gina, mais je pense que tu servirais juste à retarder l'avancée des travaux.

Elle prit une mine faussement offusquée, sachant qu'il la taquinait.

— Sache que je suis très bricoleuse !

— Imagine que tu tombes du toit. J'en entendrais parler par ta mère et ta sœur jusqu'à la fin de mes jours ! Et peut-être même au-delà. C'est très gentil à toi, Gee, mais non merci.

— Eh bien, en quoi puis-je t'aider alors ?

— Laisse-moi évaluer les dégâts et prendre des notes, dit-il en écrivant de nouveau sur son écritoire à pince. Puis tu pourras aller les présenter au père local…

— *Monsignore.*

— Oui, bon. Au type en charge de l'église qui me donnera l'autorisation pour conduire les travaux.

— Et tu penses avoir fini dans combien de temps ?

— Un mois, répondit-il en griffonnant sur son écritoire.

— Eddie !

— Les travaux prendront quatre jours, mais les insérer dans mon emploi du temps, ça va vraiment être coton. J'ai un boulot fou, en ce moment.

À ces mots, elle le regarda droit dans les yeux.

— Je compte sur toi, Eddie.

— Super, pression maximum, tout ce dont j'ai besoin, marmonna Eddie. Écoute, je ferai au mieux, voilà tout ce que je peux te dire.

— Je savais que je pouvais compter sur toi ! s'écria-t-elle en lui donnant un rapide baiser sur la joue. Dis à Tiffany qu'elle a épousé le meilleur des hommes.

— Je le lui répète constamment, mais elle ne semble pas convaincue, répondit Eddie en s'éloignant pour continuer son inspection.

Rassurée, Gina s'éclipsa.

— Tout est sous contrôle, affirma Gina à la future mariée pour la troisième fois en trois jours.

Elle venait d'arriver chez Monica, la sœur de Sylvie, qui organisait l'EVJF et serait elle-même demoiselle d'honneur.

— Tu es bien certaine ? s'enquit Sylvie d'une voix si aiguë qu'elle en fronça les sourcils.

Cette histoire de toiture effondrée hanterait certainement ses rêves pendant longtemps !

— Absolument ! lui assura-t-elle sur le ton aussi serein possible. J'étais hier sur les lieux et j'ai discuté avec le père Joseph qui lui-même s'en était référé à *monsignore* McGuire. Eddie a l'autorisation pour lancer les travaux. Et la toiture de l'église ne pouvait être entre de meilleures mains que celles de mon beau-frère. Et maintenant, Sylvie, détends-toi car à ce rythme-là, tu seras sur un lit d'hôpital avant la célébration de ton mariage.

— Tu as raison, tu as entièrement raison, déclara Sylvie en expirant très fort.

Elle lui adressa ensuite un bref sourire qui disparut aussi vite qu'il était apparu avant d'enchaîner :

— C'est juste que...

— C'est juste que ce n'est rien ! Profite de ta fête aujourd'hui, sinon, elle sera terminée et tu ne t'en seras même pas aperçue.

À cet instant, le visage de Sylvie se mit subitement à rayonner.

— Ah, voilà qui est mieux ! s'exclama-t-elle.

Mais elle comprit très vite que le sourire de la future mariée ne lui était pas adressé.

Se retournant, elle vit Shane entrer avec une énorme boîte sur laquelle était écrit « Cakes Created by Cassidy ».

— Si tu veux bien m'excuser, dit-elle. Je crois que les gâteaux pour ton EVJF viennent d'arriver.

Se frayant un chemin parmi les invités, elle alla à la rencontre de Shane.

— Merveilleux ! s'exclama-t-elle. Tu as finalement trouvé le temps.

— Tu en doutais ?

— Bien sûr que non ! répondit-elle vivement pour lever tout éventuel malentendu.

Il n'aurait plus manqué qu'il pense qu'elle doutait de ses capacités à tenir ses engagements !

— C'est juste que dans mon travail, les imprévus arrivent constamment, expliqua-t-elle. Même les meilleurs plans sont parfois soumis à des facteurs impondérables. Mmm... Comme ça sent bon !

Et du menton, elle désigna la boîte alors qu'en réalité c'était l'eau de toilette de Shane qu'elle trouvait enivrante. Sauf si elle avait complètement perdu la tête, il portait la même que dix ans plus tôt. Les odeurs avaient toujours le pouvoir d'éveiller une forte nostalgie en elle, et de déclencher un flot de souvenirs. Dès qu'elle sentait par exemple ce parfum sur...

— Où dois-je poser la boîte ? demanda-t-il, la ramenant à l'instant présent.

— Je ne sais pas. Je viens juste d'arriver. Mais j'imagine que tu peux... la poser là-bas, répondit-elle en désignant une table accolée à l'un des murs du salon.

L'instant suivant, la question de l'endroit où mettre les pâtisseries fut résolue quand une grande brune sculpturale se joignit à eux.

— Bonjour, je suis Monica, la sœur de Sylvie et l'organisatrice de cette petite fête. Posez la boîte sur cette table, s'il vous plaît.

Tendant une main à Shane, elle en profita pour ôter de l'autre le couvercle de la boîte.

— Tout cela a l'air bien tentant, ajouta-t-elle d'un air approbateur.

Et, à la lueur qui passa dans les prunelles de Monica lorsqu'elle regarda Shane, Gina se dit que ses paroles étaient moins destinées à son travail qu'à sa personne...

Allons, ce n'était vraiment pas le moment de se laisser aller à la jalousie ! Même si elle avait gentiment été conviée à cette fête, elle était consciente qu'elle devrait se mettre en mode professionnel si les circonstances l'imposaient. En outre, Shane ne lui appartenait pas. Il était libre de fréquenter qui il voulait.

— J'ai d'autres boîtes dans la voiture, dit-il.

— Parfait ! Je vais vous aider à les porter, décréta Monica avec empressement.

De toute évidence impassible au manège de cette dernière, il répondit :

— C'est gentil, mais Gina s'est déjà proposée de m'aider.

Puis se tournant vers elle, il ajouta :

— Gina, on y va ?

— J'arrive, répondit-elle en lui emboîtant le pas, ravie qu'il ait remis Monica à sa place.

Une fois qu'ils furent à l'extérieur, Shane se tourna vers elle et lui sourit.

— Désolé de t'avoir un peu forcé la main, mais je pense que la sœur de la mariée a autre chose en tête que les gâteaux, et je préfère éviter les complications.

— Je suis ravie de t'aider à les chasser, répondit-elle d'un ton railleur.

— Je ne voulais pas paraître prétentieux.

— Tu n'y es pour rien si tu es un tombeur avec ta haute taille et ta chevelure blonde.

Il laissa échapper un petit rire.

— C'est de bonne guerre, j'imagine, dit-il.

En réalité, elle menait vraiment une guerre pour le récupérer. Il fallait juste qu'il s'en rende compte.

Quand il ouvrit le coffre de sa voiture, elle s'exclama à la vue des boîtes, ravie de détourner la conversation :

— Tu es certain que ce n'est pas excessif ?

— Si j'en crois mon expérience, les gens ont tendance à être très gourmands, à ce genre de fête. Et puis mieux vaut plus que pas assez.

Elle prit une boîte avant de s'enquérir, l'air de rien :

— Tu vas rester un peu, n'est-ce pas ?

— Oui, dans les limites de la politesse. Pourquoi ? demanda-t-il en plongeant les yeux dans les siens.

— Parce que moi, je dois rester, répondit-elle, consciente que la sincérité était la meilleure stratégie vis-à-vis de Shane, et que j'aimerais bien avoir un ami à qui parler.

À ces mots, il se mit à rire.

— Si j'ai bonne mémoire, tu n'as jamais vraiment eu de difficulté à engager la conversation ! répliqua-t-il. Il n'y a pas plus sociable que toi.

— Tu ne m'as pas bien entendue, je crois. J'ai dit *un ami* à qui parler.

Mais il botta en touche.

— Rien ne t'oblige à rester, fit-il remarquer.

— Hélas, si ! Mon travail consiste à prendre en charge toutes les urgences, petites ou grandes, dès l'instant où la mariée loue mes services jusqu'au moment de la dernière danse et son départ pour sa lune de miel. Ou le début de sa merveilleuse vie à deux.

— Ah bon ? Tu dois aussi assurer le bonheur de la mariée ?

Se moquait-il d'elle ? Elle décida de ne pas y penser.

— Non, il n'y a pas de service après-vente, répondit-elle. Je leur pave juste le chemin qui les mènera normalement au bonheur, et s'ils ne le trouvent pas, eh bien, j'aurais fait de mon mieux.

— Si je me souviens bien, quand tu te fixais un objectif, tu l'atteignais brillamment.

Et il lui décocha un regard ardent.

Shane comprit tout de suite qu'il n'aurait pas dû céder à ce moment de faiblesse, mais ce fut plus fort que lui. Alors qu'ils se tenaient l'un en face de l'autre devant son SUV, chacun une boîte à la main, il se pencha vers Gina et l'embrassa.

Immédiatement, il se retrouva propulsé dans le temps, dans un autre espace, à une époque où aucun sentiment n'avait été blessé, où aucun refus n'avait été émis, où aucun océan ne les séparait...

Dès que les lèvres de Shane touchèrent les siennes, Gina eut la sensation que son cœur allait exploser.

Jamais elle n'aurait cru éprouver un sentiment si intense, ressentir un tel bonheur après tout ce qui s'était passé entre eux. Et pourtant, son baiser l'emporta dans un autre monde, celui d'avant. Son cœur battait deux fois plus fort, elle pouvait à peine reprendre sa respiration…

Tout à coup, aussi vite qu'il avait capturé sa bouche, Shane s'écarta d'elle et, à l'expression qu'elle lut sur son visage, il était indubitable qu'il regrettait son élan.

Quand il reprit la parole, il ne fit que renforcer la douleur que lui inspiraient ses remords.

— Désolé, Gina. Je ne sais pas ce qui m'a pris. J'ai oublié qui nous étions. Cela ne se reproduira plus.

Elle scruta alors son visage, cherchant une trace de l'homme qui l'avait aimée autrefois. Cet homme qu'elle aimait encore. Mais il était clair qu'il s'était refermé et ne laisserait rien deviner de ce qu'il ressentait.

Comme si rien ne s'était passé, il lui tourna le dos et se dirigea vers la maison.

— Même si moi j'en ai envie ? demanda-t-elle.

Il ralentit et elle crut qu'il allait se retourner et lui répondre, voire remettre en cause sa question…

Mais non, il poursuivit son chemin comme s'il n'avait rien entendu. Pire : comme s'il estimait qu'elle ne méritait pas de réponse.

Elle attendit quelques secondes, hésita, et lui emboîta le pas.

— Permettez que je vous aide, déclara Monica qui les attendait sur le seuil. Elles doivent être très lourdes étant donné le temps que vous avez mis.

Elle s'adressait naturellement à Shane, pas à elle !

— Merci, répondit-il. Je vous donne celle-ci avant de repartir chercher les autres.

— Cette fois, je vous accompagne, décréta Monica sur un ton qui n'admettait pas de réplique.

Et elle posa la boîte sur un guéridon tout en ajoutant par-dessus son épaule :

— Allison, portez cette boîte sur la table du buffet ! Et faites attention. C'est fragile.

Gina fut tentée de les suivre puis se ravisa. Au fond, Shane n'avait peut-être pas envie d'être secouru, cette fois. Il préférait sans doute nouer une relation avec une femme à laquelle aucun passé ne le rattachait.

Après tout, c'était un grand garçon qui savait prendre soin de lui et rebondir, comme l'illustrait la vie qu'il s'était construite après leur rupture.

12

Gina resta à la fête deux ou trois heures, veillant discrètement à ce que tout se passe pour le mieux. Elle parvint à exercer sa mission en compagnie de Shane qui, finalement, choisit de rester à ses côtés, ce qu'elle estima plutôt satisfaisant pour son ego, après le petit incident précédent.

Ce qui lui valut aussi de nombreux regards noirs de la part de Monica, auxquels elle répondit à chaque fois par un large sourire, faisant mine de ne se rendre compte de rien.

— J'ai l'impression que lorsque je vais m'en aller, Monica va me poursuivre en voiture pour me pousser dans le fossé, confia-t-elle à Shane à voix basse.

Il haussa un sourcil interrogateur, et elle ne put s'empêcher de rire.

— Je plaisantais ! Même si je suis certaine qu'elle ne m'enverra pas de carte de vœux à Noël.

Il ne fit aucun commentaire, mais elle était sûre qu'il était tout à fait conscient que Monica en pinçait pour lui et n'avait qu'une envie : se jeter sur lui comme un chat affamé se serait précipité sur la dernière souris de la galaxie.

Il se pencha vers elle et murmura :

— Merci de me protéger.

— Si tu es ici, c'est à cause de moi, donc je te dois bien ça, répondit-elle, ravie de faire barrage à Monica... et aux éventuelles autres femmes.

— Apparemment, tous les convives apprécient mes pâtisseries, ce qui va me permettre de m'éclipser.

— Déjà ? s'exclama-t-elle, ne cherchant même pas à masquer sa déception.

— Déjà ? répéta-t-il en regardant sa montre. Mais je suis là depuis plus de deux heures !

— *Presque* deux heures, précisa-t-elle avec un petit air mutin.

— En d'autres circonstances, je serais sans doute resté plus longtemps, mais Ellie semblait avoir un rhume, ce matin, et je veux voir comment elle se sent.

— La pauvre ! Elle a de la fièvre ?

— Elle n'en avait plus quand je suis parti, mais ça peut remonter aussi vite que c'est descendu. Tu sais comment c'est, avec les enfants.

— Par ma nièce, oui. Et puis je me souviens que quand j'étais malade, enfant, ma mère me préparait de délicieuses soupes et me donnait des BD à lire au point que parfois, j'avais envie d'être malade. Une fois j'avais posé le thermomètre sur le radiateur pour le faire monter, mais ma mère n'a pas été dupe !

Leurs rires se mêlèrent.

— Difficile de tromper une mère, fit remarquer Shane avant de reposer le verre de punch qu'il avait tenu pendant presque deux heures à la main. Il faut que j'y aille.

Il parut hésiter puis ajouta :

— Appelle-moi si quelqu'un trouve que les pâtisseries ne sont pas à son goût.

— Tu es sérieux ? demanda-t-elle avec un grand sourire.

— Je suis ouvert à toute critique constructive, répondit-il, le plus sérieusement du monde.

— Parce que tu sais parfaitement que personne n'en émettra une seule car tes gâteaux sont juste divins.

Il éclata de rire et elle fut ravie de constater que les murs entre eux commençaient sérieusement à se fissurer, voire à s'écrouler. Il y avait de l'espoir !

Résistant à l'envie de l'accompagner jusqu'à la porte pour éviter de se montrer trop collante, elle vit soudain, un peu déconfite, Monica se précipiter vers lui au moment où il atteignait le seuil de la porte. Elle n'entendit pas ce que lui dit cette dernière, mais il secoua la tête, contrariant manifestement les efforts de Monica pour le retenir.

Elle en éprouva un sentiment de triomphe qui se transforma en agacement lorsqu'elle regarda l'heure. Elle ne pouvait pas imiter Shane et s'en aller. Pour faire bonne figure, elle devait encore rester au moins deux heures de plus !

Faisant contre mauvaise fortune bon cœur, elle afficha un grand sourire et entreprit de se mêler à un petit groupe de femmes qui discutaient gaiement.

Trois heures plus tard, après avoir accompli sa mission jusqu'au bout, elle n'avait qu'une envie : appeler Shane. Mais elle résista à la tentation ; elle devait se maîtriser.

Alors elle se focalisa sur l'aspect positif de l'après-midi qu'elle venait de passer. Sylvie semblait aux anges. Quant à elle, elle n'avait cessé d'entendre des compliments sur les pâtisseries de Shane. La seule remarque vaguement critique émanant d'une jeune femme qui avait déclaré que ces gâteaux étaient si « diaboliquement bons » qu'il était impossible de s'arrêter quand on y avait goûté. Qu'ils représentaient « le péché incarné ». Ce qui était incontestable. Nul doute que de nombreuses personnes avaient sans doute pris la décision de jeûner le lendemain, après une telle orgie de sucre et de crème.

Peut-être devait-elle quand même appeler Shane pour lui faire son rapport ? Sans doute en éprouverait-il une fierté bien méritée. Encore que...

Et si elle se rendait directement chez lui ?

Après avoir mené sa petite enquête, elle avait vu qu'il habitait toujours dans la maison où il avait grandi et qu'elle avait crue vendue depuis des années. Or, de toute évidence, celle-ci représentait sans doute un point d'ancrage pour lui, lui rappelant des souvenirs heureux, quand ses parents et son frère étaient encore en vie.

Alors qu'elle allait se mettre en route, la voix de la raison la rappela à l'ordre. Shane n'allait certainement pas apprécier qu'elle ait enquêté sur lui. Pour qui passerait-elle, à ses yeux ? Non, il était bien plus sage de l'appeler le lendemain pour lui rapporter tout le bien que l'on pensait de ses créations, au lieu de surgir de façon inopinée sur le seuil de sa porte. Cela aurait frôlé le harcèlement.

Se convaincre qu'elle agissait convenablement était une chose, ne pas en ressentir de la frustration en était une autre, pensa-t-elle en poussant un grand soupir. Passer presque deux heures à cette fête en compagnie de Shane lui avait apporté une fois de plus la preuve qu'il lui avait terriblement manqué pendant toutes ces années à jamais envolées…

Au moment où elle entrait chez elle, elle entendit le téléphone sonner. Elle sursauta. Sa ligne fixe semblait plus impérieuse, voire plus inquiétante, qu'un appel sur son portable.

Elle se précipita sur le combiné pour décrocher.

— Allô ?

— C'est donc fini ?

Shane ! Son cœur battit plus fort soudain.

— Oui, il y a environ une demi-heure, répondit-elle en s'écroulant sur le premier siège venu. Je viens d'arriver à la minute chez moi.

— Une demi-heure ? Et tu ne m'as pas appelé parce que dès que je suis parti, tout le monde a dit du mal de mes gâteaux, c'est ça ?

— Mais pas du tout ! Je ne voulais juste pas passer pour une harceleuse en te faisant *immédiatement* un compte rendu, répondit-elle en toute honnêteté. J'allais te téléphoner demain… pour te dire que tout le monde t'avait maudit !

— Pardon ? s'écria-t-il, visiblement abasourdi. Mais pourquoi ?

— Parce qu'à cause de toi plus personne ne pourra entrer

dans sa tenue de mariage et qu'il ne reste que deux semaines avant le jour J. Tes pâtisseries sont juste irrésistibles. Personne ne pouvait se modérer, même avec la meilleure volonté du monde.

Un silence s'installa.

Redoutait-il qu'elle ne garde le pire pour la fin ?

Elle ajouta bien vite :

— Il n'en restait pas une miette et on est même venu me demander s'il n'y avait pas une boîte supplémentaire cachée quelque part, puisqu'on nous avait vus les apporter ensemble. Encore heureux que j'aie pu me tirer d'affaire entière !

— Entière ?

— On m'aurait mise en pièces si j'avais eu l'audace de cacher une boîte dans ma voiture, répondit-elle.

Et son rire merveilleux qu'elle aimait tant éclata à ses oreilles, la caressant comme une douce brise de printemps.

— J'avais oublié ta légère tendance à l'exagération, dit-il.

— Mais pas du tout ! Tu ne te rends pas compte à quel point tes créations sont exquises, je crois.

Et, sachant qu'il avait toujours éprouvé des difficultés à accepter les compliments, elle enchaîna en demandant :

— Comment va Ellie ? A-t-elle toujours de la fièvre ?

— Ça dépend des heures. Quand je suis revenu, elle n'en avait quasiment plus, puis sa température a recommencé à monter. Je lui ai repris trois fois depuis mon retour. Si ça continue ainsi, je l'emmènerai chez le médecin ou on ira directement aux urgences.

Elle trouvait touchant qu'il s'inquiète à ce point pour Ellie, mais ne voulait pas non plus qu'il soit angoissé pour une fièvre plutôt anodine chez les jeunes enfants.

— Quand ils sont enrhumés, les petits en dessous de sept ans ont tendance à avoir de fortes fièvres, tu sais, surtout le soir, expliqua-t-elle. Ou bien au réveil. Et puis vers midi ça retombe, et ça remonte vers 18 heures.

— Tu parles d'expérience ?

— Oui. Ma nièce. J'ai souvent soutenu ma sœur lorsque Addie

était malade. Voilà pourquoi je suis au courant. Je voulais juste souligner le fait que c'était habituel.

— Merci, répondit-il d'un ton soulagé. C'est très gentil à toi de me remonter le moral.

— En tout cas, je n'entends pas le moindre bruit autour de toi, aucune petite voix qui appelle son oncle. Ellie a l'air calme.

— Et pour cause ! Elle s'est endormie après que je lui ai donné une aspirine pour enfants, il y a un quart d'heure environ.

— Dans ce cas, je vais te laisser profiter de l'accalmie, dit-elle, même si elle n'avait aucune envie de le quitter.

Ils s'entendaient vraiment très bien, en ce moment, et elle redoutait que tout ne revienne au point de départ, dès l'instant où elle raccrocherait. Mais elle ne pouvait se montrer aussi égoïste.

— Il est important que tu te reposes quand tu en as l'occasion, ajouta-t-elle.

— Oui, tu as raison. Gina ?

— Oui ?

— Merci pour ton appel.

Elle hésita à le corriger : c'était lui qui l'avait appelée, pas le contraire. Et si elle ne le lui disait pas maintenant, ce serait ensuite trop tard, et s'il s'en apercevait, il...

Assez tergiversé !

— Euh... Shane ?

— Oui ?

— C'est toi qui m'as appelée.

— Moi ?

Il resta silencieux un instant.

— Mais bien sûr ! s'exclama-t-il. Bon, tu as raison. J'ai vraiment besoin de me reposer.

— Excellente idée ! Je te rappelle bientôt.

Et une fois qu'elle eut raccroché, elle se rendit compte qu'il n'avait rien trouvé à redire à sa proposition de le rappeler.

C'était là un net progrès, se dit-elle, ravie.

Pour la première fois depuis qu'elle était entrée dans la pâtisserie de Shane et que son monde avait volé en éclats, Gina passa une excellente nuit.

Par habitude contractée au temps de l'école primaire, elle se réveilla de bonne heure. En effet, à cette époque, la vie était une suite d'aventures exquises et elle avait peur d'en manquer une seule. Mais en grandissant, cette impatience l'avait peu à peu désertée.

Elle se doucha rapidement, puis alla prendre son petit déjeuner.

En ouvrant le réfrigérateur pour vérifier ce qu'elle devait acheter, elle se rendit compte qu'il était plein.

— Maman, il faudrait que tu te trouves un autre passe-temps que moi, marmonna-t-elle.

Mais pour une fois, elle était plutôt satisfaite que sa mère ait fait ses courses, cela lui permettrait de gagner du temps.

Elle vérifia ses provisions et vit qu'elle disposait de tous les ingrédients nécessaires au bouillon à l'ancienne qu'elle envisageait de préparer pour Ellie : des carottes, du céleri et une poule. C'était sa grand-mère qui lui avait appris cette recette assez simple, mais réconfortante.

Le sourire aux lèvres, elle se mit au travail et un bon quart d'heure plus tard, recouvrit à moitié le faitout où tout allait mijoter sans jamais devoir bouillir, d'où la nécessité de le surveiller de près.

Soudain, elle se demanda dans quoi elle allait bien pouvoir transporter sa soupe…

Il lui fallut presque plus de temps pour trouver le récipient hermétique qui lui permettrait de porter la soupe sans encombre à Shane qu'elle n'en avait eu besoin pour la préparer !

Si Ellie allait mieux, tous deux pourraient se régaler de sa soupe, et si ce n'était pas le cas, ils la dégusteraient le lendemain.

Puis elle sortit un paquet de pâtes aux œufs de son placard, et les prépara pour les servir avec la soupe. Une fois qu'elles furent cuites, elle les mit dans un récipient à part et attendit la fin de la cuisson de sa soupe.

Dès qu'elle fut prête, elle la versa dans le saladier qu'elle avait déniché après maintes recherches, et y ajouta quelques morceaux de poule. Le repas était à présent prêt, mais il manquait encore quelque chose, et pas des moindres !

Seulement, pour se le procurer, elle devait attendre l'ouverture des librairies, c'est-à-dire 10 h 30 dans son quartier, le dimanche.

Mais la demie allait sonner d'un moment à l'autre, son timing était donc parfait ! Et bientôt, il ne lui manqua plus rien pour se rendre chez Shane.

13

— Mais je vais mieux, tonton, décréta Ellie en faisant la moue.

Désireux de passer un compromis avec sa nièce, Shane lui avait aménagé un coin sur le grand sofa du salon où, dos bien calé contre des oreillers, elle pouvait tranquillement regarder la chaîne des dessins animés, enveloppée dans sa couverture de princesse préférée.

— Je préfère que tu restes allongée, ma chérie. Tu n'étais pas bien du tout, cette nuit.

— Oui, mais maintenant, on n'est plus la nuit, mais le jour, et j'ai envie de jouer !

— Attends encore une petite journée et tu pourras jouer.

— Mais demain, il y a école ! gémit-elle tandis qu'il l'enroulait étroitement dans la couverture.

Contrairement à lui, Ellie avait toujours la notion du temps, ce qui ne manquait jamais de l'étonner. Comment faisait-elle, alors qu'elle était encore si jeune ?

— École, c'est beaucoup dire, ma puce. Si tu veux bien, on va passer un contrat. Aujourd'hui, tu restes gentiment allongée sur le canapé, bien au chaud, devant tes dessins animés préférés, et demain, tu n'iras pas à la maternelle. Bon, c'est d'accord ?

Ellie fit mine de réfléchir, puis finit par hocher la tête avant de répondre avec un sourire résigné :

— D'accord.

Et elle lui tendit la main.

Il eut envie de rire. Elle copiait les clients qui, à la boutique, lui serraient la main après avoir passé commande.

Un grand sourire aux lèvres, il lui donna une poignée de main.

Soudain, on sonna à la porte.

Qui cela pouvait-il bien être ? Il n'attendait personne.

— Ne bouge pas, Ellie, ordonna-t-il en la voyant enlever sa couverture pour courir ouvrir.

Sa nièce était adorable, mais elle avait déjà un petit caractère bien trempé, et il redoutait un peu ce que l'avenir lui réservait, songea-t-il en se dirigeant vers la porte. Comment se débrouillerait-il, lorsqu'elle sera adolescente ? Cette question le troubla tellement qu'il en oublia de regarder par le judas et ouvrit.

Il se figea de surprise en découvrant Gina, portant un panier dans les bras, comme si elle tenait un bébé.

— Je peux entrer ? demanda-t-elle devant son silence. C'est un peu lourd.

Revenant à lui, il lui prit le panier des mains.

— Donne-le-moi, marmonna-t-il.

Elle n'exagérait pas ! Qu'y avait-il donc dans ce panier pour être aussi lourd ?

S'effaçant pour la laisser passer, il demanda :

— Aurais-je oublié que l'on avait rendez-vous, aujourd'hui ?

— Euh... non. En fait, je me rends compte que j'aurais peut-être dû t'appeler avant. Désolée de débarquer ainsi. Comme Ellie était malade, je lui ai préparé un bouillon de poule. Ça me faisait toujours un bien fou, à son âge.

Il baissa les yeux vers le panier d'où montait en effet une odeur qui le fit saliver.

— Effectivement, je me souviens que tu me l'as dit hier, fit-il remarquer. Tu as aussi parlé de BD.

Aussitôt, Gina arbora un grand sourire et brandit les trois

albums qu'elle avait mis un certain temps à choisir en fonction de l'âge et du peu qu'elle connaissait d'Ellie.

— J'espère qu'elle ne les a pas déjà, dit-elle.

— Non, elle n'a aucun album.

— Ah bon ?

Sans doute les BD n'étaient-elles plus à la mode, chez cette nouvelle génération. Enfant, elle en avait lu des tonnes qui englobaient toutes les thématiques imaginables. Elle en gardait de merveilleux souvenirs.

— Eh bien, j'espère que la nouveauté lui plaira !

— Qui c'est, tonton Shane ? demanda soudain une petite voix.

— Coucou, Ellie, c'est moi, répondit Gina en passant la tête dans l'entrebâillement de la porte du salon.

— Gina ! s'écria la fillette, ravie. Tu m'as apporté quelque chose ?

— Ellie ! la réprimanda Shane.

— Bien sûr, ma belle, répondit vivement Gina. Je ne suis pas venue les mains vides visiter une petite malade. Je t'ai préparé du bouillon de poule.

— Oh..., murmura la fillette d'un air déçu.

— Ellie, qu'est-ce qu'on dit ? intervint Shane.

— Merci, Gina.

— Et quand tu auras terminé ta soupe, il y aura des BD à lire, précisa Gina.

— Des BD ? répéta Ellie d'un air intrigué. C'est quoi ?

— Tu vois, c'est ça, répondit Gina en lui en montrant une.

Tapant dans ses mains, Ellie laissa éclater sa joie.

— C'est pour moi ?

— Oui, et il y en a trois.

— Oh ! merci ! s'exclama-t-elle.

— Je vais aller poser ta soupe dans la cuisine et apporter trois bols, déclara Shane.

— Trois ? demanda Gina.

Attendait-il quelqu'un ? Était-elle venue à un mauvais moment ?

— Oui. Tu vas déjeuner avec nous, répondit-il.

— Mais je ne vais pas manger la soupe que j'ai faite pour vous, enfin !

— Mais bien sûr que si. Assieds-toi, ordonna-t-il. Je reviens.

À la réflexion, pourquoi aurait-elle refusé ? D'ailleurs, n'était-ce pas l'invitation qu'elle attendait, tout au fond d'elle-même ? Ce qu'elle voulait secrètement, c'était faire de nouveau partie de la vie de Shane. Et elle progressait.

— Besoin d'aide ? lança-t-elle tandis qu'il s'éloignait.

— Non, je crois que je vais m'en sortir ! répondit-il d'un ton railleur.

— Ça, je n'en doute pas, murmura-t-elle, savourant la vague de douceur qui venait de la submerger.

Après le déjeuner, Ellie réclama ses lectures, et Gina se fit une joie de s'exécuter.

Puis vint le temps des jeux qui s'enchaînèrent jusqu'à ce que la fillette, épuisée, s'endorme au cours d'une partie, son jeton à la main.

Alors, sans faire le moindre bruit, Gina se leva et attendit d'être dans l'entrée pour déclarer :

— Ellie déborde d'énergie, même malade !

Shane sourit et jeta un coup d'œil à sa nièce, par-dessus son épaule.

— Tu as raison, ce qui est plutôt rassurant. Merci pour le bouillon de poule, les pâtes et les BD, Gina. Et surtout pour ton aide.

— Je t'en prie, je n'ai rien fait d'extraordinaire.

— Tu as occupé et diverti Ellie qui était assez intenable, avant ton arrivée.

— Dans ce cas, je suis ravie d'avoir su la calmer, dit-elle, savourant la douce chaleur qui l'inondait tout entière tandis que Shane rivait son regard sur elle. C'est une fillette adorable et tu l'as merveilleusement bien élevée.

— La plupart du temps, j'ai l'impression qu'elle s'élève toute seule.

— Je peux t'assurer que non ! D'ailleurs, je te vois en elle, dans cette façon qu'elle a de se tenir la tête quand elle réfléchit, ou bien dont elle relève un coin des lèvres lorsqu'elle va faire une surprise. Elle a aussi tes expressions en parlant. Vraiment, on voit que c'est toi qui l'élèves.

— Tu te fais des idées, je crois.

— Absolument pas ! Je suis une bonne observatrice, c'est tout, et j'ai bonne mémoire.

Soudain elle se rendit compte que la conversation avait pris un tour un peu trop sérieux...

Gênée, elle s'éclaircit la gorge et enchaîna :

— Bien ! Je vais te laisser pour que tu puisses profiter de ce moment de tranquillité et te reposer un peu. Quelque chose me dit que lorsque Ellie va se réveiller, il faudra que tu sois en forme.

— Tu as sans doute raison. Attends. Je vais te chercher le reste de ta soupe.

— Pas la peine. Tu me rendras le récipient quand Ellie et toi aurez terminé la soupe. Je vais juste reprendre mon panier.

— Une seconde ! Je ne peux pas te laisser repartir avec un panier vide.

Il lui tourna le dos pour remplir le panier et refermer le couvercle puis le lui rendit.

Poussée par la curiosité, elle l'entrouvrit et sourit. Le panier contenait une demi-douzaine de pâtisseries semblables à celles qu'il avait confectionnées pour la fête de Sylvie.

Elle leva les yeux vers lui.

— Tu veux vraiment me faire grossir ?

— Il en faudrait bien plus je crois !

— Peut-être, mais c'est un début. Et puis je ne peux pas les prendre, Ellie sera ravie de s'en régaler.

— Je lui en referai. D'ailleurs, je m'exerce en ce moment sur celles-ci.

— Tu *t'exerces* ?

— Oui, comme un pianiste de concert qui doit répéter. Les chefs ne sont pas différents.

— Je n'avais jamais envisagé la pâtisserie sous cet angle, murmura-t-elle, surprise.

Ses gâteaux étaient excellents, comment pouvait-on améliorer la perfection ?

Soudain il lui sembla que la pièce se rétrécissait… Que la température montait…

Shane s'était rapproché d'elle.

À moins que ce soit l'inverse ?

Bref, peu importait la logistique, le résultat, c'était que sa peau commençait à vibrer de désir et qu'un feu était en train de la dévorer de l'intérieur, comme un feu d'artifice illuminant le dôme de la nuit…

Elle allait au-devant des ennuis, songea-t-elle, l'espace d'un instant. Mais tout devenait si évident entre Shane et elle qu'elle eut soudain envie qu'il l'embrasse de nouveau, comme la veille…

Mais plus longtemps, cette fois !

Et tout à coup, elle ne souhaita plus rien.

Car il l'embrassait avec fougue.

Le cœur battant, elle noua les bras autour du cou de Shane et se haussa sur la pointe des pieds pour s'abandonner entièrement au baiser et aux sensations délicieuses qui faisaient crépiter tout son être…

14

Mû par une irrépressible fièvre, Shane enlaça plus étroitement Gina pour approfondir leur baiser.

Non seulement pour mieux le savourer mais aussi pour se perdre, l'espace d'un instant, dans les anciennes sensations familières et fantastiques que Gina lui procurait. Pour les vivre de façon aussi vive qu'au temps de leur aventure de jeunesse.

Et dire qu'il avait cru toutes ces impressions éteintes depuis des années ! Enfouies dans le tombeau oublié où vont mourir les rêves brisés. Mais les lèvres de Gina venaient de les ressusciter, plus fortes que jamais.

Oui, bien plus fortes...

Insatiable, il embrassait Gina à pleine bouche, haletant, nourrissant le désir qui montait de plus en plus impérieusement en lui.

Il ne pouvait plus se voiler la face. Il avait envie de Gina. Envie de retrouver toutes ces émotions si vives entre eux, autrefois.

Son cœur cognait comme un fou dans sa poitrine, de plus en plus vite.

Mais tout à coup, d'une région très lointaine, il sentit la raison se réveiller en lui et finir par se frayer un chemin jusqu'à son cerveau. Se ressaisissant, il comprit enfin ce qui était en train de se passer et, au prix d'un gros effort, arracha sa bouche de celle de Gina. Puis il détacha les mains de ses hanches pour les poser sur ses épaules.

— Je dois retourner auprès d'Ellie, murmura-t-il d'une voix enrouée.

— Bien sûr...

À cet instant, les neurones de Gina se remirent en marche. Où avait-elle la tête, à l'embrasser ainsi ? Ce baiser n'aurait de toute façon pas pu déboucher sur des étreintes plus intimes étant donné qu'une petite fille dormait dans le salon et pouvait à tout moment se réveiller.

— Tu ne peux pas la laisser sans surveillance, ajouta-t-elle, gênée d'avoir oublié Ellie pendant quelques instants pour ne se préoccuper que de son propre plaisir. Va la rejoindre. Et merci pour les pâtisseries.

— Merci pour la soupe et les BD, lui redit-il avec un sourire qui lui alla droit au cœur.

— Avec plaisir ! dit-elle, toujours pas prête à partir. Et n'hésite pas à m'appeler si tu as besoin de quoi que ce soit.

Allez, Gina, regagne ta voiture, elle est à quelques pas, et rentre chez toi.

— Entendu, répondit-il. Merci.

Dans ses yeux, elle crut lire bien plus que ces simples mots, mais son imagination lui jouait sûrement des tours.

Shane l'avait embrassée, se dit-elle en regagnant enfin sa voiture. Embrassée comme autrefois, avec passion et abandon, et pour le moment, c'était suffisant.

Elle pourrait se nourrir pendant quelque temps de ce nouveau souvenir.

Elle ne se rappela pas le trajet jusque chez elle, baignant dans la lumière intérieure dorée qui l'irradiait. Mais cette impression se dissipa brusquement lorsqu'elle arriva chez elle et se rendit compte que quelqu'un lui avait laissé un message sur son téléphone fixe, qui clignotait. Sans doute était-ce Sylvie qui l'appelait pour qu'elle règle une mini-urgence.

Elle ferma les yeux et soupira. Avec cette cliente-là, son salaire était bien mérité ! Curieux tout de même qu'elle n'ait pas cherché à la joindre sur son portable.

Elle enclencha le répondeur et se figea en reconnaissant la voix. Ce n'était pas Sylvie, mais sa mère.

« Bonjour, Gina. Je n'ai pas eu de tes nouvelles depuis un certain temps. Je voulais voir comment tu allais. Je te rappellerai plus tard. »

Sa mère était la seule personne capable de faire planer l'ombre d'une menace sur des mots aussi banals que : « Je te rappellerai plus tard. »...

Elle se mordilla les lèvres, se demandant si elle devait rappeler sa mère tout de suite, quand le téléphone fixe retentit, avec comme appelant Anna Bongino. Sa mère n'était pas vraiment d'une nature patiente !

Consciente qu'elle était capable de téléphoner à la police pour dire que sa fille avait disparu si elle ne répondait pas, elle prit une profonde inspiration et décrocha.

— Bonjour, maman ! s'exclama-t-elle d'une voix aussi enjouée que possible.

— Bonjour, Gina. Alors, quoi de nouveau dans ta vie ?

Elle savait ! se dit-elle aussitôt. Aussi jugea-t-elle inutile de tourner autour du pot.

— Tu es au courant, n'est-ce pas ? répliqua-t-elle.

— Au courant de quoi, ma chérie ? demanda sa mère en prenant un ton faussement innocent.

Gina leva les yeux au ciel.

Sa mère savait que Shane était réapparu dans sa vie, et elle en était la seule fautive. Pourquoi avait-il fallu qu'elle en parle à sa sœur ?

— Maman, tes talents d'actrice laissent vraiment à désirer.

— Je ne vois absolument pas de quoi tu parles, Gina.

— Bien sûr que si ! Tu appelles pour me soutirer des informations sur Shane.

— Shane ? répéta sa mère d'un ton si surpris qu'elle l'aurait presque crue.

Presque.

— Tu veux dire ce garçon formidable qui aurait pu faire un merveilleux mari pour toi ? C'est ce Shane-là, dont tu parles ?

— Oui, maman, répondit-elle d'un ton résigné.

— Attends, tu es en train de me dire qu'il est de retour ? Qu'il est ici, à Bedford ? s'écria sa mère d'une voix un peu trop aiguë pour être honnête.

Gina soupira.

— Non, décidément, tu ne pourras jamais devenir comédienne, maman.

Sans prêter attention à son sarcasme, sa mère l'assaillit alors de questions.

— Depuis quand est-il revenu ? Que fait-il ? Tu l'as revu ? Il a beaucoup changé ?

— Du calme, maman. Du calme. Oui, je l'ai revu. De façon tout à fait fortuite, je l'ai rencontré en cherchant à remplir du mieux possible toutes les demandes de ma dernière cliente en date.

Un silence se fit au bout de la ligne, un silence étrange.

Puis sa mère reprit d'une voix étranglée :

— Ne me dis pas que c'est *lui*, le mari ?

— Non, maman. Shane est devenu créateur de gâteaux. C'est de cette façon que je suis tombée sur lui. Ma cliente m'a envoyée dans sa pâtisserie pour que je passe la commande de son gâteau de mariage. Apparemment, c'est un pâtissier très prisé.

Au bout du fil, sa mère gloussa.

— Tu m'étonnes ! s'exclama-t-elle. Et donc, vous avez parlé ? Vous avez évoqué le bon vieux temps ?

— Ce n'est pas aussi simple que ça en a l'air, tu sais.

— Mais bien sûr que si ! Tu parles très facilement, Gina. Tu as prononcé ta première phrase à neuf mois.

Gina soupira.

— Je sais, tu me l'as souvent dit. Mais en l'occurrence, une discussion entre Shane et moi demande davantage de finesse.

— Justement, à trente-deux ans, tu as eu tout le temps d'en acquérir ! Ah, c'était un jeune homme tellement adorable... Je devrais peut-être vous inviter à dîner, tous les deux, un de ces soirs.

— Dans ce cas, tu devras ajouter trois couverts.

— Trois ? Pourquoi ? Je ne comprends pas ce que tu veux dire, déclara sa mère d'un ton confus.

— C'est vrai, je me suis mal exprimée. Quatre couverts en tout.

De nouveau un silence se fit, puis sa mère demanda d'une voix presque inaudible :

— Tu veux dire qu'il a une épouse ?

— Non, maman, il n'est pas marié, mais il a une nièce de quatre ans. Et pour répondre à ta prochaine question, il en est le tuteur.

— Oh ! il est encore plus formidable qu'avant !

La conversation commençant à l'irriter, Gina décida de conclure.

— Maman, je dois te laisser. J'ai encore d'innombrables détails à régler pour que ce mariage soit vraiment réussi.

— N'oublie pas de me tenir au courant, ma chérie ! Pour Shane.

— Si tant est qu'il y ait des choses à raconter, marmonna-t-elle en raccrochant précipitamment.

Elle reprit une profonde inspiration et mit un petit moment à retrouver son calme.

Quand son réveil retentit à 7 heures le lendemain matin, Gina calcula qu'elle en avait dormi à peine cinq, aussi voulut-elle se rendormir avant de comprendre que son réveil avait sonné en même temps que son portable !

S'efforçant de rassembler ses esprits, elle saisit son téléphone et consulta l'écran. Shane ? Que lui voulait-il, de si bon matin ?

— Allô ? marmonna-t-elle.

— Je suis désolé, je te réveille ?

— Non, non, pas du tout.

— Ce n'est pas l'impression que donne ta voix.

— En fait, j'ai eu des problèmes à m'endormir, hier soir. Ma mère m'a appelée quand je suis rentrée, et bon, tu la connais.

— Je me souviens d'une femme charmante.

— C'est une façade qu'elle affiche avec les hommes. Elle a une personnalité bien différente, mais c'est un sujet complexe. Dis-moi, que puis-je faire pour toi ?

— Comme je te l'ai dit, je fais toujours un coup d'essai pour le gâteau avant le mariage, et puisque tu m'as dit que la mariée surveillait sa ligne, j'ai pensé que tu pourrais peut-être la remplacer.

— Pardon ? Remplacer qui ?

Décidément, elle avait très mal dormi.

— Ce que je te demande, c'est si tu peux passer aujourd'hui pour goûter le gâteau que je vais créer pour Sylvie. Si tu as le temps, bien sûr.

— J'ai toujours le temps pour toi… Euh… Pour le gâteau, précisa-t-elle vivement. À quelle heure veux-tu que je vienne ?

— 14 heures, ça irait ?

— Parfait, j'y serai.

Il aurait pu dire dans une heure, tout lui aurait convenu.

Elle aurait aimé lui confier mille choses, notamment que sa mère l'avait interrogée à son sujet, mais elle ne savait pas encore trop sur quel pied danser, avec lui. Si elle ne voulait pas détruire tout ce qu'elle avait réussi à reconquérir, la prudence s'imposait.

— Comment va Ellie ? s'enquit-elle.

— Bien mieux ! Elle m'a tiré du lit ce matin à la première heure comme si elle n'avait jamais été malade.

— Tu vois, je t'avais dit qu'elle se remettrait vite.

— C'est vrai, et au fond de moi, je pensais aussi que tu avais raison, mais je ne pouvais m'empêcher de m'inquiéter.

— Parce que tu es un bon père, enfin, un bon oncle.

— En fait, tu sais, je me sens à la fois son père et son oncle. – Tu peux mettre un trait d'union entre les deux. De type oncle-père.

Il se mit à rire.

— Et tu crois que cela ne créera aucune confusion chez Ellie ?

— Sait-elle ce qui est arrivé à ses parents ? demanda-t-elle d'un ton soudain sérieux.

— Oui, je lui ai expliqué avec des termes qu'elle pouvait comprendre, c'est-à-dire que sa maman et son papa avaient eu un accident de voiture et qu'ils étaient directement montés au ciel tenir compagnie à Dieu. Elle a paru satisfaite de l'explication, et ainsi, elle n'a pas le sentiment qu'ils l'ont abandonnée, si c'était le sens de ta question.

— Non, je n'avais pas pensé à cela, mais tu as raison, elle n'a que quatre ans.

— Elle est malgré tout très précoce pour son âge.

— Ça, je l'ai vu !

Elle aurait pu discuter avec lui toute la journée, mais en l'occurrence, ils avaient tous les deux du pain sur la planche. Aussi décida-t-elle de mettre fin à leur discussion.

— Bon, on se voit à 14 heures, alors, dit-elle.

— Parfait ! Sauf si mon four explose d'ici là. Mais il y a longtemps que cela ne m'est pas arrivé.

— Tu plaisantes, j'espère ?

— Non. Il a vraiment explosé, un jour. Mais c'était en Ouganda, et il avait largement fait son temps.

— Bon, tu me raconteras ça dans les détails une autre fois. À tout à l'heure.

— À tout à l'heure, Gina, répondit-il de cette voix qui la troublait tant.

Et qui résonna en boucle dans sa tête pendant des heures, lui tenant compagnie, lui murmurant ce qui allait se passer dans un futur proche.

Peut-être...

15

— Tu as l'air épuisée.

Ce n'étaient pas les premières paroles que Shane avait l'intention de dire à Gina quand elle pénétra dans sa boutique pour goûter la toute première version du gâteau de mariage, mais elle paraissait réellement exténuée que cela le prit au dépourvu.

— Toujours aussi flatteur, répliqua-t-elle en se dirigeant vers la table de présentation.

— Je suis sérieux, Gina. Tout va bien ?

— Maintenant, oui. Enfin, je pense...

— Mais encore ?

Il voulait vraiment savoir ce qui l'avait mise dans un tel état.

Elle soupira.

— J'ai eu l'impression d'être toute la matinée sur un radeau au milieu d'un orage torrentiel, répondit-elle.

En silence, il tira une chaise et lui fit signe de s'asseoir, avant de prendre place en face d'elle.

— Gina, il va falloir que tu traduises cela en français pour que le commun des mortels que je suis puisse comprendre, d'accord ?

Elle soupira.

— Si tu savais comme j'ai hâte d'en avoir fini avec ce mariage !

Se levant, il alla lui préparer une tasse de thé.

— Je me disais bien que c'était à cause de ça, dit-il. Bon, raconte. Que s'est-il passé ?

— Eh bien, après avoir su amadouer le très prisé Cassidy pour le persuader de créer le gâteau pour ma mariée, avoir trouvé un entrepreneur capable de réparer un trou dans la toiture de l'église où elle doit se marier et un autre photographe au pied levé car le premier avait oublié qu'il s'était déjà engagé pour un autre mariage, j'ai passé toute la matinée chez une fleuriste qui voulait me convaincre que les œillets représentaient une bien meilleure décoration pour l'église que les lys voulus par la mariée !

Elle marqua une pause pour avaler une gorgée de thé et poursuivit :

— Je n'imaginais pas un instant que les fleuristes puissent être aussi colériques et intraitables.

Hochant la tête, il l'écouta raconter sa discussion animée avec la fleuriste, plein d'empathie, puis s'enquit lorsqu'elle s'arrêta de nouveau pour reprendre sa respiration :

— Qui a gagné ?

Levant les yeux par-dessus le rebord de sa tasse, elle croisa son regard.

— À ton avis ?

Il éclata de rire.

— Comment ai-je pu poser une telle question ? Tu es toujours si persuasive !

Malgré tout, elle avait l'air à bout, aussi ajouta-t-il :

— Écoute, on peut remettre la séance de dégustation à demain, si tu préfères. Il n'y a rien d'urgent. Rentre chez toi et détends-toi.

— Mais je suis en train de me détendre, là.

Le simple fait de se retrouver en compagnie de Shane avait un effet des plus apaisants sur elle. Elle avait passé la phase où elle se sentait tendue et nerveuse, face à lui, ce qui était plutôt encourageant.

— Ce dont j'ai le plus besoin pour l'instant, poursuivit-elle, c'est d'un visage qui me fasse du bien. Tu corresponds tout à fait à mon exigence.

Sur ces mots, elle lui adressa un beau sourire avant de reposer sa tasse en délicate porcelaine sur sa soucoupe.

— Où est Ellie ? demanda-t-elle. Je pensais voir ta petite inspiratrice.

— J'avais réellement besoin de concentration, alors je lui ai laissé le choix entre la maternelle et sa nounou. Et elle a choisi Barbara. Rien de surprenant.

— Ellie n'aime pas l'école ?

— Oh ! elle adore apprendre de nouvelles choses, mais suivre les règles communes, « ce n'est pas toujours drôle », pour reprendre ses termes.

— On se demande de qui elle tient…

Et là-dessus, en dépit de ses efforts, elle éclata de rire.

Il lui lança un regard surpris.

— Mais je suis les règles, moi ! s'exclama-t-il, visiblement vexé.

— Ah bon ? C'est nouveau, alors. Je me souviens de certains cours que tu séchais allègrement. Sans compter que tu m'entraînais à faire l'école buissonnière pour que l'on passe l'après-midi ensemble.

Il haussa les épaules.

— C'étaient des circonstances exceptionnelles, décréta-t-il. Et puis, j'étais si jeune, à l'époque.

— Tu avais vingt ans ! Ellie, elle, en a quatre.

— Peut-être mais à son âge, moi, j'écoutais les adultes !

— Ça, c'est toi qui le dis ! Tu étais peut-être un agitateur de première catégorie, à la maternelle.

— Non, j'étais un enfant silencieux et effacé. Ce qui n'est pas le cas d'Ellie. Elle est très intelligente, pour son âge. Un peu trop pour son propre salut, d'ailleurs.

— Mais tu es là pour la guider, justement. La rassurer. Tu es patient, tu as la tête sur les épaules et un esprit créatif. Ellie se trouve en d'excellentes mains.

— Inutile de me flatter, Gina. J'ai déjà donné mon accord pour le gâteau de ta cliente.

— Mais ce n'est pas de la flagornerie, répliqua-t-elle, piquée. Je suis sincère.

Il haussa un sourcil, les yeux rivés sur elle, et un frisson la traversa, comme toujours lorsqu'il la regardait de cette façon. Il était loin de la laisser indifférente, et il devait parfaitement en être conscient. Ils avaient déjà échangé des baisers à deux reprises, et s'il voulait passer à la vitesse supérieure, il savait qu'il avait carte blanche. Tout comme elle avait conscience qu'il n'entreprendrait rien ici, sur son lieu de travail où n'importe qui pouvait entrer à tout moment...

— Eh bien, ce gâteau ? reprit-elle en s'arrachant à ses pensées.

— Euh oui, le gâteau ! s'exclama-t-il comme si lui aussi pensait à autre chose. Je vais le chercher.

Dès qu'il fut parti, elle prit son miroir de poche dans son sac. Elle avait vraiment une tête effroyable ! On aurait dit qu'elle sortait du lit.

Attrapant la brosse à cheveux qu'elle gardait toujours dans son sac à main, elle se recoiffa rapidement. Elle était en train de ranger son rouge à lèvres quand Shane revint avec sa création.

Elle en resta bouche bée.

Il avait préparé la version miniature du gâteau qu'il proposerait le jour J, en l'occurrence cinq petits étages qui donnaient l'impression d'être des cadeaux empilés les uns sur les autres, et entourés de rubans réalisés avec un glaçage. Une cascade de roses, en glaçage également, retombait sur l'un des côtés.

Visuellement, c'était incroyable !

— Que c'est beau..., murmura-t-elle d'un ton respectueux. Un vrai bonheur pour les yeux.

— Tu m'en vois ravi. Mais le véritable test, c'est de savoir s'il est bon.

Et, découpant une part de gâteau, il la déposa sur une assiette qu'il lui tendit.

Elle remarqua alors qu'il y avait des cerises à l'intérieur.

— Dis-moi ce que tu en penses, dit-il en lui tendant une cuillère. Sincèrement.

— Tu veux vraiment savoir ce que j'en pense ? Eh bien, c'est un péché, de détruire un tel chef-d'œuvre.

— C'est pourtant nécessaire pour que tu en apprécies la meilleure partie. Allez, goûte-le et dis-moi ce que tu en penses. En toute sincérité.

Elle goûta. Il n'était pas exquis, mais divin ! Jamais elle n'avait goûté un tel délice. Un véritable enchantement des sens avait explosé dans sa bouche.

— Alors ? demanda Shane.

Elle porta les yeux sur lui et, au lieu de lui répondre, prit une autre bouchée et, les yeux mi-clos, laissa la farandole de plaisirs éclater sur sa langue.

Puis elle lui sourit.

— Ce que je pense, c'est que tu es définitivement dans le bizness qui te convient, et aussi que mes papilles sont conquises, répondit-elle enfin. Où as-tu appris à créer de telles merveilles ?

Il haussa les épaules.

— Donc, tu l'aimes ? s'enquit-il.

— Si je l'aime ? Mais ce gâteau est à lui tout seul une raison suffisante pour se marier !

À peine eut-elle prononcé ces paroles qu'elle prit conscience de son énorme bourde, eu égard à leur passé...

Quelle idiote !

Elle toussota et ajouta :

— Enfin, je veux dire...

Il leva la main pour la stopper.

— C'est bon, Gina, j'ai compris ce que tu voulais dire. Je suis heureux que tu l'aimes.

— Tu n'as pas besoin de moi pour valider tes efforts. Tu sais que tu es doué.

— Je sais que j'essaie de l'être. Mais on peut tous se tromper.

— Je t'ai donc servi de cobaye ?

— Non, pas vraiment. En fait, je ne peux pas demander à un de mes collaborateurs de me donner son avis sincère sur un gâteau, car il aurait peur que je ne le renvoie si je n'apprécie pas son opinion.

Ce n'était pas un homme injuste, jamais il ne se serait comporté ainsi, elle en était convaincue. Mais pour le taquiner, elle demanda :

— Et ils ont raison d'avoir peur ?

— Bien sûr que non ! Mais il est difficile de faire changer les mentalités. De toute façon, je voulais l'avis d'une personne qui peut être d'une honnêteté brutale. Comme toi.

Ces mots lui firent l'effet d'une gifle. Elle, d'une honnêteté *brutale* ? Mais il était inutile qu'elle se justifie, même si elle avait de la peine de constater que Shane avait cette opinion d'elle, même après toutes ces années.

— J'imagine que cette remarque est méritée, marmonna-t-elle.

— Gina, je ne cherchais pas à être désagréable. Je voulais simplement dire que tu n'hésites pas à dire sincèrement ce que tu penses.

Elle redressa les épaules et plongea son regard dans le sien.

— Tu sais, Shane, j'ai appris à ne plus dire ce qui me vient tout de suite à l'esprit, car ce n'est pas forcément ce que je pense.

Elle soutint son regard et poursuivit :

— J'en ai payé le prix fort, Shane. Je crois te l'avoir déjà dit.

Elle devait partir. Avant de prononcer une fois encore des paroles qu'elle risquerait de regretter, ou bien d'éclater en sanglots. Or, elle ne souhaitait pas que Shane entende ou voie sa fragilité.

Aussi, prenant brusquement son sac à main, elle se leva.

— Ce gâteau dépasse toutes mes attentes et je suis certaine que Sylvie partagera cette opinion. Ne change rien… pour le gâteau, précisa-t-elle d'un ton appuyé en lui jetant un regard entendu.

Shane regretta vivement ses propos.

Bien qu'il ait toujours essayé de tenir la bride à ses émotions en présence de Gina, il venait de se relâcher et de l'offenser en laissant libre cours à ses propres sentiments blessés. Qui plus est, il n'en tirait aucune satisfaction, bien au contraire.

— Gina..., murmura-t-il, cherchant désespérément une façon de s'excuser pour avoir laissé sa mesquinerie prendre le dessus.

Elle se trouvait déjà sur le seuil de la porte et n'avait visiblement qu'une hâte : partir.

— Il faut que j'y aille, dit-elle. J'ai promis à Sylvie de passer la voir pour lui faire un rapport détaillé de l'avancée de la situation sur tout.

C'était naturellement un prétexte, il n'était pas dupe, aussi tenta-t-il à nouveau de la retenir.

— Gina...

Il vit ses yeux briller et comprit qu'elle était au bord des larmes et ne tenait vraiment pas à éclater en sanglots devant lui.

— Je vais dire à Sylvie que je te donne six étoiles sur cinq pour ton gâteau, elle sera sur un petit nuage, conclut-elle avant de s'éclipser.

Que s'apprêtait-il à lui dire ? se demanda Gina en démarrant, quelques instants plus tard.

Qu'il devait lui rendre la pareille, afin qu'ils soient à égalité ?

Ou bien avait-il l'intention de lui présenter des excuses pour sa brutalité ?

Au fond, peu importait. Elle ne voulait entendre ni l'un ni l'autre. Et ce qui comptait avant tout pour elle, c'était de ne pas pleurer devant lui. D'où son départ précipité. Des pleurs se seraient apparentés à un aveu de faiblesse, et elle s'était juré de ne jamais se montrer faible. Plus jamais. Elle lui avait pourtant présenté des excuses, mais de toute évidence, il n'avait pas cru à leur sincérité.

Elle devait en prendre acte et, à partir de maintenant, tourner la page !

Elle aurait tout donné pour reprendre le fil de leur relation là où ils l'avaient laissée, dix ans plus tôt, mais son refus à la suite de sa demande en mariage, ce refus formulé à voix haute bien que parfaitement infondé, représenterait toujours une barrière entre eux. Et il était clair que jamais Shane n'oublierait le rejet dont il avait été victime. Jamais il ne lui pardonnerait.

Elle soupira.

Ce qui avait été fait ne pouvait être défait, et elle en avait assez de devoir aujourd'hui encore expier cette erreur de jeunesse.

Elle devait donc tirer les conséquences qui s'imposaient : oublier Shane dont le chemin avait par hasard croisé le sien, et cesser de s'accrocher à ce hasard improbable qu'avaient été leurs retrouvailles.

16

La journée avait été longue et éreintante pour Gina, et elle avait cru qu'elle ne se terminerait jamais ! Elle avait même envisagé de jeter l'éponge tant elle n'en pouvait plus, même si elle savait, tout au fond d'elle-même, que jamais elle n'en serait arrivée à de telles extrémités qui seraient allées à l'encontre de tout ce qu'elle était.

Malgré tout, elle devait reconnaître que l'idée avait été extrêmement tentante...

Après sa séance de dégustation chez Shane, elle avait filé chez Sylvie qui avait grand besoin qu'elle lui tienne la main !

En effet, celle-ci s'était disputée la veille avec sa sœur, Monica, qui était sa première demoiselle d'honneur, et l'avait tellement vexée qu'elle avait menacé de renoncer à son rôle, à sa robe et de boycotter tout simplement le mariage !

La cause de la dispute était si mesquine que Gina n'était pas parvenue à convaincre les deux femmes d'en discuter. Il n'en restait pas moins qu'elle avait réussi à les amener à conclure au moins une trêve. Mais après quatre heures de négociations ! Elle avait en effet fini par trouver un argument massue, en les prévenant qu'elles allaient sacrifier l'un des jours les plus importants de leur vie, non seulement pour Sylvie, mais aussi pour Monica.

— Pour moi ? s'était récriée cette dernière d'une voix aiguë. Je ne vois vraiment pas en quoi !

— Parce que plus personne ne te demandera d'être sa demoiselle d'honneur, avait répondu Gina. Ce n'est pas rien, d'être choisie pour endosser ce rôle. Cela suppose beaucoup d'amour de la part de la mariée pour celle à qui elle propose un tel honneur. Et pour une dispute stupide, tu renoncerais à cela ?

D'autres arguments avaient naturellement été nécessaires mais celui-ci avait pesé dans la balance de façon déterminante.

Après quoi, les deux sœurs s'étaient réconciliées en pleurant sur leur stupidité avant de décider de fêter ça. Elles avaient alors insisté pour que leur ange gardien soit de la partie et prenne au moins un ou deux verres avec elles.

Il était presque 20 heures quand Gina put enfin rentrer chez elle ! Et ce ne fut qu'en arrivant devant sa porte et en manquant le bousculer qu'elle aperçut Shane. Il devait l'attendre depuis un bon moment, se dit-elle. Impossible en tout cas de l'éviter.

Il se releva d'un bond, lui barrant l'accès à sa porte.

Elle sentit ses doigts se crisper sur son jeu de clés, ne sachant comment réagir.

— Que fais-tu ici ? s'enquit-elle.

— Je t'attendais. Ce qui m'a permis de réfléchir aux nombreuses façons dont je pouvais te demander pardon.

Ah non ! Il n'était pas question qu'elle le laisse de nouveau entrer dans sa vie après qu'elle s'était convaincue de le sortir *définitivement* de ses pensées. Sa décision était désormais prise, elle ne reviendrait pas dessus.

À quoi jouait-il au juste, avec elle ?

Pour l'instant, il se contentait de la regarder. Attendant sans doute qu'elle dise quelque chose.

OK…

— Où est Ellie ? demanda-t-elle, presque à contrecœur.

— À la maison. J'ai demandé à Barbara de la garder. Je lui ai d'abord proposé le double du tarif habituel, conscient de la prendre au pied levé, et c'est quand j'ai dit que je la paierais le triple qu'elle a paru tout à fait ravie de rester. Elle m'a même dit de prendre tout mon temps.

Il esquissa un petit sourire, puis plongea ses yeux dans les siens.

— Gina, tu veux bien me laisser entrer ?

Elle aurait dû lui répondre par la négative, lui assurer qu'ils n'avaient plus rien à se dire, et lui demander de s'en aller...

Elle entra dans son appartement et laissa la porte ouverte. Mais sans inviter explicitement Shane à la suivre.

Il lui emboîta le pas.

— Gina, je suis vraiment désolé que tout soit parti en vrille entre nous, tout à l'heure. Je ne voulais vraiment pas que...

À cet instant, elle fit volte-face, consciente que son visage reflétait des émotions contradictoires qu'elle avait du mal à contrôler.

— Tu es de retour à Bedford depuis combien de temps, Shane ? Trois ans ? s'écria-t-elle brusquement, interrompant sa logorrhée d'excuses.

— Oui, répondit-il d'un air un peu perplexe.

Sans doute ne comprenait-il pas sa colère.

— Pourquoi n'as-tu pas cherché à reprendre contact avec moi dès ton retour ? s'enquit-elle d'un ton accusateur.

— Parce que je croyais que tu ne voudrais pas de moi, répondit-il en haussant les épaules.

— Non, tu ne savais pas ce que je pensais, ni ce que je ressentais, et je vais te dire pourquoi. Parce que tu ne m'as jamais donné l'opportunité de t'en faire part !

Elle luttait pour contenir la colère qui avait resurgi en elle après ce qui s'était passé dans sa boutique, l'après-midi même, et pourtant, elle sentait la fureur l'envahir, de plus en plus menaçante et incontrôlable.

Il devait s'exprimer clairement, pensa Shane. Trouver les mots appropriés. Il refusait que cette conversation tourne court ou se transforme en une nouvelle dispute. Ce n'était pas le but de sa visite. S'il était venu voir Gina, c'était pour obtenir au moins son pardon.

— Peut-être que tu ne t'en es pas encore vraiment rendu compte, mais à mon retour à Bedford, ma situation avait entièrement changé, reprit-il calmement. D'abord mon frère et ma belle-sœur étaient morts d'une horrible façon. Ensuite j'étais revenu avec une petite fille qui venait de perdre brutalement ses parents et dont je devais prendre soin.

Il se tut un instant avant de reprendre :

— J'en ai donc conclu que si tu n'avais pas voulu de moi quand je n'étais pas chargé de famille, tu serais encore plus réticente à l'idée de renouer une relation avec moi maintenant que j'avais un enfant à élever. Et l'idée d'essuyer un nouveau refus de ta part était au-dessus de mes forces.

À cet instant, Gina sentit la colère la gagner, puis les regrets. Pas seulement pour ce que Shane avait dit mais pour toutes ces années perdues parce qu'elle avait refusé sa demande en mariage.

— Désolée, Shane. Je sais que tu es très intelligent mais en l'occurrence, tu fais erreur. Une erreur grossière, car j'aurais adoré élever cette petite fille avec toi.

— Ça, c'est facile à dire !

Et naturellement, il ne la croyait pas !

Levant les bras en l'air, elle laissa échapper un grognement de frustration.

— Comment faire pour que tu me croies ? répliqua-t-elle. Dois-je me tatouer nos trois prénoms quelque part sur le corps, et les relier par un cœur ? Dis-moi, et j'obéirai.

Il esquissa un sourire coquin.

— J'avoue que ce tatouage, c'est tentant..., murmura-t-il avec un sourire en coin.

Elle le regarda, stupéfaite, puis secoua la tête. Elle ne savait plus quoi penser ! Était-il réellement en train de l'imaginer avec ces tatouages et s'en réjouissait-il, ou bien se jouait-il d'elle pour mieux se venger d'avoir refusé sa demande en mariage ?

— Bon sang, Shane, tu es le seul homme capable de me mettre dans un tel état de nerfs ! De me rendre complètement folle !

— Non, ça, je ne crois pas. Tu es une femme indépendante qui ne vit pas en fonction de ce que les autres pensent d'elle ou ressentent pour elle.

Exaspérée, elle brandit cette fois un poing menaçant qu'il s'empressa de saisir. Puis il plongea ses yeux dans les siens et, lui immobilisant les bras contre le corps, il pencha son visage vers elle et captura sa bouche. Il lui donna un long baiser jusqu'à ce qu'enfin elle réagisse… et l'embrasse à son tour avec passion. Elle noua les mains autour de son cou, et leur étreinte devint encore plus intense et torride.

Elle bascula dix années en arrière, au temps où elle ne pouvait pas vivre sans lui.

Elle poussa un petit soupir de protestation quand Shane écarta sa bouche de la sienne.

— Je ne suis pas venu me battre, Gina, lui dit-il avec tendresse.

— Parfois, ça fait bouger les lignes, un peu de bagarre, rétorqua-t-elle d'une voix sensuelle. Non ?

Et elle lui adressa un petit sourire entendu.

Mais il secoua la tête.

— Non. Pour ma part, j'ai fait mien ce slogan des années 1960 : faites l'amour, pas la guerre.

Et dans la foulée, il ajouta d'une voix sexy :

— Faisons l'amour, Gina. Dis-moi oui. Cela m'obsède depuis dix ans.

Shane vit Gina hésiter et, l'espace de quelques secondes, il pensa qu'elle allait le repousser, lui dire qu'ils avaient laissé passer leur chance et qu'elle refusait de rouvrir les anciennes blessures.

Mais tout à coup, elle riva ses prunelles aux siennes et murmura :

— Prouve-le-moi…

À cet instant, il comprit que le chaos qui régnait sur sa vie depuis dix ans était enfin terminé, que tout allait rentrer dans l'ordre. Gina et lui avaient payé suffisamment cher le prix de sa demande en mariage précipitée et du refus tout aussi impulsif de Gina.

— Avec plaisir, répondit-il en faisant glisser ses lèvres le long de son cou.

Il sentit le pouls de Gina tressaillir, et le désir qu'il éprouvait pour elle en fut décuplé. Pourtant, il n'allait pas se jeter sur elle, sûrement pas ! Il allait procéder avec lenteur...

De façon délibérée, il embrassa chaque parcelle de sa peau, tandis qu'elle s'agitait dans ses bras en poussant des petits cris. Il ne se pressa pas, bien au contraire ; il voulait imprimer sa marque sur tout son corps, la toucher partout.

Effacer ces longues années sans elle.

Il se rappelait à peine comment ils étaient arrivés dans son lit, ni comment elle s'était retrouvée nue, trop accaparé par les baisers qu'il lui donnait, et par les doigts de Gina qu'il sentait courir partout sur ses épaules, son torse et un peu plus bas encore...

Un feu incroyable le dévorait. Jamais il n'avait désiré une femme aussi furieusement, car jamais il n'avait aimé une autre femme aussi follement. Même quand il était dans le déni, au cours de ces longues années, il savait tout au fond de son âme qu'il n'aimait que Gina.

Qu'il l'avait toujours aimée.

Et l'aimerait toujours.

Quoi qu'il arrive après cette nuit d'amour, elle resterait à jamais gravée en lui.

Emporté par une passion brûlante, il déversa une pluie de baisers sur le corps souple et chaud de Gina qui, tout à coup, roula habilement sur lui, et se retrouva juchée au-dessus de lui. Et ce fut à elle de le dévorer de baisers plus érotiques les uns que les autres.

Quand il n'y tient plus, il inversa à nouveau les positions, puis se laissa couler sur elle...

Gina se cambra brusquement quand, de sa langue, Shane se mit à explorer ses parties les plus intimes, envoyant des ondes de choc au reste de son corps...

Et puis un vertige indicible la saisit et elle oublia tout, baignant dans un ravissement des sens total, savourant chaque étincelle de plaisir.

Quand elle revint de ces rivages insensés, son cœur battait à tout rompre. Mais elle n'eut pas le temps de se calmer car Shane remontait déjà le long de son corps, utilisant cette fois sa langue...

Elle se pressa contre lui, plus que consentante. Cela faisait si longtemps qu'elle rêvait de ce moment...

— Regarde-moi, Gina.

À cet instant, elle s'aperçut qu'elle avait les paupières closes. Lorsqu'elle les rouvrit, Shane la pénétra et ils ne firent plus qu'un.

Elle crut que son cœur allait bondir hors de sa poitrine et poussa un petit cri.

— Tu m'as tant manqué, murmura-t-elle d'une voix rauque.

— Toi aussi.

Lentement, il se mit à aller et venir en elle...

Elle savoura un instant ces douces sensations puis soudain ordonna un rythme plus fiévreux. Bientôt ils se livrèrent à une course endiablée, à celui qui atteindrait le septième ciel avant l'autre.

Elle céda la première, avant qu'une même euphorie s'emparât de lui.

Quelques instants plus tard, ils se détachèrent l'un de l'autre, haletants, leur cœur tambourinant à une cadence folle.

Peu à peu, elle entendit celui de Shane revenir à la normale, tout comme son souffle, mais elle demeura complètement immobile de peur que toute cette magie ne disparût d'un coup, comme s'il ne s'était agi que d'un mirage...

À côté d'elle, elle sentit Shane bouger, puis il déposa un baiser sur son front.

— Tu es bien calme. Quelque chose ne va pas ? s'enquit-il.

Elle éclata de rire.

— Pardon ? Pour la première fois depuis dix ans, tout va merveilleusement bien !

— Ouf ! Pendant quelques instants, j'ai cru que tu avais des regrets.

— Des regrets ?

— Oui. Par rapport à ce que nous venons de faire.

— Des regrets ? répéta-t-elle comme si ce mot appartenait à une autre langue.

Puis de nouveau, elle se mit à rire, et reprit :

— Mon seul regret, c'est que nous ayons mis tout ce temps à nous retrouver.

Et avant qu'il eût le temps de répliquer, elle prit l'initiative d'un deuxième round pour lui montrer qu'elle n'éprouvait aucun remords, juste l'envie de refaire en bonne et due forme le tour de son corps avec ses lèvres.

17

Gina éprouvait une merveilleuse fatigue.

Shane et elle avaient refait plusieurs fois l'amour, et elle se demandait comment elle était encore en mesure de bouger... Il était d'ailleurs si tentant de se recroqueviller contre lui et de s'endormir à ses côtés. Mais en toute conscience, elle ne pouvait se le permettre ; cela aurait été bien trop égoïste et elle était bien résolue à ne plus penser qu'à elle.

Se tournant vers lui, elle murmura :

— Je vais te faire un bon café.

— Je ne suis pas certain que ça marchera. Tu m'as complètement épuisé, tu sais.

Elle se mit à rire.

— Le café, c'est pour que tu n'ailles pas dans le fossé en rentrant chez toi.

— Ah bon, je rentre chez moi ?

— Mais enfin, Shane, j'imagine que tu veux être auprès d'Ellie demain quand elle se réveillera, non ?

Il parut surpris.

— Bien sûr, mais... cela ne te dérange pas ?

— En quoi ? Ellie n'est pas une rivale, c'est une adorable enfant de quatre ans et ta nièce.

— Vraiment, tu ne m'en voudras pas ?

— Si tu veux tout savoir, je me sens actuellement si bien que je crois que je pourrais marcher sur l'eau. Mais je ne veux certainement pas être la méchante de l'histoire, celle qui t'empêche de t'occuper d'Ellie.

Sur ces mots, elle sauta du lit pour se rendre dans la cuisine préparer le café promis.

— Et puis ainsi, tu seras plus enclin à revenir une deuxième fois, ajouta-t-elle.

— Et une troisième, quatrième, cinquième fois !

Elle sourit. Le programme lui convenait tout à fait, mais s'il ne le respectait pas, elle ne lui en voudrait pas.

Tout en lui préparant un café serré, elle réfléchit. Elle avait fait l'amour avec Shane, mais elle ne devait pas prendre le risque de rêver à un « toujours » avec lui, sous peine de ne pas se relever de la déception, s'il ne souhaitait, lui, qu'une relation éphémère.

— Tu es d'accord pour que l'on se revoie ? demanda Shane en la rejoignant dans la cuisine.

— Vivons au jour le jour et voyons où cela nous mènera, répondit-elle en lui souriant.

Il s'était rhabillé et semblait sur le point de partir. De toute évidence, il s'était rapidement laissé convaincre, lui murmura une petite voix perfide. Assez ! C'était elle qui tenait à ce qu'il rentre pour retrouver Ellie !

— Voilà ton café, dit-elle. Assieds-toi tout de même pour le boire.

Shane obéit. De nouveau, Gina était sur ses gardes, constata-t-il. Mais à bien y réfléchir, comment aurait-il pu lui en vouloir ? Bien sûr, au début, c'était elle, la fautive, mais par la suite, il avait pris la décision de partir au bout du monde sans lui donner la moindre nouvelle. Et il avait désormais compris à quel point elle en avait souffert.

Levant son mug, il fit mine de porter un toast.

— Vivons au jour le jour ! C'est assez bohème, finalement.

Il s'efforçait de le prendre avec humour, mais il était bien résolu à la convaincre qu'ils étaient faits pour vivre ensemble et pour toujours. Qu'elle s'en doute ou pas, elle avait déjà franchi un premier obstacle de taille : elle avait placé Ellie non seulement avant elle, mais avant leur relation.

Cela ne pouvait être que prometteur.

Quand elle lui sourit, il comprit qu'ils étaient sur la bonne voie.

Gina était médusée de constater la force et le courage qu'offrait le fait de renouer avec un homme. Elle se sentait capable de gérer sereinement toutes les crises qui pourraient survenir d'ici au mariage de Sylvie ! Et avec le sourire, en plus ! Elle avait l'impression de regorger d'énergie.

Ce qui tombait bien, avec une cliente aussi angoissée que Sylvie et qui semblait attirer les catastrophes !

La dernière en date était imputable à Gingembre, son chat, qui avait eu la bonne idée de lacérer son voile accroché à la porte de sa penderie… restée malencontreusement ouverte. Sans doute l'avait-il pris pour un ennemi vaporeux. Après s'être elle-même remise du choc et avoir retrouvé la parole, elle était parvenue à calmer – un peu – Sylvie, lui assurant qu'elle connaissait une personne qui pourrait réparer les dégâts.

— Tu en es sûre ? demanda Sylvie en hoquetant. Ce serait un vrai miracle. Il a été fabriqué à la main et envoyé de Suisse.

— Fais-moi confiance. Je connais une couturière qui fait des miracles, lui répondit-elle en rassemblant délicatement le voile pour le replacer dans sa boîte originale.

— C'est une blague, Gina ? s'écria Anna Bongino en découvrant le voile déchiré.

— Non, maman, c'est un challenge.

Et Gina lui adressa un beau sourire avant d'ajouter :

— J'ai certifié à ma cliente que tu avais été couturière dans une boutique de robes de mariées pendant vingt-trois ans. C'est bien cela, maman ?

— Couturière, oui, faiseuse de miracles, non ! Et encore s'il s'agissait de ton voile, mais même pas !

— Je t'en prie, maman… C'est extrêmement important pour moi.

Tiens, tiens, se dit Anna, quelque chose avait changé chez sa fille. Elle le sentait. En silence, elle remercia Maizie et ses amies. Il y avait chez Gina une insouciance qu'elle ne lui avait pas vue depuis des années. C'était bon signe.

Reprenant le voile, elle l'inspecta de nouveau, puis secoua la tête, sourcils froncés.

— Je vais voir ce que je peux faire, mais je ne te promets rien du tout, ma chérie.

À ces mots, Gina lui sauta au cou, ce qui la prit complètement au dépourvu. Une seconde plus tard, elle la serra elle aussi dans ses bras.

Elle en était certaine, le plan de Maizie & Co avait bien progressé. Et cela en valait vraiment la peine.

— Tu sembles bien gaie, pour quelqu'un qui travaille avec une personne complètement folle, ma fille. Ou bien me cache-t-on des choses ?

— Absolument pas, j'aime la vie, c'est tout, répondit Gina en se dirigeant vers la porte. Et sinon, sache que je ne te considère pas comme une folle.

— Hé ! Je ne parlais pas de moi !

— Je sais, répondit Gina en riant. Merci, maman, tu es vraiment ma sauveuse. Je t'appelle un peu plus tard pour savoir comment ça avance. Ah oui ! Il me faut la robe pour mardi au plus tard.

Anna ouvrit la bouche et la referma. Elle n'aurait jamais le temps, pour mardi ! Mais comme Gina paraissait si heureuse, elle ne fit aucun commentaire.

Ayant réglé la dernière urgence du jour de Sylvie et vérifié qu'aucune autre ne se profilait à l'horizon, Gina décida de s'accorder une petite pause et de s'arrêter chez Shane, en fin de journée.

— J'espère que je ne te dérange pas, dit-elle dès qu'il lui ouvrit. Mais en passant devant la librairie, j'ai été attirée par la couverture de ce livre pour enfants. Je pense que cette bande de chiots plaira à Ellie, parce qu'elle m'a dit qu'elle avait vu le dessin animé.

Devant son silence, elle reprit :

— Euh... Je n'aurais pas dû ? Tu trouves que je la gâte trop ?

À ces mots, il lui prit des mains le sac qu'elle lui tendait.

— Tu as dit *un* livre, non ? Ce sac me semble en contenir plus d'un, vu son poids, fit-il remarquer.

Elle haussa les épaules, l'air un peu penaud.

— En fait, une fois entrée dans la librairie, j'en ai vu d'autres et je me suis dit qu'ils plairaient à Ellie, et comme je n'arrivais pas à choisir, je les ai tous pris, conclut-elle avec un grand sourire.

Shane se mit à rire avant de répondre d'une voix qui lui parut presque émue :

— Je vois ça !

Ce fut alors qu'Ellie, les ayant sans doute entendus parler, fit irruption dans le salon.

— Gina ! s'écria-t-elle.

Et elle courut vers elle pour l'enlacer par la taille avant d'annoncer :

— On va dîner, tu sais. Et il y a beaucoup de nourriture, surtout des légumes.

Elle avait légèrement baissé la voix en prononçant ce dernier mot.

Shane parut amusé.

— Ellie n'aime pas vraiment les légumes, précisa-t-il.

— Si ! J'aime la purée de pommes de terre, dit Ellie.

— Incontestablement, répondit Shane. Mais tu as aussi besoin de légumes verts, ma puce.

Ellie pinça les lèvres.

— Mon estomac ne peut pas voir leur couleur. Il ne sait pas que les pommes de terre ne sont pas vertes, fit-elle remarquer.

Gina se mit à rire. Cette enfant avait un sens de la repartie des plus logiques !

— Difficile de te contredire là-dessus, ma belle, déclara-t-elle.

Puis elle sentit une petite main se glisser dans la sienne.

— À table ! décréta Ellie en l'entraînant vers la cuisine.

Elle regarda par-dessus son épaule pour vérifier que Shane était d'accord.

Leur emboîtant le pas, il lui fit signe d'avancer.

— Tu as entendu ce que notre petite capitaine a dit, répondit-il. Il y a largement de quoi manger pour trois. Nous sommes ravis que tu dînes avec nous.

Elle n'eut pas besoin qu'on lui torde le bras pour rester !

Le dîner consistait en un rôti de porc braisé et deux accompagnements : de la purée de pommes de terre et des épinards. Légumes qu'Ellie évitait soigneusement, dans son assiette, remarqua-t-elle au bout de quelques instants.

— Tu sais que si tu mélanges tes épinards à la purée, tu ne sentiras pas leur goût ? dit-elle à la fillette.

Et c'est ce qu'elle fit dans sa propre assiette avant d'offrir une petite bouchée à Ellie.

— Goûte.

Ellie fit la grimace, puis avança la bouche vers la fourchette, en prit un tout petit peu, avala, puis recommença avant de boire un peu d'eau, comme un petit oiseau.

— Ce n'est pas mauvais, n'est-ce pas ? fit remarquer Gina. Ma mère mélangeait toujours les épinards à ma purée pour que je les mange.

— Toi non plus, tu n'aimais pas les légumes verts ? demanda Ellie, visiblement ravie de s'être trouvé quelque chose en commun avec une grande personne.

— Non, avoua Gina. Tu veux que je mélange les tiens dans ton assiette ?

Consciente que Shane l'observait en silence, elle croisa les doigts pour que la petite fille accepte...

— Oui, s'il te plaît, répondit Ellie. En fait, on dirait de la purée croustillante.

— Excellente description ! renchérit Gina en mélangeant purée et épinards dans l'assiette de la fillette.

Après le dîner, cette dernière lui demanda de rester pour qu'elle lise ensemble les livres qu'elle lui avait apportés.

— Bien sûr. Si ton oncle est d'accord, naturellement, répondit-elle en jetant un regard en biais à Shane.

— Mais oui, il est d'accord, décréta Ellie. Tonton Shane est très gentil.

Gina retint un sourire.

Et ce fut ainsi qu'elle se retrouva à faire la lecture à Ellie. La fillette tenait à ce qu'elle lui lise tous les livres qu'elle lui avait offerts, mais ses yeux se fermèrent au bout de trois albums et elle perdit la bataille avec ses paupières au quatrième.

— Beau travail, murmura Shane. Il est rare qu'elle s'endorme aussi vite.

Et sur ces mots, il prit sa nièce dans ses bras pour la porter dans son lit, prenant garde à ne pas la réveiller.

Gina les suivit et demanda :

— Tu veux que je la mette en pyjama ?

— Non, ôte-lui juste ses chaussures. Elle pourrait se réveiller et être en pleine forme, si on lui retirait ses vêtements. Quelques minutes de sommeil suffisent parfois à recharger ses batteries, tu sais.

— OK, je m'occupe des baskets, répondit-elle en procédant avec douceur avant de placer les deux petites chaussures l'une à côté de l'autre, devant le lit d'Ellie.

Shane recouvrit sa nièce de sa couette à motif princesses et alluma la veilleuse. Puis ils sortirent sans faire de bruit de la chambre dont il referma soigneusement la porte, et s'éloignèrent doucement.

— Tu es un vrai pro, lui fit-elle remarquer quand ils furent loin de la chambre d'Ellie.

— Heureusement ! J'ai plus de trois ans de pratique derrière moi.

S'immobilisant, il se tourna vers elle.

— Avec un peu de chance, elle est partie pour une nuit non-stop. Que veux-tu que l'on fasse, maintenant ?

Elle aurait dû lui répondre qu'il était tard et qu'elle allait rentrer chez elle, pour qu'il ne pense pas qu'elle était passée chez lui afin qu'ils reprennent là où ils s'étaient arrêtés, la veille au soir.

Mais pour des raisons qui lui échappaient elle sentait que ses jambes n'allaient pas lui obéir si elle choisissait de s'en aller.

Aussi, au lieu de se comporter de façon raisonnable et de rentrer chez elle, elle plongea son regard dans celui de Shane et répondit :

— Surprends-moi.

Il la fixa un instant sans rien dire puis, s'avançant vers elle, il glissa les doigts dans ses cheveux.

— Après ce qui s'est passé entre nous hier soir, je doute que je sois capable de te surprendre, murmura-t-il.

Dès qu'elle sentit son souffle sur ses lèvres, son corps s'emballa...

Et au moment où il enserra son visage entre ses mains, son cœur se mit à battre une folle chamade... Puis elle cessa de respirer quand il avança ses lèvres vers les siennes... Lorsqu'il les captura, mille éclats de couleur explosèrent derrière ses paupières !

Poussant un petit gémissement, elle noua les bras autour de son cou et se haussa sur la pointe des pieds pour mieux se perdre dans leur baiser. Le temps parut s'arrêter. Passé et présent se mélangèrent.

Lorsque, quelques instants plus tard, il écarta sa tête de la sienne, elle lui lança un regard si désespéré qu'il reprit sa bouche en riant.

Et elle crut de nouveau chavirer...

— Tu sais, dit-il d'une voix rauque, si tu es intéressée, ma chambre est juste au bout du couloir.

C'était le moment ou jamais de rentrer chez elle, mais elle en avait assez de poursuivre ces petits jeux qui ne menaient à rien. Ce à quoi elle aspirait, c'était à une relation sincère avec lui, rien d'autre.

— Montre-moi ton repaire, grand méchant loup.

— Je vais plutôt t'y porter comme Tarzan, dit-il d'un ton taquin. Je préfère. Et nous trouverons peut-être quelques arbres où nous balancer.

— Pour l'instant, marchons jusqu'à ta chambre...

Lui prenant la main, il l'entraîna au bout du couloir.

18

Le mariage dont Gina avait, à un moment donné, sérieusement douté de la tenue eut finalement bel et bien lieu.

Fidèle à sa réputation, sa mère avait fait renaître le voile à moitié saccagé de ses cendres, même si cela lui avait pris un peu plus de temps que prévu. Ce dont elle lui fut infiniment reconnaissante.

Elle le présenta à Sylvie alors que celle-ci venait d'enfiler sa robe de mariée fourreau, dont l'ourlet caressait le sol.

Plaçant avec soin le voile sur la tête de Sylvie, elle croisa les doigts pour que cette dernière ne s'aperçoive pas qu'il était légèrement plus court qu'avant l'intervention de Gingembre...

— C'est parfait ! s'écria la mariée avec enthousiasme. Merci, Gina. Je ne sais pas comment j'aurais fait pour survivre à tout ce chaos sans toi.

Et elle s'examina longuement sous toutes les coutures dans le miroir, soupirant d'aise.

Il était à présent 13 h 15 et la cérémonie allait commencer dans quinze minutes, dans l'église qui avait retrouvé un toit entier.

Gina s'était levée à 6 heures pour vérifier une multitude de détails de sorte qu'il n'y ait aucune mauvaise surprise avant le début des festivités.

Elle touchait presque la ligne d'arrivée...

Elle aurait aimé expliquer à Sylvie que même sans elle, elle aurait survécu, mais franchement cela aurait été mentir. Jamais elle n'avait eu une cliente aussi stressée, et sur qui s'étaient abattus les pires cauchemars qu'une mariée pouvait redouter !

— C'est mon rôle, Sylvie, répondit-elle en souriant. Ravie de t'avoir été utile.

— J'ai chanté tes louanges à toutes mes amies, et celles qui doivent se marier prochainement vont t'appeler. Comme elles sont nombreuses, prépare-toi à ce que ton téléphone sonne sans arrêt !

Gina lui sourit, certaine qu'elle exagérait, comme d'autres avant elle.

Soudain, les notes de la *Marche nuptiale* éclatèrent.

— Tout le monde est prêt ? demanda Gina. On y va !

Elle vit alors la mariée pâlir.

— Sylvie, que se passe-t-il ?

— Je crois que je vais vomir, murmura cette dernière en posant la main sur son ventre.

— Mais non ! Sylvie, regarde-moi. Tu vas descendre l'allée au bras de ton père et tu vas épouser l'homme de tes rêves. Tu m'entends ?

Sylvie hocha à peine la tête avant de répondre d'une voix rauque :

— Oui.

— Parfait ! s'exclama-t-elle en enlaçant la mariée par la taille et l'entraînant vers la porte, avec à leur suite les cinq demoiselles d'honneur.

Sylvie lui lâcha le bras au moment où elle commença à se diriger vers l'autel, accompagnée cette fois par son père, lui lançant un dernier « merci ».

Quand Gina entra à son tour dans l'église, elle inspecta du regard les invités, en quête de Shane. Normalement, le gâteau avait été livré une heure auparavant à la salle de réception, ce qui lui donnait largement le temps de venir la rejoindre ici, puisqu'il était son cavalier.

Mais elle avait beau regarder, elle ne le voyait nulle part...

Avait-il changé d'avis ?

Elle lutta pour surmonter sa déception. Elle n'avait pas terminé sa mission ; cette journée n'était pas la sienne, mais celle de Sylvie, et il lui fallait continuer à sourire pour elle. Qui aurait aimé avoir une demoiselle d'honneur au regard triste, sur ses photos de mariage ?

Alors qu'elle se rapprochait de l'autel pour regagner sa place, elle entendit la porte de l'église s'ouvrir. Jetant un coup d'œil dans cette direction, elle reconnut la silhouette de Shane. Elle s'autorisa enfin à tourner la tête, et son cœur se mit à battre la chamade. Oui, c'était bien lui, magnifique dans un costume noir...

Il avait tenu parole.

Elle laissa échapper un petit soupir d'aise, bien résolue, maintenant, à profiter elle aussi du mariage.

La cérémonie se déroula sans anicroche, et Gina sentit une larme rouler sur sa joue lorsque Sylvie, émue, se serra tendrement contre son mari lors du baiser.

Tout le monde gagna la salle de réception dans un joyeux brouhaha.

Homme de petite taille et fort agile, André, le photographe, semblait être partout à la fois. Gina était censée le diriger, mais il menait sa barque sans attendre ses ordres, et surtout, il était insaisissable... et épuisant !

Après tout, il prenait des photos, et c'était là le principal !

Sans compter qu'il y avait aussi Suzanne, qui filmait la cérémonie dans son intégralité.

Et de toute façon, Gina n'avait qu'une obsession : Shane. Dès l'instant où elle le put, elle s'avança vers lui, un grand sourire aux lèvres.

— Tu es finalement venu, dit-elle.

— De justesse, car un type sur la nationale ne cessait de passer d'une voie à l'autre, créant quasiment un bouchon. Heureusement, j'étais juste derrière lui, et...

— Heureusement ?

— Oui ! À un moment, j'ai pu le doubler par surprise et filer.

Elle ferma les yeux.

— Oh non, je ne veux pas en savoir davantage !

À cet instant, l'orchestre se mit à jouer un slow bien connu.

— Tu danses ? demanda Shane d'une voix enjôleuse.

— Tu ne te souviens pas ? Je ne suis pas très douée pour la danse.

Tout ce qu'elle voulait, c'était s'asseoir quelque part avec lui pour discuter. Elle était tellement heureuse, perdue sur son petit nuage, qu'il soit présent à ce mariage… qu'elle se demandait si elle ne rêvait pas. Bien sûr, ils avaient fait de nombreuses fois l'amour, la semaine dernière, mais cela appartenait à la sphère privée. Danser ensemble, c'était comme officialiser leur relation.

— Allez, Gina ! Il te suffit de suivre le rythme, personne ne va te juger, lui assura Shane en la prenant dans ses bras. Mais tu trembles. Tu as froid ?

— Non. Je pensais juste à ce chauffard qui aurait pu te rentrer dedans…

— Mais ce n'est pas arrivé.

Et il l'entraîna sur la piste.

Elle ferma les yeux, soudain submergée par les émotions de ces dernières semaines. Allons, elle n'allait pas s'effondrer le jour J, alors que la mariée et elle-même baignaient dans le plus grand bonheur ?

— Oh ! Shane, s'il t'était arrivé…

— Inutile de penser à ce qu'il ne m'est *pas* arrivé !

Puis il ajouta, visiblement désireux de changer de sujet :

— Ce mariage est une grande réussite. Bravo !

— Je n'en suis pas l'organisatrice, tu sais, tout était déjà en place quand on a fait appel à moi. J'ai juste fait en sorte que l'ensemble reste sur les bons rails.

— Alors bravo à tes talents d'aiguillage ! s'exclama-t-il en riant. Mais je dois tout de même avouer qu'il y a bien trop d'invités à mon goût. Je préfère les mariages intimes, en petit comité.

Il plongea son regard dans le sien et ajouta :

— Et toi ?

— L'intime et le petit comité me conviennent aussi pleinement, répondit-elle la bouche sèche. Pourquoi ?

— Avant de répondre à ta question, je pense que nous devrions arrêter de danser.

Et comme elle lui lança un regard interrogateur, il précisa :

— La musique s'est arrêtée.

— Oh.

Elle était tellement happée par Shane et leur échange qu'elle en avait oublié tout le reste, même l'orchestre.

Confuse, elle se dirigea bien vite vers leur table, où la présence des autres convives lui offrirait une sorte de paravent contre la dernière bizarrerie de Shane…

— Eh, attends-moi ! dit-il en la rattrapant. Tu ne veux pas que je réponde à ta question ?

Piégée, elle marmonna avec réticence :

— Très bien. Pourquoi m'as-tu demandé si un mariage en petit comité me conviendrait ?

— Parce que si ce n'était pas le cas, j'accepterais des noces en grande pompe. Comme celles-ci. Mais ce serait à toi de trouver les invités.

— Ce qui nous ramène à ma question : pourquoi ?

Elle avait l'impression que son cerveau était une sorte de boule en verre que l'on agitait pour faire tomber des petits flocons de neige, et que ceux-ci embrouillaient ses pensées.

— Ai-je manqué un épisode ? s'enquit-elle soudain.

La plus grande confusion régnant en elle, elle ne voulait surtout pas tirer de conclusions hâtives.

L'entraînant à l'écart, il répondit :

— Non, tu les as tous regardés, c'est moi qui en aie manqué un.

Il prit une grande inspiration et poursuivit :

— Parce que je crains qu'à nouveau tu ne me repousses si je te repose la question.

Elle sentit ses jambes flageoler. Avait-elle bien compris ? Allait-il lui demander ce qu'elle pensait qu'il allait lui demander ?

— Pose-moi ta question, dit-elle en proie au vertige. Et promis, je ne te repousserai pas.

C'était maintenant ou jamais, se dit Shane.

Aussi se lança-t-il, le cœur battant.

— Je suis amoureux de toi depuis douze ans, Gina. Je n'ai jamais cessé de l'être même quand tu m'as ri au nez lorsque je t'ai demandé en mariage, il y a dix ans, et que tu as écrasé mon ego. Je t'ai toujours aimée, c'est plus fort que moi, même quand j'aurais vraiment préféré te détester. Mais il est des choses que l'on ne peut contrôler.

Et l'aimer appartenait à cette catégorie.

— Je ne t'ai pas ri au nez, fit-elle remarquer. C'était un rire nerveux, je te l'ai déjà dit. J'ai décliné ta demande parce que je redoutais de souffrir.

— Cette réponse m'est aujourd'hui encore incompréhensible, lui avoua-t-il.

Elle secoua la tête.

— Peu importe, Shane. Tout ce qui compte aujourd'hui, c'est que j'aurais dû répondre oui, comme je te réponds oui aujourd'hui. Enfin, si tu me demandes sérieusement en mariage, précisa-t-elle, soudain nerveuse.

— Sérieusement ou en riant, je ne sais pas, mais je te demande en mariage si ta réponse est oui. Tu me manques tout le temps, Gina, et cela finit par me fatiguer. J'en ai assez de regretter la vie que nous aurions pu avoir, tous les deux, et je ne veux plus gaspiller un seul instant.

Prenant ses mains dans les siennes, il plongea son regard dans ses yeux et ajouta :

— Épouse-moi, Gina.

— Du fond de l'âme et de tout mon cœur, oui !

Malgré sa réponse dépourvue de la moindre ambiguïté, il lui sembla y percevoir comme une retenue.

— En as-tu parlé à Ellie ? s'enquit-elle. Tu n'es pas le seul impliqué, dans ce mariage, elle l'est aussi. Tu imagines si elle ne veut pas que tu te maries ?

Soulagé, il se mit à rire.

— Il se trouve qu'elle m'a donné sa bénédiction, dit-il. Enfin, pas exactement en ces termes, naturellement. Mais je lui ai bien sûr fait part, hier soir, de mes intentions nous concernant, et je peux t'assurer qu'elle est très excitée à la perspective que l'on vive tous les trois ensemble. Elle m'a d'ailleurs dit qu'elle avait déjà tout prévu !

Ils éclatèrent de rire, puis il redevint sérieux pour reprendre :

— Donc tu vois, si tu me dis non, tu vas aussi décevoir Ellie, car tu la rejetteras également !

— Il se trouve que je ne vais rejeter personne.

— Donc c'est oui ? insista-t-il pour être certain d'avoir bien compris la réponse avant de laisser éclater sa joie.

— C'est oui. Oui, oui, oui ! s'exclama-t-elle avec un grand sourire, en nouant les bras autour de son cou. Oui à toi, oui à Ellie.

— C'est fantastique ! Ellie va être enchantée !

À cet instant, elle inclina la tête de côté.

— Et l'oncle d'Ellie ?

Il se mit à rire.

— Lui, il va te montrer combien il l'est !

Et sur ces mots, il lui donna un long, très long, un interminable baiser…

Épilogue

— Je ne sais comment te remercier ! s'exclama Anna Bongino en prenant Maizie dans ses bras. Tu es une véritable fée ! Comment as-tu exercé ta magie ? Où as-tu déniché Shane ?

Celia afficha alors un sourire aussi mystérieux que ravi.

— Eh bien, nous pouvons tout te raconter si tu veux, mais ensuite, nous serons obligées de te faire disparaître, déclara-t-elle d'un ton pince-sans-rire.

— Ne fais pas attention à elle, intervint Theresa en adressant un petit signe de la main à Anna. Elle regarde trop de films policiers, ces derniers temps.

— C'est si gentil de ta part de nous avoir invitées au mariage de Gina, fit remarquer Maizie.

— *Gentil* ? répéta Anna. Mais sans vous, il n'y aurait pas eu de mariage !

Elle les regarda toutes les trois l'une après l'autre, puis poursuivit :

— J'ignore de quelle façon vous vous y êtes prises, mais je suis votre obligée et je vous en serai reconnaissante jusqu'à la fin de mes jours. Demandez-moi tout ce que vous voulez, et je vous le donnerai !

Maizie, les yeux brillants, adressa un grand sourire à son amie.

— Nous sommes si heureuses d'avoir pu enfin réunir ces deux-là que cette immense joie suffit à notre récompense.

— Désolée de vous interrompre, dit Celia, mais je crois que nous devrions vite nous asseoir. L'organiste s'apprête à jouer.

Anna posa la main sur son cœur, comme pour l'empêcher de bondir hors de sa poitrine. Elle avait la sensation d'être une enfant qui va découvrir ce que le Père Noël lui a apporté.

— Ça y est, ils vont se marier ! s'écria-t-elle tout excitée. Cela va vraiment arriver.

— En effet, répondit Maizie avec la fierté de celle qui avait une nouvelle fois accompli sa mission. Ils vont *vraiment* se marier. Et tu ferais mieux de regagner ta place si tu ne veux pas qu'elle reste vide pendant la cérémonie !

Ces mots ramenèrent Anna sur terre.

— Bien sûr ! Tu as raison ! On se revoit à la réception, lança-t-elle au trio avant qu'on la prenne par le bras pour l'escorter au premier rang.

— Il est rare de voir une mère encore plus excitée que sa fille le jour de son mariage, fit remarquer Celia, amusée, tandis que ses amies et elle prenaient place parmi les convives, du côté de la mariée, dans l'église.

— Je trouve ça adorable. Et si touchant ! s'exclama Theresa.

— En effet, renchérit Celia.

— Mission accomplie, mesdames, murmura Maizie à ses deux complices. Encore une fois.

Et une lueur brilla dans ses yeux.

— En as-tu jamais douté ? demanda Theresa en riant.

Enfin, pensa Gina en entendant les premières notes de la *Marche nuptiale*. Cette fois-ci, elles résonnaient pour elle ! Après avoir été demoiselle d'honneur de tant de mariées, son tour était venu. Elle se serait presque pincée pour le croire.

Cela lui semblait quasi irréel...

— Prête ? lui demanda son beau-frère en jetant un coup d'œil dans l'église pleine d'invités.

Gina lui sourit. Il s'était proposé de l'accompagner, puisque son père n'était plus de ce monde depuis quelques années maintenant.

— Plus que jamais ! répondit-elle.

Et soulevant les bouts de son voile, elle s'apprêta à gagner l'autel.

— Merci, Eddie, ajouta-t-elle.

Elle aurait aimé courir pour être certaine que Shane se trouvait près de l'autel, mais elle dut se forcer à avancer du pas modéré qui convenait à une future mariée.

Ellie se retourna vers elle, lui adressa un immense sourire puis, reprenant un air sérieux, entra dans son rôle et se mit à disperser des pétales de rose sur le chemin de la mariée.

Une fois qu'elle fut arrivée à l'autel, le panier d'Ellie était vide, et la fillette se tourna de nouveau vers elle, tout sourire, de toute évidence fière d'avoir si bien rempli sa mission. Puis elle se laissa conduire du côté des demoiselles d'honneur.

Gina sentit le souffle lui manquer quand ses yeux tombèrent sur Shane.

— Te voici livrée à toi-même, murmura Eddie avec tendresse avant de l'embrasser sur la joue et de se retirer.

Mais elle entendit à peine ce qu'il lui disait, car toutes les fibres de son corps vibraient pour son élu : Shane.

Celui-ci lui adressa un tendre sourire.

— Tu es venue, dit-il simplement.

— Même une horde de chevaux sauvages n'aurait pu m'en empêcher, répondit-elle tandis que le prêtre commençait à réciter les paroles qui allaient les unir à jamais.

Et le tendre sourire de Shane se grava dans son cœur pour toujours.

Cette fois, se dit-elle, tout allait bien se passer.

Enfin !

Elle voulait mémoriser chaque instant de la cérémonie, mais elle ne parvenait pas à se concentrer sur les paroles du prêtre qui s'apparentaient à des bourdonnements d'abeille dans son cerveau saturé d'adrénaline. En réalité, elle attendait les seules qui comptaient…

— Je vous déclare mari et femme. Shane, vous pouvez embrasser la mariée.

Sans se faire prier, il releva son voile, ce voile que sa mère lui avait confectionné avec amour et qui avait attendu sagement pendant dix ans dans son armoire, puis se tourna vers le prêtre.

— J'ai attendu ce moment si longtemps, alors oui, je vais embrasser la mariée !

Un fantastique baiser qui valait finalement la peine de l'avoir attendu si longtemps.

JOANNE ROCK

Au service du mensonge

Traduction française de
ANDRÉE JARDAT

PASSIONS

HARLEQUIN

Titre original :
EXPECTING A SCANDAL

© 2018, Harlequin Books S.A.
© 2019, 2024, HarperCollins France pour la traduction française.

1

Abigail ajusta ses lunettes sur l'arête de son nez, dans un geste faussement désinvolte. Si elle parvenait à attirer l'attention de son auditoire sur sa monture zébrée rouge et noir, personne ne remarquerait peut-être l'anxiété qui crispait son visage.

Elle ne voulait pas que les membres du comité directeur du Royal Memorial Hospital lisent dans son regard à quel point elle avait besoin de remporter ce marché, un projet de sculpture qu'elle venait de leur soumettre et dont le but était d'agrémenter l'aile pédiatrique de l'établissement.

Sans compter qu'elle était bouleversée de se retrouver dans un hôpital, pour la première fois depuis le décès de sa sœur.

Sa présentation était achevée mais elle resta debout, lissant le bas de sa jupe trop serrée sur les hanches mais qu'elle avait pris soin d'assortir à une blouse ample, destinée à cacher sa grossesse. Elle ne se faisait pas trop d'illusions. Enceinte de cinq mois, elle ne parviendrait pas à garder le secret encore bien longtemps.

Cependant, le plus tard serait le mieux. Elle n'était pas pressée que l'on sache que le père de son enfant était un imposteur qui avait usurpé l'identité de Will Sanders, P-DG de la toute-puissante Spark Energy Solutions, société florissante ayant fait le pari de l'énergie renouvelable. De même, elle n'était pas pressée qu'on sache qu'elle élèverait seule son enfant.

Quelle année horrible ! À croire que le sort s'acharnait sur elle. N'était-ce pas suffisant qu'elle ait perdu sa sœur, Alannah, dans un stupide accident de kayak, puis qu'elle ait fait les frais d'une relation — consentie, certes — avec un escroc ?

Malheureusement, les choses n'iraient pas en s'arrangeant, bien au contraire, si elle ne décrochait pas ce contrat. Assister sa mère dans son deuil l'avait empêchée de travailler comme elle l'aurait dû pour ne pas se retrouver dans la situation financière délicate dans laquelle elle était empêtrée aujourd'hui. Ses économies avaient fondu comme neige au soleil, et son incapacité à rembourser les traites de sa maison pesait au-dessus de sa tête comme une épée de Damoclès.

Elle redressa les épaules et se força à sourire malgré le gargouillement intempestif de son ventre. Mais non, elle n'allait pas faire un malaise. Pas ici, pas maintenant. Cet inconfort qu'elle ressentait était sûrement dû à sa nervosité croissante.

— Quelqu'un dans cette salle a-t-il des questions au sujet du projet que je viens de vous soumettre ?

— Moi. J'ai une question.

La voix grave qui s'était élevée du fond de la salle la prit au dépourvu.

Elle avait cru tous les membres du comité réunis autour de la table de conférence. Eh bien, il faut croire qu'elle s'était trompée. La voix appartenait à un homme renversant de séduction — médecin, si l'on se fiait à la blouse verte qu'il portait —, assis sur une chaise près de la porte de sortie.

De ses mocassins, façonnés dans un cuir fin et souple, à sa coupe de cheveux savamment étudiée, tout chez lui traduisait une aisance matérielle que ni la blouse ni la barbe de trois jours qui ombrait ses joues ne pouvaient dissimuler. Quant au smartphone qui se trouvait négligemment posé à côté de lui sur une petite table d'appoint, il devait coûter largement plus qu'une seule des traites qu'elle devait rembourser chaque mois à sa banque.

Comment l'arrivée de ce retardataire fascinant avait-elle pu lui échapper ?

D'épais cheveux bruns, des yeux d'un vert profond, une carrure à faire pâlir d'envie bien des athlètes... Seigneur, il était irrésistible. Et pour une femme comme elle, enceinte de cinq mois, plus préoccupée par les petits désagréments dus à son état qu'attirée par un mâle débordant de virilité, le détail était assez significatif pour qu'elle en prenne conscience.

L'administrateur qui l'avait invitée fit signe à l'homme de venir s'installer à la seule place restée vacante, devant laquelle se trouvait une plaquette de présentation encore fermée.

— Merci d'être venu, docteur Chambers. Je vous en prie, rejoignez-nous.

— Désolé pour ce retard, mais ma dernière opération a été plus longue que prévu, expliqua-t-il.

Il se leva, tira le fauteuil à roulettes à lui et s'assit, se joignant ainsi aux onze autres membres qui formaient le comité.

— Mademoiselle Stewart, commença-t-il, je ne mets pas en doute votre talent — et je suis certain que vous l'avez largement démontré au travers de vos œuvres précédentes —, mais je crains de ne pas voir l'intérêt de mettre autant d'argent dans une sculpture quand nous manquons cruellement de matériel ainsi que de personnel.

Elle sentit les battements de son cœur redoubler. Elle observa quelques secondes de silence, le temps de trouver la meilleure réponse à opposer à son interlocuteur et de lui offrir un visage lisse, confiant et surtout dénué de toute émotion.

— Je crois savoir que les fonds apportés par notre généreux mécène sont strictement destinés à ce projet, que j'en sois la conceptrice ou que ce travail revienne à une autre artiste.

Elle s'interrompit pour lancer un coup d'œil interrogateur en direction de Belinda McDowell, la directrice du secteur développement de l'hôpital. D'un petit signe du menton, cette dernière l'encouragea à poursuivre.

— Cet argent ne peut donc être affecté à rien d'autre qu'à ce projet.

Le Dr Chambers contracta les mâchoires, affichant une impatience à peine voilée. Pensait-il vraiment que la sculpture était un art si mineur qu'il ne méritait pas qu'on y consacre d'argent ?

— En supposant que ce soit le cas…

À son tour, il lança un regard interrogateur à Mme McDowell qui, de nouveau, eut le même signe d'encouragement.

— Pourquoi une sculpture ? Les enfants sont-ils à même d'apprécier une œuvre d'art contemporaine ? Ne pensez-vous pas qu'il vaudrait mieux pour eux qu'ils aient affaire à une œuvre qui leur parle ? Une œuvre qui corresponde à leur âge ?

Elle résista difficilement à l'envie de pointer du doigt la plaquette de présentation qu'il n'avait toujours pas daigné ouvrir. Car là, précisément, se trouvaient toutes les réponses à ses questions.

Reste calme. Surtout, ne montre pas ta vulnérabilité.

Ce ne serait qu'en affichant un certain détachement que l'affaire se conclurait et qu'elle jouirait d'une visibilité et d'une crédibilité dont elle ne bénéficiait pas encore. Enfin, peut-être.

— Cette sculpture ne serait que le premier élément d'une installation, beaucoup plus importante, visant à décorer l'aile pédiatrique, mais également à divertir les enfants tout en les sensibilisant à l'art.

Elle ouvrit sa plaquette à la page où s'affichaient les grandes lignes du projet.

— Si cela vous intéresse, vous trouverez tous les détails à la page 6 de cette brochure, rétorqua-t-elle sans le quitter des yeux.

Pour tout commentaire, Dr Beau Gosse caressa sa barbe naissante tout en affichant un air sceptique.

— D'autres questions ? s'enquit-elle d'un ton qui sonna trop brusque, voire grossier, à ses propres oreilles.

Voilà que ce bellâtre lui faisait perdre ses nerfs ! Lui, ou sa jupe trop serrée ou les souvenirs douloureux que cet hôpital faisait renaître. Une chose était certaine : ce trop charmant médecin la troublait.

Elle qui pensait en avoir fini avec les hommes pour un bon bout de temps ! Pourquoi n'était-elle pas maîtresse de son corps ? De ses émotions ? Alors, il suffisait qu'elle se retrouve face à un bel homme débordant de virilité pour que ses bonnes résolutions soient réduites à néant, comme cela, en un claquement de doigts ?

Comme en réponse à sa question, la voix du Dr Chambers s'éleva de nouveau, lui envoyant des frissons dans tout le corps.

— Pensez-vous pouvoir être dans les temps avec un délai aussi court ? demanda-t-il, les yeux baissés sur la plaquette. Et donc rendre un travail sérieux ?

Le pourrait-elle ? Elle avait dix jours devant elle. Ce ne serait pas facile, bien sûr, mais elle n'aurait pas le choix. D'ailleurs, elle travaillait beaucoup mieux dans l'urgence. Quant au « travail sérieux », se mesurait-il au temps que l'on passait sur une œuvre ? Non, bien sûr. Au cours des siècles, l'histoire de l'art démontrait qu'on pouvait y consacrer des années comme quelques heures.

— Tout à fait, assura-t-elle d'un ton ferme. À ce propos, plus tôt la commission aura délibéré pour choisir l'artiste qui réalisera son œuvre, plus celui-ci aura de chances de respecter les délais.

Belinda McDowell se leva pour prendre la parole.

— Nous espérons vous donner une réponse le plus rapidement possible, mademoiselle Stewart. En attendant, nous vous remercions d'être venue nous présenter votre projet.

D'un bref hochement de tête, elle lui signifia que le temps qui lui était imparti était écoulé puis elle reporta son attention sur l'assemblée.

— Il y a une autre artiste que j'aimerais vous présenter si vous voulez bien lui consacrer dix minutes de votre précieux temps, annonça-t-elle à la cantonade.

Elle s'empressa de rassembler ses affaires puis se dirigea vers la porte de sortie. Avait-elle raté la chance de sa vie ?

En passant devant le Dr Chambers, elle baissa les yeux sur lui, résistant péniblement à l'envie de donner un bon coup de pied dans sa chaise pour le punir d'avoir joué les fauteurs de troubles. Ou plutôt pour se punir, elle, d'englober d'un regard ardent les traits réguliers de son visage ainsi que les muscles de son torse, qu'elle devinait saillants sous sa blouse entrouverte.

Réflexe d'artiste, se dit-elle sans grande conviction. Pur réflexe d'artiste.

Quoi d'autre ? Car si elle n'était pas capable de contrôler ses instincts, ses pulsions primaires, elle se trouvait face à un problème qui dépassait largement l'état de son compte en banque et le bébé qu'elle portait.

Un problème que seul un médecin pourrait régler. Mais pas un chirurgien : un psychiatre.

Un peu plus tard ce même jour, installé dans la salle de repos consacrée aux médecins, Vaughn Chambers prit le temps de comparer les projets des deux artistes. À cette heure de l'après-midi, qui était celle des changements d'équipe, chacun passait prendre un café ou manger un morceau sur le pouce avant de quitter son poste ou de le prendre.

Il s'était installé dos à la porte et protégé du bruit ambiant grâce à ses écouteurs, méthode qu'il utilisait fréquemment depuis son retour d'Afghanistan où il avait officié comme médecin militaire.

Bien que futur héritier d'un empire pétrolier, il avait toujours refusé cette voie royale toute tracée pour se consacrer à une carrière médicale. Suivant les traces de l'un de ses aïeux, il s'était enrôlé dans l'armée américaine aussitôt ses diplômes en poche. S'il ne regrettait pas le choix qu'il avait fait, il en payait cependant encore le prix aujourd'hui.

Il avait beau faire de son mieux pour ne pas laisser cette période de sa vie le déposséder de ce métier qu'il aimait par-dessus tout, il n'en restait pas moins que le syndrome post-traumatique dont il souffrait ne lui laissait guère de répit. Il commençait même à désespérer de pouvoir oublier un jour ces plages de mal-être intenses, sources de situations pénibles.

Comme en ce moment précis.

Avec peine, il parvint à imposer à son corps agité une quiétude qu'il était bien loin de ressentir alors qu'un de ses confrères bataillait avec la machine à café tombée une fois de plus en panne.

Ses pensées dérivèrent vers le patient qu'il avait opéré le matin. Poignardé à plusieurs reprises, celui-ci était entre la vie et la mort lorsqu'il avait été transporté par hélicoptère du ranch où il se trouvait quand la bagarre avait éclaté.

Bien que longue, l'opération s'était déroulée sans problème compte tenu de l'ampleur des blessures. Dans ces moments-là, il redevenait le roc inébranlable qu'il était avant son enrôlement. Ses instruments chirurgicaux à la main, il se fermait alors à tout pour se concentrer à fond sur ce métier auquel il dédiait sa vie.

Malheureusement, une fois sorti du bloc, son mal-être revenait l'assaillir sans qu'il ne puisse rien y faire. Et voilà qu'aujourd'hui, après une opération des plus pénibles et des plus délicates, il avait dû assister à cette réunion au sujet d'une sculpture sur bois dont il n'avait que faire.

Sans pouvoir y couper : promesse avait été faite à son confrère, le Dr Parker Reese, qui le lui avait demandé comme un service personnel à lui rendre. Il n'était pas dupe. C'était Parker qui avait essayé de lui rendre service. En l'incitant à renouer avec les codes d'un monde normal, il cherchait à le sortir de cette zone de combat dans lequel son cerveau le replongeait inlassablement.

Toujours est-il qu'il s'était rendu dans la salle des conférences, à contrecœur et pas au mieux de sa forme, et quelques heures plus tard il se surprenait à scruter attentivement une photo d'Abigail Stewart, qu'elle avait agrafée à son dossier de présentation.

Une foison de longues boucles noires cascadait sur ses épaules tandis qu'elle offrait à l'objectif une posture candide qui faisait d'elle une femme beaucoup plus enjouée que celle rencontrée le matin même. La lumière du soleil couchant baignant l'arrière-plan auréolait sa tête d'un doux halo doré. Ses yeux couleur café brûlé fixaient un point derrière l'objectif, et elle riait. Ce n'était pas un portrait au sens traditionnel du terme mais bien l'œuvre d'une artiste.

Sur cette image, elle vibrait d'une force et d'une vitalité rares qu'il n'avait pas su deviner pendant la réunion. À présent, il s'en voulait de s'être montré aussi brusque. Indélicat. Hélas, il n'y pouvait rien. Il était toujours ainsi lorsqu'il tentait de livrer une bataille intérieure à ses vieux démons. En temps normal, aussitôt qu'il avait terminé une opération difficile, il se réfugiait derrière ses écouteurs ou rentrait chez lui retrouver Ruby, son fidèle chien d'assistance, seul à pouvoir l'aider à décompresser un peu.

Mais aujourd'hui, aucune de ces deux options n'ayant été possibles, il avait fait preuve d'agressivité à l'égard de Mlle Stewart.

Une tape amicale sur son épaule le fit se retourner trop vite ; trop violemment. Il le vit au regard effrayé de Belinda McDowell, et à son petit pas en arrière.

— Je..., balbutia-t-elle avant de s'arrêter.

Il se maudit. Bon sang ! Parce qu'il était dans un mauvais jour, il venait de flanquer la trouille à cette femme si douce, si dévouée, si compétente, qui se donnait sans compter dans l'intérêt du Royal Memorial.

— Je suis désolé, s'excusa-t-il platement.

Il retira ses écouteurs et, dans un effort surhumain, parvint à afficher un large sourire qui se voulait convaincant.

— Je crois bien que je m'étais endormi. Heureusement que mes années d'internat sont loin derrière moi. Je n'aurais pas tenu le coup.

En guise de réponse, Belinda lui tendit une enveloppe.

— Vous n'avez pas besoin de vous excuser, rétorqua-t-elle. Et sachez que je vous sais gré de vous être porté volontaire pour aller annoncer la bonne nouvelle à Mlle Stewart. Ainsi, elle pourra se lancer sans perdre de temps.

À l'issue de la seconde présentation, le comité avait opté pour le projet d'Abigail. Et, comme il s'en voulait de la façon dont il lui avait parlé, il s'était porté volontaire pour aller lui annoncer la nouvelle en personne.

Ah, la bonne blague ! Qui cherchait-il à duper ?

S'il s'était proposé pour aller chez Abigail, c'était parce qu'il éprouvait pour elle un sentiment de... de fascination ; une émotion diffuse sur laquelle il ne savait pas mettre de nom.

— Ce n'est pas un problème. Je dois passer en ville pour rentrer chez moi, et son atelier se trouve sur mon chemin.

Il abaissa les yeux sur l'enveloppe que Belinda venait de lui remettre et sur laquelle était inscrit le nom d'Abigail.

— Qu'est-ce que c'est ? s'enquit-il.

— Le contrat à lui faire signer ainsi qu'un chèque d'acompte, répondit-elle en saluant de la tête un groupe de cardiologues qui passait. Veuillez lui rappeler qu'elle est la bienvenue sur le site autant qu'elle le voudra. Dites-lui aussi qu'elle bénéficiera d'un badge et d'un accès au parking comme n'importe lequel des employés de cet établissement.

Il allait revoir Abigail. Souvent, même. Car, avec un délai d'à peine dix jours, elle allait avoir du pain sur la planche. Pas question pour elle de chômer.

Il n'aurait plus d'excuse à trouver pour la voir. Si, toutefois, il s'en sentait capable. Comment allait-il réagir face à cette femme dont la seule présence avait ébranlé les barrières défensives derrière lesquelles il se barricadait depuis des mois ?

— Bien sûr, dit-il distraitement.

Il posa l'enveloppe sur la table, près de son téléphone portable.

— J'ai encore un patient à voir et ensuite je file chez elle sans tarder, ajouta-t-il. Son temps est précieux.

Le sien aussi. Trop d'émotions en trop peu de temps. Il avait besoin de bouger ; envie de quitter les lieux.

— Merci, dit Belinda. Essayez de vous reposer un peu, docteur Chambers. Vous semblez en avoir besoin. Il serait fâcheux que vous tombiez malade. Vous savez que vous nous êtes indispensable, ici.

Puis, sans ajouter un mot, elle pivota sur ses talons et s'éloigna, le laissant rassembler ses papiers épars. Au moment de glisser le dossier d'Abigail dans sa chemise, son regard se fixa une nouvelle fois sur son portrait.

Son visage le fascinait tant qu'il n'entendait plus les bruits environnants, mélange de sons discordants que son cerveau fatigué ne supportait habituellement pas.

Il se pencha plus près. Elle était très belle. D'une rare sensualité, même, avec sa chevelure luxuriante, ses yeux sombres et sa bouche aux lèvres bien ourlées. Une bouche qui suscita en lui une onde de désir fulgurant. Ce qui le troubla car, depuis son retour d'Afghanistan et en dépit de nombreuses sollicitations, aucune femme jusque-là ne lui avait donné l'envie de sortir de l'isolement qu'il s'était lui-même imposé.

Ce manque d'intérêt l'avait tout d'abord inquiété. Puis il s'était résolu à l'idée que le chemin de la guérison serait long. D'ailleurs, grâce à Ruby, il avait progressé dans son cheminement. Son fidèle golden retriever le réveillait lorsque les images atroces qui peuplaient son sommeil lui faisaient perdre tout contrôle. C'était lui qui lui donnait une bonne raison de devoir sortir. Lui encore qui empêchait les gens de l'approcher de trop près lorsqu'ils se baladaient en ville.

Pour le moment, il en était là de sa progression mais le reste suivrait, en temps et en heure. Il lui suffisait de s'armer de patience.

Aujourd'hui, en dépit de la montée d'angoisse et des sueurs froides qu'avaient suscitées ces présentations qu'il avait trouvées interminables, il avait éprouvé une lueur d'intérêt pour Abigail Stewart.

Ne devait-il pas y voir un signe positif ? Le signe que, un jour, il renouerait avec une vie normale.

Pour l'heure, peu lui importait d'être incapable de vivre une relation amoureuse. Dans un cas comme le sien, mieux valait ne pas chercher à brûler les étapes.

Ce qui piquait sa curiosité, c'était juste de savoir ce qu'il se passerait lorsqu'il reverrait Abigail.

2

Abigail tournait en rond dans son atelier, rangeant par-ci, classant par-là, trop énervée pour travailler, incapable d'évacuer le stress qu'avait généré sa présentation au Royal Memorial.

Elle avait bien tenté de dessiner pour décompresser un peu mais avait très vite renoncé, incapable de la moindre concentration. Elle avait fini par délaisser sa feuille de papier lorsqu'elle avait réalisé que son esquisse prenait les traits du trop sexy Dr Chambers.

Dans un geste machinal, et comme elle aimait à le faire, elle arrangea ses outils dans le bloc de bois compartimenté qui leur servait d'étui : les plus courts devant, les plus longs derrière. Mettre de l'ordre autour d'elle comme elle le faisait lui donnait l'impression de mettre de l'ordre dans ses pensées.

En temps normal, peindre ou dessiner suffisait à l'apaiser et à la préparer à un travail autrement plus physique : la sculpture sur bois. Mais aujourd'hui, elle avait beau faire, elle manquait d'inspiration. Ou plutôt, elle n'était inspirée que par le chirurgien dont les traits s'imposaient sans cesse à elle, venant oblitérer chacune de ses pensées.

Elle ne pouvait se payer le luxe de gâcher la magnifique pièce d'orme qu'elle avait commencé à sculpter en y gravant accidentellement les épaules musculeuses de Vaughn Chambers.

Quoique... Cela ne serait pas pour déplaire aux femmes de cette bonne ville de Royal, État du Texas. Cela pourrait même être l'œuvre de sa vie. Celle qui la ferait connaître du grand public. Qui sait ?

Trêve de fantasme.

Elle avait pour habitude de donner vie à des créatures fantastiques ou à des sujets abstraits. Rien qui ressemblait de près ou de loin à un torse d'homme viril.

Et puis, que lui prenait-il à la fin ? Rêvasser sur un bel homme comme une adolescente attardée alors qu'elle était à quatre mois de donner la vie ! S'enticher d'un inconnu, alors qu'elle n'avait pas encore fait le deuil de sa sœur trop tôt disparue !

D'un autre côté, ne serait-ce pas une manière d'honorer sa mémoire que d'aller de l'avant ? C'est en tout cas ce qu'Alannah aurait voulu pour elle.

Elle haussa le son de la musique country qui l'accompagnait généralement dans son travail, juste au moment où la sonnette de l'entrée retentit.

Mettant de côté le ciseau à bois qu'elle avait en main, elle se leva du banc sur lequel elle s'était assise et écarta du bout du pied les blocs de bois qui se trouvaient en travers de son passage. Quelle bonne idée elle avait eue, lorsqu'elle avait décidé de faire abattre le mur de sa cuisine pour se donner plus d'espace et, ainsi, pouvoir travailler sur son lieu de vie.

Elle ouvrit la porte, s'attendant à trouver sur le palier un coursier venu lui livrer une nouvelle pièce de bois ou la ponceuse d'occasion qu'elle avait achetée en ligne.

Mais, à la place du livreur, elle se retrouva face à l'homme qui avait occupé ses pensées tout l'après-midi. La terre se déroba sous ses pieds.

— Docteur Chambers, murmura-t-elle sous l'effet de la surprise.

Sa montre de prix et la Ferrari stationnée dans l'allée ne l'impressionnaient pas, elle s'était juré de fuir à jamais les riches play-boys, du genre de celui qui lui avait fait un enfant.

Les yeux vert émeraude du Dr Chambers la fixaient avec un vif intérêt. Et, lui sembla-t-il, moins d'animosité qu'à l'hôpital. Il avait délaissé la blouse verte qu'elle lui avait vue le matin pour endosser un pantalon noir et une chemise bleue au col laissé ouvert, sans doute à cause de la chaleur intense qui régnait sur tout l'État du Texas en ce mois de juillet.

Sa coupe de cheveux, pourtant nette, associée à sa barbe naissante, dissimulait en partie son visage. Que cherchait-il à cacher derrière de tels artifices ? Sa beauté renversante ? Qui croyait-il tromper ?

— Appelez-moi Vaughn. Je préfère. J'espère sincèrement que nous allons bien nous entendre, ajouta-t-il en lui tendant la main.

À peine sa main chaude et douce fut-elle dans la sienne qu'elle ressentit des frissons de désir au creux des reins. Fichues hormones, se sermonna-t-elle intérieurement.

— D'accord, accepta-t-elle. À condition que vous m'appeliez Abigail.

Elle retira sa main à regret, dans un geste un brin maladroit.

— Je suis surprise de vous voir là, poursuivit-elle. À moins que…

Une lueur d'espoir venait de naître en elle. Il n'aurait pas fait tout ce chemin pour lui annoncer une mauvaise nouvelle, tout de même ?

— Vous avez gagné, Abigail. C'est vous qui avez été choisie.

Il avait délivré l'information avec un hochement de tête entendu qui donnait l'impression qu'il lisait le compte rendu d'un scanner à l'un de ses patients.

— J'ai pensé que ce serait mieux que je vienne en personne vous…

Elle n'écoutait plus. Elle était si heureuse et soulagée qu'elle laissa échapper un petit rire de gorge.

— Merci. Oh ! merci !

Elle serra les mains l'une contre l'autre et esquissa un petit pas de danse sur place, le cuir de ses sandales qui claquait sur le carrelage produisant un son joyeux.

— Vous n'avez pas idée de ce que cela représente pour moi.

Comment le pourrait-il ? Elle allait pouvoir garder cette

maison qu'elle chérissait tant. Elle allait pouvoir élever son enfant pendant une année entière sans se demander, une boule au ventre, si elle allait pouvoir boucler ses fins de mois. Et, cette œuvre qu'elle avait tellement à cœur de réaliser, elle la dédierait à la mémoire de sa sœur. Un arbre de vie et d'espoir.

— C'était le moins que je puisse faire, compte tenu de la manière dont je me suis comporté avec vous ce matin, se justifia-t-il.

Elle balaya ses excuses d'un geste de la main. Tout cela n'avait plus aucune importance maintenant.

— Voulez-vous entrer un instant ? lui proposa-t-elle.

Elle avait remarqué le dossier qu'il tenait serré sous son bras. Selon les termes du contrat, il devait contenir un chèque d'acompte. Quelle ironie que ce soit ce médecin grognon qui soit porteur de cette si bonne nouvelle !

Le médecin grognon marqua une brève hésitation.

Peut-être était-ce la première fois qu'il mettait les pieds dans un atelier d'artiste. Il faut dire que la décoration éclectique des lieux pouvait ne pas être au goût d'un homme comme lui, aussi visiblement élégant et raffiné. Ou tout simplement était-il réfractaire à toute forme d'art. Mais aujourd'hui elle s'en fichait. Rien ne pouvait venir entacher son bonheur.

— Bien sûr, répondit-il finalement en montant la première marche. Merci.

Elle alla baisser le volume tout en l'observant dans ce qui était son espace privé. Elle n'y avait encore reçu aucun homme depuis qu'elle avait quitté Austin pour se réinstaller ici, à Royal. Curieusement, elle n'éprouvait aucune réticence à le voir ici, chez elle.

Il balaya la pièce du regard tout en la rejoignant à la table à dessin sur laquelle étaient alignées des esquisses. Elle lui fit signe de s'asseoir sur l'une des chaises qui se trouvaient là, fabriquées par ses soins dans du bois de récupération.

— Asseyez-vous, je vous en prie. Voulez-vous boire quelque chose ? De l'eau fraîche ? Du thé ?

Tout en parlant, elle se dirigea vers le coin cuisine qui se trouvait de l'autre côté de la pièce. Elle aurait volontiers ouvert une bouteille de champagne si elle n'avait pas été enceinte de cinq mois. Ce n'était pas qu'elle avait des bouteilles de champagne en réserve, mais la perspective de toucher un gros chèque changeait bien des choses.

Certes, elle n'avait pas apprécié la façon dont il l'avait interpellée devant tous les membres du comité, mais c'était oublié à présent. Ne s'était-il pas déplacé en personne pour lui offrir le contrat en or qui allait lui permettre de se remettre à flot au moment le plus critique de son existence ? Elle allait renaître financièrement, artistiquement et émotionnellement. Elle serait bien ingrate de ne pas lui pardonner.

— Non, merci, dit-il.

Il était assis bien droit, dans une posture très guindée. Il prit le dossier qu'il tenait encore sous le bras et le posa sur la table.

— Je vous ai apporté le contrat à signer. Il est accompagné d'un premier versement.

Il sortit les papiers de la chemise où ils avaient été glissés et les plaça entre le croquis d'un oiseau perché sur une branche et le dessin au fusain qu'elle avait esquissé un peu plus tôt et qui représentait...

Oh ! non !

Pourquoi n'avait-elle pas jeté cette esquisse à la poubelle ? Elle se précipita vers la table, priant pour qu'il n'ait rien remarqué.

— Je... Heu... C'est..., balbutia-t-elle, mortifiée.

— Vous verrez, c'est très simple, poursuivit-il d'un ton neutre.

Il leva les yeux sur elle, sourcils froncés.

— Quelque chose ne va pas ?

Elle ne pouvait dire, à son visage lisse, s'il feignait de n'avoir rien vu. Au cas où... mieux valait ne pas lanterner. Elle se pencha en avant et s'empressa de rassembler ses croquis éparpillés.

Dans sa précipitation, elle fit voler le chèque par terre et heurta du genou la cuisse de Vaughn.

Ce contact, pourtant bien anodin, la fit frissonner d'un désir intense.

Dieu merci, elle avait eu la bonne idée de garder sa blouse d'artiste sur sa robe. Il ne pouvait donc pas voir son ventre doucement arrondi. Car elle ne se faisait pas d'illusions. La lueur d'intérêt qu'elle avait vue passer dans son regard ne manquerait pas de s'éteindre une fois qu'il apprendrait qu'elle était enceinte. Elle voulait bien accepter cette fatalité mais pas tout de suite. Prolonger un peu ce petit jeu de la séduction... C'était si bon. Et puis, quel mal y avait-il à cela ?

— Non, non, répondit-elle, d'une voix peu convaincante. C'est tout ce désordre...

Elle se sentit rougir violemment, comme une enfant fautive prise sur le fait. En fait, c'était tout son corps qui était en feu ; plus précisément l'endroit où leur peau était entrée en contact.

Elle fit un pas en arrière, s'efforçant de prendre un air nonchalant. Il fallait qu'elle lui cache à tout prix la nervosité croissante qui la gagnait.

Mais il semblait toujours ne s'apercevoir de rien et il se baissa pour ramasser le chèque avant de le poser sur la table.

— Si vous voyiez mon bureau, rétorqua-t-il. Vous trouveriez le vôtre parfaitement en ordre.

Il la fixait d'un regard pénétrant qui traquait chacun de ses mouvements.

— À vrai dire, j'étais en train de ranger lorsque vous êtes arrivé.

Le cœur battant toujours la chamade, elle alla déposer ses croquis dans le tiroir de son bureau avant de retourner vers la table à dessin. Là, elle s'assit à côté de lui, s'exhortant à se calmer et à rassembler ses esprits.

D'une main qu'elle voulait assurée, elle saisit le contrat et se plongea dans sa lecture.

Cette seconde rencontre avec Abigail Stewart se révélait intéressante. Plus, même. Captivante. La tension du matin s'était dissipée. Il y avait plusieurs raisons à cela. La première était que la seule présence de cette femme suffisait à chasser la menace de flashs traumatisants qui rôdaient en permanence autour de lui. La seconde, qu'avoir décroché ce contrat la rendait d'humeur joyeuse et semblait la mettre dans de bonnes dispositions.

La dernière, mais non des moindres, était ce croquis inachevé d'un homme qui lui ressemblait étrangement.

Il aurait pu y voir une simple coïncidence ; sauf que la précipitation avec laquelle elle avait cherché à soustraire ses esquisses à son regard l'avait conforté dans l'idée que c'était bien lui qu'elle avait cherché à croquer.

Cette attirance qu'il éprouvait pour elle était d'autant plus étonnante que, jusque-là, il n'avait pas cherché — ou plutôt avait évité — de tomber dans les filets d'une relation amoureuse.

Il l'observa tandis qu'elle étudiait les termes du contrat en silence. Son regard s'attarda sur les traits délicats de son visage tandis qu'elle pinçait joliment les lèvres ou inclinait légèrement la tête de côté. Il éprouva l'envie aussi subite qu'intense de plonger les mains dans la masse de boucles noires qui cascadaient librement sur ses épaules. De les voir caresser sa peau nue.

Elle avait changé de tenue depuis le matin. La jupe ajustée et le chemisier avaient été remplacés par une blouse d'artiste ouverte sur une robe d'été vert pâle imprimée de marguerites blanches. Le genre de tenue confortable et sans chichis mais qui, sur une femme comme elle, devenait sexy. Son décolleté en V révélait une poitrine généreuse qu'il avait bien du mal à quitter du regard.

Lorsqu'elle croisa ses longues jambes et que son pied chaussé de sandales légères effleura sa cheville, ses pensées divaguèrent instantanément vers des contrées qu'il s'était interdites depuis son retour d'Afghanistan.

Mais que lui arrivait-il, bon sang ? Il s'empressa de chasser les images torrides qui se bousculaient dans sa tête. Il ne savait rien d'elle. Il ignorait si elle avait quelqu'un dans sa vie ; si elle était mariée. Il n'avait remarqué aucune voiture garée devant la maison et son annulaire ne portait aucune alliance, mais cela ne signifiait pas nécessairement qu'elle était libre.

Alors, finalement, quel sens devait-il donner au croquis de lui qu'elle avait esquissé ?

— Et voilà ! s'exclama-t-elle d'un ton joyeux après avoir apposé sa signature au bas du document.

Elle poussa la feuille dans sa direction et se redressa contre le dossier de son siège.

— Aimeriez-vous que je vous fasse visiter mon atelier avant de repartir ?

Avait-elle vraiment envie de lui montrer les lieux ou était-ce une manière détournée de le pousser vers la sortie ? Il n'en savait trop rien. À vrai dire, l'effort intense qu'il fournissait à chaque instant pour ne pas laisser libre cours à ses émotions parasitait toute sa capacité de jugement. Et, même s'il lui tardait de rentrer chez lui pour pouvoir décompresser un peu, la perspective de passer encore un moment en compagnie d'Abigail le tentait au plus haut point.

— Volontiers, répondit-il.

Il laissa sur la table, à côté du chèque, le badge de sécurité ainsi que quelques autres documents puis glissa le contrat signé dans sa chemise. Demain il lui en donnerait une copie.

— Pour être tout à fait honnête, ce n'est pas du tout ce à quoi je m'attendais en venant ici, confessa-t-il simplement.

— Vraiment ? rétorqua-t-elle en l'épinglant, par-dessus son épaule, d'un regard malicieux. Comment m'imaginiez-vous ? Dans une mansarde, entourée de pseudo-intellectuels avinés avec qui je débattrais des romans de Kafka ?

Il se surprit à éclater d'un rire sonore.

— Pas vraiment non plus. Mais ce que je vois m'étonne.

Il s'arrêta à la hauteur de hachettes et d'autres outils qui lui parurent tout aussi barbares, posés contre un mur à côté d'échelles de différentes dimensions.

Elle s'arrêta à côté de lui, visiblement plus à l'aise que le matin, puis se mit à fixer ses instruments de travail d'un regard presque tendre. Il flottait dans l'air une bonne odeur de bois qui n'était pas sans lui rappeler les feux de joie de son enfance.

— Sculpter le bois peut se révéler ardu, mais j'adore ce que je fais.

Elle redressa quelques lames légèrement inclinées sur le côté, avant de reprendre :

— Je travaille aussi d'autres matières, mais c'est le bois qui a ma préférence depuis quelques années.

— La sculpture que vous allez réaliser pour l'hôpital sera donc taillée dans du bois ? s'enquit-il, un peu honteux de n'avoir lu son projet que dans les grandes lignes.

— Absolument. J'ai en réserve un tronçon de laurier qui fera parfaitement l'affaire. Il sèche depuis des années, et j'attendais une bonne occasion de m'en servir.

— Des années ? Mais depuis combien de temps vivez-vous à Royal ?

— Un peu plus de deux ans.

Elle contourna une petite sculpture d'oiseau à tête de bœuf pour s'enfoncer un peu plus dans sa réserve de bois brut.

Il balaya du regard les énormes blocs de bois empilés contre les murs et sécurisés par des câbles accrochés au plafond.

— Vous avez emporté tout ça avec vous ?

— La quasi-totalité. C'est un stock que j'avais déjà à Austin. Heureusement, car je n'ai pas encore trouvé de bon fournisseur par ici.

Elle s'arrêta devant un tronçon et lui expliqua brièvement comment, de cette pièce de bois brut, allait naître un arbre stylisé.

— Je vous invite à venir faire un saut chez moi, proposa-t-il. Le terrain qui entoure la maison ne manque pas d'arbres. Vous pourriez y jeter un coup d'œil et, qui sait, trouver votre bonheur.

— Je ne récupère que du bois mort, précisa-t-elle.

Elle se déplaça avec précaution entre les branches noueuses qui gisaient au sol.

— Vous pensez qu'il y a des arbres morts ou déracinés sur votre propriété ?

— Ce n'est pas ce à quoi je prête mon attention lorsque je me balade à cheval. Mais j'imagine que sur une superficie de quatre-vingts hectares, cela devrait se trouver.

— Dans ce cas, j'accepte votre invitation.

Son visage se mit à rayonner d'une joie qui fit vibrer quelque chose en lui, comme cela avait été le cas un peu plus tôt, lorsqu'il lui avait annoncé que le comité l'avait choisie elle, et pas une autre.

Il aimait la voir sourire. Entendre la joie égayer sa voix. Il fut soudain saisi de l'envie irrépressible de mieux la connaître, de capter cette chaleur bienveillante qui émanait d'elle.

— Ce week-end, ce n'est pas moi qui serai de garde à l'hôpital. Passez donc à la maison quand vous voulez.

Il sortit son smartphone de sa poche et lui transmit son contact par SMS.

— Je vous ai envoyé également mon adresse.

— Je vous remercie infiniment. Je trouve souvent l'inspiration au gré de mes balades en forêt.

Elle poursuivit la visite de l'atelier et l'acheva par la véranda baignée de soleil où, à en croire les dizaines d'études et aquarelles scotchées sur les murs, elle se plaisait à peindre.

— Vous peignez, vous dessinez, vous sculptez, pointa-t-il. Vous ne craignez pas de vous disperser un peu ?

Aussitôt les mots sortis de sa bouche, il les regretta. Car, même s'il trouvait sa question légitime, n'allait-elle pas y voir une critique déguisée de son travail ?

Elle haussa les épaules dans un geste désinvolte, signe visible qu'elle n'était pas le moins du monde offensée.

— Vous-même, vous opérez sans faire de distinction entre des vésicules biliaires ou des traumatismes crâniens. La démarche est la même pour moi. J'aime ce que je fais et je pratique l'art sous toutes ses formes.

Il opina d'un léger signe de tête puis effleura du doigt la peinture d'une silhouette de femme dont les formes voluptueuses resserrées à la taille faisaient penser à un sablier.

— Je peins tous les matins, pour m'échauffer, expliqua-t-elle sans doute pour justifier la profusion de ses œuvres. Sans réfléchir. Je laisse mon pinceau courir sur la feuille, et cela donne des choses plus ou moins abouties.

Il repensa à l'esquisse qu'elle avait faite de lui.

— Et les dessins ? Qu'est-ce qui vous pousse à utiliser des fusains plutôt que de la peinture ?

Elle hésita, ce qui lui fit penser qu'elle avait compris où il voulait l'amener.

Qu'est-ce qui vous a poussée à ébaucher ce croquis ? Une question qu'il n'osait pas poser. Du moins pour le moment, car cela le démangeait.

Elle prit son temps, coinçant derrière son oreille une mèche de cheveux qui lui barrait la joue.

— En général, je dessine lorsque je suis préoccupée ou contrariée. Cela m'aide à évacuer toutes sortes d'émotions liées au stress comme la nervosité, la colère ou la tristesse.

Quelque chose dans sa voix l'alerta. Manifestement, il avait touché un point sensible, douloureux, duquel il fallait l'éloigner le plus rapidement possible. Ce serait dommage de rompre ce début de complicité qu'il sentait naître entre eux. Ce lien subtil qui lui permettrait de mieux la connaître. Il y avait si longtemps qu'il n'avait pas eu de discussion profonde avec quelqu'un en dehors de son travail. Longtemps qu'il ne s'était pas senti si proche d'une femme.

— C'est très bon d'avoir un exutoire.

Mais de quelle émotion cette esquisse avait-elle bien pu naître ? De la colère ? De la rancœur ? Il s'était montré si désagréable à son égard, sans autre véritable raison que sa mauvaise humeur.

— Trop de chirurgiens de ma connaissance sont tellement détachés qu'ils en deviennent des robots sans âme, poursuivit-il.

— Dans votre profession, il est nécessaire de se blinder à la souffrance des gens, non ?

Elle posa sa main sur son avant-bras. Un geste de pure sympathie, sans doute. Et pourtant cela alluma en lui le feu d'un désir intense ; si intense que, lorsqu'elle retira sa main, la peau lui brûla l'espace de quelques secondes.

— En ce qui me concerne, le trop-plein d'émotions me rend agressif, comme vous en avez pu vous en rendre compte ce matin.

Il accrocha fixement son regard, puis se lança.

— Que cherchiez-vous à évacuer en griffonnant ce croquis de moi ?

Peut-être s'attendait-elle à ce qu'il lui pose cette question ? Peut-être s'y était-elle préparée ? Toujours est-il que, cette fois, elle ne rougit pas.

— Vous l'aviez vu, bien sûr.

Elle secoua la tête et laissa échapper un petit rire empreint de tristesse tout en s'appuyant contre un meuble vitré où elle avait rangé un nombre impressionnant de pinceaux de toutes tailles.

— Vous voyez, vous savez aussi être dans le contrôle lorsque vous le voulez, pointa-t-elle. À votre place, je vous aurais bombardé de questions.

Il caressa du regard ses courbes, que sa posture nonchalante mettait en valeur.

— Ce n'est pas l'envie qui m'a manqué, rétorqua-t-il. Mais j'attendais le bon moment pour vous en parler.

— Pour être honnête, j'étais très frustrée lorsque je suis arrivée chez moi. Je me suis mise à dessiner sans aucune idée préconçue. Je me suis juste installée devant ma table à dessin et j'ai laissé mes doigts guider le fusain.

Elle le fixa sans ciller.

— J'ai été la première surprise lorsque j'ai vu que c'était votre visage qui avait pris forme sur ma feuille.

Et s'il s'était retrouvé là, dans cet atelier, en compagnie d'Abigail, c'était parce que quelque chose d'indéfinissable les poussait l'un vers l'autre. Quelque chose qui faisait chanceler les barrières derrière lesquelles il se retranchait depuis trop longtemps.

Mais alors qu'il aurait voulu laisser son instinct le guider, accepter sans réticence cette attirance qu'il sentait naître en lui, il n'était pas certain d'en être capable.

Cette prise de conscience le rendait nerveux.

Elle fut la première à rompre le silence qui s'était installé entre eux.

— Aimeriez-vous que je termine ce dessin ?

Sa gorge devint sèche. Cette question l'embarrassait car il y voyait la preuve qu'elle n'était pas le genre de femme à se satisfaire d'une relation purement physique.

— Je ne voudrais pas vous faire perdre un temps précieux, éluda-t-il pour tenter de lui échapper.

Mais déjà elle s'approchait de lui et le prenait par la main pour le conduire jusqu'à une chaise.

— Vous ne me faites pas perdre mon temps, lui assura-t-elle. Asseyez-vous. Je n'en ai pas pour longtemps. Ce sera pour vous l'occasion de voir une artiste à l'œuvre.

En l'espace de quelques minutes à peine, il avait épuisé ses réserves émotionnelles. Toute capacité à se détacher des gens et des événements. Car cette proximité qu'elle installait entre eux brouillait les messages que lui lançait son cerveau. Comme il s'était volontairement privé de toute relation sexuelle depuis son retour d'Afghanistan, ses sens étaient à l'affût. Oui, cette femme déclenchait en lui un véritable incendie. Des instincts de possessions primaires qu'il avait bien du mal à gérer.

Depuis le matin, il vivait un flot continuel d'émotions auquel il n'était pas préparé. Il aurait dû prendre le temps de passer chez lui récupérer Ruby avant de venir ici. La présence de son chien auprès de lui l'aurait aidé.

Il poussa un soupir. À quoi bon avoir des regrets maintenant, alors que, sagement installé sur sa chaise, il regardait Abigail revenir, un fusain dans une main et son esquisse dans l'autre. Elle les posa l'un et l'autre sur une petite table d'appoint qui se trouvait à proximité puis s'approcha de lui. Elle le scruta attentivement. Si intensément qu'il eut l'impression qu'elle cherchait à sonder son âme.

— Cela vous dérange si je rectifie votre position ? s'enquit-elle en le débarrassant du dossier qu'il avait posé sur ses genoux.

Il n'était pas certain de pouvoir accepter. La sueur commençait à perler à son front, les battements de son cœur à s'accélérer. Il la désirait comme un fou.

— Comme ceci, poursuivit-elle tout en tournant légèrement ses épaules vers elle.

Elle était si près de lui. Son genou frôla sa cuisse. Ses seins étaient à la hauteur de ses yeux. Il émanait d'elle un parfum de cannelle et d'orange dont les effluves épicés resteraient à jamais gravés dans sa mémoire.

La lumière extérieure éclairait son visage d'une lumière dorée tandis qu'elle lui relevait le menton d'une main pour mieux étudier ses traits. Pendant ce temps, lui luttait contre le désir qui le rongeait tout entier. Un désir violent. Persistant.

— Je dois y aller, dit-il précipitamment.

Sa main s'abattit sur le poignet d'Abigail, trop brutalement sans doute, avant de le relâcher avec plus de douceur.

— Je suis désolé, Abigail. J'avais oublié que je devais...

Il se leva de sa chaise et fit un pas de côté pour éviter tout contact physique avec elle. Vite ! Trouver un prétexte plausible avant de faire quelque chose de stupide, comme l'embrasser de toute la force de sa passion jusqu'à les laisser sans souffle et pantelants.

— ... Régler un problème technique à l'hôpital, s'empressa-t-il de terminer d'une voix rauque.

Elle opina d'un hochement de tête avant de le fixer d'un air sceptique.

— Bien sûr, répondit-elle finalement. Je comprends. Nous nous verrons là-bas, quand j'aurai commencé mon travail.

— Très bien.

Il ne lui rappela pas l'offre qu'il lui avait faite de passer le voir chez lui. Il avait d'abord besoin de retrouver le contrôle de lui-même.

Arrivé à la porte, il lui fit un petit signe de la main.

— Merci d'être venu, dit-elle. Je suis tellement heureuse de me lancer dans cette belle aventure.

Il ne répondit rien. Déjà, il dévalait l'escalier et se retrouvait au volant de sa voiture. Il claqua la portière derrière lui, mit le contact et dirigea le souffle froid du climatiseur sur son corps surchauffé.

Qu'est-ce qui lui avait pris de vouloir suivre ses pulsions alors qu'il n'était pas prêt ? Une autre fois, peut-être. Sans doute. Sûrement. Quand il ne sortirait pas du bloc, des images trop douloureuses plein la tête.

Pour l'heure, il lui fallait juste se tenir à distance de cette femme trop attirante qui suscitait en lui un surplus d'émotions dont il n'avait pas besoin.

Détaché, lui ? À qui voulait-il faire croire cela ? Tout ce qu'il avait réussi à faire, c'était se prouver qu'il excellait dans l'art de se mentir à lui-même.

3

Quelques jours plus tard, alors qu'elle était au volant de sa voiture en direction de l'adresse qu'elle avait rentrée dans son GPS, Abigail se demandait si elle avait bien fait d'accepter l'offre de Vaughn d'aller chercher du bois dans sa propriété.

Tant pis. Il était trop tard pour faire demi-tour. Et puis, elle serait bien bête de ne pas saisir l'occasion de trouver la matière première qui lui manquait tant depuis qu'elle était installée à Royal.

Par ailleurs, à quoi bon nier l'attirance qu'elle éprouvait pour cet homme solitaire qui la fascinait tant ?

Lorsqu'elle lui avait envoyé un texto dans lequel elle lui avait rappelé sa proposition, la réponse avait été presque immédiate. Devait-elle voir dans cet empressement la preuve qu'il pensait à elle, lui aussi ?

Tandis qu'elle prenait la route qui passait devant le ranch Ace in the Hole, où elle avait travaillé pour l'homme qui se faisait passer pour Will Sanders, un flot de souvenirs l'assaillit.

Le bâtiment principal, massif et cossu, était doté d'un porche qui se prolongeait par une passerelle conduisant à une annexe réservée aux invités. La façade était d'un blanc immaculé, et les haies, bien taillées, parfaitement alignées. Quant à la pelouse, elle était, comme toujours, tondue de près.

La nuit tombée, les lumières s'échappant des innombrables

fenêtres offraient, de l'extérieur, un spectacle saisissant de splendeur.

Les quelques mois qu'elle avait passés à travailler à The Ace avaient été gratifiants. Elle ne pouvait le nier. Ses tâches, qui consistaient à gérer et à archiver les dossiers de Will — ou plus exactement, de celui qui se faisait passer pour Will, à savoir Richard Lowell, son plus vieil ami —, étaient simples mais intéressantes.

Peu de gens savaient que Will Sanders était revenu en ville pour s'incruster à ses propres funérailles. Le FBI menait l'enquête dans la plus grande discrétion, nourrissant l'espoir d'attirer Rich Lowell dans ses filets. Elle avait été informée par un juge qui lui avait demandé d'assister aux obsèques car Will avait fait d'elle l'une de ses héritières. Elle avait failli perdre connaissance lorsqu'elle avait aperçu le vrai Will participer au service funèbre.

Malheureusement, tout cela ne changeait rien au fait qu'elle avait passé une nuit — une seule — avec cet escroc. Ce pan de sa vie était trop important pour qu'elle le cache plus longtemps à Vaughn. Lui en parler lui permettrait peut-être d'évacuer un peu de la colère et de la frustration qui étaient encore en elle. Que dirait-elle à son enfant lorsqu'il lui poserait les inévitables questions au sujet de son père ? Qu'il était un traître ? Un escroc ? Un sociopathe capable des plus basses vilenies ?

S'exhortant à chasser ces idées sombres de sa pensée, elle posa une main protectrice sur son ventre. Elle sentit, comme en réponse, un léger tressaillement. Elle n'en revenait pas de cette petite vie qui germait en elle et qui, depuis quelques jours, se manifestait à intervalles réguliers.

Au milieu des souffrances qu'elle avait endurées au cours de cette année, les signaux que lui adressait ce petit être étaient un symbole de renouveau ; un cadeau précieux que le ciel lui avait envoyé. Elle voulait y voir comme un nouveau départ dans sa vie.

Elle s'arrêta devant les grilles de la propriété de Vaughn. Des grilles immenses. Imposantes. Inviolables. Qui devaient assurer une sécurité sans failles.

Elle appuya sur le bouton de la sonnette puis entendit la voix de Vaughn dans l'interphone en même temps que la grille s'ouvrait sur une voie pavée.

— Je suis heureux que vous ayez trouvé sans problème, Abigail. Remontez l'allée jusqu'à la maison. Je serai là pour vous accueillir.

— D'accord. J'arrive.

Elle avait parlé dans un filet de voix. Une voix incertaine, presque timide. Était-elle à ce point impressionnée ? Avait-elle espéré le retrouver dans un cadre moins luxueux ?

La mauvaise expérience vécue avec Will-Richard faussait son jugement. Il fallait qu'elle se raisonne : ce n'était pas parce que Vaughn présentait les signes extérieurs d'une grande richesse qu'il n'était pas un homme bien. L'argent n'était pas fatalement source de corruption.

Au détour d'un virage, elle découvrit la demeure de Vaughn, protégée de la route par un immense rideau de frênes, d'érables et de pacaniers.

Et puis, elle le vit. Lui.

Il se tenait devant une maison en grès aux murs sombres qui semblait se fondre dans le paysage. Un porche en bois ceinturait la bâtisse sur deux côtés, source providentielle d'ombre et de fraîcheur aux heures chaudes de l'été. À l'étage, trois lucarnes donnaient à l'ensemble une certaine légèreté qui, par contraste, renforçait le côté massif et cossu du rez-de-chaussée. Sur le côté se trouvait un garage très grand, où il devait visiblement garer plusieurs véhicules.

L'ensemble était plein de charme et de cachet, bien loin des splendeurs sophistiquées de The Ace in the Hole.

Son regard se posa enfin sur Vaughn. Sa barbe et sa moustache avaient été rasées de près et ses cheveux étaient encore humides de la douche qu'il avait dû prendre peu de temps avant qu'elle arrive. Il portait un T-shirt gris, un jean délavé et une paire de bottes légèrement avachies qui semblait témoigner d'heures passées en pleine nature. Elle sentit ses jambes flageoler, tellement il était attirant.

Un golden retriever était assis à ses pieds, son pelage doré soigneusement brossé luisant sous le soleil de juillet.

Voilà un prétexte pour se lancer dans une discussion susceptible de cacher son trouble.

— Qu'il est beau ! s'extasia-t-elle.

— Je vous présente Ruby.

Dans un geste plein d'affection, il caressa les oreilles de son chien.

— Ruby, je te présente Abigail.

— Je peux le caresser ?

Même si Ruby semblait inoffensif, elle restait prudente. Elle avait encore en mémoire le souvenir de sa sœur qui, dans son empressement à vouloir caresser un chien errant alors qu'elles étaient enfants, s'était fait mordre au mollet et en avait gardé la cicatrice.

Combien de souvenirs partagés la ramenaient sans cesse à Alannah ! Comme à chaque fois, elle sentit sa poitrine se comprimer sous le poids de cette souffrance encore trop vive.

— Vous pouvez y aller sans crainte. Il adore qu'on lui gratte l'échine.

Elle se pencha vers l'animal et se mit à caresser sa fourrure soyeuse. C'est alors qu'elle remarqua les deux médailles accrochées à son collier en cuir. Sur l'une était gravé son nom et, sans doute au verso, les coordonnées de Vaughn. Sur l'autre était gravé le caducée rouge, symbole des chiens d'assistance.

Vaughn avait-il besoin des services d'un chien d'assistance ? Elle avait déjà vu un chien comme celui-ci au Cimarron Rose, un Bed and Breakfast à la sortie de la ville où elle s'arrêtait parfois pour déjeuner et dont la propriétaire, Natalie St. Cloud, avait un enfant autiste. Pour avoir discuté avec elle, elle savait que ces chiens étaient d'une grande utilité aux personnes souffrant d'une pathologie lourde. Mais Vaughn ?

Elle se releva, ravalant les questions qui se pressaient dans sa tête. Ce serait grossier de sa part de provoquer la discussion. C'était à lui de le faire s'il le souhaitait. À lui seul.

— Va jouer, l'entendit-elle ordonner à Ruby qui se précipita aussitôt vers une grange située près d'une grande prairie clôturée.

— Je suis content que vous soyez venue, déclara-t-il en se tournant vers elle. Je regrette tellement la façon dont je suis parti de chez vous mercredi. Vous avez dû penser que je m'enfuyais.

Elle vit passer dans ses yeux un éclair de désir qui la fit vibrer tout entière. Il fallait vraiment qu'elle lui parle de sa grossesse et qu'elle mette un terme à la tension sexuelle qui régnait entre eux à chaque fois qu'ils se rencontraient. Sa vie, désormais, devait se résumer à son travail et à son bébé.

— Vous n'avez pas à vous excuser. C'était très gentil à vous de prendre le temps de passer par chez moi pour me remettre ce contrat en main propre.

Elle inspira profondément, se préparant mentalement durant ces quelques secondes à lui révéler la vérité.

— Préférez-vous faire le tour de la propriété à pied ou à cheval ? s'enquit-il en désignant les écuries du menton.

Elle raffolait des balades à cheval, mais son état n'était pas vraiment propice à la reprise d'un tel exercice.

— J'avoue que mes talents de cavalière sont loin derrière moi, mentit-elle. Aussi, je pencherais plutôt pour une promenade à pied.

— Je possède un véhicule utilitaire équipé d'une remorque. Si, durant notre promenade, vous repérez quelque chose d'intéressant, n'hésitez pas à me le signaler. Je reviendrai le chercher plus tard.

— Merci beaucoup, murmura-t-elle, touchée par sa gentillesse.

Ils empruntèrent une voie dallée en pente douce qui reliait la maison aux écuries. Ruby, revenu vers son maître, le suivait de près, ignorant les libellules qui lui tournaient autour pour se consacrer à sa tâche d'ange gardien.

Elle savourait pleinement ce moment un peu en dehors de la réalité. Si vivre en ville lui plaisait, la nature lui manquait. Elle prit une grande goulée d'air alors qu'ils pénétraient dans une zone boisée, du côté sud du ranch. Elle s'emplit les poumons des senteurs mêlées de terre humide et de végétation qui les entouraient. Au passage, elle laissa avec bonheur ses doigts courir le long de troncs rugueux ou de bois moussus.

Le plaisir qu'elle éprouvait, elle le devait à cette escapade en pleine nature, bien sûr, mais également à la présence à son côté de cet homme viril qu'elle trouvait irrésistiblement séduisant. Elle avait une conscience si aiguë de lui qu'elle pouvait presque sentir sa chaleur et sa force se communiquer à elle.

Et que dire de l'attention qu'il lui prodiguait aussitôt qu'il en avait l'occasion, soulevant une branche qui lui barrait le passage ou lui signalant du doigt un passage caillouteux. Jamais encore aucun homme ne lui avait manifesté autant de sollicitude.

— L'autre jour, chez vous, je brûlais de vous poser une question mais je n'ai pas osé, dit-il en lui tendant la main pour lui faire franchir un petit ruisseau.

Elle serra la main qu'il lui offrait et sauta l'obstacle d'un petit bond qu'elle espéra gracieux. Dieu, qu'elle aimait chacun de ces contacts physiques, pourtant bien anodins, qui la faisaient frissonner !

— C'est étonnant de votre part, rétorqua-t-elle avec une pointe de malice. Je ne vous imaginais pas aussi timide.

— En fait, je voulais savoir si vous étiez libre, finit-il par demander.

Il s'arrêta de marcher, faisant craquer une branche morte sous ses pieds tandis qu'il gardait toujours sa main dans la sienne.

Elle se figea sur place. Sa question lui confirmait qu'elle ne s'était pas trompée : l'attirance qu'elle éprouvait pour lui était réciproque.

Si elle n'avait pas croisé la route de Richard… Si elle n'était pas enceinte… Oui, sans doute, au grand jeu des « si », elle aurait pu vivre une belle histoire avec Vaughn. Une histoire qu'elle pressentait intense.

Son cœur se mit à battre si fort qu'elle soupçonna Vaughn d'en ressentir les pulsations dans sa paume toujours refermée sur sa main. Elle le regarda droit dans les yeux, s'autorisant, l'espace d'un bref instant à imaginer sa vie avec lui.

Mais, très vite, la réalité la rattrapa.

— Je n'ai personne dans ma vie, finit-elle par répondre.

Elle secoua la tête puis, après avoir dégagé sa main, s'écarta de lui à regret.

— Mais ce n'est pas si simple, Vaughn. Je suis enceinte de cinq mois.

Vaughn encaissa le choc sans broncher. Il balaya du regard la silhouette pourtant svelte d'Abigail. Elle portait ce jour-là un pantalon fluide qu'elle avait assorti d'une blouse à fleurs un peu vague qui dissimulait son ventre. Maintenant qu'il y repensait, elle portait toujours ce genre de vêtements, comme la dernière fois, sa blouse d'artiste.

Comme un idiot, il l'avait crue célibataire parce qu'elle ne portait pas d'alliance et qu'il avait capté des lueurs de désir passer dans son regard ardent. Il fallait croire qu'il s'était trompé. Et lourdement, même !

— Ça ne se voit pas, dit-il un peu gauchement.

Tandis qu'il secouait la tête, à court de mots, Ruby vint se frotter à sa jambe.

— Je ne pouvais pas deviner, ajouta-t-il tout aussi platement.

— À vrai dire, je préfère ne pas en parler. Cette grossesse n'était pas prévue, et j'avoue que j'ai du mal à faire le tri dans mes émotions.

Elle s'interrompit quelques secondes durant lesquelles elle se frotta doucement le bras, comme pour se réchauffer malgré la chaleur.

— Cela ne vous dérange pas que nous continuions à marcher ? s'enquit-elle.

— Pas du tout.

D'un geste machinal, il caressa la fourrure épaisse de Ruby alors qu'ils s'enfonçaient un peu plus dans les bois.

— Vous... Vous ne vivez pas avec le père de votre enfant ?

Elle répondit non de la tête.

— Je ne suis même pas certaine qu'il soit toujours en vie.

Elle lui lança un regard dans lequel il discerna une lueur de fierté.

— Mais même si c'était le cas, précisa-t-elle, je ne le laisserais pas entrer dans nos vies.

— Vraiment ? s'étonna-t-il, car la loi prévoyait, il le savait, que le père d'un bébé puisse faire valoir ses droits devant un tribunal.

Dans pareille situation, lui remuerait ciel et terre pour s'impliquer dans la vie de son enfant. Mais il comprit au ton de la voix d'Abigail que le moment n'était pas bien choisi de polémiquer à ce sujet. Et puis, de toute façon, vu la tournure qu'avait prise sa vie, ce n'était pas demain qu'il serait père.

— Faites-vous partie du Texas Cattleman's Club ? s'enquit-elle, le surprenant par son aisance à passer d'un sujet à un autre.

Son ton avait changé. Il était à présent plus confiant. Plus intime, presque.

Juste au moment où ils se rapprochaient l'un de l'autre, elle lui avait asséné une nouvelle qui ne pouvait que les éloigner. Quel dommage. Il n'arrivait pas à croire que cette femme vers qui il se sentait irrésistiblement attiré, porte l'enfant d'un autre homme. Enfin, il n'avait pas les idées claires, un tourbillon d'émotions contrastantes le submergeait.

Ressaisis-toi.

— Oui, répondit-il au bout d'un moment, mais je n'en suis pas un membre très actif, au grand désespoir de mon père qui, très assidu, voudrait bien que je m'implique davantage.

En vérité, ses parents ne mesuraient pas vraiment à quel point le syndrome post-traumatique dont il souffrait et qui touchait un grand nombre de vétérans, impactait sa vie sociale. Ignorant tout de ses tourments intérieurs, ils ne comprenaient donc pas sa réticence à sortir ou à socialiser.

— Alors, il se peut que votre père ou vous-même connaissiez Richard Lowell, un imposteur qui s'est fait passer pour Will Sanders.

Il avait entendu parler de cette histoire, bien sûr, mais il en ignorait les détails. Will était issu d'une des plus vieilles fortunes de Royal, possédait un des plus gros ranchs du Texas et il était P-DG de Spark Energy Solutions, une société axée sur les énergies renouvelables.

— Will Sanders, ajouta-t-elle, a débarqué au beau milieu de ce qui était censé être ses propres funérailles.

Comment pouvait-elle être au courant, alors que l'affaire n'avait pas été relatée dans les journaux locaux afin de ne pas entraver l'enquête en cours ? se demanda-t-il, intrigué.

La réponse lui vint, immédiate. Elle n'appartenait pas au Texas Cattleman's Club. Si elle savait, c'était parce que le FBI l'avait questionnée au sujet de cet homme qui avait usurpé l'identité de Will Sanders. Et si le FBI l'avait interrogée, c'était sans doute qu'elle avait un lien direct avec l'imposteur.

Elle s'arrêta de marcher et arqua ses sourcils joliment dessinés, semblant attendre de lui qu'il mette en place toutes les pièces du puzzle.

Il caressa son chien pour chercher en lui un réconfort qu'il aurait dû prodiguer à Abigail mais qu'il se sentait incapable de lui donner.

— Cet homme, celui qui a volé l'identité de Will Sanders, c'est lui le père de votre bébé ? trouva-t-il le courage de demander.

Le bourdonnement des insectes se fit plus intense dans le silence profond des bois.

— Oui, finit-elle par répondre avec une pointe de ressentiment.

Ou peut-être était-ce plus compliqué que cela. Il scruta son visage dans l'espoir d'y lire quelque chose qui le mettrait sur la voie. En vain.

— Je suis tellement désolé pour vous, dit-il.

Il chercha du regard un endroit où s'asseoir ; le trouva sous la forme d'une bûche recouverte de mousse à proximité d'un ruisseau. Voilà qui ferait parfaitement l'affaire.

Décidément, cette journée ne serait pas le prélude à la romance qu'il avait espérée. Pourtant, rien n'y faisait. Enceinte ou pas, elle l'attirait toujours autant.

Il lui prit la main, frissonnant de désir à ce léger contact.

— Venez vous asseoir un instant.

— Je ne voudrais pas que vous vous mépreniez, Vaughn, dit-elle en le suivant. Je ne regrette pas une seconde cet enfant qui va naître. Mais je déplore de ne pas avoir de jolie histoire d'amour à lui raconter lorsqu'il sera en âge de comprendre et de poser des questions. Ce sera même tout le contraire.

Son regard engloba le décor tandis qu'il la conduisait vers le banc de fortune d'où ils pourraient se poser. La terre exhalait une odeur d'humidité boisée qui se mélangeait avec bonheur à l'odeur plus tenace de la résine.

— Vous savez, il n'a pas trompé que vous. C'est toute la ville qui s'est laissé prendre à la supercherie.

Il imaginait assez bien ce qu'elle pouvait ressentir. Selon les commérages qui circulaient à Royal, d'autres femmes avaient succombé au charme de cette crapule qui, bien que marié, trompait allègrement son épouse.

— Mais je comprends que vous ayez eu beaucoup à encaisser.

Il avait envie de la protéger. Elle était une fille bien. Elle méritait qu'un homme veille sur elle pour lui éviter tout nouveau danger. Un homme qui ne pouvait pas être lui.

À l'instant où il se laissa tomber à côté d'elle, il comprit qu'il se mentait à lui-même ; qu'il était prêt à se trouver toutes les excuses pour pouvoir la côtoyer de près. Pour pouvoir la toucher et sentir le contact de sa peau sur la sienne.

— Cette nuit passée avec lui n'aurait jamais dû se produire, expliqua-t-elle. C'était un accident.

Elle enroula les bras autour de sa taille et balança ses jambes au-dessus de l'eau. Ruby s'était allongé le long de la bûche, les yeux rivés sur lui, comme il avait été dressé pour le faire.

— C'était l'hiver dernier, poursuivit-elle. Je travaillais au ranch comme intérimaire. Je ne connaissais Richard-Will que très peu, à vrai dire. Il m'a raconté qu'il était séparé de sa femme et moi, pauvre idiote, je l'ai cru.

Il ne savait trop quoi dire pour la réconforter. Aussi, le mieux était sans doute de continuer à lui prêter une oreille attentive. Sans trop se l'avouer, il était heureux d'apprendre qu'elle n'avait passé qu'une nuit avec Lowell ; qu'elle n'avait pas vécu avec lui de relation longue où il aurait été question de sentiments.

Pourquoi un tel soulagement alors qu'il la connaissait à peine ? Il ne se l'expliquait pas. C'était totalement irrationnel.

— J'étais restée tard ce soir-là parce que cela aurait dû être l'anniversaire de ma sœur, poursuivit-elle.

Quelque chose se brisa dans sa voix. Elle laissa son regard errer sur l'eau puis cligna des yeux avant de reprendre dans un souffle :

— Elle s'appelait Alannah. Elle aurait eu vingt-quatre ans. Malheureusement, dix mois plus tôt, un stupide accident de canoë l'avait arrachée à la vie. Alors, ce jour-là, jour de son anniversaire, je me sentais particulièrement mal.

Il la comprenait si bien qu'il ressentit une douleur vive dans la poitrine. Lui aussi connaissait l'affliction de perdre des proches.

Dans un geste qui se voulait réconfortant, il enroula un bras autour de son épaule tandis que Ruby se levait et venait enfouir sa truffe humide tout contre elle.

— Quelle tristesse de mourir aussi jeune, déplora-t-il en posant le menton sur le sommet de son crâne. Votre sœur vous a été enlevée trop tôt.

— J'ai tout de suite compris que j'avais commis une terrible erreur en couchant avec cet homme, lui confia-t-elle en s'abandonnant contre lui. J'aurais dû prendre mes précautions dès le lendemain, mais je pensais encore tellement à ma sœur, à sa mort, que je me suis montrée négligente. À vrai dire, lorsque j'ai quitté le ranch, je me sentais encore plus mal.

Elle secoua doucement la tête et essuya une larme furtive.

— Je pensais qu'aller de l'avant m'aiderait à oublier un peu ma souffrance, mais cela n'a fait que la raviver. Je culpabilisais tellement de vivre !

À regret, il laissa retomber son bras. Il ne voulait surtout pas qu'elle pense que lui aussi cherchait à profiter de la situation.

— Dans ce genre de deuil, il y a toujours des hauts et des bas, professa-t-il.

Il en savait quelque chose.

— C'est vrai, acquiesça-t-elle en suivant des yeux une grenouille qui venait de sauter à l'eau. J'étais dans une mauvaise période. Malheureusement, lorsque j'ai repris pied, il était trop tard pour la pilule du lendemain.

Elle s'interrompit et offrit son visage au soleil qui filtrait à travers le feuillage.

— Je ne sais pas... Parfois, je me demande si je n'ai pas laissé passer ce délai intentionnellement. Si je n'avais pas en tête de vouloir donner la vie pour combler le vide laissé par ma sœur. Tout cela de manière inconsciente, bien sûr.

— Peu importe, Abigail. Quelles que soient vos raisons, c'est aujourd'hui une réalité à laquelle vous devez faire face.

Tant de questions lui venaient à l'esprit, qu'il ne se sentait pas le droit de lui poser même s'il en mourait d'envie. Comment allait-elle pouvoir gérer son travail avec un enfant à la maison ? Car ses activités n'allaient pas s'arrêter avec cette naissance. Il était prévu que, une fois son œuvre achevée, la commission lui en confie une autre. Comment allait-elle s'y prendre pour assurer sur tous les fronts ? Sans compter que sa maison, qui faisait aussi office d'atelier, était déjà bien encombrée. Comment y aménager une chambre d'enfant ?

— Je sais, rétorqua-t-elle. Je vais concentrer toutes mes forces et toute mon énergie à me préparer à cette naissance et à créer une œuvre si belle que ma sœur serait fière de moi.

Elle esquissa un sourire teinté d'une telle tristesse qu'il en fut chamboulé. Il eut soudain conscience de Ruby qui, fidèle sentinelle, avait repris sa place derrière eux et balayait de sa queue le sol couvert d'aiguilles de pin et de feuilles mortes.

— C'est une manière très saine de faire son deuil, la félicita-t-il.

Ah, cela lui allait bien de jouer les moralisateurs ! Combien de fois avait-il entendu son thérapeute lui conseiller de trouver des dérivatifs à sa souffrance lorsque les premiers signes de ce fichu syndrome s'étaient manifestés ? À ce jour, il n'en avait trouvé aucun de constructif.

Devait-il voir dans l'arrivée d'Abigail dans sa vie un pas vers quelque chose de positif ? Pourquoi ne pas essayer de partager avec elle ce long chemin vers la guérison qu'il avait entamé seul ?

— Mais je suis bien mal placé pour vous conseiller. Moi-même je n'y suis pas parvenu. Je veux dire, trouver une manière positive de se guérir de souffrances profondes.

Il s'était exprimé un peu maladroitement, mais parler de lui n'avait pas été aussi difficile, finalement. Elle avait quelque chose qui semblait agir sur lui comme un baume lénifiant, et sa proximité calmait un peu ses tourments intérieurs.

— Je suis désolé pour vous, Vaughn, dit-elle en posant sa main sur la sienne. Avez-vous perdu un de vos proches, vous aussi ?

Tellement. Trop.

Le sujet était sensible. Il gambergea un court instant sur la meilleure façon de répondre à sa question sans, toutefois, se laisser emporter par les émotions.

— J'ai passé toute une année en Afghanistan, commença-t-il. Comme chirurgien dans l'armée.

Ces mots étaient bien loin de refléter l'horrible réalité. Ils étaient impuissants à traduire à quel point il avait souffert. À quel point cette expérience l'avait changé à jamais.

— Je ne veux pas comparer le lien qui m'unissait à mes

camarades au lien de sang qui existait entre votre sœur et vous, mais il régnait entre nous une véritable fraternité.

Se confier ainsi constituait pour lui une véritable épreuve. Car chacun des mots qu'il prononçait faisait revivre des scènes insoutenables.

Ruby, qui avait dû sentir sa tension, quitta sa place pour venir s'asseoir devant lui et le fixer de son air de bon gros chien fidèle.

— Ce n'est pas une question de sang, assura Abigail en lui pressant doucement la main. Je suis triste pour vous que vous ayez laissé là-bas des frères d'armes.

Elle inclina légèrement la tête sur son épaule, et son parfum, délicieux mélange acidulé de cannelle et d'oranges, parvint à ses narines, enivrant.

Le poids qui lui comprimait la poitrine s'allégea un peu à ce contact si doux. Il ferma les yeux un moment et se laissa aller à écouter le chant harmonieux des oiseaux au-dessus de leurs têtes. Mais ce moment de faiblesse fut de courte durée. Il n'était pas censé recevoir du réconfort mais en offrir.

— Je dois dire que Ruby m'est d'un grand secours, admit-il, tout d'un coup soucieux de jouer le jeu de l'honnêteté.

Elle avait déjà surmonté une énorme déception. Il n'était donc pas question de lui faire l'affront de lui mentir.

— Ruby est un chien d'assistance, précisa-t-il. Il a été dressé pour m'aider dans les moments difficiles liés au syndrome post-traumatique dont je souffre depuis mon retour à la vie civile.

— J'avais remarqué son collier. Mais je n'osais pas vous en parler.

Il émit un ricanement qui lui fit l'effet d'un couinement sinistre.

— Qu'ai-je dit de si drôle ? s'enquit-elle, visiblement décontenancée.

— Vous vous rappelez notre première rencontre, bien sûr ?

Il brûlait de la toucher, encore et encore. De plonger les mains dans sa chevelure soyeuse. De sentir sa peau contre la sienne.

De la serrer contre lui. Pourtant, il se retint. Après la triste expérience qu'elle avait vécue, il se devait de contrôler ses pulsions.

— Je me suis montré grossier et dénué de la moindre once de tact, poursuivit-il. Vous m'avez bien taclé en retour, et je n'ai eu que ce que je méritais. Aujourd'hui nous sommes quittes. Alors vous pouvez me demander ce que vous voulez.

Elle ne savait trop comment recevoir cette information. Il le voyait bien. Mais il ne voulait plus voguer dans ces zones d'ombre. Pas avec elle.

— Vous avez donc découvert une partie de ma véritable nature, s'amusa-t-elle à le taquiner. La grossièreté est un trait typique des filles du Sud.

Son cœur chavira de tendresse. Plus il passait de temps avec elle, moins il souhaitait s'en défaire. Il avait trop envie de connaître le goût de ses lèvres. De savoir quel effet cela pourrait bien lui faire de les presser sur les siennes. De savoir si leurs deux corps s'accorderaient.

Mais l'ombre rôdait autour de lui, enveloppante, l'empêchant d'avancer. Il avait encore tant à lutter pour retrouver un semblant de légèreté ! Il n'était pas de taille à offrir à Abigail la stabilité dont elle avait besoin, même si elle ne quittait déjà plus ses pensées.

— Allons, laissez-vous aller, l'encouragea-t-il. Posez-moi toutes les questions que vous voulez. Même les plus osées ou les plus indiscrètes.

Il plaisantait, bien sûr, dans l'espoir de la voir sourire mais aussi d'échapper aux images dures qui venaient oblitérer ce moment pourtant si doux avec elle.

— Dans ce cas… J'ai, en, effet, quelque chose à vous demander.

Sa main toujours immobile sur la sienne, elle se rapprocha de lui.

— Quelque chose qui va peut-être vous paraître trop direct.

Son cœur se mit à battre la chamade. Il était allé trop loin. Pourquoi ne s'était-il pas limité à la proposition faite d'aller en repérage ?

La réponse était là, à ses côtés : parce qu'il était comme envoûté par son regard aussi sombre qu'ardent.

— Juste pour une fois, Vaughn, dit-elle dans un souffle. Voulez-vous m'embrasser ?

4

Vaughn n'en revenait pas. Avait-il bien compris ? Le silence qui s'ensuivit était si pesant que le bruit du ruisseau roulant sur les galets lui parvint décuplé.

— Vous voulez que je vous embrasse ? répéta-t-il gauchement.

Il avait besoin de s'assurer qu'il avait bien entendu, même s'il redoutait de la voir faire machine arrière.

En guise de réponse, elle lui caressa le visage de sa main libre avant d'en dessiner le contour du bout d'un doigt léger.

— Il y a si longtemps que je n'ai pas reçu de vrai baiser, dit-elle finalement. Un baiser qui ne doive rien à la tristesse ou à la mélancolie. J'aimerais bien avoir une idée de ce qu'un baiser peut être, juste pour le plaisir.

Comment pourrait-il résister alors qu'elle lui donnait tout à coup l'envie de soulever des montagnes pour la rendre heureuse ? Pour la satisfaire ?

Pourvu qu'il parvienne à se contrôler ! Le cœur battant, il glissa une main dans ses cheveux puis la posa sur sa nuque. Il agissait lentement pour lui laisser le temps de se rétracter. Cela faisait longtemps qu'elle n'avait pas reçu de véritable baiser. Sans doute pas aussi longtemps que lui.

Après ces longs mois d'abstinence, ce contact physique agit sur lui comme un détonateur. Un désir primaire, qu'il peinait à réprimer, l'envahit tout entier.

Il l'attira à lui. Effleura ses lèvres des siennes. Une fois. Deux fois. C'était si bon, si doux, si magique qu'il eut l'impression de voguer avec elle bien loin des rivages de la réalité. Il aurait aimé la ramener chez lui et embrasser tout son corps de la même manière, avec tout le respect qu'elle méritait après l'année éprouvante qu'elle avait passée. Sa guerrière. Sa merveilleuse guerrière.

Sauf qu'il ne pouvait pas la posséder et qu'il ne le pourrait jamais.

Il rompit leur baiser le premier mais garda les yeux fermés un long moment, redoutant de voir dans son regard tout ce qu'il ne pourrait jamais avoir. Il était trop abîmé par ce qu'il avait vécu pour imaginer pouvoir partager sa vie avec cette femme, bientôt maman. Oui. Elle méritait bien mieux que l'homme en lambeaux qu'il était devenu.

Il n'ouvrit les yeux que lorsqu'il la sentit s'écarter de lui. Elle effleurait sa bouche du bout des doigts, dans un geste si touchant qu'il brûla de la garder à jamais captive entre ses bras.

— Voulez-vous que nous reprenions notre promenade ? proposa-t-il en lui tendant la main pour l'aider à se lever. Il me semble avoir vu un pacanier qui pourrait vous intéresser, pas loin d'ici.

Elle opina en silence, le précédant déjà. Sans doute ressentait-elle le besoin de recouvrer ses esprits, elle aussi.

Car, il le savait, le goût de ce baiser avec elle resterait à jamais gravé dans sa mémoire.

De retour chez elle, ce soir-là, Abigail s'était jetée dans le travail. Deux heures plus tard, elle relevait ses lunettes de protection sur son front et reposait son burin sur l'établi. Elle recula de quelques pas pour juger de l'effet obtenu. La tâche était loin d'être achevée, mais son œuvre commençait à prendre forme. Elle avait prévu de sculpter les ramifications de son arbre dans différentes essences de bois, le tout étant censé évoquer une nation multiculturelle.

Mais après tout chacun y verrait ce qu'il voudrait y voir, décida-t-elle avant que ses pensées ne dérivent une fois de plus vers le baiser échangé avec Vaughn. Quel sens devait-elle donner à tout cela ?

Elle n'en savait rien, sinon qu'elle avait cédé à la magie du moment, encouragée dans son audace par la gentillesse de cet homme compréhensif et par la beauté de la nature environnante. Elle lui avait été tellement reconnaissante d'avoir compris les blessures nées de sa nuit passée avec Richard Lowell. Une nuit qui, si elle était source de tristesse et d'amertume, était aussi source d'une immense joie puisqu'elle allait être mère.

Se confier à lui avait eu sur elle un effet purificateur. Elle avait alors ressenti un lien très fort se tisser entre eux, qui allait bien au-delà de la rencontre superficielle du début. Sans doute parce que lui aussi avait perdu des gens qui lui étaient chers.

Mais peu importait les raisons qui l'avaient poussée à lui réclamer ce baiser. Elle n'aurait pas dû. Elle n'en avait pas le droit. Sa main se porta alors instinctivement sur son ventre rebondi. Elle allait avoir un enfant et elle ferait bien de se comporter en future mère responsable plutôt que de céder à des pulsions idiotes qui ne les mèneraient, Vaughn et elle, nulle part.

La suite de leur promenade en forêt s'était déroulée paisiblement. Elle avait désigné à Vaughn, çà et là, quelques branches mortes susceptibles de l'intéresser tandis que, de son côté, il lui avait parlé des améliorations apportées à la propriété au cours du temps. Une discussion qu'ils avaient voulue légère mais que, sans se le dire, ils savaient oblitérée par le souvenir du baiser qu'ils avaient échangé.

Lui avouer qu'elle était enceinte avait sans doute dû le faire réfléchir, ce qui n'était pas plus mal, finalement. N'avait-elle pas prévu de tourner la page pour dédier sa vie uniquement à son bébé et à son travail ?

Pourtant, bien malgré elle, ses pensées dérivaient sans cesse vers Vaughn. Elle ressentait encore le contact enivrant de ses mains chaudes lui caressant la nuque et celui de sa bouche goûtant délicatement la sienne, comme s'il s'agissait du plus raffiné des mets.

En voulant repousser un peu plus loin sur la tête ses lunettes de protection, elle prit dans la bande en caoutchouc des mèches de cheveux qui formèrent un nœud. Laissant échapper un juron, elle s'approcha de la fenêtre pour tenter de vérifier l'étendue des dégâts dans la vitre.

C'est alors qu'elle vit une camionnette grise qui faisait marche arrière dans l'allée, devant chez elle. Le hayon baissé laissait voir trois tronçons de bois solidement arrimés par de larges sangles et autour desquels était attaché un magnifique ruban rouge vif.

Une truffe noire pointa par la vitre à demi baissée, humant frénétiquement l'air, comme pour vouloir se familiariser avec ce nouvel environnement.

Au diable ses bonnes résolutions ! Vaughn et Ruby étaient là.

De ses mains pourtant fébriles, elle parvint à démêler le nœud de ses cheveux puis elle jeta un rapide coup d'œil à son reflet dans la vitre.

Seigneur ! Qu'allait penser Vaughn ?

Tant pis ! De toute façon, elle n'avait plus le temps de se pomponner.

Le cœur battant, elle courut à la porte puis, d'un pas plus mesuré, alla le rejoindre, juste au moment où il ouvrait la portière à Ruby qui portait son gilet de chien d'assistance.

— J'espère qu'il n'est pas trop tard, dit-il avec entrain. C'est pour une livraison.

Elle remarqua tout de suite les deux sacs en papier marron qu'il tenait dans chaque main.

— Je vous ai apporté de quoi dîner, histoire de vous soudoyer.

Les sacs portaient le nom du Silver Saddle, l'hôtel-restaurant du Bellamy, unique établissement cinq étoiles de la ville. Elle se mit aussitôt à saliver d'envie.

Encore une fois, elle ne pouvait que s'attendrir sur cette nouvelle marque d'attention.

— Depuis quand avez-vous besoin de soudoyer les femmes, docteur Chambers ? dit-elle d'un ton taquin dans l'espoir de garder un ton léger à la discussion.

Elle s'approcha du hayon et effleura des doigts les branches noueuses du bois de pacanier.

— Je n'arrive pas à croire que vous ayez pu charger tout cela dans l'après-midi. Vous avez dû vous y mettre dès l'instant où je vous ai quitté.

— Peu importe. Cela m'a fait plaisir.

À la seconde où il refermait la bouche, une autre camionnette arriva, plus petite celle-là, mais tout aussi chargée de bois.

— Ce sont les fils de mon gardien, expliqua-t-il. Je leur ai demandé de me donner un coup de main.

Submergée d'émotion, elle refréna avec peine l'envie de l'embrasser.

— Je vous présente Micah et Brandon.

Il termina les présentations puis la laissa indiquer aux deux hommes l'endroit où ils devaient déposer le bois.

— Ont-ils besoin que nous les aidions ? s'enquit-elle alors que Micah et Brandon défaisaient les sangles du premier chargement sous l'œil vigilant de Ruby qui ne les perdait pas de vue.

— Non. Nous ne ferions que les gêner. Et puis, ils ont l'habitude. C'est l'occasion pour eux de se faire un peu d'argent supplémentaire.

— Je vous suis vraiment reconnaissante, Vaughn, déclara-t-elle en regardant se remplir le petit auvent où elle gardait le bois qui, jusque-là, était resté plutôt vide.

Il lui enlevait une grosse épine du pied.

— D'autant plus, ajouta-t-elle, que cette livraison arrive à point. Une fois mon travail à l'hôpital achevé, mon stock de matière première sera totalement épuisé.

Il lui décocha un sourire qui la fit fondre.

— Je suis ravi de vous être utile. J'espère que le fait que j'apporte le dîner ne vous dérange pas. Honnêtement, je mourais de faim et je me suis dit que sans doute vous aussi, après la longue promenade que nous avons faite cet après-midi.

Elle se revit aussitôt dans la chaleur de ses bras, ses lèvres douces et chaudes sur les siennes. Quel sens devait-elle donner à ce baiser ? Devait-elle y voir le début d'une forte amitié ou d'un autre sentiment auquel il ne souhaitait pas donner suite ?

Un frisson de désir la parcourut.

— Au contraire, Vaughn, murmura-t-elle dans un souffle. C'est très gentil à vous.

C'était vrai. Et elle aussi avait faim. Trop accaparée par son travail — et par les images torrides qui lui avaient traversé l'esprit à intervalles réguliers —, elle n'avait rien avalé depuis des heures.

Soudain, une vague d'amertume la submergea. Comme sa vie serait différente si l'enfant qu'elle portait avait pour père un homme tel que Vaughn, attentionné et prévenant !

— Les premiers mois de ma grossesse n'ont pas été faciles, je l'avoue. J'étais sans cesse fatiguée et j'avais perdu l'envie de manger. Mais depuis, quelques jours, je me sens bien mieux. Mes forces sont revenues en même temps que mon appétit.

Elle conduisit Vaughn, suivi de près par Ruby, jusqu'à un patio dallé, à l'arrière de la maison, débordant de fleurs et de plantes en pots, puis le laissa déballer le repas tandis qu'elle allait chercher dans la cuisine des assiettes, des couverts, des verres et un pichet d'eau qu'elle ramena sur un plateau.

Quelques minutes plus tard, ils étaient assis face à face à la table en fer forgé qui trônait au milieu du patio et se régalaient des canapés aussi variés que délicats qu'il avait achetés : pruneaux enrobés de bacon, *empanadas* de crabe, bruschetta à la tomate et au fromage de chèvre, brochettes de crevettes et croquettes de pomme de terre.

Il avait allumé les torches à la citronnelle destinées à éloigner les moustiques, nombreux en cette saison. La flamme vacillante des bougies, qui enveloppait ce festin royal d'une douce lumière, lui donnait l'impression de se trouver dans une contrée exotique.

Elle se renversa sur sa chaise pour mieux admirer le ciel que le soleil couchant auréolait de traînées roses. Quel bonheur que les jours soient si longs en été !

— C'était délicieux, Vaughn, déclara-t-elle, repue, après avoir pris une gorgée d'eau.

— Vous n'avez pas goûté à ceci, rétorqua-t-il en lui passant un plateau doré sur lequel se trouvaient de petites bouchées vertes.

Elle en prit une entre deux doigts et la porta à sa bouche, tentant d'en deviner les différentes saveurs. En vain.

— Qu'est-ce que c'est ? finit-elle par demander.

— Tempura de chou-fleur au caviar. Comment le trouvez-vous ?

Un tressaillement au bas du ventre amena un sourire amusé sur ses lèvres.

— J'aime beaucoup. Et mon bébé aussi, semble-t-il.

— C'est vrai ? Vous pouvez vraiment le dire ?

Son visage exprimait une vive curiosité, un profond intérêt qui la bouleversa d'autant plus que c'était la première fois qu'elle pouvait partager sa joie d'être enceinte avec quelqu'un. Sa mère avait beau faire un effort pour se montrer enthousiaste, la pauvre n'avait pas fait le deuil de la mort d'Alannah, elle le voyait bien.

Alors, la sincérité qu'elle lut dans le regard de Vaughn lui donna envie de partager avec lui les merveilles d'un tel miracle.

— Vous voulez bien me donner votre main ?

Il la lui tendit, et elle la posa délicatement sur le point culminant de son ventre.

Elle ressentit aussitôt une douce chaleur se propager dans tout son corps tandis que les battements de son cœur s'accéléraient et des images du baiser qu'ils avaient partagé lui revenaient en force.

C'était inutile de lutter. Elle leva les yeux sur lui, acceptant de rendre les armes, d'oublier les bonnes résolutions prises un peu plus tôt.

À cet instant précis, le bébé choisit de manifester sa présence dans son ventre : un mouvement doux, presque furtif, mais que Vaughn ne manqua pas de ressentir. Elle le sut car sa main trembla tandis que ses yeux s'écarquillaient d'émotion.

— C'est incroyable, dit-il dans un souffle.

Elle était tellement heureuse de le sentir en si totale communion avec elle ! De vivre avec lui ce moment privilégié qui était pour elle le meilleur remède à la tristesse d'avoir perdu sa sœur.

— N'est-ce pas ?

À regret, elle lâcha sa main.

— C'est la première fois que je partage ce bonheur avec quelqu'un, confessa-t-elle avant d'ajouter, comme pour se justifier : ma mère, qui est toujours à Austin, vit encore dans la douleur permanente d'avoir perdu une de ses filles.

— Je comprends.

Sa main, posée négligemment sur le dossier de sa chaise, effleurait par moments son épaule dénudée.

— Je trouve parfaitement légitime de vouloir partager une telle émotion avec quelqu'un. Et, même s'il est navrant pour vous que le père de votre bébé soit un Richard Lowell, je me réjouis que son comportement inacceptable soit pour moi l'occasion de prendre part à un moment aussi privilégié que celui-ci.

Elle retint sa respiration, s'exhortant à ne pas céder aux émotions qui la submergeaient. Il était lui-même en proie à ses propres tourments. Il devait se battre contre des troubles du comportement qui pouvaient le conduire, par moments, à se détacher de tout. Aussi, vouloir l'entraîner dans son monde à elle pouvait se révéler au mieux déloyal, au pire catastrophique pour tout le monde.

Mais, pour l'heure, elle se laissait aller au plaisir que lui procurait la caresse de ses doigts sur la peau nue de son épaule.

Elle resta silencieuse, tellement elle avait peur de rompre la magie de cet instant. Hélas, les voix de Micah et Brandon la ramenèrent très vite au présent.

— Nous avons terminé, docteur Chambers, annonça Micah. Tenez, je vous rends le double des clés de la camionnette que vous nous avez confiée.

Profitant de ce qu'il se levait pour les remercier, elle chercha à rassembler ses esprits, à retrouver un tant soit peu le contrôle d'elle-même. Elle se leva à son tour et commença à débarrasser la table.

— Je vais vous aider, s'empressa-t-il aussitôt qu'il fut revenu.

— La présence de Ruby ne vous dérange-t-elle pas ?

— Ruby est le bienvenu dans ma maison. J'aime bien le savoir là, avec nous.

Elle accepterait n'importe quoi, d'ailleurs, qui l'empêcherait de se jeter à la tête de Vaughn pour le supplier sans pudeur de l'embrasser encore et encore.

— Merci, répondit-il.

Ils entrèrent à l'intérieur de la maison, et Ruby s'installa dans un coin tranquille de la cuisine, tandis que Vaughn et elle plaçaient et rangeaient les assiettes dans le lave-vaisselle.

— Je lui suis tellement attaché. Il m'est vraiment devenu indispensable.

Il lança un coup d'œil dans sa direction alors qu'il était déjà sagement couché, le museau calé entre ses deux pattes. À voir le lien qui les unissait, elle soupçonna qu'il devait être dur pour eux deux de se séparer lorsqu'il le fallait.

— Vous devez lui manquer, dit-elle prudemment, cherchant à tâter le terrain. J'imagine que vous devez vous absenter pendant des heures lorsque vous opérez.

Il prit le temps de placer la dernière assiette dans la machine, puis de refermer l'appareil avant de répondre :

— Le plus difficile, c'est lorsque je suis de garde à l'hôpital.

Il s'interrompit pour se rincer les mains et les essuyer à un torchon. Puis, toujours silencieux, il se tourna et la regarda passer un coup d'éponge sur le comptoir.

— Mais dans ces moments-là, reprit-il, je le confie soit à Micah et Brandon soit à leur père. Avec eux, je suis rassuré. Je sais que mon chien est entre de bonnes mains.

— Je suis heureuse que vous ayez autour de vous des gens de confiance sur qui vous pouvez compter. Mais comment se fait-il que vous ne puissiez pas emmener Ruby à l'hôpital ?

— S'il y a de nombreux lieux de travail où les chiens sont acceptés, en revanche, ce n'est pas le cas dans le secteur hospitalier.

— J'imagine qu'à vous aussi il manque ?

Elle posa son éponge sur le rebord de l'évier puis se rinça les mains. Ensuite, ne sachant quoi faire, elle resta immobile à côté de lui, dans un silence qui commençait à la gêner.

— Je suis chirurgien.

Elle remarqua que ses mâchoires étaient contractées et qu'il fixait un point invisible par-dessus son épaule.

— C'est l'unique chose que je peux accomplir sans me poser la moindre question. C'est seulement dans ces moments-là que je parviens à oublier les tourments qui me rendent la vie si compliquée.

Elle comprit à la tension qui pointait dans sa voix ainsi qu'à la raideur de sa posture qu'il était soudain sur la défensive. Ruby, aussitôt alerté, se leva pour venir s'asseoir à côté de lui et presser son museau contre sa cuisse.

Très bien, elle avait capté le message. Il y avait des frontières à ne pas franchir.

— C'est là où nos professions sont très différentes, dit-elle d'un ton faussement désinvolte.

Elle se tut, le temps pour elle d'aller s'asseoir sur l'un des tabourets qui encadraient l'îlot central.

— Parfois, je dois attendre que toutes les planètes soient parfaitement alignées pour trouver l'inspiration.

Laissant de côté certaines des raisons qui la distrayaient

trop de son travail, elle poursuivit sur le même mode léger. Au bout de quelques minutes de ce monologue, elle vit ses épaules commencer à se détendre un peu.

Elle avait marché sur un terrain miné. Elle ferait bien de s'en souvenir.

Vaughn Chambers était un homme magnétique. Talentueux. Attentionné. Et charismatique, lorsqu'il le voulait bien.

Mais il venait de lui rappeler que, en dehors de son travail, il était aux prises avec des démons qui ne laissaient aucune place à un avenir serein.

Qu'elle se le tienne pour dit.

5

Deux jours plus tard, assis dans un coin d'une salle du service de pédiatrie, Vaughn terminait d'enregistrer des notes sur son dictaphone pour les envoyer au secrétariat afin qu'elles y soient retranscrites et mises à jour.

La victime d'une blessure au couteau qu'il avait opérée quelques jours plus tôt se remettait tout doucement. Il devrait encore subir des séances de rééducation et, plus tard, s'il le souhaitait, une nouvelle opération d'un tendon de l'épaule qui pourrait sinon finir par lui procurer des douleurs invalidantes.

Une fois son rapport enregistré, ses pensées retournèrent vers Abigail, comme cela avait été le cas à plusieurs reprises au cours de ces derniers jours.

En se rendant chez elle, le soir là où il lui avait livré le bois, il n'avait eu en tête que de passer un bon moment. Un moment léger pour oublier le désir intense qu'avait suscité en lui leur baiser. Car ce baiser avait allumé en lui un feu qui le dévorait.

C'était donc dans l'espoir de partager avec elle une courte parenthèse placée sous le signe de la désinvolture et de l'insouciance qu'il était passé chez le traiteur.

Au début, les choses avaient marché comme prévu. La discussion avait été fluide au cours d'un repas qu'elle avait clairement apprécié. Parfaitement détendu, il avait profité de chaque instant ; jusqu'à ce qu'elle l'interroge sur Ruby et qu'elle oriente la discussion sur son métier.

À partir de ce moment-là, il avait senti s'ouvrir en lui une brèche par laquelle s'était engouffré tout un flot d'émotions qui avait fait affleurer une vulnérabilité latente.

S'il avait eu conscience de son changement d'humeur, du ton tranchant sur lequel il lui avait répondu, il n'avait rien pu faire pour changer les choses. Car, pour ne parler à personne du mal dont il souffrait, il se sentait extrêmement mal à l'aise dès lors que quelqu'un cherchait à aborder le sujet.

— Ah, docteur Chambers ! Je vous cherchais partout.

La voix de Troy Hutchinson le fit brutalement revenir sur terre. L'homme, en plus d'être un brillant pédiatre, était d'une générosité absolue, n'hésitant pas à partir régulièrement en Afrique sous la bannière de Médecins sans frontières. Il avait noué avec lui un lien qui, à ses yeux, s'apparentait à de l'amitié.

Il se leva pour le gratifier d'une tape amicale dans le dos.

— Vous auriez un moment pour aller jeter un coup d'œil à la patiente de la 2C ? s'enquit-il.

La patiente en question, âgée de dix-sept ans à peine, avait été admise au service des urgences après un bref séjour dans un hôpital de campagne. Victime d'un accident de la circulation, elle n'avait pas eu à subir d'opération chirurgicale, mais on craignait pour la vie du bébé qu'elle portait.

— J'y suis déjà passé, répondit Troy. Le bébé est hors de danger, et la mère se porte bien.

Troy prit une pomme qui se trouvait dans une coupe de fruits offerte au personnel soignant par un patient trop heureux d'être admis à sortir.

— Que diriez-vous d'une partie de tennis, un de ces jours ?

Il n'avait pas joué depuis des lustres, mais l'idée d'un face-à-face sur un court de tennis avec cet homme le séduisait assez.

— Pourquoi pas ? Pour la date, voyez vous-même. Je n'ai ni

épouse ni triplés qui m'attendent à la maison, moi. Je suis libre comme l'air.

Il se souvint de la joie immense que Troy avait éprouvée lorsque sa femme, Simone, avait donné naissance à trois petits garçons en pleine santé.

— Mon coup droit risque d'être un peu rouillé, après tout ce temps passé auprès de mes petits, précisa Troy. Mais justement, ajouta-t-il entre deux bouchées, je dois rester en forme si je veux être à la hauteur lorsqu'ils commenceront à marcher. Ces petits diables n'ont pas fini de me faire courir.

Il esquissa un sourire amusé. Troy était un athlète accompli qui n'hésitait jamais à participer à des épreuves sportives destinées à lever des fonds pour une cause ou une autre. Quant à lui, il avait besoin de faire des efforts pour se reconnecter au monde extérieur, comme le lui avait prouvé la discussion avortée avec Abigail.

— Bonne idée, approuva-t-il. Je vous laisse réfléchir, mais sachez que votre heure sera la mienne.

Il hésita un instant puis fit signe à Troy de le suivre dans le couloir, loin des bruits de monitoring et des allées et venues incessantes des infirmières.

— Si vous pouviez m'accorder deux petites minutes supplémentaires, j'aurais une question à vous poser.

— Bien sûr, acquiesça Troy en jetant son trognon de pomme dans une poubelle qui se trouvait sur leur passage.

Ils s'arrêtèrent près d'une fenêtre à l'écart, qui donnait sur le parking. À 21 heures, il était presque désert. Une voiture attira son attention. C'était celle d'Abigail, facilement reconnaissable à l'autocollant qui portait le logo de son atelier de sculpture.

Elle était là, dans les lieux, sans doute en train de travailler à son œuvre. Il avait envie de la voir. L'envie, mais également un besoin presque viscéral.

— Troy, je ne sais pas trop comment parler de ça avec vous...

Il avait cherché à contacter Will Sanders dans l'espoir de

mesurer les dangers qu'encouraient Abigail à s'être frottée de trop près à l'homme qui avait usurpé son identité. En vain.

— Mais voilà, se lança-t-il. J'ai une amie qui a eu une aventure avec un imposteur...

— Vous voulez sans doute parler de Richard Lowell, anticipa Troy d'un ton dédaigneux.

— C'est bien cela. Est-ce que cette histoire est avérée ? Parce que j'ai entendu dire que Rich et Will étaient de bons amis.

— C'est exact.

Troy n'avait pas grandi à Royal, mais il en savait plus sur ce qui s'y passait que lui-même.

— La police le croit-elle toujours dans le coin ?

Son regard se porta immédiatement sur le pick-up d'Abigail. Il avait beau se trouver sous la lumière crue d'un réverbère, il n'en était pas moins à plus de cinquante mètres du véhicule le plus proche.

— Ils n'écartent aucune hypothèse. Le FBI a effectué des tests ADN sur les cendres supposées du corps de Will Sanders après le crash de son avion personnel. En tout cas, ce ne sont pas celles de Rich Lowell.

Ainsi donc, ce fichu traître de Rich était toujours dans la nature.

— Ce type peut être dangereux, s'entendit-il dire.

L'idée qu'Abigail puisse être en danger l'angoissait à l'extrême.

— Je suis certain que la police a dû la mettre en garde, déclara Troy. Ils ont parlé à tous les proches de cet imposteur.

Les vibrations du téléphone portable de Troy le firent s'interrompre. Il vérifia rapidement le SMS qui venait de lui être délivré avant de reprendre :

— Il paraît que, de son côté, Will met tout en œuvre pour traquer cette ordure. Il aurait fait appel à des détectives privés connus pour être de fins limiers. Comme vous pouvez le voir, rien n'est laissé au hasard dans cette affaire.

Il brûlait d'aller retrouver Abigail dans l'aile où elle travaillait encore. Elle avait besoin d'être protégée et contrairement à lui, ou à Will, n'avait pas les moyens de se payer un détective privé ou un garde du corps personnel.

— Merci pour tous ces renseignements, Troy. Et n'oubliez pas : je compte sur vous pour cette partie de tennis.

Troy eut un sourire amusé tandis qu'il remettait son portable dans la poche de sa blouse.

— Vous tenez vraiment à m'infliger une bonne raclée. Je me trompe ?

— Rien n'est éternel ! Et, en effet, je l'avoue humblement, prendre la relève de l'indétrônable Troy Hutchinson me plairait assez.

Après s'être donné une franche poignée de main, ils se séparèrent.

Il prit la cage d'escalier qui menait à l'étage où il était sûr de retrouver Abigail. Peu lui importait qu'elle porte l'enfant d'un autre homme. Elle pouvait être en danger et, s'il ne s'autorisait pas à aller plus loin que le chaste baiser qu'ils avaient échangé, il ferait en sorte de veiller à ce qu'il ne lui arrive rien de mal.

La sculpture prenait forme. Bien que satisfaite du travail déjà effectué, Abigail décida que son arbre avait besoin d'être étoffé. Dans ce nouvel environnement, il prenait une dimension différente. L'espace, les couleurs, les lumières, tout lui donnait une autre apparence.

Quelques heures plus tôt, dans l'après-midi, le professionnel qu'elle avait payé pour cela avait livré son œuvre là où elle se trouvait à présent ; mais, avec la distance, elle craignait bien d'avoir plus de travail encore que ce qu'elle avait estimé.

L'ampleur de la tâche ne l'effrayait pas. Non. Mais elle était si méticuleuse, si perfectionniste. Elle voulait juste que sa sculpture soit parfaite, telle qu'elle l'avait imaginée avant de commencer à lui donner vie. Elle aimait l'idée de cet arbre aux racines apparentes, dont les branches étaient comme un appel à venir faire une halte dans ce coin paisible et confortable de l'aile pédiatrique pour s'y détendre et y réfléchir.

En revanche, ce qui la tracassait, c'était ce surcroît de dépenses que nécessitait le transport de bois supplémentaire et auquel elle ne s'attendait pas. Certes, elle aurait dû anticiper cet imprévu, mais être consciente de son erreur ne changeait rien au problème. Cela lui servirait simplement de leçon.

Elle prit dans son sac à main le stylo et le carnet qui ne la quittaient jamais et commença à dresser la liste de la quantité de matière première qu'il lui faudrait pour achever son œuvre.

Le calme qui régnait autour d'elle était propice à la concentration. Pour le moment, cet espace de détente se limiterait au diamètre du socle, déjà conséquent, sur lequel était posé, son œuvre, mais il était prévu qu'il s'étende bien au-delà.

Un sourire vint fleurir sur ses lèvres au souvenir des membres du personnel qui, passant par là, venaient jeter un coup d'œil à l'avancée de son travail et ne manquaient pas de lui dire un mot gentil ou de la complimenter.

Elle en était là de ses réflexions lorsqu'elle entendit un bruit de pas, suivi d'une inflexion de voix qui lui était désormais familière.

— Il est bien tard pour travailler encore.

Vaughn se tenait près de la plate-forme, en tenue de ville — pantalon en toile kaki, chemise blanche à col ouvert qui accentuait son teint hâlé et renforçait son pouvoir de séduction.

Son cœur se mit à battre la chamade malgré tous les beaux discours qu'elle s'était tenus depuis qu'il était reparti de chez elle sur une note acide. Comment résister quand la douceur de sa voix semblait la caresser et allumait en elle les feux d'un désir qu'elle avait un mal fou à contenir ?

Ce n'était pas juste. Pourquoi désirait-elle autant cet homme tourmenté que ses souffrances empêchaient de mener une vie normale ?

— Il a fallu que je fasse installer mon arbre ici et, du coup, j'ai perdu un peu de temps.

Elle rangea son stylo et son carnet dans son sac avant de reprendre :

— C'était absolument nécessaire si je ne voulais pas prendre le risque d'abîmer ce que j'aurais fait chez moi, dans mon atelier.

Immobile, il gardait les yeux fixés sur le tronc et les premières branches qu'elle avait sculptés dans du bois de laurier.

— Vous auriez dû m'appeler. J'aurais pu vous aider. Vous devez faire très attention dans votre état, ajouta-t-il en baissant la voix.

— Je n'ai pris aucun risque, vous pensez bien. J'ai fait appel à une société de déménagement qui s'est chargée de tout.

Elle effleura du bout des doigts un côté du tronc et en arracha un gros bout d'écorce, seul moyen qu'elle avait trouvé pour occuper ses mains fébriles qui brûlaient de le toucher.

— C'est magnifique, dit-il dans un souffle. Et j'aime beaucoup la chouette, là.

Il désigna l'oiseau miniature, à demi caché dans un trou.

— Merci, dit-elle en rougissant sous le compliment. D'autres oiseaux devraient suivre.

Elle maîtrisait si parfaitement l'art de sculpter ces petits volatiles qu'elle les vendait chez Priceless, une boutique d'artisanat du centre qui les écoulait comme des petits pains.

— Encore que... Je ne sais pas si j'aurai le temps d'en faire beaucoup. J'ai décidé de donner plus d'envergure à mon arbre.

— Il est déjà immense.

En guise de preuve, il alla enrouler les bras autour du tronc, aussi loin qu'il le pouvait. Mais, même avec le plus grand effort, ses mains étaient loin de pouvoir se joindre.

— Vous êtes vraiment certaine de vouloir le faire plus grand ?

— Absolument.

Elle sortit une nouvelle fois bloc et stylo, et lui montra ce qu'elle venait de faire.

— J'ai commencé à établir une liste de ce qu'il me fallait et j'ai fini par faire une esquisse des changements que j'aimerais apporter au projet initial.

— Pas mal, commenta-t-il tandis que son regard allait du

croquis à la sculpture en cours. Mais comment allez-vous faire tenir toutes ces nouvelles branches ?

— C'est en effet un peu compliqué, admit-elle. La partie la plus chronophage de l'œuvre, et qui demande un vrai savoir-faire technique que je n'ai pas. Il faudrait que je trouve un artisan capable d'exécuter exactement ce que je veux.

Quelqu'un d'assez doué pour pouvoir « greffer » les branches qu'elle aurait sculptées sans que cela se voie, se dit-elle en s'asseyant au bord de la plate-forme. Un menuisier, pourquoi pas ? Ou, mieux, un ébéniste.

— Je vous trouverai quelqu'un pour vous aider, affirma-t-il en venant s'asseoir à côté d'elle.

Le contact de ses genoux contre les siens lui envoya des ondes électriques dans tout le corps. Ce jour-là, elle avait opté pour une jupe trapèze et un T-shirt en coton, la tenue qu'elle jugeait idéale pour travailler : à la fois confortable et féminine. Malheureusement, elle n'avait pas prévu de se retrouver assise par terre en compagnie de Vaughn, ses jambes nues contre les siennes, qu'elle sentait délicieusement musculeuses.

Elle inspira lentement pour essayer de se donner le temps de reprendre le contrôle d'elle-même.

— Je vous remercie, finit-elle par dire. J'ai assuré à la commission que j'aurai terminé en temps et en heure, et j'entends bien tenir parole. Il faudra simplement que je ne compte pas mes heures et que je travaille aussi la nuit, s'il le faut. Le reste, en revanche, pourra attendre.

L'idée de devoir mettre les bouchées doubles ne l'effrayait pas, loin de là. Ne serait-ce pas l'occasion de le voir plus souvent ? Quelle femme rechignerait à passer du temps avec un homme qui vous faisait battre le cœur plus vite ? Même s'il n'y avait pas grand espoir de voir l'homme en question nourrir les mêmes attentes qu'elle.

— J'ai quelque chose à vous dire.

Sa voix était redevenue grave. Sérieuse, même.

— La police vous a-t-elle demandé de rester sur vos gardes, maintenant qu'ils sont presque certains que Lowell est en vie ?

Elle ne s'attendait pas du tout à ce que la conversation prenne cette tournure. D'autant qu'on lui avait demandé de rester discrète sur le sujet.

— J'ai reçu un coup de fil d'un agent fédéral, la semaine dernière, confia-t-elle à voix basse.

À vrai dire, elle n'avait trop su quoi faire de cette information. Car, malgré tout le ressentiment qu'elle éprouvait à l'encontre de Richard, elle ne le percevait pas comme une menace pour elle. Bien sûr, ce qu'il avait fait était monstrueux, mais il n'avait tué personne.

— Il m'a appris que les cendres retrouvées dans l'avion et qui étaient censées être celles de Rich ne l'étaient pas et que les enquêteurs avaient toutes les raisons de penser qu'il était vivant.

— C'est ce que j'ai entendu dire, moi aussi.

Son visage s'assombrit tandis qu'il fixait sur elle un regard pénétrant teinté d'une pointe d'inquiétude.

— Cet agent ne vous a-t-il pas demandé de redoubler de prudence ? Que ferez-vous si Lowell cherche à entrer en contact avec vous ?

Elle se souvenait très bien que, au moment où elle avait pris cet appel, elle venait de lire un courrier de la banque l'informant qu'ils lui enverraient les huissiers pour une éventuelle saisie si elle ne renflouait pas son compte. Aussi n'avait-elle pas vraiment prêté attention à ce que l'agent lui disait.

Sa vie était si éloignée de ce qu'elle aurait voulu pour son enfant ! Une onde de culpabilité la traversa et, instinctivement, elle posa une main sur son ventre pour rassurer la petite vie qui y poussait.

— Il m'a recommandé de ne pas chercher à me mettre en rapport avec lui puis m'a demandé si je savais où on pouvait le trouver.

Elle secoua la tête. Combien de fois allait-on lui poser cette question qui ravivait en elle la tristesse de porter l'enfant d'un homme en cavale ? Un choix malheureux qui la poursuivrait toute sa vie.

— Je lui ai bien sûr certifié que je l'ignorais. Quant à ce qui est de contacter Rich, même si je le pouvais, il n'en serait pas question.

— Mais cet enfant que vous portez est le sien, souligna-t-il.

— Il ne le sait pas, confia-t-elle.

Il arqua les sourcils d'étonnement et laissa retomber sa main.

— Vous ne le lui avez pas dit ?

— Non.

Au début, elle s'était sentie coupable de garder ce lourd secret pour elle. Puis, lorsqu'elle avait découvert à qui elle avait affaire, elle en avait éprouvé un profond soulagement.

— Il faisait des allers-retours incessants entre les États-Unis et l'Irlande, poursuivit-elle. Mais un jour je me suis dit qu'il fallait que je lui parle. J'ai pris mon courage à deux mains et je suis allée le trouver.

— Quand était-ce ? demanda-t-il.

La voix d'une secrétaire appelant un des médecins de garde perça brutalement la quiétude des lieux. Elle attendit que le silence retombe pour répondre :

— Le premier week-end de mai, je crois. Ce dont je suis sûre, c'est que c'était une semaine avant le crash. Oh ! quand je pense qu'il me savait vulnérable et qu'il en a profité pour me servir le couplet des âmes sœurs, de lui et moi vivant la même tragédie...

Elle eut soudain dans la bouche un goût d'amertume. Plus elle parlait de ce qui lui était arrivé, plus elle réalisait à quel point elle avait été manipulée. Ce salaud avait profité de sa détresse, l'emmenant où il voulait l'amener. Dans sa chambre.

Elle était bien trop absorbée par son chagrin pour se rendre compte de quoi que ce soit. Elle n'avait vu que cette main qui s'était tendue vers elle dans un moment particulièrement difficile.

— Quel salaud ! siffla-t-il entre ses dents serrées, comme s'il avait lu dans ses pensées.

— Pour en revenir au jour où je me suis rendue au ranch pour lui parler du bébé, il était là.

Elle s'était déjà préparée mentalement à se battre pour avoir la garde exclusive de son enfant. Elle était même prête à quitter la ville si c'était ce que Richard attendait d'elle. Ce qu'elle voulait, c'était qu'il renonce purement et simplement à son bébé et ne fasse valoir aucun de ses droits.

— Je suis entrée dans la maison par la porte de derrière et me suis dirigée directement vers son bureau où j'avais le plus de chances de le trouver. J'ai alors entendu des éclats de voix. Deux hommes se disputaient.

— Vous avez reconnu la voix de Rich ? Vous êtes bien certaine que c'était lui ?

Sa main vint alors se poser sur son épaule, dans un geste d'une telle douceur qu'elle regretta d'avoir vu en lui, lors de leur première rencontre, un homme suffisant et arrogant alors qu'il était tout le contraire : généreux, sensible et empathique.

— Oui. Je sais que c'était lui parce que j'ai pu le voir par la porte restée entrouverte.

Elle avait été saisie par ce qu'elle avait vu.

— Alors que je m'apprêtais à entrer dans la pièce, les deux hommes en étaient venus aux mains. Rich se battait avec Jason Phillips.

Il laissa échapper un juron, et elle le fixa, surprise : avant ce jour, elle ne l'avait jamais vu en colère.

— Jason Phillips ? Le même qui a ramené l'urne contenant les cendres censées être celles de Will ?

Jason, tout comme Will, était membre du Cattleman's Club, avec un rôle clé dans la Spark Energy Solutions. Il vivait la moitié du temps à Royal et l'autre moitié à Dallas.

— Vous pensez qu'il est suspecté d'avoir escroqué Will Sanders, lui aussi ? s'enquit-elle. Qu'il savait que Richard usurpait l'identité de Will ?

Le bruit d'un chariot que poussaient deux femmes de ménage les interrompit momentanément.

— J'ai entendu dire que Jason est en voyage d'affaires à l'étranger et qu'il est injoignable, poursuivit-il une fois que les deux employées se furent éloignées. Il se pourrait qu'il soit le complice de Lowell ou qu'il ait voulu le doubler. Il se pourrait aussi qu'il n'ait rien à voir avec tout ça et qu'il ait pris Lowell sur le fait. Quoi qu'il en soit, ce jour-là, vous auriez pu vous fourrer dans de sales draps.

Elle, elle avait juste voulu éviter de se retrouver prise entre deux hommes qui se battaient. Elle avait voulu épargner cette violence à son bébé. Mais, maintenant qu'il avait mis le doigt dessus, elle comprenait qu'elle avait échappé à quelque chose de bien pire.

Cette prise de conscience soudaine, doublée du fait qu'il se montrait si protecteur à son égard, suscita en elle un élan de tendresse qu'elle ne chercha pas à refouler. Elle posa la tête sur son épaule, incapable de résister au réconfort qu'il lui offrait. Elle s'autorisa enfin à se laisser aller contre ce bras puissant venu s'enrouler autour d'elle et qui lui donnait l'impression d'être enfin en sécurité.

— Je ne pense pas que Richard Lowell cherchera à me contacter, dit-elle. Il ignore que je suis enceinte et il sait que revenir dans les parages ne serait pas une bonne idée. De toute façon, avec tout l'argent qu'il a dû voler à ce pauvre Will, il doit avoir les moyens de couler des jours tranquilles à des milliers de kilomètres d'ici.

Il se tourna plus franchement vers elle et la saisit par les épaules.

— OK. Il ne viendra pas pour votre enfant puisqu'il n'est pas au courant de votre état. Mais s'il vous a vue, ce soir-là, sans que vous vous en soyez aperçue ? S'il pense que vous avez entendu quelque chose que vous n'auriez pas dû entendre ?

La peur s'insinua en elle. Elle se mit à frissonner légèrement.

— Je n'ai rien entendu, assura-t-elle. Je ne sais même pas pourquoi ils se battaient. Et je vous l'ai dit, quand j'ai vu la tournure que prenaient les choses, je ne me suis pas attardée, vous pouvez me croire.

— Je vous crois, Abigail. Et je ne cherche pas à vous faire peur. Je veux juste que vous compreniez que cette histoire est sérieuse et qu'il faut vous montrer prudente. Du moins tant que cet escroc de Lowell ne sera pas sous les verrous.

Sa main, qui venait de s'insinuer entre ses omoplates dans une caresse aussi légère qu'une aile de papillon, lui procura de délicieux frissons au creux des reins.

— Je voudrais qu'un agent de sécurité vous accompagne jusqu'à votre voiture lorsque vous sortirez d'ici, tard le soir. Et aussi, que vous fassiez installer un système d'alarme chez vous et surtout que vous vous en serviez. Mais la première chose à faire, c'est appeler la police pour lui signifier que vous avez été témoin d'une bagarre entre Rich et Jason.

La tête se mit à lui tourner. Il avait raison sur tous les points. Elle n'était pas la seule à devoir être protégée. Elle devait aussi penser à son bébé ; s'assurer qu'il ne courait aucun danger. Et peu importaient les frais supplémentaires que ces précautions engendreraient.

— Je ferai tout ce que vous me dites.

Mais où allait-elle trouver le temps de s'occuper de tout cela alors que sa sculpture en cours accaparait déjà ses journées — et ses soirées ? Sans compter qu'elle allait devoir parer au plus pressé sans se préoccuper du prix que cela allait coûter.

— Je vais commencer par aller acheter un système d'alarme dans la première station-service que je trouverai sur mon chemin, décida-t-elle.

— Il est déjà bien tard. Vous devez être épuisée.

Il fixait sur elle un regard un peu lointain qu'elle ne parvint pas à déchiffrer.

— Tant pis. Si j'avais su que ce que j'ai vu était aussi important, j'aurais déjà prévenu la police.

Elle glissa son carnet et son stylo dans son sac, s'apprêtant à partir.

— Je ferais bien de me mettre en route. Comme vous venez de le souligner il est déjà tard, et j'aimerais revenir demain matin très tôt.

— Puis-je vous suggérer quelque chose ?

Elle opina, l'autorisant ainsi à poursuivre.

— Je ne veux rien vous imposer, mais j'aimerais beaucoup vous aider.

— Vaughn, vous avez déjà tant fait pour moi ! À commencer par cette commande. Car c'est bien grâce à vous si...

— Je n'y suis pour rien Abigail. La commission vous a choisie sur votre talent.

Cela signifiait-il que lui avait voté en faveur de l'autre artiste ? Mais peu importait, après tout. C'était elle qui était là aujourd'hui et non sa concurrente.

— Soit. Mais ce n'est pas la commission qui m'a livré le bois trouvé sur votre propriété. Grâce à vous, je suis tranquille pour un bon moment.

Elle se releva et tâtonna au fond de son sac pour y trouver ses clés.

— Mon jardinier l'aurait brûlé de toute façon, rétorqua-t-il. Mieux vaut que vous en profitiez.

Il se leva à son tour et resta quelques secondes à côté d'elle, immobile et silencieux.

— Abigail, il y a quatre chambres inoccupées au ranch, dit-il finalement. Vous pourriez dormir à la maison où Ruby et moi veillerions sur vous. Et demain, à la première heure, nous demanderions à une équipe de police de venir écouter ce que vous avez à dire. Vous n'auriez plus qu'à passer au commissariat plus tard dans la journée pour faire votre déposition.

Il lui tendit ses mains, qu'elle prit sans se faire prier. Leurs regards s'accrochèrent. Son cœur se mit à battre la chamade, et elle se sentit vaciller.

— Dormir… Chez vous ? répéta-t-elle en butant sur les mots tant elle ne s'attendait pas à une telle proposition.

— Oui. Dormir. Vous pouvez me faire confiance, Abigail. Je ne me conduirai pas comme ce Richard Lowell. Je ne chercherai pas à tirer profit de la situation.

Il avait parlé d'un ton ferme, déterminé, qui ne laissait planer aucun doute quant à sa sincérité.

Tiraillée entre l'émotion de voir à quel point il tenait à elle et la frustration du désir inassouvi qui la consumait, elle acquiesça. Mais n'avait-elle pas beaucoup de chance d'avoir un ami comme lui, sage, pragmatique, prêt à veiller sur elle et son bébé à la moindre occasion ?

— Merci beaucoup, Vaughn. Je crois que je vais accepter votre offre.

Finalement, elle aimait l'idée qu'il serait là, à ses côtés, lorsque la police l'interrogerait. Elle aimait l'amitié qu'il lui prodiguait sans concession. La bienveillance dont il ne cessait de faire preuve à son égard. Toutes ces valeurs, si rares, n'avaient-elles pas beaucoup plus d'importance qu'une aventure sans lendemain ?

— Comme je dois être ici demain matin très tôt, moi aussi, je vous suggère de laisser votre voiture au parking. Ainsi, nous partirons et nous reviendrons ensemble.

L'affaire étant conclue, il passa un coup de fil à l'hôtel de police et demanda à parler à quelqu'un que, d'après ce qu'elle entendit, il connaissait depuis longtemps. Il arrangea un rendez-vous pour le lendemain et raccrocha.

Rien à dire. L'homme était droit, méthodique, efficace.

Pourtant, lorsqu'elle se glissa sur le siège passager, elle ne put s'empêcher de déplorer qu'il se montre aussi respectueux. Elle n'était tout de même pas en sucre, bon sang !

Elle comprit alors que si elle voulait qu'un miracle se produise, c'était à elle de le provoquer. Il ne faisait qu'agir dans son intérêt, soucieux de ne pas reproduire une situation qui l'avait dépassée.

Mais, désormais, elle se sentait forte. Elle ne laisserait plus personne la manipuler.

Les sens aiguisés, elle élabora toute une série de scénarios qui les conduirait à s'embrasser, aussitôt arrivés chez lui.

« Dormir », avait affirmé Vaughn.

Rien n'était moins sûr.

6

Vaughn n'était pas le seul à être tout excité à l'idée d'avoir une invitée sous son toit.

Ruby aussi, qui accueillit Abigail avec effusion, la suivant partout où il la conduisait. Elle, de son côté, paraissait apprécier ces témoignages de sympathie, riant aux éclats lorsque le chien se mêla de l'aider à vider le sac en toile qu'elle gardait en permanence dans son coffre et qui renfermait un nécessaire de toilette.

Obéissant à un ordre qu'il lui avait donné, Ruby prit entre ses crocs les objets qui se trouvaient dans la trousse de toilette et alla les ranger un à un dans le tiroir d'une commode qu'il avait ouvert pour Abigail.

— C'est vraiment incroyable, proclama-t-elle tandis qu'il gratifiait son chien d'une friandise avant de lui ordonner d'aller jouer.

La chambre qu'il avait réservée à Abigail, située au rez-de-chaussée, était la plus chaleureuse des quatre chambres d'amis. Trois pans de mur tapissés d'un papier peint de couleur pastel contrastaient avec bonheur avec le dernier, recouvert jusqu'à mi-hauteur de lattes de bois sombre.

— Avez-vous besoin de quelque chose ? demanda-t-il après être allé s'assurer que la salle de bains était pourvue en serviettes de toilette.

Elle s'assit sur le coffre placé au pied du lit en guise de banc et retira ses tennis roses d'un geste empreint de lassitude.

— Vous avez déjà été si gentil, Vaughn.

— Avez-vous faim ? insista-t-il. Moi-même, je n'ai pas vraiment eu le temps de dîner, ce soir. J'avais l'intention de préparer quelque chose à manger, de toute façon.

Lorsqu'elle leva les yeux sur lui, il vit dans son regard une lueur dans laquelle se mêlaient assurance et franche détermination.

— À vrai dire, oui, je suis affamée, avoua-t-elle en se levant d'un bond.

Sa jupe virevolta autour d'elle, laissant voir ses longues jambes fuselées, et il sentit son désir bouillonner dans ses veines.

Elle capta son regard ardent, et il se ressaisit aussitôt. Derrière eux, Ruby s'était recroquevillé sur lui-même, visiblement satisfait de la scène dont il était témoin.

— Si je vous ai emmenée chez moi, c'est pour vous faciliter la vie, affirma-t-il d'une voix qu'il voulait ferme. Pas pour répéter ce que vous avez vécu avec Richard Lowell. D'autant plus que je vous sens encore bien fragile.

S'il brûlait de la prendre dans ses bras pour la rassurer et la réconforter, il s'en garderait pourtant. Car, à la moindre provocation, ses bonnes résolutions risquaient fort de voler en éclats.

— Je ne suis pas fragile, Vaughn, rétorqua-t-elle en s'approchant dangereusement de lui. J'ai accepté votre proposition pour gommer le passé, justement.

Elle s'approcha un peu plus, si près qu'il put s'enivrer des effluves citronnés de son parfum. Le goût de ses lèvres, qui lui revint instantanément en mémoire, menaçait de le faire céder à la tentation à tout instant.

— Abigail...

Il repoussa doucement ses mains et la regarda droit dans les yeux.

— Vous me plaisez beaucoup. Beaucoup trop, même. Et je ne me pardonnerais jamais de faire quelque chose que vous pourriez regretter.

— Les deux situations ne sont pas comparables, Vaughn. J'ai

cédé à Richard dans une période sombre de ma vie où, en effet, j'étais vulnérable. Mais là, je suis sûre de moi et de ce que je veux. Je ne vous demande pas de m'épouser, Vaughn ; et j'accepte l'idée que ce qui pourrait se passer entre nous ne nous mène à rien. Je sais que vous n'êtes pas prêt à vous impliquer dans une relation sérieuse. Je veux juste...

Elle s'interrompit, sourcils froncés, et secoua la tête.

— Quoi ? la pressa-t-il de continuer.

— Qu'un beau souvenir vienne effacer un souvenir malheureux.

Ses dernières réticences s'effondrèrent. Lui aussi la désirait comme un fou. Comme il n'avait jamais autant désiré une femme. Et puis, ne venait-elle pas de lui certifier qu'elle saurait se contenter de ce qu'il avait à lui offrir ?

— D'accord, Abigail, dit-il dans un souffle. Je vais te donner ce que tu veux.

Il enroula un bras autour de sa taille, brûlant maintenant de la sentir nue contre lui.

Abigail se laissa aller contre Vaughn, les jambes tremblantes d'émotion.

Elle se sentait néanmoins parfaitement maîtresse d'elle-même, de ses envies. Elle frissonna au contact délicieux de ses mains fébriles, maintenant sur ses hanches.

Elle trouvait étrange le contraste existant entre son corps athlétique, tout en muscles, et la douceur de ses mains sur elle. Étrange mais excitant. Le feu d'un désir devenu incontrôlable s'alluma en elle. Elle se hissa sur la pointe des pieds et l'embrassa, impatiente de le sentir en elle. Il émanait de lui un parfum viril, mélange de bois de santal et de musc, qui l'enivrait.

Elle entrouvrit les lèvres et fouilla sa bouche de la langue. De tendre, leur baiser devint passionné, presque sauvage. Elle laissa échapper un râle de plaisir tandis qu'elle plongeait les mains dans la tignasse épaisse de Vaughn. Tout chez lui l'inspirait ;

lui donnait envie de franchir les limites. Entre les bras de cet homme, elle se sentait devenir amazone. Femme fatale capable de toutes les audaces.

Leurs corps plaqués l'un contre l'autre, leurs bouches toujours scellées, il l'entraîna vers le lit où ils basculèrent doucement ensemble.

— Tu es bien sûre que c'est ce que tu veux, Abigail ? murmura-t-il. Tu n'as pas changé d'avis ?

Pour toute réponse, elle se mit à lui mordiller l'oreille puis à en agacer le lobe du bout de la langue. Le sentir frissonner de désir alors qu'il faisait glisser sa jupe sur ses hanches l'excita un peu plus.

— Non, chuchota-t-elle à son tour. Je n'ai jamais été aussi sûre de ce que je veux.

Pour le convaincre, elle déboutonna sa chemise et en écarta les pans, impatiente de sentir le contact de sa peau nue contre elle.

— Je te veux, Vaughn. J'ai tellement envie de toi !

— Moi aussi, Abigail, je te veux. Tu me rends fou de désir. Mais laisse-moi faire, tu veux bien ?

Il se releva et entreprit alors d'ôter sa chemise dans un sourire carnassier porteur d'infinies promesses.

Séduite par le spectacle qu'il lui offrait, elle cala un oreiller sous sa nuque et décida de le contempler à loisir, un sourire d'aise aux lèvres.

— En tant qu'artiste, je suis particulièrement experte en liés et déliés, commenta-t-elle sans le quitter des yeux. Et je peux dire que ce que je vois frise la perfection.

En effet, elle ne se lassait pas d'admirer ce torse athlétique qu'elle avait sous les yeux. Elle découvrit avec ravissement les tatouages qui oblitéraient une partie de son torse et de sa clavicule gauche, semblables aux tatouages des tribus polynésiennes. En regardant de plus près, elle remarqua à l'intérieur une série de noms accompagnés de dates.

Son cœur se serra lorsqu'elle comprit qu'il portait sur lui l'identité de ses frères d'armes morts au combat.

Émue aux larmes, elle alla se placer face à lui et posa les lèvres sur chacun des noms, trop nombreux, qui figuraient sur sa peau comme un vibrant hommage rendu à ces hommes disparus tragiquement.

Il la laissa faire, acceptant son geste, sa bouche sur sa peau. Mais, très vite, il l'écarta, soucieux peut-être de ne pas sombrer dans une humeur mélancolique.

— À toi, maintenant, dit-il dans un murmure en glissant les mains sous son T-shirt. Je veux te voir nue.

— Je te préviens, mon corps ne représente pas le fantasme absolu des hommes en ce moment, dit-elle soudain timide, soucieuse de ses rondeurs inhabituelles.

— Toi, l'artiste, tu devrais savoir que, justement, le corps d'une femme enceinte nourrit l'imagination des hommes depuis des siècles.

Comme pour preuve de ce qu'il avançait, il plaça doucement les mains sur son ventre si joliment rebondi.

— Une femme n'est jamais aussi belle que lorsqu'elle porte la vie en elle.

Ces mots, prononcés avec une telle douceur, une telle gentillesse, lui nouèrent la gorge mais lui donnèrent également le courage d'ôter son T-shirt, lui révélant son soutien-gorge en satin pourpre — une folie qu'elle s'était accordée pour contenir sa poitrine devenue débordante.

— Doucement, dit-il d'une voix plus rauque, le regard aimanté sur ses seins. Je suis expert en rondeurs féminines, et ce que je vois est le plus ravissant des tableaux.

Un sourire radieux étira ses lèvres. Sa confiance en elle revenue, elle défit les agrafes de son soutien-gorge et en abaissa les bretelles sur ses épaules.

— Tu es magnifique, s'extasia-t-il dans un souffle avant de

prendre dans sa bouche un de ses tétons dur et gonflé puis d'en agacer la pointe du bout de la langue.

Son excitation monta d'un cran. Elle se cambra dans une volonté désespérée de se fondre en lui, de vouloir que leurs deux corps imbriqués ne fassent qu'un. Elle promena ses mains sur ses épaules, traçant du bout des doigts le contour de ses muscles, cherchant à explorer ce corps qu'elle ne connaissait pas encore.

Encouragée par les gémissements de plaisir qu'il laissait échapper, elle fit descendre ses mains plus bas, sur le relief de ses abdominaux puis plus bas encore, jusqu'à les faire s'infiltrer entre sa peau nue et la ceinture de son pantalon. Au comble de l'excitation, elle en fit glisser la fermeture Éclair et se mit à caresser son sexe gonflé par-dessus son boxer-short.

Elle ne pouvait plus attendre. Elle le voulait en elle. Elle voulait qu'il la possède corps et âme.

Mais, au lieu de l'encourager à aller plus loin, il immobilisa sa main de la sienne.

— Il y a si longtemps que je n'ai pas fait l'amour, Abigail, dit-il, ses yeux gris brûlant de désir.

Elle piqua son visage de petits baisers convulsifs destinés à le rassurer.

— Ne t'inquiète pas. Moi aussi, susurra-t-elle.

— Donne-moi une minute.

Il se glissa alors hors du lit et se déshabilla complètement, apparaissant devant elle dans sa nudité splendide.

Incapable de détacher son regard de sa silhouette parfaite, elle le suivit des yeux alors qu'il se rendait dans la salle de bains et en revenait avec, à la main, un étui de préservatifs.

Sans le quitter des yeux, elle se leva à son tour pour retirer sa jupe puis son slip en satin.

— Tu es la plus jolie femme que j'aie jamais vue, Abigail.

Il posa l'étui sur le lit et passa une main sur la nuque d'Abigail pour l'attirer à lui et la dévorer de baisers fiévreux. Puis, tout doucement, comme il l'avait déjà fait quelques minutes plus tôt, il bascula avec elle sur la couette moelleuse du lit. Il s'allongea sur elle et pressa entre ses cuisses ouvertes son sexe dur et gonflé.

Les choses allaient devenir sérieuses. Magnifiques. Pleines d'émotions. De respect. Elle le pressentait.

Sans dire un mot, elle le fit doucement basculer sur le dos puis elle vint s'asseoir à califourchon sur lui. Si cette nuit devait rester unique, elle voulait en profiter au maximum. Être maîtresse de la situation.

À tâtons, elle chercha le préservatif puis, lorsqu'elle l'eut trouvé, le lui tendit. Il le déroula lui-même sur sa verge en érection tout en embrassant frénétiquement ses seins de baisers mouillés.

— Abby, murmura-t-il tandis qu'il la guidait sur lui.

Puis il fut en elle.

Les yeux clos, elle retint sa respiration pour mieux savourer cet instant de parfaite plénitude puis elle resta un long moment immobile avant de commencer à bouger le bassin.

Leurs deux corps se mirent alors à vibrer à l'unisson, à se mouvoir dans une cadence harmonieuse. Et lorsque, à son tour, il la fit s'allonger sur le dos, elle s'abandonna, confiante, déjà ivre d'une volupté qui la conduisit, quelques courtes minutes plus tard, à l'extase suprême.

Des spasmes d'un plaisir infini déferlèrent sur elle, la submergeant par vagues successives. Le souffle court, elle souleva les hanches pour lui permettre de la pénétrer plus profondément. Il cria son nom dans un dernier coup de reins qui l'emporta à son tour vers des rives lointaines, les rives d'un plaisir qu'elle n'avait jamais connu auparavant.

Quand ce fut fini, que leurs sens furent momentanément apaisés, ils restèrent un long moment agrippés l'un à l'autre, dans une étreinte presque désespérée. Puis, tout doucement, dans un geste d'une infinie douceur, il la fit basculer à côté de lui et remonta le drap sur eux.

Elle sentit alors une merveilleuse langueur l'envahir. Elle posa la tête sur son torse et se surprit à espérer.

Ne venaient-ils pas de faire ensemble un énorme pas en avant ?

Il lui avait avoué ne pas avoir eu de relation sexuelle depuis longtemps.

Cette confession donnait-elle plus de valeur et de poids au fait que c'était elle qu'il avait choisie pour rompre cette abstinence ?

N'essaie pas de voir plus loin que cette parenthèse enchantée.

Si elle devait trouver une interprétation à ce qu'elle venait de vivre, c'était juste qu'elle commençait à surmonter la série d'événements tragiques qui la faisaient souffrir depuis plusieurs mois maintenant.

Il n'était pas nécessaire qu'elle se laisse emporter par des illusions qui n'auraient pour résultat que de lui briser le cœur un peu plus.

Forte de cette certitude, elle ferma les yeux et sombra aussitôt dans un profond sommeil.

7

Vaughn resta éveillé aux côtés d'Abigail jusque tard dans la nuit. Il aimait cette intimité partagée, la douce chaleur de son corps qui se communiquait au sien.

Avec d'infinies précautions, pour ne pas la réveiller, il lui caressa les cheveux puis effleura sa bouche sensuelle de la pulpe d'un doigt.

Malheureusement, il ne dormirait pas avec elle car cela signifierait prendre le risque de sombrer dans un de ses affreux cauchemars et l'effrayer. Même s'ils commençaient à s'espacer grâce à la présence rassurante de Ruby qui, aux premiers signaux d'alerte, venait se nicher contre lui pour le réveiller avant l'inévitable succession d'images terrifiantes.

Faire l'amour avec elle s'était révélé une expérience unique qui l'avait secoué et qui, quelques heures plus tard, le chamboulait encore. Il avait été très touché par le fait qu'elle le choisisse, lui, pour tenter d'effacer les stigmates d'un passé pas si lointain qui lui était encore douloureux.

Mais le reste ? Il n'était pas capable de l'assumer, trancha-t-il en son for intérieur.

Demain, il resterait avec elle lorsque ce policier viendrait entendre ce qu'elle avait à dire. Puis il passerait un nouveau coup de fil à Will Sanders pour l'informer de ce nouveau rebondissement. À bien y réfléchir, Jason était dans le pétrin. Le fait qu'il reste injoignable n'était-il pas la preuve qu'il trempait dans cette histoire ?

Et puis, il faudrait qu'il s'occupe aussi de trouver cet artisan dont Abigail avait besoin pour l'aider dans l'avancée de sa sculpture. Heureusement, il avait déjà téléphoné à Micah pour lui demander de livrer du bois à l'hôpital. Restait à lui demander de passer chez Abigail voir ce qu'il pouvait faire pour l'installation de son alarme.

Mais pour l'heure, s'il voulait trouver le sommeil, il lui fallait regagner sa chambre et en refermer soigneusement la porte derrière lui pour éviter toute tentation.

Il rejeta le drap, se glissa tout doucement hors du lit. L'idée lui vint alors de faire sonner son alarme d'ici quelques courtes heures afin d'épargner l'amour-propre d'Abigail.

Lorsqu'elle le verrait, s'affairant dans la cuisine à préparer le petit déjeuner, elle ne soupçonnerait pas qu'il avait déserté son lit dans la nuit.

Suivi de près par Ruby, il quitta la pièce, se demandant combien de temps elle accepterait de passer du temps avec un homme qui avait si peu de lui-même à donner.

Après avoir dit ce qu'elle avait à dire au policier passé la voir, Abigail se retrouva de nouveau sur le siège passager de la voiture de Vaughn, en route pour l'hôpital.

En chemin, à sa demande, ils changèrent de direction pour faire un crochet par chez elle afin qu'elle puisse prendre les outils qui lui manquaient et troquer le pantalon de yoga et le T-shirt qu'elle avait enfilés à la hâte pour une tenue plus appropriée.

Elle ne regrettait pas d'avoir fait l'amour avec Vaughn. Bien au contraire. Elle regrettait juste d'avoir dormi seule. Elle n'était pas idiote. Il avait essayé de lui faire croire qu'il venait de quitter la chambre, mais les draps froids de son côté du lit parlaient pour lui.

Au petit déjeuner — confectionné par ses soins et qu'il avait voulu couleur locale : œufs à la mexicaine accompagnés de tortilla chips —, elle l'avait senti distant. Un silence embarrassé s'était installé entre eux, qui lui avait laissé penser que, contrairement à elle, il regrettait d'être passé à l'action. Si elle n'était pas surprise par ce revirement d'humeur et de comportement, elle ressentait néanmoins une petite pointe douloureuse lui vriller le cœur.

— Le policier Grant a eu l'air de dire que j'allais être questionnée au sujet de cette bagarre, dit-elle pour tenter d'échapper à ses pensées sinistres.

— C'est la procédure normale, rétorqua-t-il. La présence du FBI sur l'enquête prouve qu'ils étudient différentes pistes. Ils ne peuvent pas se permettre de négliger le moindre indice qui pourrait les conduire jusqu'à Lowell.

Elle sentit son estomac se révulser. Comment avait-elle pu se retrouver impliquée dans une histoire aussi sordide ? Heureusement, la présence de Vaughn à ses côtés la rassérénait un peu. Sa vie était tellement houleuse depuis quelque temps !

— À mon avis, tu n'as pas fini de répéter ton histoire, ajouta-t-il alors qu'ils approchaient de chez elle. Je suppose que tu vas aussi avoir droit à la visite des détectives embauchés par Will.

Elle exhala un profond soupir.

— J'espère qu'ils vont lui mettre la main dessus rapidement.

— Ce n'est plus qu'une question de jours, maintenant, déclara-t-il d'un ton convaincant.

Il s'interrompit pour se tourner à demi vers elle et ajouta :

— En attendant, je voudrais vous faire — à toi et à ton bébé — un cadeau qui vous permettra de vous sentir plus en sécurité dans votre maison.

Alors qu'ils entraient dans sa rue, elle reconnut, garée devant chez elle, la camionnette de Micah et Brandon.

— Que font-ils là ? Vaughn, je ne veux pas que tu t'imagines que...

— Je sais, Abigail. Je veux juste t'aider. Et puis, tu n'as qu'à considérer cela comme un cadeau de pré-naissance.

Il s'arrêta derrière le pick-up Ford rouge des deux jeunes hommes avant de préciser :

— Je leur avais demandé de te livrer ce supplément de bois directement à l'hôpital mais, finalement, je me suis dit que ce serait une bonne idée qu'ils viennent d'abord jeter un coup d'œil ici, histoire de voir quelle serait la meilleure façon d'installer ton alarme.

Elle n'en revenait pas d'être toujours l'objet de tant d'attentions. Sous le coup de l'émotion, elle en resta un instant muette.

— C'est trop généreux de ta part, Vaughn, finit-elle par dire. Je ne peux pas accepter.

— Je te laisse payer le boîtier, proposa-t-il en guise de compromis. D'accord ? Je me charge du reste. En fait, ma démarche est très égoïste. Je serai plus rassuré si je te sais en sécurité chez toi ce soir.

Elle laissa les mots pénétrer lentement son esprit. Une fois de plus le message était clair : il n'avait pas l'intention d'entretenir de relation suivie avec elle.

— Dans ce cas, et uniquement parce que je ne voudrais pas t'infliger le désagrément d'une seconde nuit chez toi, j'accepte, rétorqua-t-elle avec une pointe d'amertume.

Puis, sans attendre, elle ouvrit la portière et se précipita dehors.

— Abby, attends...

Sourde à ses protestations, elle entra chez elle sans chercher à savoir s'il la suivait ou pas. Elle avait une longue journée devant elle et déjà une foule de choses à faire.

Elle le laissa cependant l'aider et, comme toujours, il se montra charmant et accommodant, se comportant en véritable ami.

Inconsciemment — ou pas —, il semblait tout faire pour ravir son cœur. Cependant, elle restait seule responsable de ses choix. Elle n'avait donc pas à rejeter sur lui la faute de sa déception.

Mais elle avait beau chercher à se raisonner, elle ne pouvait empêcher le flot de tristesse qui la submergeait.

Enfin, elle avait d'autres priorités, et bien plus importantes ! Et pour commencer, cette sculpture qu'elle avait entreprise comme un hommage qu'elle voulait rendre à Alannah.

Ses états d'âme liés au séduisant Dr Chambers ne pesaient pas lourd face à une telle mission.

Abigail recula de quelques pas pour tenter de juger le plus objectivement possible l'ensemble de son œuvre.

Elle avait enchaîné douze heures de travail, ne s'autorisant que deux courtes pauses à la cafétéria pour avaler un sandwich à la va-vite.

Elle avait également interrompu sa tâche lorsque Brandon était venu lui livrer le bois supplémentaire dont elle avait besoin. Il s'était montré bien plus efficace que le déménageur qu'elle avait engagé la veille et avait refusé, lui, le pourboire qu'elle comptait lui donner. Brandon avait avancé que, si elle tenait vraiment à le remercier, elle n'avait qu'à l'engager comme apprenti pour la journée. Il serait tellement heureux d'ajouter une corde à son arc !

Elle avait tout d'abord émis quelques réserves, certaine que l'idée venait de Vaughn. Mais, finalement, elle n'avait eu qu'à se féliciter de cette aide providentielle, tant Brandon avait fait preuve d'un heureux esprit d'initiative doublé de véritables aptitudes de sculpteur, deux qualités qui lui avaient fait gagner un temps précieux. Il l'avait même impressionnée par la pertinence de ses questions et par l'intérêt sincère et manifeste qu'il portait à son art.

Une petite fille, revêtue de la blouse des hôpitaux, s'arrêta à proximité. Âgée d'environ sept ou huit ans, elle tenait, de sa menotte frêle, la main de l'infirmière qui l'accompagnait.

— Tu sculptes un arbre dans un arbre ? demanda-t-elle.

Elle plissa son petit nez de lutin tandis qu'elle fixait la sculpture, visiblement perplexe.

— Oui, répondit-elle en s'approchant. Quand celui-ci sera

achevé, j'en sculpterai d'autres, que je placerai tout autour et qui feront comme une forêt où tu pourras te promener.

L'enfant écarquilla les yeux d'étonnement et se tourna vers l'infirmière.

— Super ! Ce sera comme si on était dehors mais dedans, alors. Surtout les jours où il pleuvra.

L'infirmière, une grande jeune femme élancée, jugea bon d'expliquer :

— Zoe est déçue. Elle pensait pouvoir sortir aujourd'hui, mais il s'est mis à pleuvoir.

Son cœur se serra. Depuis combien de temps ce petit chou était-il entre les murs de cet hôpital ? L'admiration qu'elle portait à Vaughn ainsi qu'à tout le personnel hospitalier s'accentua. Comme ce devait être magnifique de sauver des vies !

— J'ai l'intention de cacher des surprises dans les branches de l'arbre, dit-elle dans l'espoir d'apporter un peu de joie à l'enfant. Chaque fois que tu viendras, il y en aura de nouvelles.

— Il y aura des fées, par exemple ? demanda la petite dans un filet de voix émerveillé.

Elle ajouta mentalement une fée à la liste des sculptures miniatures qu'elle avait à faire.

— Absolument. Mais il faudra que tu cherches attentivement. Car les fées savent bien se cacher, tu sais.

La petite frimousse de Zoe s'éclaira d'un sourire immense.

— Allons, Zoe, laissons l'artiste retourner à son travail, dit l'infirmière en lui adressant un clin d'œil complice par-dessus la tête de la petite fille.

— À bientôt, Zoe.

Émue aux larmes, elle suivit des yeux l'infirmière et l'enfant qui s'éloignaient main dans la main.

La nuit était tombée, et Vaughn ne s'était toujours pas manifesté. Si elle en était offensée, elle essayait malgré tout de se raisonner. Il avait été d'une grande honnêteté avec elle, allant jusqu'à lui expliquer qu'il se sentait incapable de s'investir dans une relation. C'était elle, et elle seule, qui se faisait des illusions, malgré ses résolutions.

Elle s'était jetée à sa tête, sous le prétexte de vouloir effacer de sa mémoire le souvenir de la nuit désastreuse passée avec Rich ; mais cela ne signifiait pas pour autant que Vaughn était prêt à vivre pleinement ce qui s'était passé entre eux.

— Mademoiselle Abigail, nous avons terminé pour aujourd'hui ? s'enquit Brandon en reposant le tampon qu'il avait utilisé pour lisser l'écorce de ce qui deviendrait une branche.

Brandon avait vingt-quatre ans. L'âge que n'aurait jamais Alannah. Elle avait pris un plaisir triste à jouer les grandes sœurs avec lui, à lui enseigner les rudiments de son art.

— Oui. Nous pouvons y aller.

En effet, elle commençait à ressentir les signes d'une grande fatigue. Il était temps qu'elle rentre se reposer et qu'elle accorde un peu de répit à son bébé.

— Vous m'avez été d'une grande aide, Brandon. Je vous en remercie.

Elle éprouva soudain du remords à s'être montrée aussi désagréable avec Vaughn alors qu'il n'avait de cesse de lui rendre les choses plus faciles. Mais elle allait se racheter. Pour une fois, ce serait elle qui aurait un geste gentil pour lui. Elle allait lui faire cadeau du portrait de lui que, à ses rares moments perdus, elle avait réussi à terminer.

Ils ne seraient pas amants, mais peut-être pourraient-ils rester amis. Hélas, cette pensée, au lieu de la rasséréner, creusa un grand vide en elle.

— Voulez-vous que je revienne demain ? s'enquit Brandon, l'air de rien, tout en continuant de ranger les outils dont il s'était servi.

— Je suis certaine que vous ne devez déjà pas manquer de travail.

Elle ne voulait surtout pas l'éloigner de sa principale activité, surtout s'il persistait à ne pas vouloir être payé pour ses services.

— Je peux me débrouiller, vous savez. Passer un jour ici, un jour ailleurs.

Il marqua une pause pour caresser amoureusement le bois brut qui, sous ses mains, était devenu aussi doux et lisse que du satin.

— Et puis, j'aime l'idée de participer à cette belle aventure.

Comment pourrait-elle refuser sa proposition après une si jolie déclaration ?

— Dans ce cas, vous êtes le bienvenu. Je vous serais très reconnaissante de revenir m'assister quand vous le voudrez.

— Très bien. Avez-vous besoin de moi pour transporter du matériel jusqu'à votre voiture ?

À présent, il s'affairait à nettoyer avec un chiffon les ciseaux à bois qu'elle avait utilisés puis à les ranger dans la sacoche en cuir où elle les gardait.

— Merci, Brandon, mais je devrais pouvoir me débrouiller seule.

En réalité, taraudée par un remords qui lui pesait de plus en plus, elle avait envie de passer voir si Vaughn n'avait pas quitté l'hôpital pour lui présenter ses excuses.

Mais Brandon restait immobile, visiblement embarrassé.

— En fait... Le Dr Chambers m'a fait promettre de vous accompagner jusqu'à votre voiture, avoua-t-il.

Cette confession la toucha autant qu'elle l'agaça. Mais, alors qu'elle cherchait à décliner son offre sans se montrer blessante, elle entendit la voix de Vaughn s'élever derrière elle.

— Ce ne sera pas nécessaire, Brandon. Je me charge de le faire.

8

Les yeux rougis de fatigue, Vaughn suivait la voiture d'Abigail afin de contrôler qu'elle arriverait chez elle sans danger.

Elle avait bien tenté de refuser sa proposition, affirmant que son alarme suffisait bien à assurer sa protection mais, face à son insistance, avait fini par capituler. Sans doute pour se débarrasser de lui plus vite.

Et c'était tant mieux. Car, s'il y avait une femme qui ne méritait pas qu'il lui fasse endurer le calvaire qu'il vivait quotidiennement, c'était bien elle.

Au regard de la dure journée qu'il venait de vivre, peut-être avait-il eu tort de passer voir si elle était toujours à l'hôpital ; plus encore d'avoir insisté pour la raccompagner jusque chez elle.

Aussi se limiterait-il à l'escorter jusqu'à sa porte et à veiller à ce qu'elle sache actionner son système d'alarme avant de repartir.

Parvenus devant chez elle, il sortit le premier de sa voiture pour aller lui ouvrir la portière et l'aider à sortir.

— Merci, dit-elle en acceptant la main qu'il lui tendait. Je te le répète, tu n'aurais pas dû te donner tout ce mal. Brandon m'a très bien expliqué comment me servir de cette alarme.

— Sans doute. Mais il se trouve que lui et son frère ont installé le même système de sécurité chez moi l'année dernière. Il me faudra à peine une minute pour vérifier que tout est OK.

Il la regarda emprunter la petite allée bordée de buissons en fleurs. Dans sa tenue estivale en cotonnade légère, elle était fleur parmi les fleurs. Une femme aux formes épanouies, vibrante de vie, qu'il brûlait de nouveau d'attirer à lui et d'embrasser passionnément.

Pourtant, il s'en tiendrait à la mission qu'il s'était assignée. Patiemment, elle le regarda tester sur son téléphone portable le code qui lui avait été attribué d'office et qu'elle était censée changer sous quarante-huit heures.

Un léger tintement leur signifia que l'alarme était désactivée et qu'elle pouvait désormais entrer chez elle.

— Brandon m'a été d'une grande aide, aujourd'hui, reprit-elle. Il est très doué pour le travail du bois.

Dans un geste plein de grâce, elle rejeta en arrière sa lourde chevelure puis déposa son sac sur un guéridon près de la porte. Ensuite, elle alluma les lumières du salon. Elle poussa un long soupir et se remit à parler d'une voix teintée d'émotion.

— Il fait preuve d'une belle maturité pour un jeune homme de vingt-quatre ans.

S'il avait oublié l'âge qu'avait Alannah au moment de son décès, la manière dont elle avait appuyé sur ce nombre le lui rappela aussitôt.

« Elle aurait eu vingt-quatre ans », lui avait-elle dit.

Lorsqu'il vit ses yeux s'embuer de larmes, il ne put lutter contre sa nature profonde. Il lui ouvrit les bras et la serra contre lui. Il huma avec bonheur l'odeur de shampoing qui se dégageait de ses cheveux. Une odeur devenue familière qui le rassurait.

Durant les quelques minutes que dura cette étreinte et où ils s'abandonnèrent l'un contre l'autre, il se sentit relié à elle par une profonde complicité. Par une force commune aussi.

Et puis, il ne pouvait nier cette attirance pour elle qui le rendait fou.

— Je suis désolée, Vaughn, dit-elle en s'écartant légèrement de lui. Je n'aurais pas dû réagir comme je l'ai fait ce matin. C'était stupide de ma part.

Il fronça les sourcils, cherchant à comprendre de quoi elle parlait.

— Tu n'as pas à t'excuser, rétorqua-t-il néanmoins.

Elle se dégagea doucement de ses bras et alla directement vers le réfrigérateur d'où elle sortit deux bouteilles d'eau minérale qu'elle posa sur le comptoir. Les deux tabourets, avec leur assise en skaï rouge et leurs pieds chromés, conféraient au coin cuisine un petit air de *diner* des années 1950, assez chaleureux.

— Je n'aurais pas dû te rembarrer comme je l'ai fait. À vrai dire, j'étais stressée par la perspective de devoir faire une déposition et de devoir être confrontée à des agents du FBI.

Elle lui fit signe de s'asseoir sur l'un des tabourets puis s'installa à son tour.

— Ça n'empêche, poursuivit-elle. Tu as bien le droit de vouloir rester seul chez toi. La sortie que je t'ai faite était tout à fait déplacée.

Il se fit la promesse de ne rester que le temps d'éclaircir les choses. C'est lui qui était un rustre maladroit. Il n'avait pas le droit de laisser Abigail douter d'elle.

— Abigail, il faut que je te dise quelque chose. Si tu as eu l'impression que je te fuyais, tu te trompes. Si je n'ai pas dormi avec toi cette nuit, c'est parce que…

Il s'interrompit, ne sachant comment lui exposer le problème sans risquer de lui donner de lui l'image d'un homme inquiétant.

— Je ne voulais pas… te réveiller. Je suis parfois sujet à… à de mauvais rêves qui m'arrachent du sommeil de manière un peu brutale.

Il avait bien conscience de ce que son discours avait de ridicule mais tant pis. Il préférait donner de lui l'image d'un enfant de cinq ans aux prises avec un croque-mitaine que lui montrer l'adulte qu'il était, dans sa réalité effrayante.

Il porta la bouteille à ses lèvres et en but une gorgée, pensif. À quoi bon tenter d'expliquer l'inexplicable ? Il ferait mieux de rentrer chez lui pour se préparer à passer la nuit tourmentée qui l'attendait, en compagnie de son chien.

— Ruby n'est-il pas censé t'aider ? s'enquit-elle d'une voix douce.

Elle avait rivé sur lui un regard empli de compassion mais, Dieu merci, dénué de la moindre trace de pitié.

— Si, bien sûr, concéda-t-il. Mais je ne tenais pas à tenter l'expérience avec toi.

Il se tut, préférant ne pas rentrer dans les détails et s'en tenir à ces explications évasives. Pour ne pas laisser libre cours aux émotions qu'il sentait monter en lui, il se leva de son tabouret, prêt à partir.

— Je vais te laisser dormir. Tu dois être épuisée.

— Attends, dit-elle en se levant à son tour. J'ai quelque chose pour toi.

Elle s'éclipsa vers la partie atelier de la maison et en revint quelques secondes plus tard avec, à la main, une pochette cartonnée qu'elle lui tendit.

— C'est pour moi ? Vraiment ?

— Oh ! ce n'est pas grand-chose. Juste un petit cadeau pour me faire pardonner ma mauvaise humeur de ce matin.

— Ce n'était pas la peine, commença-t-il pour s'interrompre aussitôt qu'il eut découvert de quoi il s'agissait.

Le portrait achevé de l'esquisse qu'il avait entrevue parmi ses papiers, la première fois où il était venu chez elle.

On pouvait voir, à travers ce dessin, son excellence d'artiste. Elle avait su capter, en quelques coups de crayon affirmés, l'essentiel de ses traits.

Et autre chose aussi, de plus subtil. Quelque chose qui allait bien au-delà de ce reflet parfait de lui-même. Un regard tourmenté. Hanté.

Était-ce ainsi qu'elle le voyait ? Ou était-ce ainsi qu'il était vraiment ? Un homme brisé, qui n'avait plus rien à voir avec le chirurgien plein d'entrain qu'il était avant son départ pour l'Afghanistan ?

— Vaughn ? appela-t-elle doucement en couvrant sa main de la sienne.

Il était incapable de prononcer un mot. Quels espoirs cette femme magnifique pouvait-elle nourrir à son égard ?

Pourtant, lorsqu'il la vit s'approcher de lui, son regard brûlant de désir accroché au sien, il ne chercha pas à fuir : il avait déjà oublié la promesse qu'il s'était faite de ne pas rester.

Abigail avait compris que Vaughn était extrêmement touché par le cadeau qu'elle venait de lui faire. Et qu'elle avait suscité en lui des émotions plus profondes, plus noires que celles qu'il cachait habituellement derrière le masque lisse et impénétrable qu'il lui offrait.

— Vaughn, tout va bien ? Tu sais, ce que voit un artiste est toujours très subjectif. Alors, si tu ne te reconnais pas…

— Ce portrait est parfait. Je veux dire…

Il posa la pochette sur le comptoir avant de poursuivre :

— Il m'est précieux parce que c'est toi qui l'as réalisé.

Sans vouloir se montrer trop insistante, elle avait à cœur de pénétrer les recoins de sa personnalité complexe. Qu'est-ce que ce portrait avait bien pu provoquer chez lui ? Pourquoi une telle émotion retenue ?

— Je suis heureuse qu'il te plaise, le remercia-t-elle prudemment avant d'ajouter d'un ton qu'elle voulait désinvolte : je ne cherchais pas à te retenir, Vaughn. Tu peux partir, comme tu t'apprêtais à le faire.

Il resta un long moment immobile, comme cloué au sol, et la fixa d'un air qu'une fois de plus elle ne parvint pas à déchiffrer.

— Abby, finit-il par dire, il faut que tu saches que, cet après-midi, j'ai perdu un patient.

Ces mots lui firent l'effet d'une pierre lui écrasant la poitrine.

— Oh ! Vaughn, lâcha-t-elle dans un souffle. Je suis tellement désolée.

Désireuse de lui faire sentir qu'elle était là, à ses côtés, pour le soutenir, elle lui saisit la main.

— Je n'aurais jamais imaginé... Enfin... J'ai bien vu que quelque chose n'allait pas mais...

— Je ne sais pas pourquoi je te raconte ça. C'est mon fardeau, pas le tien. C'est moi qui ai choisi cette voie, pour le meilleur et pour le...

Les mots moururent sur ses lèvres tandis qu'il fermait les yeux.

— Tu as choisi le plus beau des métiers, Vaughn. Ce qui est arrivé est terrible, bien sûr, mais pense à toutes ces vies que tu as sauvées. Peu de gens sont capables d'un tel dévouement.

Elle s'approcha un peu plus de lui et mit ses mains sur ses épaules, pour le réconforter.

— Il avait déjà subi une première opération, continua-t-il comme pour lui-même. Il a été mon premier patient à mon retour d'Afghanistan.

Dans un geste d'une infinie tendresse, elle pressa sa joue contre son torse, cherchant, à travers ce contact physique, à l'apaiser.

— Ce n'est pas ta faute, Vaughn, affirma-t-elle. Tu as fait ton possible.

— Il disait que, lorsqu'il serait sur pied, il quitterait la ville pour démarrer une nouvelle vie ailleurs, poursuivit-il de la même voix blanche.

Émue aux larmes, elle l'entoura de ses bras.

Ils restèrent un long moment ainsi, immobiles et enlacés, le silence profond de la pièce seulement interrompu par le ronronnement du frigidaire et le tic-tac de l'horloge murale ; des bruits ordinaires et rassurants qui les rattachaient au quotidien.

Puis, tout doucement, elle s'écarta de lui et plongea son regard dans le sien. Elle vit danser au fond de ses prunelles une lueur de désir qu'elle chercha vainement à ignorer.

— Abby...

Il avait murmuré son nom d'une voix caressante, comme s'il évoquait le plus précieux des trésors. Quelque chose qui lui était nécessaire, dont il ne pouvait se passer. Il la regarda comme si, pour la première fois ce soir-là, il la découvrait vraiment.

Ses mains s'agrippèrent à ses hanches pour l'attirer contre lui.

Elle voulait bien feindre d'ignorer son désir, mais elle ne pouvait pas feindre d'ignorer celui de Vaughn. Pas ce soir, alors qu'elle le sentait aux prises avec une profonde détresse.

Elle le laissa donc presser ses lèvres sur les siennes, submergée par une vague de sensations si intenses qu'elle sentit ses jambes vaciller sous elle. Elle l'enveloppa de ses bras, scellant leurs deux corps l'un contre l'autre, avide de sa chaleur.

Leurs bouches toujours jointes, leurs langues toujours emmêlées, il la souleva de terre aussi aisément que si elle avait pesé moins qu'une plume, puis l'installa sur le comptoir. Elle ouvrit les jambes, l'invitant à venir se positionner entre elles. Encouragé par son audace, il plaça une main au creux de ses reins et l'attira plus étroitement contre lui. La force de son désir la fit frissonner, et elle laissa échapper des petits gémissements.

La main libre de Vaughn descendit le long de sa gorge puis, plus bas, jusqu'à la naissance de ses seins où elle s'attarda avant de se faufiler sous son T-shirt. Là, elle se déploya sur son mamelon dur et tendu, en agaçant la pointe du pouce et de l'index.

Ces caresses expertes lui envoyaient des ondes d'une volupté indicible qu'elle aurait voulue sans fin. Elle fut prise d'un vertige délicieux en même temps que se dissipait la conscience du monde qui l'entourait.

Vaughn fut happé par le désir frénétique de posséder Abigail là, sur-le-champ, sans plus de préliminaires. L'attirance presque sauvage qui les unissait était d'une force incroyable. Il était fou de ce corps sensuel aux formes voluptueuses, de cette bouche aux lèvres pleines et parfaitement ourlées.

À ce moment précis, plus rien ne pouvait le faire renoncer à elle. Il serait bien temps, demain, d'avoir des regrets. Car, pour l'heure, seul comptait ce désir dévorant qui lui faisait perdre la tête.

Il voulait entendre ses murmures sensuels dans son oreille, sentir ses ongles se planter dans la chair de son dos et enfoncer son sexe profondément en elle jusqu'à la faire hurler de plaisir.

Au comble de l'excitation, il la reprit dans ses bras et la porta jusqu'au canapé où il l'étendit avec d'infinies précautions.

— Oh ! Vaughn, supplia-t-elle dans un souffle, agrippée à lui comme une naufragée. S'il te plaît, ne t'arrête pas.

Il plongea son regard dans le sien, brûlant de désir. Jamais encore, il n'avait eu envie d'une femme comme il avait envie d'elle.

De ses mains impatientes, il retira sa chemise, qu'il laissa tomber au sol, puis ce fut au tour de son pantalon et de son boxer-short de subir le même sort.

Elle ne le quittait pas des yeux, le suppliant en silence de revenir vers elle. Ses seins magnifiques jaillissaient du soutien-gorge que ses caresses avaient déplacé, offrant à ses yeux un tableau d'une sensualité torride.

Une fois nu, il s'assit près d'elle et fit glisser sa jupe le long de ses jambes, dévoilant le triangle de soie qui l'empêchait encore d'avoir accès à ce qu'il désirait le plus. Lui infligeant la plus douce des tortures, il effleura la pointe de ses seins à travers la dentelle de son soutien-gorge puis se pencha en avant pour la prendre dans sa bouche et la sucer avec avidité.

Ce ne fut que lorsqu'il lui arracha les cris d'un plaisir presque animal qu'il se plaça entre ses jambes ouvertes. Le cœur battant, il s'enfonça en elle tandis qu'elle enroulait ses cuisses autour de ses hanches et les bras autour de son cou. Ainsi arrimée à lui, elle se laissa porter par la cadence qu'il lui imposait, rendant baiser pour baiser, coup de reins pour coup de rein.

Il voulait plus que tout sentir le plaisir qu'il lui prodiguait se communiquer à lui et l'envelopper tout entier.

Il l'amena doucement à venir sur lui, l'aidant à se positionner sur son sexe si dur qu'il en était presque douloureux.

Sa main s'infiltra entre ses cuisses humides pour venir caresser son clitoris. Il se releva lentement, de sorte à pouvoir prendre dans sa bouche un de ses seins qu'il se mit à lécher et à sucer avec force.

Se laissant guider par les petits cris qui s'échappaient de ses lèvres entrouvertes, il s'enfonça plus profondément en elle puis accéléra la cadence jusqu'à la voir s'abandonner contre lui, haletante et palpitante.

Ce n'est qu'alors qu'il se laissa submerger par la vague de plaisir immense qu'il avait réussi à contenir jusque-là. Sans plus de retenue, il la rejoignit dans les derniers soubresauts de son orgasme.

Lorsque, un moment plus tard, elle vint se blottir contre lui, il étendit sur eux le plaid qui se trouvait sur un bras du canapé.

Il lui caressa doucement l'épaule, repoussant en arrière ses boucles soyeuses, puis déposa un baiser léger sur le sommet de son crâne.

Il vivait là un moment de plénitude tellement exceptionnel qu'il doutait de pouvoir se séparer d'elle ce soir-là.

9

Abigail luttait contre le sommeil.

Elle ne voulait pas s'endormir alors qu'elle savait Vaughn prisonnier de ses angoisses. Même si elle ignorait au juste de quoi il retournait, la détresse qu'elle avait surprise à plusieurs reprises dans son regard en disait long sur les tourments qui l'habitaient.

Aussi, après l'avoir laissé lui caresser les cheveux un long moment, dans un geste d'une infinie tendresse, elle se redressa et s'assit. Elle se pencha pour prendre la chemise de Vaughn qui traînait au sol et l'enfila.

— Tu n'as pas sommeil ? s'enquit-il en s'appuyant sur un coude. C'est moi qui t'empêche de t'endormir ?

— En fait, j'ai faim. Nous pourrions manger un morceau avant que tu ne rentres chez toi.

Elle avait parlé d'un ton faussement léger visant à signifier que peu lui importait qu'il ne passe pas la nuit entière avec elle. Après la relation catastrophique vécue avec Rich, elle ne tenait pas à mettre en danger celle qu'elle vivait avec un homme aussi intègre que Vaughn.

— Il me reste du poulet que j'ai cuisiné ce week-end, poursuivit-elle sur le même ton.

Dix minutes plus tard, assis sur une bergère, leur assiette sur les genoux, ils se régalaient de morceaux de poulet frit accompagnés de crudités qu'ils trempaient dans un bol de houmous.

C'était un repas tout simple mais qui, au regard des sandwichs de la cafétéria qu'elle avait pris sur le pouce, prenait des allures de festin.

— C'est le meilleur poulet que j'aie jamais mangé, la félicita-t-il, comme en écho à ses pensées.

Il semblait plus détendu, à présent. Peut-être passerait-il une bonne nuit finalement. En tout cas, elle le souhaita ardemment.

— Merci. En général, j'évite les aliments frits, mais j'avoue que je ne peux pas me passer de ce poulet. C'est une recette de ma grand-mère, dont je raffole. C'est la seule entorse faite à mon régime alimentaire.

— Je te comprends. C'est vraiment délicieux.

Sa délectation faisait plaisir à voir et lui réjouissait le cœur.

— Ma grand-mère est originaire du sud de la Louisiane où elle a grandi, expliqua-t-elle. Elle y est restée jusqu'à sa rencontre avec mon grand-père, avant qu'ils s'installent au Texas. Elle nous a transmis, à Alannah et moi, toutes ses recettes cajuns. Mais c'est ce poulet qui a ma préférence.

— C'est donc une recette cajun ? s'étonna-t-il.

— Tout à fait.

— Mais dis-moi, avec tes talents culinaires, qu'est-ce qui t'a fait t'orienter vers la sculpture plutôt que vers la cuisine ? Tu aurais pu être un grand chef.

— En fait, je n'ai pas eu à choisir. Être artiste s'est imposé à moi. Je suis née avec ça dans le sang, comme d'autres naissent avec l'envie de danser ou de devenir chirurgien. Je me souviens que, même petite, je ne sortais jamais sans un carnet à dessins que je remplissais de tout ce que je voyais, croqué sur le vif.

Il tendit la main vers un autre morceau de poulet, un sourire amusé aux lèvres.

— Moi aussi, je griffonnais sans cesse quand j'étais petit.

— La différence, pointa-t-elle, c'est que, en ce qui me concerne, ma passion ne s'est jamais démentie.

Elle se leva pour aller prendre dans son atelier un carnet de croquis qu'elle posa sur la table basse devant eux.

— Encore aujourd'hui, précisa-t-elle, je continue à dessiner selon le même mode. Ces dessins sont comme un journal intime. Ils en disent beaucoup sur moi, sur ma nature profonde.

En effet, alors qu'elle feuilletait son carnet, elle vit défiler devant ses yeux des images, sortes de flashs, des derniers mois écoulés. On y découvrait, pêle-mêle, des esquisses de paysages urbains, de vues captées de la fenêtre de son atelier, de son bébé tel qu'elle se l'imaginait.

Visiblement intéressé, il délaissa son assiette pour se concentrer sur ce recueil d'images.

— Ce dessin est troublant, dit-il en pointant du doigt la reproduction d'une échographie qu'elle avait réalisée au fusain.

— N'est-ce pas ? Je dois passer la deuxième la semaine prochaine. À ce stade de ma grossesse, je devrais connaître le sexe de mon bébé. Je suis tellement impatiente !

C'était vrai. Elle était impatiente. Mais elle aurait tellement aimé partager ce merveilleux moment avec le père de son enfant. Au lieu de ça, elle serait seule.

— À quel moment as-tu décidé de vivre de ton art ?

— Au lycée. Mes professeurs m'ont beaucoup soutenue. Ils croyaient en moi. Au début, ils m'ont même aidée à trouver des galeries pour que je puisse exposer mes œuvres. Petit à petit, j'ai commencé à en vendre et à pouvoir en vivre. Oh ! chichement ; mais j'étais tellement heureuse ! Je voyais enfin mon rêve se concrétiser.

— C'est normal, Abigail. Tu es bourrée de talent.

Elle avait beau connaître sa valeur, son compliment la fit rougir.

— Je crois que les gens aiment voir le monde à travers mon regard.

Elle s'était demandé si sa perception des choses allait changer avec la disparition de sa sœur. Si son désespoir n'allait pas transparaître dans ses œuvres pour leur donner un côté plus noir.

Aujourd'hui, elle savait que non. Son art reflétait ce qu'elle était, indépendamment de ce qu'elle vivait.

— Qu'est-ce qui t'a poussée à te spécialiser dans la sculpture sur bois ? voulut-il savoir encore.

— Une visite à Galveston en compagnie de ma sœur. Nous nous promenions sur la plage, et j'ai trouvé du bois flotté.

Elle repensa à cette escapade avec tendresse. Alannah avait alors dix-sept ans et elle vingt-deux. Elle adorait son rôle de grande sœur responsable.

— Une fois de retour à la maison, j'ai voulu en faire quelque chose. Lorsque j'ai commencé à le sculpter, cela a été une véritable révélation.

Emportée par ses souvenirs, elle reposa son assiette et poursuivit d'une voix un peu étranglée :

— Nous aimions dire que ce court séjour là-bas avait marqué un tournant dans nos vies. J'avais découvert la sculpture sur bois et elle le kayak.

Elle s'interrompit, submergée d'émotion.

— Pour elle aussi, ce sport avait été une révélation. Elle adorait glisser sur l'eau avec autour d'elle le seul bruit des rames et du clapot contre la coque.

Il dut ressentir sa détresse car il se rapprocha pour lui passer un bras autour de l'épaule.

— Je suis désolé, dit-il en la serrant plus étroitement contre lui. Ce que tu vis est tellement triste.

— Elle voulait devenir pompier et s'entraînait dur pour cela, poursuivit-elle comme pour elle-même. J'avais tellement peur pour elle lorsque je la savais intervenir dans des immeubles en flammes. Mais elle ne voyait pas le danger.

Les larmes qui lui brûlaient les yeux se mirent à ruisseler sur ses joues. Elle s'en voulut aussitôt de cette incursion dans un passé encore si douloureux. Elle n'était pas encore prête à l'évoquer sans être submergée par l'émotion.

Aussitôt, la main rassurante de Vaughn vint se poser sur ses cheveux pour les caresser tendrement.

— Excuse-moi, dit-elle. Je ne voulais pas en arriver là. Je voulais juste partager ce repas avec toi avant que tu repartes.

— Tu n'as pas à t'excuser, Abigail. Je suis heureux d'apprendre à te connaître un peu mieux.

Gênée de s'être laissé emporter par ses émotions, elle commença à rassembler les assiettes, mais il les lui enleva des mains.

— Donne. Je m'en occupe.

— D'accord. Pendant ce temps, je vais me changer pour pouvoir te rendre ta chemise.

Elle inspira profondément, s'exhortant à retrouver le contrôle de ses émotions.

La dernière fois qu'elle avait partagé sa peine avec un homme, il en avait profité pour se servir d'elle. Et si Vaughn était, lui, un homme fiable, c'était à elle qu'elle ne faisait pas confiance.

Où posait-elle les limites pour ne pas souffrir de nouveau ?

La soirée de gala de l'hôpital représentait l'occasion pour le personnel hospitalier de découvrir enfin l'œuvre achevée d'Abigail. Mais c'était également l'occasion de lever des fonds pour une noble cause que Vaughn avait été chargé de défendre.

Pour la circonstance, il était allé chez le barbier le matin même se faire raser de près. Il arborait une nouvelle physionomie qui lui donnait l'impression d'être un homme neuf.

Tout en passant sa veste de smoking, il regarda son reflet dans le miroir en pied. Abigail verrait-elle toujours en lui l'homme brisé dont elle avait fait l'esquisse le premier jour de leur rencontre ? Ou, au contraire, saurait-elle voir la vie qui l'animait depuis quelque temps, grâce à elle ?

Il interrogea Ruby du regard. Mais son fidèle gardien resta dans la même posture — couché, le museau enfoui entre les pattes —, signe manifeste qu'il ne voyait aucune différence.

En revanche, il était prêt à parier qu'Abigail lui manquait.

Ces derniers jours, Ruby allait de temps en temps investir la chambre d'amis. Il se mettait alors à renifler le tiroir où il avait rangé les affaires de toilette d'Abigail puis il s'allongeait devant la porte en soupirant.

Il n'avait jamais eu un comportement pareil avant l'arrivée d'Abigail dans leur vie.

— Avec un peu de chance, tu la verras ce soir, dit-il en lui caressant les oreilles.

Depuis la soirée où il avait baissé la garde et où il avait avoué à Abigail avoir perdu l'un de ses patients, il avait enchaîné deux jours de garde qu'il avait achevés en allant lui rendre visite sur son lieu de travail.

À chaque fois, il l'avait trouvée donnant ses directives à Brandon qui, en bon apprenti qu'il était, s'exécutait docilement. Il avait évoqué l'idée de payer Brandon pour le travail fourni, mais celui-ci n'avait pas voulu en entendre parler. Il était déjà bien content d'avoir la chance d'apprendre sur le tas les bases d'un si beau métier, avec une artiste aussi exceptionnelle qu'Abigail, avait-il expliqué.

La veille, elle lui avait envoyé une photo d'elle, posant souriante devant son œuvre achevée. Il avait été très touché qu'elle ait pensé à lui dans un moment si important de sa vie.

Mais, très vite, la joie avait cédé la place à l'inquiétude.

La reverrait-il après cette soirée ? Il savait qu'elle n'en avait pas fini puisque la commission lui avait donné son feu vert pour réaliser la deuxième partie de son œuvre. Mais il savait également qu'elle travaillerait le plus souvent chez elle, ne se rendant sur place que pour accompagner les livreurs lorsque sa sculpture serait achevée.

Le temps béni des rencontres régulières était donc révolu.

Cette prise de conscience eut sur lui l'effet d'un électrochoc.

Il allait réfléchir sérieusement au moyen de la garder dans sa vie, décida-t-il pour changer d'avis aussitôt. À quoi bon, puisqu'il savait depuis le début que cette relation ne les mènerait nulle part. Il ne voulait pas fonder de famille alors qu'elle allait bientôt être mère.

La sonnerie de son téléphone portable interrompit brutalement le fil de ses pensées. Un rapide coup d'œil sur l'écran lui apprit qu'il avait affaire à un interlocuteur inconnu. Il hésita à répondre mais céda à une impulsion.

— Chambers, annonça-t-il en prenant l'appel.

— Vaughn, c'est Will Sanders.

Ce nom redoubla les battements de son cœur. Il évoquait l'homme qui avait usurpé cette identité. L'homme qui avait trompé Abigail en profitant de sa faiblesse.

Mais Will n'était pas Rich et, lui aussi, avait été trompé et trahi.

— Bonsoir, Will, dit-il d'une voix chaleureuse.

— Je voulais vous dire que je ne lâchais pas l'affaire. J'espère que ce n'est plus qu'une question de jours avant que ce salaud se fasse serrer.

— Merci de m'avoir prévenu.

— J'ai mis sur le coup l'un des meilleurs détectives de l'État, poursuivit Will. Un type du nom de Cole Sullivan.

— Je le connais. Mon père avait envisagé l'idée de faire appel à ses services lorsque les membres directeurs de sa société ont reçu des menaces de mort. Mais finalement il a choisi de s'adresser à la police et de renforcer son système de sécurité.

— Si quelqu'un peut mettre la main sur cette crapule, c'est bien lui, rétorqua Will avec assurance. Mais d'abord il souhaiterait s'entretenir avec Abigail Stewart. C'est la dernière personne à avoir vu Rich avant qu'il prenne la tangente.

Un frisson de panique lui parcourut l'échine à l'idée qu'Abigail puisse être encore mêlée, de près ou de loin, à cette sombre histoire. Sa détermination à la protéger s'accentua un peu plus.

— Abigail sera à la soirée de gala de l'hôpital avec moi ce soir, dit-il.

Mais il n'était pas question que Sullivan ou qui que ce soit d'autre vienne gâcher sa joie. Elle méritait à juste titre de profiter pleinement de cette soirée où tous les projecteurs seraient braqués sur son travail.

— Cole a déjà prévu d'aller lui parler là-bas, lui apprit Will. En fait, je vous appelais juste pour vous tenir informé car j'ai entendu dire que vous étiez très proches, tous les deux.

— Merci, dit-il en s'emparant de son trousseau de clés.

Il n'avait pas une minute à perdre s'il voulait soutenir Abigail dans cette nouvelle épreuve.

— Excusez-moi, Will, mais je dois y aller. Je connais la réputation de Cole. C'est un brave gars, mais il peut être... intimidant pour qui le voit pour la première fois.

Will émit un petit rire sec.

— Je l'espère bien. C'est la raison pour laquelle je l'ai embauché. Et puis, lui n'est pas entravé dans ses recherches par toutes les tracasseries administratives que subit la police. En ce qui concerne Jason, je ne pense pas qu'il soit impliqué dans cette histoire, mais sait-on jamais ?

— Merci encore d'avoir appelé, Will.

— Je vous laisse. J'imagine que vous êtes pressé d'aller la retrouver.

Alors qu'il filait en direction de l'hôpital, au volant de son coupé Mercedes, il repensa à la dernière phrase de Will. Comment avait-il pu deviner une réalité contre laquelle lui, en revanche, luttait depuis plus d'une semaine ?

Trouver toutes les bonnes raisons pour se convaincre de renoncer à poursuivre sa relation avec Abigail ne serait pas difficile. Mais la vérité était qu'il ne pouvait plus se passer d'elle. Qu'il ne voulait plus se passer d'elle. Et qu'il entendait bien que les choses restent ainsi.

Abigail refusa pour la deuxième fois la coupe de champagne qu'un serveur lui proposa au passage. Elle chercha Vaughn du regard, mais la tâche s'avérait difficile parmi la foule dense qui peuplait le toit-terrasse.

Cette soirée très chic étant également destinée à lever des fonds pour une œuvre caritative, la personne chargée de l'organisation n'avait pas lésiné sur les moyens. Elle avait failli en tomber à la renverse lorsqu'elle avait su à combien se vendait le billet de participation.

Une multitude d'ampoules blanches avait été accrochée aux branches d'arbres installés pour la soirée, leur donnant un aspect féerique. De somptueux bouquets de fleurs avaient été placés sur les tables. Un orchestre de chambre jouait un morceau classique mais serait, avait-elle entendu dire, relayé un peu plus tard par un groupe de musique country.

Même le temps était de leur côté. Le ciel, qui était resté d'un bleu pur durant toute la journée, commençait à s'embraser d'un dégradé de roses et de pourpres somptueux.

Elle regrettait de ne pas avoir son carnet à dessins sous la main. Elle aurait pu immortaliser cette soirée qu'elle pressentait mémorable. Car le moment où on dévoilerait son œuvre appartiendrait tout autant à Alannah qu'à elle. C'est à sa sœur qui aimait tant la nature qu'elle avait dédié cette sculpture.

Pour tromper l'attente tout autant que parce que la scène l'intéressait, elle observa la file des invités qui continuaient à affluer. À leur arrivée, les femmes étaient gratifiées d'une fleur de gardénia qu'elles s'empressaient d'accrocher au décolleté de leur robe ou au bracelet de leur montre.

Lassée de rester immobile, elle alla prendre un verre d'eau pétillante au comptoir du bar qui se trouvait au fond de la terrasse. Elle but une gorgée en tirant discrètement sur le bas de sa robe. Elle avait eu du mal à trouver une tenue adéquate mais, finalement, elle n'était pas mécontente de la tenue qu'elle avait dénichée sur un site de location de vêtements de marque. Le bustier, ajusté, mettait sa poitrine généreuse en valeur tandis que le bas, légèrement évasé à partir des hanches, cachait sa grossesse tout en flattant sa silhouette.

— Abigail Stewart ?

L'homme qui venait de l'interpeller portait le smoking de rigueur. Blond, des yeux bleus perçants, une carrure athlétique, il présentait toutes les caractéristiques du cow-boy texan. Même la démarche, lorsqu'il s'avança vers elle d'un pas traînant.

— Oui, c'est bien moi, répondit-elle en reposant son verre.

Elle lui sourit, persuadée qu'il s'agissait d'un amateur d'art que son œuvre intéressait.

— Bonsoir. Je m'appelle Cole Sullivan.

Il lui tendit la main sans la quitter des yeux.

— Je suis l'un des détectives privés employés par Will Sanders.

Tous ses muscles se raidirent même si elle n'ignorait pas que le vrai Will était le plus charmant des hommes.

— Enchantée, mentit-elle.

— Auriez-vous une minute à m'accorder ? J'aimerais vous poser quelques questions.

Elle hésita. Évoquer avec cet inconnu sa rencontre malheureuse avec Rich Lowell n'allait-il pas lui gâcher sa soirée ?

— Ne vous inquiétez pas. Je ne vous importunerai pas longtemps, et vous serez libérée de moi au moment de l'inauguration de votre sculpture.

Malgré la crainte qu'elle ressentait, elle comprit qu'elle avait tout intérêt à coopérer avec cet homme. Répondre à ses questions pourrait le conduire jusqu'à Rich et ainsi les mettre, elle et le bébé qu'elle portait, en sécurité pour un bon bout de temps.

Elle regretta juste que ce ne fût pas le bon moment.

Elle ouvrit la bouche, s'apprêtant à parler, lorsqu'elle repéra la silhouette de Vaughn qui fendait la foule pour se diriger tout droit vers eux. Elle ressentit un profond soulagement. Grâce à lui, elle ne serait pas seule pour affronter cet interrogatoire.

Et un trouble immense : il était renversant de séduction dans son smoking. Elle remarqua tout de suite son visage rasé de près qui révélait une légère cicatrice au menton.

— Tu es superbe, Abigail, murmura-t-il en passant un bras possessif autour de sa taille.

Il se tourna ensuite vers le détective.

— Cole Sullivan. Cela fait un bail.

— Je venais juste de dire à Mlle Stewart que j'aurais quelques questions à lui poser.

Il fixa Vaughn de son regard pénétrant puis ajouta :

— Il me semblait qu'elle s'apprêtait à coopérer avant que vous n'arriviez.

Elle se sentit soudain nerveuse. Il ne faisait aucun doute que la présence de cet homme l'inquiétait. Ou plus exactement la perspective de devoir revivre des moments qu'elle voulait garder enfouis à jamais au plus profond d'elle-même.

— Cela ne te dérange pas que j'assiste à cet entretien, n'est-ce pas ?

Sullivan ne s'y trompait pas, c'était visible. Car si Vaughn s'était tourné exclusivement vers elle pour lui poser la question, c'était à lui qu'elle était adressée. D'ailleurs, il s'agissait plus d'un ordre que d'une interrogation.

— Au contraire, répondit-elle. J'en serais même soulagée.

Sans compter qu'elle aimait tant sa présence, sa compagnie ; bien plus qu'il ne pouvait l'imaginer.

— Où pourrions-nous trouver un coin à l'écart ? s'enquit Sullivan. Je ne voudrais pas prendre le risque que cette discussion tombe dans des oreilles indiscrètes.

10

Vaughn ne se lassait pas de regarder Abigail tandis qu'ils quittaient la terrasse en compagnie de Cole pour emprunter l'escalier qui menait à son bureau.

Elle était si belle dans sa robe de soirée fluide qui lui donnait l'air d'une créature éthérée. Mais, surtout, elle rayonnait. Il avait entendu dire que la grossesse sublimait la beauté des femmes. Eh bien, elle en était la preuve vivante.

Lorsqu'il l'avait aperçue de loin, alors qu'elle était au comptoir, il avait eu l'impression de découvrir une nouvelle facette de cette femme qui la fascinait tant.

— Merci, Vaughn, dit-elle à voix basse tandis qu'ils longeaient le long couloir qui menait à son bureau. Je suis soulagée que tu sois là. À vrai dire, je me sentais un peu nerveuse à l'idée de me retrouver en tête à tête avec cet inconnu.

— C'est intéressé, rétorqua-t-il en souriant. Car, en échange, je te demanderai de bien vouloir m'accorder une danse.

En fait, il ne voulait pas perdre une minute de cette soirée avec elle même si, il le savait, il devrait donner de sa personne pour récolter des fonds.

— La réponse est oui, dit-elle en lui rendant son sourire.

Il était heureux de la distraire, même l'espace d'un court instant, de cet interrogatoire qui se profilait. Le stress n'était pas bon pour elle et, par voie de conséquence, pour le bébé qu'elle portait.

— Entrez, dit-il après avoir ouvert la porte et allumé les lumières.

Son bureau était en fait une salle de consultation équipée d'un canapé et de deux fauteuils. Il l'avait souhaité ainsi pour ne pas se retrouver seul derrière une table de travail mais, au contraire, pour créer une proximité entre ses patients et lui.

Il s'installa à côté d'Abigail sur le canapé, laissant Cole Sullivan s'asseoir sur un des fauteuils qui leur faisaient face.

Il la vit balayer la pièce d'un regard circulaire juste avant que Cole ne lui demande de relater la scène dont elle avait été témoin, ce fameux soir où Richard Lowell et Jason en étaient venus aux mains.

Tandis qu'elle racontait à Cole ce que lui savait déjà, il regarda son bureau avec plus d'attention, se demandant ce qu'Abigail avait bien pu y voir.

Sans doute une pièce dénuée de toute personnalité. Pour lui, ce n'était qu'un bureau qui se devait juste d'être fonctionnel ; un lieu qu'il oubliait aussitôt qu'il avait refermé la porte derrière lui.

— Vous souvenez-vous de quelque chose de particulier ? s'enquit Cole. Des mots, par exemple, qui vous auraient frappée ?

Elle secoua la tête.

— Rien de significatif. J'ai entendu des jurons, ça oui ! Ils s'insultaient copieusement.

Cole entra des notes dans son smartphone avant de demander :

— Pensez-vous qu'il pouvait y avoir une troisième personne dans la pièce ? Quelqu'un que vous auriez pu ne pas voir ?

— C'est possible, mais je ne peux pas l'assurer. Je n'ai fait qu'apercevoir la scène par la porte entrouverte. Cela dit, s'il y avait eu une troisième personne, j'imagine qu'elle aurait tenté de les séparer ou qu'elle se serait enfuie pour échapper à la bagarre.

Pour tout commentaire, Cole fronça les sourcils tandis qu'il faisait défiler sur l'écran de son téléphone les notes déjà prises.

— Êtes-vous bien sûre de la date et de l'heure où s'est déroulée cette scène ?

— Certaine, répondit-elle sans hésiter. Je le sais parce que j'ai étudié le calendrier un long moment avant de me décider à aller trouver Rich pour lui parler du bébé.

Cole leva sur elle un regard surpris.

— Lowell est le père de votre enfant ?

Aussitôt, Vaughn enroula un bras autour de sa taille pour qu'elle sache qu'il était là, prêt à la soutenir. Il devinait que ce ne devait pas être facile pour elle de profiter pleinement des joies liées à sa grossesse en sachant que Lowell pouvait revenir à Royal à tout instant.

À cette perspective, il sentit son instinct de protection envers elle s'amplifier avec une force incroyable. Il se surprit à souhaiter que cet enfant fût le sien pour veiller à ce qu'il ne lui arrive jamais rien de mal.

La main d'Abigail se posa instinctivement sur son ventre.

— Si vous voulez parler de l'ordure qui a usurpé l'identité de Will Sanders, alors la réponse est oui, répondit-elle dans un profond soupir. Richard Lowell est bien le père de mon enfant.

Sullivan se renfonça dans son siège, visiblement satisfait de cet entretien.

— Merci, mademoiselle Stewart. Croyez bien que j'apprécie votre coopération à sa juste valeur. Car j'imagine ce que cela peut remuer en vous.

Elle relâcha les épaules, semblant se détendre un peu.

— Tant mieux si j'ai pu vous aider, rétorqua-t-elle.

Sullivan la remercia encore d'un léger hochement de tête.

— Que va-t-il se passer maintenant ? s'enquit Vaughn, impatient de savoir Lowell sous les verrous. Qu'allez-vous faire de plus que la police ou les agents du FBI pour sortir de cette impasse ?

— Pour commencer, je vais demander qu'une nouvelle recherche d'ADN soit effectuée sur les fragments d'os retrouvés parmi les cendres censées être celles de Will Sanders.

— Mais vous savez déjà que ce ne sont pas celles de Rich, pointa Abigail. Vous savez qu'il est toujours vivant.

— En effet. Mais j'aimerais savoir si cet ADN correspond à quelqu'un qui serait connu de nos services.

— Vous voulez dire, Jason ?

Elle chercha la main de Vaughn avant de demander d'une voix teintée d'inquiétude :

— Vous ne pensez tout de même pas qu'il aurait tué Jason ?

— Il a laissé Will pour mort au large de Cabo San Lucas et il a dépensé plus qu'il ne pourra jamais rembourser. On peut dire que Lowell est un homme aux abois, prêt à tout pour ne pas se faire serrer. Ça lui coûterait trop cher.

Vaughn plaça une main sur le dos d'Abigail, se faisant la promesse qu'elle ne revivrait plus jamais pareils moments d'angoisse.

— Jason aurait découvert ce que tramait Lowell et il serait passé au ranch pour lui en toucher un mot, supposa-t-il tout haut. La discussion aurait dégénéré, et ils en seraient venus aux mains.

— Ou alors, reprit Sullivan, Jason a découvert que Lowell était en train de piller les comptes de Will et il s'apprêtait à prévenir ce dernier de ce qui se tramait dans son dos. Je compte soumettre l'écriture de Jason à un expert en graphologie qui saura établir si elle correspond à l'écriture trouvée sur le mot joint à l'urne.

Vaughn avait beau écouter attentivement ce que disait le détective, il n'avait pas moins une conscience aiguë des longues mèches de cheveux d'Abigail qui, en lui balayant le poignet, lui envoyaient des ondes électriques dans tout le corps.

— Bonne idée, approuva-t-il.

— En tout cas, Will est prêt à tout pour que nous parvenions à dénouer cette affaire. Il a même contacté un génie de l'informatique de Silicon Valley, spécialisé dans des logiciels de recherche ultra-pointus. Je ne sais pas ce que cela vaut, mais c'est bien la preuve que Will se donne tous les moyens de faire coincer Lowell.

Cette tirade sembla avoir rassuré Abigail qui se redressa dans son siège et afficha un air plus serein.

— Nous serons soulagés lorsque cette histoire sera enfin terminée.

— Cela ne saurait tarder, affirma Sullivan avec conviction.

Hélas, il ne se fiait pas au ton ferme du détective. Certes, l'enquête était entre de bonnes — et nombreuses — mains, mais cela ne signifiait pas pour autant qu'Abigail était en sécurité. Aussi, tant que Lowell ne serait pas écroué, il se ferait un devoir de veiller sur elle et son bébé.

Si cette perspective le rendait plutôt heureux, elle fut aussitôt assombrie par le fait que plus ils se verraient, plus les sentiments qui les liaient l'un à l'autre deviendraient profonds.

Il se sentit alors envahi d'un fort sentiment de culpabilité. Quel homme serait-il s'il laissait croire à Abigail qu'un avenir commun était possible ?

Pétri de frustrations, oubliant les bonnes résolutions prises seulement quelques minutes plus tôt, il quitta la pièce aussitôt les derniers mots échangés avec Sullivan.

Il n'avait pas renoncé à passer du temps avec elle. Non. Simplement, on comptait sur lui pour animer cette soirée et, cette fois, il ne faillirait pas à sa promesse.

Une heure et demie plus tard, Abigail suivait Belinda McDowell, chargée de l'inauguration de son œuvre.

Une annonce avait été faite, invitant l'assemblée à les rejoindre dans l'aile pédiatrique pour une brève cérémonie.

Tout le monde ne se déplaça pas, bien sûr, mais elle fut flattée de voir le nombre de notables qui avaient répondu à l'appel de Belinda.

Sa carrière avait pris un tournant important avec cette commande et, avec un peu de chance, d'autres commandes suivraient.

Elle avait confié à Vaughn avoir beaucoup de chance de pouvoir vivre de sa passion. Mais, avec un bébé en route, il se pourrait bien qu'elle doive assurer le quotidien avec de petits boulots à mi-temps.

Une arche fleurie avait été placée devant l'arbre qu'un voile de gaze noire cachait partiellement.

Elle lança un coup d'œil par-dessus son épaule, cherchant Vaughn du regard. Sa présence lui avait été tellement précieuse durant son entretien avec Cole Sullivan.

Elle brûlait de lui accorder cette danse qu'elle lui avait promise, mais il s'était mêlé si vite à la foule qu'elle n'en avait pas eu l'occasion.

Bien sûr, elle comprenait bien qu'il devait être sollicité de toutes parts.

Cependant...

Cependant, elle s'interrogeait : cherchait-il à prendre ses distances avec elle face à ses confrères ? Pensait-il que la présence d'une femme enceinte à ses côtés pouvait nuire à son image et, par voie de conséquence, impacter la générosité de ses donateurs ?

En effet, certains pouvaient considérer sa grossesse comme scandaleuse. Surtout au sein des membres du Texas Cattleman's Club, si conservateurs, qui devaient voir en elle une intrigante qui n'avait pas hésité à coucher avec un homme marié, un criminel de surcroît.

Elle en était là de ses pensées sinistres lorsque Belinda vint la rejoindre.

— Mademoiselle Stewart, si vous voulez bien aller vous positionner là-bas — elle pointa du doigt l'endroit où se trouvait le micro —, je vous présenterai à l'assemblée avant de dévoiler votre œuvre.

— Bien sûr. Merci.

Elle ressentit aussitôt une immense fierté que venait néanmoins tempérer l'absence de Vaughn.

— Souhaiterez-vous dire quelques mots ? s'enquit Belinda.

— Non, vraiment.

Elle ne jugeait pas utile de révéler que cette œuvre était dédiée à Alannah. Par ailleurs, elle aimait l'idée que chacun puisse voir dans cet arbre ce qu'il voulait y voir ; que chacun en ait sa propre interprétation.

— Très bien, dit Belinda. Dans ce cas, je vais commencer.

Et Vaughn qui n'était toujours pas là !

Elle se hissa discrètement sur la pointe des pieds pour tenter de l'apercevoir. Il ne pouvait pas lui faire ça. Pas ce soir. Pas alors qu'elle pensait partager avec lui ce moment si important de sa vie.

Mais c'était sa faute, aussi. Pourquoi s'acharnait-elle à vouloir se reposer sur lui alors qu'ils se connaissaient depuis si peu de temps ? Sans compter que, son œuvre maintenant achevée, elle n'avait plus aucune raison de fréquenter l'hôpital, sinon pour sa prochaine échographie.

Dire qu'elle avait pensé à lui demander de l'accompagner ! Quelle idiote elle était !

— Mesdames et messieurs, puis-je avoir votre attention quelques minutes, je vous prie ?

Belinda commença par remercier l'assemblée de sa présence puis l'ensemble du personnel hospitalier. Ensuite, elle présenta Abigail comme l'artiste à l'origine d'une aire de détente originale pour les petits patients du service pédiatrique ainsi que pour leurs parents.

Tandis que la foule applaudissait poliment, elle entendit un sifflement admiratif s'élever du fond de la salle. Toutes les têtes se tournèrent vers... Vaughn.

Il était venu !

Il ne l'avait pas laissée tomber.

Il lui adressa un large sourire tout en lui faisant un petit signe de la main.

Ainsi donc, il se fichait bien de ce qu'on pouvait bien penser de lui. D'elle. D'eux.

Son cœur chavira de bonheur tandis qu'une immense vague de tendresse la submergeait.

— Sans plus tarder, je vous propose de découvrir l'œuvre de Mlle Stewart intitulée *L'Arbre aux surprises*, poursuivit Belinda.

Deux personnes ôtèrent alors le voile de gaze, révélant son œuvre, qui avait été mise en valeur par un savant jeu de lumières.

Un murmure d'approbation s'éleva, accompagné d'applaudissements plus appuyés et prolongés cette fois. Si elle avait encore eu des doutes sur la sincérité de cet accueil, le large sourire qui fendait le visage de Belinda McDowell l'aurait vite rassurée.

Belinda attendit que le calme fût revenu pour reprendre la parole :

— Avant de nous quitter, je vous invite à regarder attentivement cet arbre magnifique. Il recèle des surprises qui vous sont destinées.

Un spot fut aussitôt braqué sur la chouette miniature perchée sur l'une des nombreuses branches de l'arbre.

— Si l'une de ces miniatures vous intéresse, poursuivit Belinda, vous pourrez faire graver votre nom dessus par un système d'enchères que nous ouvrirons un peu plus tard dans la soirée.

Sur ces mots, un groupe de bénévoles distribua des cartes vierges sur lesquelles les invités s'empressèrent d'inscrire leur nom.

Quelle bonne idée. Le spectacle de ces personnages importants scrutant son arbre avec la plus grande attention dans l'espoir d'y dénicher une sculpture miniature l'amusait beaucoup. Mais n'y avait-il pas un enfant sommeillant en chacun de nous ?

Jugeant inutile de s'attarder, elle se fraya un passage parmi la foule pour se diriger vers Vaughn qui, toujours au fond de la salle, discutait à présent avec un couple d'un certain âge.

Elle hésita soudain à aller le rejoindre, soucieuse de ne pas interrompre une discussion qui pouvait être importante. Qui sait s'il ne s'entretenait pas avec de riches donateurs qui, si elle les rejoignait, pouvaient changer d'avis ?

Mais, alors qu'elle s'apprêtait à emprunter l'escalier qui conduisait au toit-terrasse, il lui fit signe de le rejoindre.

— Abigail, dit-il lorsqu'elle fut près d'eux, je te présente mes parents.

11

Vaughn vit aussitôt le regard de sa mère se poser de manière ostensible sur le ventre d'Abigail.

Il regretta aussitôt son élan. Un élan dicté surtout par la peur de la voir partir sans avoir pu lui parler.

Et aussi, plus égoïstement, par le désir d'échapper aux recommandations diverses de ses parents et aux questions incessantes qu'ils ne manquaient jamais de lui poser sur son état de santé.

Depuis qu'ils étaient là, ils n'arrêtaient pas de lui seriner qu'il ne devait pas se séparer de Ruby en dehors de ses heures de travail. Un travail bien trop exigeant, d'ailleurs, selon eux, et qu'il ferait bien de quitter pour rejoindre la firme familiale, source de moins de stress.

Comme s'il allait gâcher des compétences qu'il avait mis des années à acquérir et renoncer à un métier qui tenait de la vocation !

Mais, pour l'heure, il s'en voulait d'avoir entraîné Abigail dans la même barque que lui.

— Maman, papa, je vous présente Abigail Stewart, l'artiste qui a créé *L'Arbre aux surprises*.

Il marqua une pause, ne sachant trop comment la désigner : ils n'étaient pas un vrai couple, mais n'apporter aucune précision serait le signe, pour Abigail, qu'il minimisait leur relation.

Mais, semblant avoir compris son embarras, elle leur serra la main, un sourire cordial aux lèvres.

— Bonsoir, dit-elle. Je suis ravie de vous rencontrer.

Il se maudit intérieurement. À trop hésiter, il avait laissé passer l'opportunité de clarifier la situation. La curiosité visible — et bien légitime, il l'admettait volontiers — de ses parents ne lui échappa pas. Il lui appartenait donc de sortir Abigail de cette situation délicate.

— Abigail, je te présente mes parents, David et Bronwyn Chambers.

— Votre œuvre est magnifique, Abigail, la félicita Bronwyn la première en brandissant la carte et le stylo qu'elle avait en main. Justement, je m'apprêtais à aller voir ces miniatures de plus près. Accepteriez-vous de m'accompagner et de me montrer vos préférées ?

— Avec plaisir.

Abigail fit quelques pas de côté pour ouvrir le passage à sa mère qui, le voyant s'apprêter à leur emboîter le pas, l'arrêta d'un regard éloquent.

— Désolée, messieurs, dit-elle avec fermeté, mais nous allons vous laisser entre hommes. Nous n'en avons pas pour longtemps.

Il interrogea Abigail du regard mais, là encore, il reçut une fin de non-recevoir. Était-elle blessée de ne pas avoir été présentée comme sa petite amie ? Avait-il aggravé son cas ?

Il le saurait bien assez tôt, mais c'est néanmoins avec un profond sentiment de culpabilité qu'il la regarda s'éloigner avec sa mère, dans une complicité qu'il n'avait pas su lui offrir.

De quoi diable allaient-elles bien pouvoir parler ? se demanda-t-il avec un brin d'appréhension.

— Tu n'as pas l'air à l'aise, mon garçon, commenta son père le gratifiant d'une tape affectueuse sur l'épaule.

— Pas du tout, rétorqua-t-il entre ses dents serrées. Je me suis laissé surprendre, voilà tout.

— L'enfant est de toi ?

Il n'y avait aucune trace de jugement dans le ton de sa voix.

Son père lui posait une question simple. Simple mais qui pesait sacrément son poids.

— Non, répondit-il avec une pointe d'humeur. Je vous l'aurais dit si j'allais être père, tu ne crois pas ?

— Il fut un temps où, oui, tu nous l'aurais dit. Mais tu ne nous dis plus grand-chose depuis trop longtemps.

Un flot d'émotions déferla sur lui, où se mêlaient étroitement regret, frustration, anxiété, amertume. Tous ces sentiments convergeant vers Abigail qui allait sortir de sa vie sans qu'il n'ose la retenir.

— Je travaille là-dessus, papa, affirma-t-il d'une voix morne. Pour le moment, c'est tout ce que je peux faire.

Il observa Abigail. Elle secouait farouchement la tête. En signe de dénégation ? Sa mère posa alors une main sur son épaule. Cherchait-elle à la rassurer ?

Il ne pouvait plus rester planté là, à attendre que sa mère émette des suppositions qui ne pourraient qu'embarrasser tout le monde. Ou pire, qu'elle soumette Abigail au feu incessant de sa curiosité.

Il n'était peut-être pas l'homme qu'il fallait à Abigail mais, si elle lui adressait toujours la parole lorsqu'il parviendrait jusqu'à elle, il se faisait fort de se rattraper et de se faire pardonner son comportement.

— Honnêtement, madame Chambers, dit Abigail, j'ignore pourquoi Vaughn n'a pas voulu emmener Ruby avec lui ce soir.

Sentant l'inquiétude d'une mère, elle faisait de son mieux pour tenter de réconforter Bronwyn Chambers, usant d'arguments divers.

— J'avoue que j'ai été tellement prise par mon propre rôle que je n'ai pas pensé à le lui demander, poursuivit-elle.

Soucieuse d'échapper à des questions plus personnelles,

elle pointa du doigt un lapin, à demi caché entre deux racines apparentes.

— Celui-ci est un de mes préférés, déclara-t-elle. Et puis, les enfants le trouveront facilement, placé comme il l'est.

Elle lança un regard en direction de Vaughn qui, justement, semblait venir les rejoindre. Malheureusement, il fut intercepté par un homme avec qui il entra en grande discussion.

La foule déjà importante qui s'était réunie autour de l'arbre avait encore enflé, attirant par son importance de nombreux curieux restés jusque-là sur le toit-terrasse.

— Très bien. Je vais suivre votre conseil, ma chère.

Elle lui tendit sa carte et son stylo.

— Pourriez-vous écrire mon nom pour moi ? Je n'ai pas pris mes lunettes de lecture qui ne seraient pas rentrées dans ce petit sac de soirée. C'est à peine si j'ai pu y caser mon bâton de rouge à lèvres.

— Mais bien sûr, accepta-t-elle en s'empressant de joindre le geste à la parole.

— Je ne cherche pas à vous mettre dans l'embarras, Abigail, poursuivit Bronwyn sur le ton de la confidence, mais je tiens à vous dire que je suis très heureuse de voir mon fils avec vous.

Ne sachant quoi répondre, elle garda les yeux rivés sur la carte.

— À vrai dire, nous ne sommes pas vraiment ensemble, prit-elle le parti de dire.

Elle vit une ride sceptique se creuser sur le front de Bronwyn.

— Je connais mon fils, vous savez. J'ai bien vu comment il vous regardait lorsqu'il vous a fait signe de venir nous rejoindre.

Visiblement, Bronwyn voulait croire à ce qu'elle disait. Mais Abigail se sentait incapable de supporter le poids de ses espérances. Il serait malhonnête de nourrir ses illusions en lui laissant croire que Vaughn était prêt à se lancer dans une histoire sérieuse avec elle.

— Vaughn et moi avons développé une belle amitié, madame Chambers, se contenta-t-elle d'affirmer d'une voix qu'elle voulait convaincante. Et — sa voix s'étrangla légèrement dans sa gorge — j'espère qu'elle durera longtemps.

Puis, sentant ses yeux se brouiller de larmes, elle s'excusa rapidement et pivota pour s'éloigner. C'est alors qu'elle se heurta à Vaughn qui, enfin, en avait terminé avec son interlocuteur. Avait-il entendu ce qu'elle venait de dire ? Avait-il senti son émotion, presque tangible ?

Mais peu importait. Elle n'avait fait que dire la vérité. Une vérité qu'elle ferait bien d'assumer.

Leur relation était vouée à l'échec. Point.

Plus vite elle l'accepterait, moins elle souffrirait.

Vaughn ignorait ce que les deux femmes avaient bien pu se dire, mais il avait entendu Abigail nier le fait qu'ils étaient ensemble. Et il avait vu ses yeux pleins de larmes.

Il la suivit du regard tandis qu'elle s'éloignait d'eux à grandes enjambées. Un sentiment d'urgence le saisit, auquel il devait obéir.

— Il faut que je lui parle, dit-il en embrassant sa mère sur la joue. Tu diras à papa que j'ai été content de vous voir.

Puis, sans attendre, il fendit la foule et monta quatre à quatre l'escalier qui menait à la terrasse. Avec un peu de chance, elle ne serait pas partie.

Il balayait les lieux d'un regard fiévreux lorsqu'il repéra avec soulagement un bout de robe écarlate près du comptoir du bar.

— Abigail...

Elle avait l'air plus bouleversée qu'il n'y paraissait.

— J'allais partir, dit-elle, en s'enveloppant de l'étole que, jusque-là, elle avait gardée sur ses épaules. Je suis juste montée boire un verre d'eau. En fait, je commence à accuser la fatigue accumulée ces derniers jours.

En effet, il discernait une grande lassitude dans sa voix. Cependant, il se demanda si la discussion qu'elle venait d'avoir avec sa mère n'était pas pour quelque chose dans sa décision subite de partir.

— Laisse-moi te raccompagner chez toi, veux-tu ? proposa-t-il dans l'espoir de pouvoir lui parler en privé.

— Merci, mais ce n'est pas nécessaire.

Elle ouvrit son sac et y prit ses clés de voiture, lui envoyant là un message qui, s'il était implicite, n'en était pas moins très clair.

— Abby, s'il te plaît…

Il enroula un bras autour de sa taille et l'entraîna doucement à l'écart, vers un coin plus tranquille.

— Je suis désolé si ma mère t'a posé des questions embarrassantes, poursuivit-il. Elle pensait bien faire.

— Je n'en doute pas, répondit-elle.

Elle s'interrompit et secoua la tête, hésitant à poursuivre.

— Tes parents sont vraiment charmants, mais je… Excuse-moi, mais il faut vraiment que j'y aille.

— D'accord, mais j'insiste. Je trouve plus prudent de te raccompagner tant que Lowell est toujours en liberté quelque part.

— Je te rappelle que je suis sous la haute protection du système d'alarme que tu as fait installer chez moi, rétorqua-t-elle en souriant.

— Je serais plus tranquille si je te voyais entrer dans ta maison en toute sécurité, insista-t-il.

Il avait toujours la main au creux de son dos et entendait bien la garder là, au vu et au su de tous les gens qui étaient encore présents ici.

— La discussion que nous avons eue avec Cole Sullivan a fait ressortir à quel point Lowell est un individu dangereux, dénué de tous scrupules, dit-il encore.

— Je ferai très attention. Promis. Mais je dois tenir compte d'un autre danger qui n'est pas moins menaçant pour moi que le risque de tomber sur Lowell.

— Je ne comprends pas. De quel danger parles-tu ?

— D'un danger d'ordre… sentimental.

Elle le fixa sans ciller avant de reprendre d'une voix redevenue neutre :

— Le danger de tomber amoureuse de toi, par exemple. Qui, entre nous soit dit, est largement plus probable. Vois-tu, je ne dois pas prendre ce problème à la légère. Je me montrerais bien irresponsable si je persistais à vouloir offrir mon cœur à un homme qui n'en veut pas.

Il crut que la terre s'ouvrait sous ses pieds pour l'engloutir. Il sentit son ventre se nouer. Ou bien était-ce son cœur qui allait s'arrêter de battre. Ou les deux. Il ne savait pas trop. Le fait est qu'il se sentait incapable de garder le cap au milieu du flot d'émotions contradictoires qui le submergea à ce moment-là.

Il laissa son bras retomber mollement puis fixa sans le voir le ciel étoilé avant de reporter son attention sur Abigail.

— C'est pour cette raison que tu as dit à ma mère que nous ne serons jamais que des amis ?

— C'est en tout cas ce que tu m'as laissée comprendre dès le début.

Elle fit tinter ses clés dans un geste traduisant sans doute une grande nervosité.

— J'ai juste essayé d'être honnête avec ta mère. Je ne voulais pas qu'elle se fasse d'illusions et qu'elle voie en nous le couple que nous ne sommes pas.

Elle ne le ménageait pas, mais il ne pouvait pas lui en vouloir. Lui-même se perdait dans ses contradictions, lui assurant qu'il serait toujours à ses côtés mais gardant malgré tout ses distances.

— Je dirais quand même que nous sommes plus que des amis, non ?

Il était sincère. Pour lui, elle était bien plus que ce que le mot « amie » pouvait véhiculer. Il la vit alors serrer les doigts sur son trousseau et contracter les mâchoires.

— C'est sans doute la raison pour laquelle tu m'as présentée à tes parents comme « l'artiste qui a créé *L'Arbre aux surprises* », ironisa-t-elle d'un ton amer. Moi, au moins, en nous désignant comme des amis, j'ai voulu montrer à ta mère qu'un vrai sentiment nous unissait, qui allait au-delà du lien que peuvent entretenir deux professionnels travaillant dans le même bâtiment.

Il sentit le sang pulser à ses tempes, terrorisé à l'idée qu'elle était en train de mettre un point final à leur histoire.

— Tu es injuste, Abigail, tenta-t-il de se défendre. Nous n'étions pas préparés à une telle situation, et si je suis resté sur un terrain neutre c'est parce que j'ignorais ce que tu préférais.

Elle ferma les yeux un instant puis, lorsqu'elle les rouvrit, elle posa sur lui un regard empli de gravité.

— Si je comprends bien, dit-elle, tu as voulu me protéger. D'accord. Je peux l'entendre et l'accepter. En revanche, cela ne change rien au fait que ma vie est très embrouillée en ce moment. Et je ne souhaite pas rajouter de complications en tombant amoureuse d'un homme qui ne partage pas mes sentiments.

— Un bébé ne peut pas être considéré comme une « complication », Abigail. Tu vas être une maman formidable, je n'en doute pas une seconde.

Elle lui adressa un sourire triste qui lui serra le cœur à l'étouffer.

— Merci. Mais il n'en reste pas moins que tu ne veux pas faire partie de nos vies.

— Comment le pourrais-je, Abigail, quand mon équilibre précaire m'est apporté par un chien ? Quand je travaille inlassablement parce que mes talents de chirurgien sont la seule chose que j'ai à offrir ?

— Ce n'est pas vrai, Vaughn, dit-elle en posant une main sur la sienne.

— Bien sûr que si. Tu te trompes si tu penses que je ne veux pas faire partie de vos vies. Simplement, je refuse d'être le nuage noir planant au-dessus de ta tête quand tu te prépares à un avenir radieux entre ton enfant à venir et un métier qui te passionne.

Ses œuvres étaient à son image : vibrantes de vie et empreintes de joie et d'optimisme. Le monde d'Abigail était un monde féerique peuplé de créatures bienveillantes cachées dans les arbres. Alors que le sien était aussi sombre que les cauchemars qui hantaient ses nuits.

Il ne voulait pas prendre le risque de l'entraîner dans ce monde-là, sans avenir.

— Je ne peux pas te forcer à parier sur nous, Vaughn, si tu ne te sens pas prêt. J'avais espéré que tu m'accompagnerais à l'hôpital pour mon échographie, mais je comprends les batailles que tu as à livrer. Je ne voudrais surtout pas te causer plus de stress que tu n'en as déjà.

— Abby... Je...

Il ne pouvait revenir sur ce qu'il venait de lui soutenir, mais quelque chose en lui se brisa. Et la perspective d'une perte immense se profila devant lui.

— Tu n'as pas à te justifier, Vaughn, dit-elle en faisant un pas en arrière. Mais tu comprendras que, de mon côté, je dois aller de l'avant.

Il sut lire entre les lignes. Elle venait de lui dire adieu.

— Je suis désolé, Abigail, dit-il dans un souffle.

— Moi aussi, Vaughn. Plus que tu ne crois.

12

Nous voulons être là avec toi.

Le matin de son échographie, Abigail, assise dans la salle d'attente, relisait pour la troisième fois le texto que Vaughn lui avait envoyé et qu'il avait illustré d'une photo de lui et de Ruby.

Lorsqu'elle avait quitté la soirée de gala, qu'elle s'était éloignée de lui, elle avait eu l'impression qu'on lui arrachait le cœur.

Puis ce message était arrivé, et avec lui, l'espoir. Vaughn lui demandait de l'inclure dans cette nouvelle phase de sa grossesse. N'était-ce pas merveilleux ?

Un sourire flotta sur ses lèvres alors qu'elle agrandissait la photo qui avait été prise dans la chambre d'amis où elle avait dormi l'unique fois où elle s'était rendue chez Vaughn. Ce geste la touchait à l'extrême, car il lui laissait à penser qu'elle leur manquait et que Vaughn semblait prêt à vouloir dépasser ses traumatismes et ses réticences.

Leslie, la radiologue, vint la rejoindre.

— Prête ?

— Prête, répondit-elle, en cherchant encore Vaughn du regard.

— Très bien, car nous avons une célébrité parmi nous.

Leslie maintint la porte ouverte pour laisser passer Vaughn suivi de près par son fidèle compagnon.

Son cœur se mit à battre la chamade.

— Merci de nous permettre d'être là, déclara-t-il simplement en déposant sur sa joue un baiser chaste.

— Je suis heureuse que vous soyez là tous les deux, rétorqua-t-elle, tandis qu'un frisson de désir lui parcourait l'échine.

— Tu nous as manqué, ajouta-t-il en rivant son regard au sien.

— Mademoiselle Stewart, quand vous voulez, dit Leslie. Quant à vous, docteur Chambers, vous pouvez rapprocher l'une de ces chaises et vous y installer, si vous le souhaitez.

Elle ressentit un mélange d'excitation et de nervosité l'envahir tandis qu'elle s'asseyait à demi sur la table d'examen puis remontait son T-shirt le plus haut possible sur la poitrine.

Il lui prit la main, le visage grave. Se sentait-il nerveux, lui aussi ? Sa présence à ses côtés signifiait-elle qu'il voulait jouer un rôle dans sa vie et dans celle de son enfant mais que cet engagement l'inquiétait ?

Elle chassa ce flot d'interrogations pour se concentrer sur l'écran qui venait de s'allumer. Ce moment devait être source de joie et seulement de joie.

— Nous y voilà, annonça Leslie d'un ton enjoué. Allons, souris à la caméra, ajouta-t-elle à l'adresse du bébé tandis qu'elle passait la sonde sur différentes parties de son ventre.

— Vous pouvez voir le sexe ? s'enquit-elle, sentant les larmes lui monter aux yeux, émue comme elle ne l'avait jamais été de toute sa vie. J'aimerais tellement savoir !

— Je voudrais être vraiment sûre avant de vous dire quoi que ce soit.

Elle appuya un peu plus la sonde, durant quelques secondes qui lui parurent une éternité.

— C'est une fille, mademoiselle Stewart, annonça-t-elle enfin. Il n'y a aucun doute.

Une petite fille ! Un nœud se forma dans sa gorge tandis qu'elle cherchait le regard de Vaughn.

Mais il fixait l'écran, les yeux étrécis, une ride inquiète entre les sourcils. Ruby, quant à lui, était couché à ses pieds, semblant partager l'humeur de son maître.

— Vaughn ? Tu as entendu ? C'est une petite fille.

Son visage s'éclaira un peu tandis qu'il se frottait le coude dans un geste semblant trahir une grande nervosité.

— Ce n'est pas possible, dit-il en esquissant un faible sourire.

Il avait l'air préoccupé, elle l'aurait parié. C'est qu'elle commençait à le connaître. Pourtant, elle ne voulait pas que l'humeur sombre de Vaughn déteigne sur elle. Ce moment était si intense ! Tellement empli d'émotions positives qu'elle ne voulait pas gâcher.

Elle ferma les yeux pour mieux entendre les battements de cœur de son bébé mais aussi pour se fermer à Vaughn. Un court instant plus tard elle les rouvrait, incapable de se concentrer tout à fait.

— Qu'y a-t-il, Vaughn ? lança-t-elle avec une pointe d'agacement. Soit il restait et partageait sa joie, soit il partait.

Il resta silencieux, les yeux rivés sur l'écran du monitoring.

— Pouvez-vous revenir sur cette partie-là du bébé ? demanda-t-il à Leslie en pointant du doigt la partie gauche de l'écran.

Elle sentit son cœur s'emballer tandis qu'une chape d'angoisse l'enveloppait tout entière.

Qu'avait-il vu que Leslie avait laissé échapper ?

Ruby, qui avait senti l'inquiétude de son maître, vint poser son museau sur sa cheville, en signe de réconfort.

Alertée, Leslie passa et repassa la sonde au même endroit tout en s'approchant plus près de l'écran. Elle sentit son sang se figer dans ses veines. Quelque chose clochait, elle le sentait.

— Excusez-moi une minute, lâcha Leslie qui quitta aussitôt son tabouret pour se diriger d'un pas vif vers la porte. Il me faut un deuxième avis.

— Vaughn, que se passe-t-il ? s'enquit-elle, la gorge nouée d'effroi. Quelque chose ne va pas ?

Elle fixa l'écran à son tour, cherchant désespérément à voir ce que Vaughn et Leslie avaient vu et qui semblait tant les inquiéter.

— Je ne suis pas un spécialiste, répondit-il prudemment. La radiologue ne va pas tarder à nous en dire plus.

Il était pâle, et ses traits empreints d'une anxiété que confirmaient ses sourcils froncés.

— Nous en dire plus sur quoi ? insista-t-elle, tremblante d'appréhension.

Elle avait perdu sa sœur. Cela ne suffisait-il donc pas ?

Il la fixa de ses yeux verts, sans ciller.

— Je ne sais pas, Abigail, répondit-il en lui prenant la main. Mais si toutefois il y avait un problème tu bénéficierais des meilleurs soins. J'y veillerai en personne.

Ces mots, loin de la rassurer, ne firent qu'accentuer ses craintes. Que se passait-il, bon sang ?

Lorsque la chef de service — le Dr Oma d'après le badge accroché à sa blouse — pénétra dans la salle, son regard réprobateur se porta instantanément sur Ruby ; puis elle vit son gilet et comprit qu'elle avait affaire au chien d'assistance de Vaughn.

— Docteur Chambers, le salua-t-elle de la tête.

Puis elle prit la place de Leslie et, passant la sonde sur la partie suspecte, scruta attentivement l'écran.

— Mademoiselle Stewart, je vais procéder à quelques captures d'écran supplémentaires, dit-elle après un moment qui lui parut une éternité. Par le plus grand des hasards, je suis tombée sur votre obstétricien dans les couloirs. J'ai pu discuter deux secondes avec lui.

— Il va venir ? s'enquit-elle, fébrile, nourrissant l'espoir que lui, au moins, répondrait à ses questions.

Vaughn, silencieux, se tenait immobile à côté de la table d'examen, une main posée sur son épaule, les yeux toujours fixés sur l'écran.

— Il a demandé que le Dr Hutchinson le remplace auprès de vous.

— Qui est-ce ?

— C'est un excellent spécialiste en médecine fœtale.

Le Dr Oma s'interrompit pour diriger l'écran vers Vaughn et elle avant de préciser :

— Nous voulons avoir son avis sur ceci.

Elle entoura du doigt un point précis là où elle ne voyait que de minuscules taches floues.

— Il y a ici, sur les reins, une anomalie que nous devons écarter ou traiter, si le problème s'avère réel.

Elle n'entendit pas la suite. Elle voyait bien les lèvres de la radiologue bouger, mais le sang affluait si fort à ses tempes qu'il absorbait tous les autres bruits. Son cerveau se refusait à envisager le pire.

Son bébé avait une anomalie. Sa jolie petite fille souffrait d'une malformation.

Elle eut soudain l'impression de pénétrer dans un tunnel sans fin duquel elle peina à sortir lorsque le Dr Hutchinson fit enfin son entrée.

D'un geste machinal, elle essuya les larmes qui s'étaient mises à ruisseler sur ses joues sans qu'elle s'en rende compte.

Et elle écouta le Dr Hutchinson lui dire qu'il allait procéder à quelques tests avant de revenir vers elle très vite.

De retour chez Abigail, cet après-midi-là, Vaughn s'affaira à lui préparer quelque chose à manger. Il avait surestimé ses capacités. Il ne servait à rien de se voiler la face : il ne pourrait pas changer. Même pas par amour pour Abigail et son bébé.

Il était encore sous le choc de la mauvaise nouvelle. Il n'avait pas été à la hauteur. Loin de là. Il avait échoué dans sa mission. Il n'avait pas apporté à Abigail le réconfort, ni la force morale qu'elle était en droit d'attendre de lui.

Malheureusement, il n'était pas prêt à être l'homme dont elle avait besoin et qu'elle méritait d'avoir à ses côtés. Il l'avait compris à la seconde où il avait repéré cette petite tache sur le rein du bébé.

Cette prise de conscience subite le rongeait encore tandis qu'il pelait un concombre sous l'œil vigilant de Ruby, qui effectuait des allées et venues incessantes entre le salon où Abigail se reposait, et la cuisine où il préparait un repas léger.

Ce matin, il lui avait envoyé ce texto sur une pulsion, après de longues heures d'introspection ; poussé par une véritable envie d'être auprès d'elle dans un moment aussi important ; et puis aussi parce qu'il avait senti un lien se former entre lui et ce bébé.

Mais dans la salle d'examen il s'était révélé pitoyable. Il avait même craint de se fermer totalement à toute émotion sans pouvoir donner le change.

Sans la présence de Ruby à ses côtés, qui l'avait aidé à rester dans l'instant présent, il y avait fort à parier qu'il aurait quitté les lieux sur-le-champ. Car l'idée que le bébé souffrait peut-être d'une malformation le terrifiait.

Tout à ses pensées sinistres, il se sécha les mains à un torchon et jeta les épluchures dans la poubelle ; puis il plaça sur un plateau le bol de salade, des couverts et un verre rempli d'eau fraîche.

Il avait tenu à la raccompagner lui-même pour veiller à ce qu'elle se repose. Après un tel choc, elle n'aurait pas été capable de rentrer seule au volant de sa voiture. Il chargerait Micah d'aller récupérer son pick-up plus tard, songea-t-il distraitement.

S'il se révélait incapable d'être le compagnon qu'Abigail attendait de lui qu'il soit, il mettrait néanmoins un point d'honneur à veiller sur elle et son enfant durant sa grossesse.

Il ne la laisserait pas tomber, mais il ne lui infligerait pas non plus ses insécurités. Elle avait besoin d'un homme fort et rassurant à ses côtés. Tout ce qu'il n'était pas. Aussi vivrait-il ses zones d'ombre en solitaire, comme il le faisait depuis son retour d'Afghanistan.

Son plateau à la main, il alla dans le salon, se préparant mentalement à la discussion qu'elle ne manquerait pas de provoquer.

Comprendrait-elle les raisons qui le poussaient à prendre ses distances ? Rien n'était moins sûr.

À son approche, Ruby releva la tête et, pressentant une forte tension, vint se coucher à ses pieds.

— Abigail..., commença-t-il, déplorant de ne pas trouver tout de suite les mots qui rendraient la situation un tant soit peu plus légère.

Mais le poids horrible qui lui comprimait la poitrine l'empêchait même de poursuivre.

Il vit son regard se poser sur le plateau où ne se trouvait qu'une assiette.

— Tu ne restes pas avec moi ?

Ne pas flancher. Rester ferme sur ses positions. Se montrer très clair.

— Je ne peux pas.

Voilà. C'était fait. À la fois simple mais aussi terriblement compliqué.

— C'est vrai, c'est moi qui ai demandé à être présent aujourd'hui, ajouta-t-il.

Se sentant plus fort et plus déterminé, il posa le plateau sur la table basse et alla s'asseoir à côté d'Abigail.

— Lorsque je t'ai envoyé ce texto ce matin, je souhaitais sincèrement t'accompagner dans cette nouvelle phase de ta vie.

— Vaughn, je t'en suis si reconnaissante. Seule, je n'aurais pas supporté cette épreuve.

Elle chercha sa main et entrecroisa ses doigts aux siens.

Une vague de culpabilité le submergea, à laquelle il s'exhorta à se fermer. Il ne pouvait pas la rendre heureuse. C'était cela sa réalité. Même si la perspective de vivre sans elle lui brisait le cœur.

Il dégagea donc sa main de cette douce étreinte et se leva.

— Je n'y arriverai pas, Abigail. Je ne pourrai que vous faire du mal à toi et à ton bébé.

Elle arrondit la bouche de surprise puis la referma aussitôt pour fixer sur lui un regard furibond.

— Je ne comprends pas.

— Tu es trop importante à mes yeux pour que je prenne le risque de te décevoir au moment où tu auras le plus besoin de moi.

Il regrettait tellement d'être allé si loin dans cette relation. Quel besoin avait-il eu de vouloir y croire ? De lui envoyer ce SMS ?

— Crois-moi, Abigail. C'est mieux que nous en finissions tout de suite.

À ces mots, un mélange de souffrance et de colère submergea Abigail. Elle bondit et vint se planter face à Vaughn, ses yeux lançant des éclairs.

— Tu choisis de me quitter maintenant ? Après m'avoir assuré que tu voulais m'accompagner aujourd'hui pour ce qui devait être l'un des plus beaux jours de ma vie ? Alors que je m'étais préparée à ne plus te revoir après la discussion que nous avons eue à la soirée de gala ?

Dieu sait ce que cela lui avait coûté ! Mais, par amour pour lui, elle avait préféré respecter son choix. Et voilà qu'il était revenu vers elle, lui laissant croire que, enfin, il commençait à voir le bout du tunnel. C'était lui qui avait insisté alors qu'elle avait baissé les bras. Et maintenant il changeait d'avis ?

— J'ai cru — non, j'ai espéré — que j'y arriverais, répondit-il d'un ton teinté d'angoisse. Mais j'ai bien vu que je ne pouvais pas donner le change bien longtemps.

Il s'interrompit pour claquer des doigts.

— C'est allé aussi vite que cela, Abigail. Ce n'est pas d'un fantoche comme moi dont tu as besoin à tes côtés. Tu mérites bien mieux.

— Cette nouvelle aurait pu déstabiliser n'importe qui, rétorqua-t-elle d'une voix radoucie. Cela prouve au moins à quel point tu es humain. La vie est un cadeau, Vaughn. Et tu es mieux placé que quiconque pour le savoir. Alors, cesse de croire que rien ni personne ne peut te rattacher à ta vie d'avant ; à l'homme que tu étais avant de voir les horreurs que tu as connues.

Il accusa le coup en silence. Visiblement, la partie était jouée d'avance. Il ne reviendrait pas sur sa décision.

— Ne dois-tu pas à tes frères morts au combat de te battre pour vivre ? insista-t-elle néanmoins. Ne vois-tu donc pas la chance que tu as d'être sorti de cet enfer ?

Elle pensa à sa sœur qui, elle non plus, n'avait pas eu cette chance d'être en vie.

— Alannah est morte, elle aussi. Et crois bien que si elle s'en était sortie elle profiterait de la vie à fond.

Il n'esquissait toujours pas le moindre geste. Il restait cloué sur place, les traits figés, impassibles. Elle l'avait perdu. Et les mots durs qu'elle venait d'avoir pour lui n'avaient fait que le pousser à se renfermer un peu plus sur lui-même. Mais si elle ne les avait pas eus, qui d'autre qu'elle aurait pu se le permettre ?

— Ma vie, finit-il par dire, je la consacre à ce métier que j'aime tant. C'est ma façon à moi de faire bouger les choses.

— Ce sacrifice t'honore, releva-t-elle avec une pointe d'amertume. Mais ta vie ne doit pas s'arrêter là.

Sentant les larmes menacer de couler de nouveau, elle s'interrompit un court instant pour inspirer profondément.

— Je te souhaite sincèrement de retrouver le goût de vivre, Vaughn. Et avec lui, le goût du bonheur.

Il la scruta un long moment en silence comme, sans doute, il devait étudier le visage de ses patients pour tenter de deviner s'il avait affaire à un cas difficile.

— Je suis désolé, Abigail, dit-il finalement. J'aimerais que ce soit aussi simple que cela. Malheureusement, ce n'est pas le cas. Je suis…

Ce fut à son tour de rester muet. Les mots ne lui venaient pas tant sa souffrance occupait tout l'espace.

Il eut un petit mouvement du menton visant à signifier que tout avait été dit.

— Je vais y aller, lâcha-t-il dans un souffle.

Sans un mot de plus, il lui tourna le dos, son fidèle Ruby sur les talons.

Les yeux débordant de larmes, elle plaqua une main sur sa bouche, s'empêchant ainsi de l'appeler pour le retenir.

Elle ravala sa peine avec rage. Elle n'allait tout de même pas pleurer sur un homme qui planquait ses traumatismes derrière son travail au lieu d'essayer de se battre pour renouer avec la vraie vie !

Avec l'amour.

Elle ferma les yeux, refusant de s'attarder sur cette pensée trop déchirante.

Elle ne pouvait pas être tombée amoureuse d'un homme qui ne voulait pas risquer son cœur pour elle.

13

Le lendemain matin, encore sous le choc des événements de la veille, Abigail feuilleta distraitement son carnet de croquis resté vierge.

Un fusain à la main, elle attendait une inspiration qui ne venait pas. Quelque chose qui la distrairait de l'angoisse qui l'enveloppait encore à l'idée que son bébé n'allait pas bien.

Elle n'avait pas fermé l'œil de la nuit, qu'elle avait passée sur Internet à lire tout ce qui concernait les anomalies rénales des fœtus. Au lieu de la rassurer, tout ce qu'elle avait trouvé à ce sujet n'avait fait qu'accentuer son inquiétude et sa détresse.

Si elle ruminait encore le fait que Vaughn l'avait baladée, ne sachant pas ce qu'il voulait, elle admettait volontiers que son angoisse n'avait pas arrangé la situation. Elle avait parlé dans l'émotion, sans pouvoir faire la part des choses.

Mais maintenant, avec le peu de distance qu'elle avait sur les événements, il lui fallait aussi faire face à cette rupture. Elle serra son fusain un peu plus fort entre ses doigts et exhala un profond soupir de résignation. Voilà qu'elle se trouvait depuis vingt bonnes minutes à la même place et elle n'avait toujours rien à offrir à sa page blanche. Aucune inspiration. Rien qu'un vide sidéral.

Si au moins elle pouvait exprimer de la colère. De la frustration.

Mais, après une nuit passée à pleurer, elle se sentait vidée de toute émotion.

Elle mit son fusain et son carnet de côté, et se prit à observer un couple de colibris voletant autour de la mangeoire à oiseaux qu'elle avait installée tout spécialement à cet endroit pour pouvoir les contempler à loisir depuis son atelier.

Mais même ce spectacle attendrissant ne l'inspira pas.

À présent, elle regrettait les mots durs qu'elle avait eus pour Vaughn. Qui était-elle pour le juger comme elle l'avait fait ? De quel droit s'était-elle permis de lui jeter à la face qu'il n'était pas digne de ses amis morts au champ de bataille ?

Tous les cas étaient différents, et chacun faisait son deuil à sa manière. Comme on le pouvait, sans parfois y arriver un jour.

Elle détourna la tête, puis alla s'asseoir au coin de table qu'elle réservait au travail minutieux du bois. Elle se saisit d'un bout de pacanier tordu et noueux qu'elle fit tourner entre ses doigts, pensive. Au bout de quelques secondes de contemplation, elle enfila ses gants et se saisit d'un ciseau à bois.

Il y avait quelque chose d'intéressant dans ces branches difformes. Contrairement à celles que la nature avait gâtées — lignes parfaitement symétriques qui ravissaient l'œil — celles-là avaient une forme de beauté différente mais qui attirait tout autant le regard.

Elle se mit à y pratiquer des rainures, d'abord superficielles puis de plus en plus profondes. Elle façonna ensuite des cercles, sans trop savoir ce qu'ils allaient devenir, savourant le plaisir presque sensuel de donner une forme à cette matière brute et rugueuse.

Elle avait délaissé son ciseau à bois pour passer au burin lorsqu'elle découvrit ce qu'elle était en train de sculpter : un bébé. Une forme minuscule qu'entouraient des bras graciles eux-mêmes entourés de bras forts et musculeux.

La sonnerie de son téléphone la tira brutalement de la profonde concentration dans laquelle elle était plongée. Plus d'une heure avait filé sans qu'elle s'en rende compte. Son cœur se mit à battre la chamade. Et si c'était Vaughn ?

Mais ce n'était pas lui. Le numéro affiché lui était inconnu.

— Allô ! dit-elle en calant son téléphone entre le menton et le cou pour pouvoir retirer ses gants.

— Abigail ? C'est le Dr Hutchinson.

Elle se raidit instantanément, en proie à un mélange de peur intense et d'espoir insensé.

— Bonjour, docteur, dit-elle d'une voix qu'elle voulait posée. Vous avez eu les résultats des tests ?

— Je n'ai pas encore les résultats définitifs.

Sa voix était lisse, un peu étouffée par les bruits sonores environnants.

— En revanche, j'ai pu échanger avec un spécialiste de l'hydronéphrose, poursuivit-il. C'est ce que je suspectais chez votre bébé.

Pour l'avoir lu sur Internet, elle savait tout sur cette dilatation des reins qui, si elle devait être prise au sérieux, n'était pas une maladie mortelle.

— Vous parlez au passé, dit-elle, s'accrochant désespérément à l'espoir que ce cauchemar allait cesser. Dois-je comprendre que vous avez écarté cette hypothèse ?

Elle attendit la réponse, le cœur battant à tout rompre et le souffle suspendu.

— Nous ne l'avons pas écartée. Cependant, s'il s'agissait bien d'une hydronéphrose, elle serait insignifiante.

Elle refoula le nœud qui lui bloquait la gorge pour demander :

— C'est bon signe alors ? N'est-ce pas ?

Elle entendit les bruits faiblir derrière lui, signe probable qu'il s'était mis à l'écart pour poursuivre cette conversation.

— Disons que nous ne sommes pas inquiets. Et que nous n'avons pas besoin d'effectuer d'examens complémentaires.

L'air s'engouffra dans ses poumons en même temps qu'elle était envahie d'un soulagement immense.

— Nous surveillerons ce bébé très attentivement à sa naissance pour nous assurer que les reins fonctionnent bien. Mais si ce n'était pas le cas, je vous rassure, un traitement antibiotique plus ou moins long suffirait. Il n'y aura pas d'intervention chirurgicale.

Elle se sentit soudain légère, légère. Son bébé allait bien. Ou, du moins, n'avait rien de grave.

— Merci, dit-elle dans un rire incontrôlé. Merci.

Elle aurait voulu hurler sa joie. Son bébé, sa jolie petite fille, n'allait pas mourir.

— Je suis si heureuse que je ne sais pas quoi dire.

Hutchinson lui répondit par un éclat de rire complice.

— Étant moi-même père de jeunes triplés, je comprends ce que vous ressentez. Rien n'est plus important à nos yeux que la santé de nos enfants.

Lorsqu'elle eut raccroché, sa première pensée fut d'appeler Vaughn pour lui annoncer la bonne nouvelle. Il serait heureux lui aussi d'apprendre que le bébé ne courait aucun danger.

Elle y renonça, jugeant qu'elle n'en avait pas le droit. Peu importait l'amour qu'elle lui portait. Car, oui, elle aimait Vaughn. Elle l'aimait à la folie. Et maintenant, délivrée de l'angoisse de ces dernières heures, leur rupture lui revenait avec un effet de boomerang. Aussi brutale et douloureuse.

Mais, puisqu'elle l'aimait, ce qui lui importait le plus c'était qu'il soit heureux. Même si cela signifiait le perdre à jamais pour le laisser vivre dans l'isolement qu'il s'était choisi.

Forte de cette certitude, elle remit ses gants et ses lunettes de protection. Elle allait achever cette figurine en bois puis l'enverrait en cadeau d'adieu à Vaughn. Ce serait aussi une manière de s'excuser de l'avoir blessé injustement comme elle l'avait fait.

Certes, ce geste ne comblerait pas le vide immense qu'il laisserait dans son cœur. Mais, avec un peu de chance, il y verrait la preuve qu'elle ne l'oublierait jamais.

Vaughn frappa sa balle avec force, cherchant à évacuer toute la frustration de ces derniers jours. Mais le revers de Hutchinson, qui le prit par surprise, lui fit perdre le dernier set et, avec lui, le quatrième et dernier jeu.

— Joli coup, le félicita-t-il à contrecœur.

Ils s'étaient retrouvés sur l'un des courts de tennis du Texas Cattleman's Club, très tôt ce matin-là, pour tenter d'échapper à la chaleur caniculaire de cette journée d'été.

C'était lui qui avait pris l'initiative de cette rencontre dans l'espoir purement égoïste d'avoir des nouvelles d'Abigail. Il n'ignorait pas que Hutchinson était tenu par le secret professionnel, bien sûr ; mais, comme Abigail lui avait permis d'assister à son échographie, il s'était imaginé que cela lui donnait le droit de savoir. Devait-il s'inquiéter au sujet du bébé ? Devrait-il passer voir Abigail ? Devait-il faire jouer ses relations pour lui trouver les meilleurs spécialistes du pays ?

Même si elle ne voulait plus le voir traîner autour d'elle, rien ne l'empêcherait de veiller sur elle à distance.

— Je me surprends moi-même, répondit Hutchinson en souriant. Je crois que la perspective d'un cinquième set par cette chaleur m'a sacrément motivé.

Hutchinson secoua la tête, semblant sincèrement étonné par la performance qu'il venait d'accomplir. Puis, toujours souriant, il alla s'asseoir sur l'un des bancs ombragés où ils avaient déposé leurs sacs et où Ruby attendait patiemment.

— Je suis mort, poursuivit-il. Je ne vais plus pouvoir bouger, demain.

Vaughn alla le rejoindre puis sortit de sa miniglacière une bouteille d'eau fraîche à laquelle il but au goulot. Une fois désaltéré, il libéra Ruby de sa laisse et lui lança une balle de tennis qu'il attrapa en plein vol.

— Je n'y crois pas, dit-il en retirant son bandeau pour le fourrer dans son sac de sport avec sa raquette. Mais je n'ai pas dit mon dernier mot, croyez-moi. Je vous attends au tournant, si vous voulez bien m'accorder une revanche.

— Avec plaisir.

Hutchinson prit la balle que Ruby avait ramenée à leurs pieds et, à son tour, la lui lança au loin.

— Vous avez parlé à Abigail, ces derniers jours ?

— Non, répondit-il d'un air piteux.

— Je pense que vous devriez le faire.

Il se laissa tomber lourdement sur le banc, rongé par la culpabilité. Il regarda distraitement deux couples pénétrer sur le court voisin en vue d'un double mixte. De l'autre côté de la clôture, des mamans surveillaient leurs enfants qui pataugeaient dans la piscine.

Un jour, ce serait Abigail qui jouerait avec sa petite fille. L'idée de ne pas faire partie du paysage lui fut soudain insupportable.

— J'irai.

— Elle le mérite. Et vous aussi.

— Je... J'avais envie que ça marche entre nous. Elle est tellement...

Au comble de l'émotion, il en perdait ses mots. Il aurait aimé pouvoir se confier à ce seul ami qu'il avait ; lui dire à quel point Abigail était belle. À quel point sa beauté intérieure surpassait sa beauté physique. Il aurait aimé lui dire qu'elle était généreuse, empathique ; qu'elle était un rayon de soleil permanent.

— Abigail est une femme exceptionnelle. Mais j'ai paniqué lorsque j'ai su pour le bébé.

Ces mots aussitôt prononcés, il ressentit la morsure vive du regret et de la honte s'abattre sur lui. Elle méritait mieux que lui. C'était la seule chose qui lui faisait penser qu'il avait eu raison de rompre.

— Que voulez-vous dire ? s'enquit Hutchinson en sortant deux oranges de son sac. Que vous ne vous sentez pas prêt à être père ?

— Non, ce n'est pas ça, répondit-il en prenant le fruit qui lui était offert. Je suis déjà attaché à ce bébé. Mais quel genre de compagnon et de père serais-je quand je me retranche chez moi sous la bonne garde de mon chien à la moindre complication ? Si Ruby n'avait pas été là dans la salle d'échographie, je me serais effondré à la seconde où j'ai décelé cette anomalie.

Il ne savait pas gérer ses émotions. Elles le submergeaient trop vite, charriant avec elles tout un lot d'images dont il ne voulait pas se souvenir.

— Mais vous ne vous êtes pas effondré, souligna Hutch. Et, s'il y a bien une chose capable de faire craquer les plus forts, c'est bien tout ce qui touche aux enfants. Je n'ai pas honte de dire que je m'écroulerais si je savais un de mes enfants en danger ; parce que c'est la pire chose qui puisse arriver. Vous pouvez être fier de vous, vous avez assumé.

Dans un geste mécanique, il ramassa une nouvelle fois la balle de tennis et l'envoya au loin de toutes ses forces, faisant détaler Ruby qui bondit en pleine course pour la rattraper.

— J'ai assumé en lui disant de ne pas compter sur moi, rétorqua-t-il en baissant la tête. En la plaquant au moment où elle avait le plus besoin de moi.

— Si cela peut vous rassurer, les choses n'ont pas été faciles au début, entre Simone et moi. Ce qui est sûr, c'est que si vous le regrettez vous devriez aller le lui dire.

— Comment pourrait-elle me faire confiance après un coup pareil ?

Et lui, comment avait-il pu faire un coup pareil à la femme qu'il aimait ?

Car, oui, il aimait Abigail.

C'était un sentiment si fort qu'il en avait le vertige. Il avait commencé à en prendre conscience au fil des jours, alors que le vide que suscitait en lui son absence lui devenait de plus en plus insupportable.

— Si j'étais à sa place, je ne me ferais pas confiance, poursuivit-il. Pas après lui avoir tourné le dos comme je l'ai fait.

— Oui, mais vous n'êtes pas Abigail, pointa Hutch. Elle peut voir chez vous des choses — de belles choses — que vous ne soupçonnez même pas.

Sur ces mots, il se leva et prit congé après lui avoir promis une revanche.

Et le laissant plus seul et désemparé que jamais.

Il s'apprêtait à partir lorsqu'il vit un employé du club s'approcher de lui, un paquet à la main.

— Vous êtes bien le Dr Chambers ? s'enquit celui-ci.

— Oui. Qu'y a-t-il ?

L'employé lui tendit le paquet sur lequel était inscrit son nom.

— Un dénommé Brandon a laissé cela pour vous. Il a dit qu'il pensait que c'était important.

Il se saisit du paquet enveloppé de papier kraft et le retourna. L'adresse de l'expéditeur était celle d'Abigail.

Le cœur battant d'espoir, il tendit un billet à l'employé et attendit qu'il s'éloigne.

Mais le jeune homme, un étudiant travaillant sans doute au club pour arrondir ses fins de mois, ne bougeait pas.

— Monsieur, vous avez dû vous tromper. Vous m'avez donné vingt dollars.

— Gardez-les. Ce colis est en effet très important pour moi.

Le visage du jeune homme se fendit d'un large sourire.

— Merci, monsieur. Bonne journée.

Il lui rendit son sourire puis, une fois seul, se rassit sur le banc sous les bons gros yeux de Ruby qui avait délaissé sa balle, semblant comprendre que quelque chose d'important se produisait.

Une boule d'émotion se forma dans sa gorge. Et s'il s'agissait simplement d'un effet personnel qu'il aurait oublié ? Un objet, qui serait tombé de sa poche au moment où il était parti de chez elle, par exemple ?

Ses doutes s'envolèrent d'un coup. Au poids du paquet, c'était peu probable. Le cœur battant, il déchira le papier et trouva une carte sur laquelle elle avait écrit d'une belle écriture déliée :

Nous sommes là pour toi.

Ces mots, si inattendus, lui firent monter les larmes aux yeux. Des larmes de bonheur ; d'une joie qu'il pensait ne plus jamais connaître.

Au comble de l'émotion, il sortit du paquet une petite sculpture en bois qu'il prit entre ses deux mains pour la mettre à hauteur des yeux. Elle représentait un minuscule bébé qu'entouraient des bras féminins, eux-mêmes entourés de bras masculins, symbole d'une protection éternelle mais aussi de la famille que tous trois pourraient former.

Les mots de Hutch lui revinrent en force. Son ami avait raison. Il n'était pas trop tard.

Elle lui donnait une seconde chance d'être heureux.

Cette fois, il ne la laisserait pas passer.

14

Appuyée contre le mur, son mètre ruban à la main, Abigail tentait d'imaginer quelle forme elle allait donner à l'extension de son œuvre.

Elle voyait une plate-forme, légèrement surélevée, entourée d'épais feuillages en toile qui dissimuleraient une sculpture aux allures de nid géant.

Les dates de livraison n'étaient pas encore vraiment fixées, mais elle ne s'inquiétait pas. Cette fois, elle ne travaillerait pas dans l'urgence. Brandon l'avait appelée pour lui offrir son aide. Il avait eu l'air si sincèrement intéressé qu'elle n'avait pas pu refuser. Et puis, elle était heureuse de lui transmettre son art, même si sa présence à ses côtés lui rappelait Vaughn et, avec lui, une partie de sa vie qui ne serait plus.

Elle s'exhorta à chasser ces pensées qui ne faisaient que raviver des blessures encore fraîches. À quoi bon ? Mieux valait se concentrer sur un travail qui la passionnait plutôt que sur l'homme qu'elle avait perdu.

D'ailleurs, elle s'était fait la promesse — à elle, mais aussi à son bébé — de tout mettre en œuvre pour être heureuse et retrouver un bonheur sans nuages. N'était-ce pas ce qu'elle avait souhaité à Vaughn ? Même si cela était plus facile à dire qu'à faire, elle serait bien mal placée pour ne pas suivre ses propres conseils.

— Là ! Je vois la fée !

Elle reconnut tout de suite la voix flûtée de Zoe. Elle sourit, reconnaissante à la petite fille de distraire sa mélancolie.

Cette fois, la fillette était habillée d'une jolie robe et ce n'était pas la main d'une infirmière qu'elle tenait, mais celle d'une belle femme aux cheveux auburn qui, à en juger par la ressemblance frappante existant entre elles deux, devait être sa mère.

Depuis qu'elle était arrivée, elle avait eu l'occasion de voir défiler nombre d'enfants s'extasiant devant *L'Arbre aux surprises*, tout excités de chercher les miniatures qui s'y cachaient. Certains, plus curieux, étaient venus lui demander qui était cette Alannah, dont le prénom était inscrit sur une petite pancarte posée au pied de l'estrade et qui disait :

Pour ALANNAH, la plus belle des créatures divines.

L'idée que sa sœur faisait partie intégrante de cette œuvre la réjouissait au plus haut point. Elle voyait un lien étroit entre Alannah et son art, un lien joyeux, qui la rendait heureuse.

— Bonjour, Zoe, dit-elle avant de se présenter à la maman de la petite. Je m'appelle Abigail. Zoe et moi nous sommes rencontrées alors que je travaillais encore sur cette sculpture.

— Enchantée, Abigail. Je m'appelle Rita. Zoe nous a déjà tout raconté sur cet arbre. Les médecins l'avaient autorisée à sortir alors que votre œuvre n'était pas achevée. Depuis, il n'y a pas eu un jour où Zoe ne m'a pas demandé de revenir ici pour voir l'arbre terminé.

— Mademoiselle Abigail, j'ai trouvé la fée ! Comme vous aviez dit.

Elle se félicita d'avoir prévu un cadeau pour la petite Zoe. Avoir envisagé le pire pour son bébé avait accentué l'empathie qu'elle éprouvait déjà pour ces enfants innocents qui luttaient courageusement contre la maladie.

— Tu as bien fait de venir, Zoe. Parce que j'ai quelque chose pour toi.

À ce mot, le visage de la petite fille se mit à rayonner d'un bonheur intense.

— Pour moi ?

— Absolument.

Elle s'accroupit pour se mettre à la hauteur de Zoe et sortit du sac fourre-tout qu'elle avait toujours avec elle une statuette en bois enveloppée dans un bandana rouge.

— C'est toi qui m'as donné l'idée de ces petites fées, expliqua-t-elle. Alors, il est normal que je t'en offre une.

Zoe écarquilla ses grands yeux brillants d'un mélange de jubilation et de surprise.

Elle reçut son cadeau comme un trésor précieux qu'elle libéra avec d'infinies précautions de son carré de tissu. Puis, ayant découvert la petite sculpture, elle lui décocha un sourire si lumineux qu'il fut pour elle la plus belle des récompenses.

En guise de remerciement, Zoe lui jeta les bras autour du cou, sa statuette serrée bien fort dans sa menotte.

— Je l'adore, dit-elle dans un souffle ému. Je vais l'appeler Abigail.

— Ça me plaît, murmura-t-elle, serrant les paupières pour refouler les larmes.

Vaughn avait-il reçu la statuette qui lui était destinée avec autant de joie et d'émotion ? s'interrogea-t-elle sans pouvoir s'en empêcher.

Elle y pensait encore lorsque Zoe et Rita lui dirent au revoir avec effusion.

Maintenant qu'elle avait pris les mesures dont elle avait besoin, elle n'avait aucune raison de s'attarder plus longtemps ici. Pourtant, ce fut à contrecœur qu'elle pivota pour prendre la direction de la sortie. Qui sait ? Avec un peu de chance, elle pourrait tomber sur Vaughn.

C'est alors qu'elle le vit, là, à quelques mètres à peine, les yeux rivés sur elle. Les miracles existaient donc ?

— C'était la chose à faire, Abigail, déclara-t-il de sa belle voix grave. Un geste magnifique. Ce n'est pas demain que cette petite fille oubliera un souvenir pareil.

Elle le regarda s'approcher d'elle puis s'arrêter, aussi beau et séduisant que dans son souvenir. En le voyant, elle comprit à quel point cet homme faisait partie d'elle, de sa chair, alors qu'il l'avait quittée.

Elle décida de le laisser parler ; d'écouter ce qu'il avait à lui dire sans, cette fois, émettre le moindre jugement personnel.

— La joie de cette gamine a fait également mon bonheur, rétorqua-t-elle simplement.

Il avança encore de quelques pas. Assez près pour que le sang se mette à pulser dans ses veines, comme à chaque fois que la distance était infime entre eux.

— Aussi heureuse qu'ait été cette petite Zoe, poursuivit-il, elle n'a pas pu l'être plus que moi lorsque j'ai reçu ma statuette. Merci, Abigail.

Ces mots lui allèrent droit au cœur. Ce cadeau, elle le lui avait offert en signe de paix. Une manière d'arranger les choses entre eux. Mais n'allait-il pas prononcer les mots qu'elle attendait ?

— Je suis contente de te voir, Vaughn. Je voulais m'excuser de la manière dont... Je n'aurais pas dû te parler comme je l'ai fait. J'étais tellement mal que j'ai déversé toute ma tristesse sur toi.

Pour toute réponse, il désigna les sièges qui se trouvaient dans un angle, un peu à l'écart du passage.

— Aurais-tu quelques minutes à m'accorder ?

Elle acquiesça d'un hochement de tête, les jambes flageolantes.

— Abby, commença-t-il lorsqu'ils furent tous deux installés face à face, chacune des paroles que tu as prononcées ce jour-là était vraie. Tu m'as fait comprendre que ma vie se limitait à travailler et à combattre mes démons intérieurs. Le même scénario. Jour après jour. Inlassablement.

— Depuis, j'ai compris que tu ne pouvais pas être autrement. C'est pourquoi je n'aurais pas dû...

— Tu as eu raison, au contraire, la coupa-t-il.

Il s'interrompit pour prendre entre les siennes ses mains qu'il pressa dans un geste infiniment tendre.

— C'était exactement ce qu'il me fallait entendre mais que personne ne voulait me dire. Avant toi, je vivais en boucle, en circuit fermé ; sans d'autre perspective d'avenir que la mienne. Ce que tu m'as dit m'a permis de sortir de cette routine infernale pour m'aventurer plus haut. Pour explorer d'autres horizons.

Elle abaissa les yeux sur leurs mains entremêlées, cherchant à faire un lien entre elles et ce qu'il venait de déclarer.

— Je ne comprends pas, dit-elle, son cœur battant de plus en plus vite.

— Si tes mots ont été durs, Abigail, ils m'ont été utiles. Grâce à toi, j'ai compris que la vie — ma vie — ne pouvait pas se limiter à ce que je m'imposais comme une obligation. Cette prise de conscience avait débuté avant que je te rejoigne à la salle d'échographie. J'étais sincère lorsque je t'ai envoyé ce texto dans lequel j'exprimais l'envie d'être à tes côtés ; mais, une fois en situation, j'ai été dépassé, une fois de plus. Je n'ai pas su gérer le stress. C'était un peu comme s'il y avait eu un filtre entre moi et ce que je ressentais vraiment.

Elle comprenait. Elle voyait les choses sous un éclairage différent maintenant.

— Je me suis retrouvé en situation d'échec. Par la suite, je me suis retranché derrière le fait que tu méritais mieux que moi. Mais c'était parce que je ne me sentais pas capable d'être autrement.

— Mais si j'accepte, moi, que tu sois ainsi ? s'aventura-t-elle à demander.

Elle repensa au bonheur qu'elle avait éprouvé à s'endormir entre ses bras, dans le même lit, même s'il n'avait pas passé la nuit entière avec elle ; à dîner avec lui sous un ciel étoilé ; à partager avec lui le plaisir que lui procurait son amour du bois et de la sculpture.

— Si j'accepte de te prendre tel que tu es ? insista-t-elle.

— Je te le répète, tu mérites mieux, répondit-il.

C'était comme si son cœur se brisait en mille morceaux. Pourtant, elle se sentait poussée par une force invincible. Elle n'abandonnerait pas. Elle allait se battre. Pour elle. Pour lui. Pour eux.

Elle ouvrit la bouche, prête à argumenter le temps qu'il faudrait, mais il la devança.

— Si tu veux bien m'accorder une autre chance, je te fais le serment de ne plus jamais m'éloigner de toi. Plus jamais, Abigail.

Elle plissa les yeux, fronça le nez. Avait-elle bien entendu ?

— Tu veux que je te donne une autre chance ? répéta-t-elle dans un souffle.

— Je sais que je ne te mérite pas, mais je t'aime, Abigail. Je t'aime tant. Si tu veux bien me pardonner, je passerai le reste de mes jours à essayer de vous rendre heureuses, toi et notre petite fille.

Son cœur se gonfla d'un amour infini en même temps que la vague d'un bonheur indicible déferlait sur elle. Elle ne doutait pas de sa promesse. Il était un homme d'honneur en qui elle avait désormais toute confiance.

Elle prit une de ses mains qu'elle posa sur son ventre et qu'elle couvrit de la sienne.

— Je t'aime aussi, Vaughn, dit-elle, la voix étranglée d'émotion. Et comme je te l'ai écrit sur le petit mot que j'ai joint à la statuette : « Nous sommes là pour toi. »

— Moi aussi, Abby, je serai là pour vous.

Il prit alors ses lèvres dans un baiser doux et tendre, porteur de promesses infinies, qui la fit fondre de bonheur.

Au comble de l'émotion, elle posa la tête sur son épaule. Jamais encore elle n'avait éprouvé le sentiment intense d'être aussi aimée, aussi précieuse aux yeux d'un homme.

Aussi, lorsque leurs bouches se joignirent de nouveau, répondit-elle à son baiser avec une passion bouillonnante.

Ils entendirent soudain des applaudissements derrière eux, accompagnés d'un long sifflement admiratif.

Ils se retournèrent ensemble pour voir le Dr Hutchinson, visiblement satisfait de son petit effet. Des infirmières vinrent voir ce qu'il se passait, et Vaughn leva le pouce, dans un geste visant à les remercier d'être témoins de leur bonheur.

— Tout comme vous, je suis ravi de cet heureux dénouement, dit-il avec humour.

Elle éclata d'un rire joyeux. Elle avait encore une bonne nouvelle à lui annoncer.

— Le Dr Hutchinson a dit que le bébé allait bien, lui murmura-t-elle à l'oreille.

Une vive émotion se peignit sur ses traits, trahissant la peur qu'il avait dû vivre, lui aussi, de son côté.

— Je ne pouvais entendre meilleure nouvelle, assura-t-il tandis que ses épaules se relâchaient et que son visage se fendait d'un sourire rayonnant. J'étais prêt à remuer ciel et terre pour faire bénéficier ce petit être des meilleurs soins.

— Merci, Vaughn. Cela me touche beaucoup.

— Hutch m'a été d'un grand secours, lui aussi, en me soutenant qu'on ne pouvait contenir ses émotions dès lors que la vie de son enfant était en jeu.

— Oh ! Vaughn, merci. Merci de considérer mon bébé comme ta propre fille.

— Je suis tellement impatient, maintenant. Il me tarde tant de vous avoir toutes les deux dans ma vie et de trouver enfin le bonheur.

— Qu'attendons-nous, au juste ? Nous pouvons commencer à être heureux ensemble dès cette minute. Qu'en dis-tu ?

Il lui adressa un sourire magnifique, si confiant en elle, en l'avenir, qu'elle en fondit d'une tendresse infinie.

— Eh bien, pour commencer, il faut que je termine mon service.

Il se leva, l'entraînant avec elle.

— J'espère que personne n'a remarqué que j'ai déserté mon poste quelques minutes pour flirter avec la femme la plus sexy de cet hôpital.

— Je ne dirai rien, promit-elle, ses pensées l'emportant déjà loin vers l'avenir radieux qui s'offrait à elle.

— En revanche, lorsque j'aurai terminé, poursuivit-il, je pourrais passer te prendre pour te ramener chez moi. Pour la nuit. Ou pour l'éternité.

Sa vue se brouilla de larmes. La journée avait été déjà si riche en émotions !

— Cela me paraît être un bon programme, rétorqua-t-elle, brûlant de se retrouver seule avec lui.

— 20 h 30 ?

Il déposa sur son front un baiser chaste et essuya du bout des doigts le coin humide de ses yeux.

— Voilà qui sonne comme un véritable rendez-vous galant, docteur Chambers. Un rendez-vous que je suis ravie d'accepter.

RESTEZ CONNECTÉ AVEC HARLEQUIN

Harlequin vous offre un large choix de littérature sentimentale !

Sélectionnez votre style parmi toutes les idées de lecture proposées !

www.harlequin.fr

- **Découvrez** toutes nos actualités, exclusivités, promotions, parutions à venir…
- **Partagez** vos avis sur vos dernières lectures…
- **Lisez** gratuitement en ligne
- **Retrouvez** vos abonnements, vos romans dédicacés, vos livres et vos ebooks en précommande…

L'application Harlequin

- Des **ebooks gratuits** inclus dans l'application
- **+ de 50 nouveautés tous les mois !**
- Des **petits prix** toute l'année
- Une **facilité de lecture** en un clic hors connexion
- Et plein d'autres avantages…

Téléchargez notre application gratuitement

Télécharger dans l'App Store

DISPONIBLE SUR Google Play

SUIVEZ-NOUS !

facebook.com/HarlequinFrance
twitter.com/harlequinfrance